万葉集の表現と受容

浅見　徹

和泉書院

目次

女性の関わる歌群

歌の背景

女性の関わる歌群

万葉集中には、特定の女性の名のもとに纏められた歌群がある。これらの歌群は、当然といえば当然だが、男性が絡むことによって相聞歌的な内容を含み、かつ、歌群を構成しているところから物語的でもある。これらがどのような性格をもつものか、特にこういう形で万葉集という歌集に載せられていることが、当時の読者たちにとってどのように受け取られるものであったか、そのいくつかを採り上げて考えてみたい。採り上げる順序は、万葉集に現れてくる順とする。

但馬皇女歌群

但馬皇女、高市皇子の宮に在す時に、穂積皇子を思ひて作らす歌一首
秋の田の穂向きの寄れる片寄りに君に寄りなな　言痛くありとも　二・一一四
穂積皇子に勅して、近江の志賀の山寺に遣はす時に、但馬皇女の作らす歌一首
後れ居て恋ひつつあらずは追ひ及かむ　道の隈廻に標結へ　我が夫　二・一一五
但馬皇女、高市皇子の宮に在す時に、竊かに穂積皇子に接ひ、事既に形はれて作らす歌一首
人言を繁み言痛み　己が世にいまだ渡らぬ朝川渡る　二・一一六

一

但馬皇女は天武天皇の皇女。
夫人藤原大臣の女氷上娘、但馬皇女を生めり　天武紀二年
六月丙戌、三品但馬内親王薨じぬ、天武天皇の皇女なり　続日本紀・和銅元年
この皇女に関してはこれ以外の記載はなく、皇女の年齢などは不詳。万葉集中の歌は四首。うち三首が巻二相聞の

部に連なる。この三首には、最初に掲げたように、題詞に同じ天武天皇の皇子、高市・穂積両皇子の名が見える。なお、巻八に但馬皇女の歌として

　　　但馬皇女の御歌一首　一書に云はく、子部王の作といふ
　言繁き里に住まずは　今朝鳴きし雁にたぐひて行かましものを〈一に云ふ、「国にあらずは」〉　八・一五一五

が載る。ここに名が併記された子部王は他の史書類には見えぬ名で、身元は判らない。この歌は巻八の中で穂積皇子の作（一五一三、一五一四）の次に並べられている。また、巻二に、

　但馬皇女の薨ぜし後に、穂積皇子、冬の日雪の降るに、御墓を遥かに望み、悲傷流涕して作らす歌一首

と題された歌（二〇三）があり、少なくとも万葉集では、穂積皇子は但馬皇女と関係の深い人と見なされていたことが判る。

高市皇子の母は胸形君徳善の娘、尼子娘。皇子は壬申乱の折、十九歳で天武側の総司令官として活躍した。天武皇子中最高齢であろうが、母が地方豪族出身のため、位は草壁・大津両皇子に次ぐ。両皇子没後、持統四年（六九〇）には太政大臣に任ぜられ、万葉集では「後皇子尊」と呼ばれているので、立太子もあったかと見る説もある。持統十年（六九六）七月没。四十三歳という。持統朝におけるもっとも尊貴な存在であったろう。

穂積皇子の母は左大臣蘇我赤兄の娘、太蕤娘。母は夫人として鎌足の娘二人の次に位置づけられている。皇子は持統五年浄広弐の位を受ける（高市は天武十四年〈六八五〉）。慶雲二年（七〇五）二品、知太政官事、霊亀元年（七一五）七月一品で没。年齢不詳ながら、天武皇子の中では若くて、続日本紀では第五皇子と記し、岩波の日本古典文学大系本日本書紀の補注では、年齢順では八番目とする。

実際の生活の中で但馬皇女の身辺にどのような事態が起こったのかは別として、少なくとも、現今見られるような形での万葉集の編者やその読者は、その当時、巻二の但馬皇女の三首の歌を、両皇子との関わりで捉えていたと

考えて良い。そして、この理解は現代にまで引き継がれている。むろん、それはすべて、万葉集に載る歌に付せられた題詞の示す事情に従って考えられているのである。このこと自体は誤りではない。歌が、作者や作歌事情から離れて、一首のみで独立した作品として鑑賞されるには、平安朝を待たなければならないだろうし、その萌芽も奈良朝後期まで下がらざるをえないだろう。歌は、実際に歌われてきた伝統に縛られて、場の制約を脱しきってはいない時代である。そして、歌が作られ、歌われた状況については、まず題詞・左注以外にその事情を明確に示す資料は残されていないのが常態である。もっとも、歌を取り巻く状況については、今日ではおよその想像は可能になっている。この三首の歌も、いわば「但馬皇女物語」というようなものの核として、語り継がれたものであろう。

巻二の三首の歌を取り巻く事情については、この万葉集の題詞の解釈から推定されるのであるが、その題詞が簡単な文章であるだけに、解釈はいくつかに分かれる。これについては、岡内弘子氏の論が従来の諸説をかなり詳しく、かつ要領よく纏めているので、詳細はこれに譲ることとする（岡内弘子「但馬皇女御作歌三首」〈『伊藤博博士古稀記念論文集・万葉学藻』塙書房、一九九六〉）。

現今の解釈の大筋は、おおむね次のようになる。但馬皇女は、かなり年齢の離れた異母兄高市皇子の妃の一人として、皇子の邸に同居していた。当然、持統朝の時代である。「高市皇子の宮に在る」とは、単なる寄寓ではなくて、その妻（少なくとも、その一人）として同居していたことを示す。そして、皇女とは年齢のあまり違わない、やはり異母兄の一人である穂積皇子と恋に陥り、この密通事件は人の知るところとなった。「竊」の文字は、その行為が何らか法律あるいは道徳に反するものであることを表す。そこで穂積皇子は、二人を遠ざける意図か、あるいは懲罰の意味を籠めてか、志賀の崇福寺へ勅命によって派遣されることになった。その前後の頃の歌、ということである。その推定に大きな誤りがあるとは思われない。ただ、穂積の崇福寺派遣が二人の恋愛・密通事件に直接関係してのものであったか否かは、多少の疑問が残る。その後の穂積皇子の宮廷内での昇進状況に、この事件のダメージが窺われないからである。もっとも、私的な行状が廷臣としての昇進にマイナス効果を与えていない例は、他に幾つか有るから、あながちに事件そのものの否定の根拠とはならない。もう一つ、穂積との恋愛事件が禁忌の侵害である「竊」であって、「形」われることが重大な問題であったならば、皇女の歌がなぜ外に漏れたか、あるいは、漏れるような状況での歌を作ったか、ということがあるが、これらについては、この際不問に付して、通説に従って歌を考えてみよう。

二

但馬皇女、高市皇子の宮に在す時に、穂積皇子を思ひて作らす歌一首

秋の田の穂向きの寄れる片寄りに君に寄りなな　言痛くありとも　二・一一四

第三句、原文は「異所縁」であるためにコトヨリ、その他の訓が考えられたこともあったが、

秋の田の穂向きの寄れる片縁に我は物思ふ　つれなきものを　十・二二四七

という類歌があるために、今日ではカタヨリニと訓む方向が定着している。「異所」を意をもってカタと訓むのである。高市宮にありながら他の男性に心を寄せるということを「異所」と表現したのだ、という意見は、歌意と表記の関係、表記者と編纂者の問題など、十分煮詰めないと深読みに過ぎるという批判は受けるであろうが、考えられないことではない。

一首の趣意は第四句「君に寄りなな」に集約される。「寄る」という語句は万葉集中でもよく用いられる。人や波などの動作についても言うが、他動詞形「寄す」とともに、心の表現としても多用される。吾（の生涯、運命など）を他人に託す、というほど大げさではなくとも、現代も言う「心を寄せる」的な表現である。むろん、恋の場

面でよく用いられるが、男女ともに使う。

第一・二句は譬喩で、実った稲の穂が同じ方向に向かって倒れんばかりの情景を言う。この頃の貴族は、平安の高級貴族のように自宅などの狭い空間に閉じ籠ってばかりいるわけではない。収入の基礎となる庄園や領地などが各所に散在し、その作業の監督・整理などの為に、かなり高級な貴族でも地方に出向いたりしている。農地・田畑の実景は身近なものだったのである。大伴家持も「秋の田の穂向き」の語句を用いているし、「穂」の使用例も多い。

「言痛し」は、口さがない世間の評判を気にすること。現代より狭い社会にあっては世評は想像以上のものだったろうし、それればかりでなく、男女間の交情については、他人に知られる、また、噂に上ることによって、崩壊してしまうという表現が多い。逆に、他人の噂によって二人が引き寄せられるケースもある。だが、この歌、

人言はまこと言痛くなりぬとも　そこに障らむ我にあらなくに　十二・二八八六

と同趣のものと言えよう。自らの強い願望、それは通常障害となるような世間の口うるささをもはね除けるものだ、という表現である。

三

三の1

穂積皇子に勅して近江の志賀の山寺に遣はす時に、但馬皇女の作らす歌一首

後れ居て恋ひつつあらずは追ひ及かむ　道の隈廻に標結へ　我が夫　二・一一五

この歌について、『日本古典文学全集』旧版の現代語訳は

あとに残って恋しがっているくらいなら追いかけて行こう　道の曲り目に印をつけておいてください　あなた

である。これは近代におけるこの歌の解釈として、殆ど差異を見ない代表的なものであった。ここで私が問題にしようと思ったのは、この歌における「標結ふ」の意味するところである。この句に対する解釈にも、近年の諸注釈、大差はなかった。

「標結ふ」は「誰が為か山に標結ふ」（一五四）の如く、人のはひらぬやうに標縄を結ひめぐらす事にもいふが、ここはしるしをつける事である。標はめじるし。「大伴の遠つ神祖の奥つ城は之流久之米多底人の知るべく」（十八・四〇九六）の例もある。

沢瀉久孝『万葉集注釈』

シメは目印、草や木の枝を結び、あるいは杭を打ち縄を張ることもあった。ここは後を追う者が迷わないようにつけた道しるべ。

『日本古典文学全集』小学館

標は万象名義に「夫（末か）・書・顚」とあり、和名抄にシメの注が見える。シメは、占有することをあらわす動詞シムの名詞形。自分の所有であることを示したり、道の標識としたりするために、草の葉を結び、シメナハを張り、あるいは印をつけたりした。

稲岡耕二『万葉集全注　巻二』

そして『全注』の口語訳を示せば、

道の曲り角に目じるしをして下さい。

である。

辞書の解説部分だけ引き出してみると、時代別国語大辞典上代篇には、

神の宿りであるとか、自分の所有であるとかを示すため、あるいは道しるべのための標識。草の葉を引き結んだり、藁・萱などのいわゆるしめ縄を張ったり、印をつけたりした。標ム（下二段）の名詞形。シメユフの形

で現われることがもっとも多いが、シメタツ、シメサスもある。

とあり、角川古語大辞典には、

占有物であることを明示するための標識。棒やくいを立てたり、縄を張りめぐらしたり、草を結んだりして区画を示し、他人の侵入や侵害を禁じた。神域であることを示すためにこれを行うのも、人の侵入を禁ずる意味を持ち、また悪霊が入り込むのを防ぐ場合にも行った。これを行うことを通常「しめ結ふ」と表現するが、「しめさす」や「しめ立つ」ということもある。可視的な表示がなくても、自己の所有や庇護のもとにあることを宣言する場合にこの語を用いることもある。(万葉集一一五)のように、道しるべの意に転用するのは、その形の類似に基づくものであろう。

とある。

三の2

万葉集の諸注釈書がこの歌の解釈として、ほぼ一致して採用している理解、すなわち、「標」をこの歌に於いて「道しるべ」と解することは、「しめ」という語の意味としては、原義的にも、また少なくとも上代の用例として、例外的特殊例、転用、異端になるようである。これは角川の古語大辞典が明瞭に言明しているが、やはり、諸注釈、辞書ともに、この場合を例外と見るニュアンスを含ませていると言ってよかろう。

『注釈』は、家持の巻十八の歌を例証として挙げているが、この歌の「標」は、「人の知るべく」と表現されているように、確かに道しるべとも共通するような、周知徹底という標識としての性格をも含んではいるものの、しかし「標」の例としては、古語大辞典のいう「人や悪霊の侵入や侵害を防ぎ、神域であることを示す」という本来の意味を確実に有していると認むべきである。その点で、他人を導き引き込もうという道しるべとは、方向性においてむしろ逆の意味を持っていると考えなければならない。この但馬皇女の用例は、上代（引き続いて次の時代を考えても）の「標」の解釈としては、やはりどう見ても異端である。

もう少し「しめ」の例を検討してみよう。

万葉集中における「しめ」は、動詞としての例や複合名詞の例まで含めて三十二例。これを表記する文字は「標」がもっとも多く、七割五分の二十四例がこの文字で表現されている。これらは、

明日よりは春菜摘まむと標めし野に昨日も今日も雪は降りつつ　八・一四二七

春日野に浅茅標結ひ　絶えめやと我が思ふ人はいや遠長に　十二・三〇五〇

などのように、土地や植物を占有したい気持ちの比喩的表現として使われる例が大部分で、しかもそれには恋人を占有したいという心を秘めることが多いのである。

この「標」という字に対しては、『全注』の指摘するように、和名抄にシメの訓がある。次は「印」で四例、他に「縅」が一例ある。これらの文字は、万葉集中では、「標」はシメ以外の訓を持つものとして、巻九にシルシとして使われた一例がある。「印」は「験」とともにシルシを表す文字として集中に用いられる。そのシルシという語は、シルシナシの形で、抽象的に、効果・験の意味で用いられることが多いが、「表」の文字を用いたシルシの例、

処女らが後の表と黄楊小櫛生ひ変はり生ひてなびきけらしも　十九・四二一二

は、他人・後人に広く知らせる意図を含んだ墓標である点など、『注釈』の挙げた、作者を同じうする家持の「標立て」のシメと共通する部分が多い。「縅」の字は、他には通常ムスブと訓まれている「縅結」の熟字の例があるだけである。

その「しめ」は、時代別大辞典が指摘しているように、「結ふ」と叙述されることが多い。十八例。「刺す」が三

例で、「立つ」は一例、前出の家持の使用例である。動詞としては七回の使用例を有し、うち六例が、「標めし」の形で体言、それも「野」に続く例が多い。複合名詞の例も「標野」である。「結ふ」という動詞は他に「紐」に関して用いることが多い。紐を結ぶ例、十一例のほか、紐で物を結び付ける例、物を紐に結び付ける例、「元結」の例も同様に考えてよいし、「帯」の二例、「足結」の三例、「結幡」の例もこれに準ずるとすれば、やや異色なのは「鳥座」の一例だけである。これとて、古事記でスサノヲが「結」ったサズキと同様、「結ふ」の例として特殊なものとはいえない。従って、少なくとも「標結ふ」という場合には、行為としては紐を結ぶのと非常によく似た動作を行うものと考えられる。

三の3

これも時代別大辞典が指摘していることであるが、旧訓に「しめ」とも訓まれている「縄」の文字が、万葉集中に三例ある。これらの例がいずれも「延ふ」という動詞に続くこと、その「延ふ」が「標」を受けた例がないことからしても、これらをナハと訓ずるという同書の指摘は正しい。とはいえ、「標縄」という語は、現に万葉集巻十に存在する。記紀にはシメの直接的な使用例はないが、天岩戸の条に、天照大神が再び岩戸に入るのを防ぐために、岩戸に縄を張る場面がある。この縄を古事記は「尻久米縄」と呼び、日本書紀には「端出之縄」とあって、これにシリクメナハの訓注を付している。和名抄は「端出之縄」とともに「注連」を挙げて、ともにシリクベナハの訓を与える。十巻本伊呂波字類抄ともなると、「注連」に対して、シリクヘナハ、シメの両訓を併記する。先の「縄延ふ」の例が万葉集の巻七と巻十に存在したこと、その巻七は六例という集中もっとも多数のシメの例を抱えており、巻十はシメナハの例の存在する巻であることを考え合わせ、実際の歌

石上ふるの早田をひでずとも縄だに延へよ　守りつつ居らむ　　七・一三五三

うつたへに鳥は喫まねど縄延へて守らまく欲しき梅の花かも　十・一八五八

あしひきの山田作る子ひでずとも縄だに延へよ　守ると知るがね　十・二二一九

の内容からしても、シメ・ナハ両者が、この場合は、語形・用法を異にするにもかかわらず、実際的な社会的用途には非常に近しい場合があると知られる。

動詞サスの意味範囲は相当に広いが、基本的には、やや鋭く尖った形状の物体を、比較的軟らかな広い面積を有する物に突き刺すことを意味する。その意味で、

庭中のあすはの神に小柴さし我は斎はむ　帰り来までに　二十・四三五〇

の防人歌の例も、具体的行為としてはサスであるが、内実的意味としてはシメと共通する部分があろう。

門たてて戸もさしたるをいづくゆか妹が入り来て夢に見えつる　十二・三一一七

も侵入を防ぐためだが、門をタテルことと戸をサスことが同質の行為として捉えられている。ヒモロキを立てること（十一・二六五七）、斎串を立てること（十三・三二二九）も似た行為であり、これらの語がシメと共起する縁を示すものであろう。

以上の検討から、シメは、紐状のものを結び合わせ、あるいは棒状のものを地上などに刺し立てて、広く一般の人の注意を喚起するようにした具であると理解される。他人にどのような注意を与えるのかといえば、その標識より先への進入を拒否する意味を示している、とすべきである。綱、縄、紐、これらが上代にあっても、その性質・形状と用途から別物であったことは、時代別大辞典の説く通りだが、さしあたり紐状と一括しておこう。その紐状のものを地上一定の高さに張れば、遮断機や柵のように通行禁止の意思表示としては、かなり必然性を持つし、その紐状のものに何かを付け下げれば、注意喚起の効果も高い。現代でも、臨時的あるいは経済性を考えての立ち入り禁止の意思表示としてロープを張り巡らすのは日常的行為である。赤信号は進行停止の意味と、その赤色という

形状との結び付きは、遮断機よりは弱くなる。むしろ意味表象を社会慣習に頼ることとなる。棒状の表示や立て札などはその程度の象徴性といえよう。

三の4

古代にあって、特に歌や説話としての表現において、他人の進入を禁じようというのは、そこがシメを設けた人にとっての聖地だからである。この神聖さは、他人の侵犯によってけがされる。だが、そこが聖地であることは、一般の他人にとっては、一見して判るようなものではない。だからこそ、それを周知・徹底させるために、シメが必要なのである。

常陸風土記行方郡に次のような話がある。麻多智という人が新田を開いていた時、夜刀の神（蛇）が多く集まってきた。麻多智は鎧を纏い、仗を持ってこれを打ち殺し、追い払った。そして、

山口に至り、標の梲を堺の堀に置て、夜刀の神に告げていひしく、此より上は神の地と為すことを聴さむ。此より下は人の田と作すべし。今より後、吾、神の祝と為りて永代に敬ひ祭らむ。冀はくは、な祟りそ、な恨みそ、といひて、社を設けて初めて祭りき。

「梲」が新撰字鏡や和名抄のいう「宇太知」、即ち梁の上の小さな柱をいうか、篆隷万象名義などのいう「杖」なのかは問題になるが、いずれにせよ棒状のものを地上に刺し立て、これを標識とするのであろう。やはり神性なるものと俗界との境界としての標識であって、相互不可侵の国境としての明示である。

とはいえ、万葉集の時代は、もはや草木皆物言う時代ではない。チミモウリョウは逼塞せんとしている。シメが原義的に使われた例は、もはや見られないと言ってもよい。巻十八の家持の用いざまは、風土記と似て神域を守るがごとく見えて、むしろ沢瀉『注釈』が挙げたように、なにやら現世的匂いの強い記念碑的、顕彰碑的存在を連想

させるべく、「人の知るべく」と結ばれる。この頃になると、やはり信仰性が薄れて原義から遠ざかりかかっているとも言えようか。具体的行為として近似性を持つとはいえ、「ナハを延ふ」という表現がほぼ類義のものとして用いられるのも、無関係ではあるまい。金石文の時代から、この国の人々は銘や碑を相当多数作りながら、どうもそれを表す適切な大和ことばを持たなかったようである。イシブミなどいう語は、その材質的・構造的意義を表現しても、社会的意義を表すものではない。このことも、「しめ」という語の意義の変質に関りを持つのかもしれない。

原義に近い「標」は、

かからむとかねて知りせば大御船泊てし泊りに標結はましを　二・一五一

ささ波の大山守は誰が為か山に標結ふ　君もあらなくに　二・一五四

という、額田王と石川夫人による天智挽歌であろう。しかし、これとても、山は神域というよりは、「標野」と同様、天皇という地上の権力の占有する域であり、この山や泊りに標を結うのは他者の進入を（エンマ大王の使者というのはむろん時代錯誤だが）防ぐのではなくて、天皇の生命が此処からあくがれ出て行くのを防ごうという、逆方向の使い方をしているのである。

「標」の他の三十近い用いざまのほとんどは、我が目星を付けた娘を他の男から守ろうという、はなはだ現世的な意図があらわな比喩歌である。時には、紅葉の散るを防ごうという風流な例もありはするが、意図的には同質である。

やはり、但馬皇女の「標」は、通説のような道路標識だとすると、すこぶる変わった用法だと言わなければならない。

三の5

女が男のあとを追いかけてはいけないということはない。現に、古事記では、女鳥王は速総別王と手に手を取って脱出した。兄沙本毘古王の後を追った沙本毘売、彼らの行く手には、ただ死が待ち受けているだけであった。衣通王の場合も、伊予に流された軽皇子を追ってその地まで辿り着いたというが、そこには同じ運命が待ち受けていた。これら、遠い古代の物語が、恋人の後を追おうと思い立った但馬皇女の念頭によぎりはしなかっただろうか。近い時代でも、吉野へ逃れた天武・持統夫妻の前途にも安穏の保証はなかった。大伴旅人は大宰府赴任にあたって妻を伴った、もしくは後から妻が赴いたようであるが、概して私的な旅でも女連れは少ないようだ。流人中臣宅守は元来妻同伴で流刑地に赴くべきところを単身越前に出向いている。その間の事情は何一つ書き残されていないが、穂積皇子も但馬皇女を伴うわけにはいかなかったであろうし、但馬皇女も穂積皇子の後を追うなどということは、現実には決して出来はしなかったろう。万一実行したならば、確実な破滅が待ち構えていた筈である。

そしてまた、後を追って追い付けたという例は稀なのである、多くは、例えば播磨風土記の花浪の神の妻、淡海の神のように追い付き得ていない。蛇体の肥長比売はホムチワケを追い、活玉依毘売は正体不明の夫の後を付けた。ただし、活玉依毘売は夫の知らぬ間にその衣に付けた麻糸を辿って、である。獣などの残した足跡などを辿ってその跡を付けるツナグという語も存在し、人に対しても転用可能である。しかし、そのように、被追跡者が無意識に残した痕跡を辿る例ばかりであって、他人が後を追いやすいように、あるいは帰り道が判るようにと、自ら目印を残しておくという、後世、また西洋のお話にあるような例は、上代には残されていない。

そのような説話が古い日本には存在する可能性がない、とまでは言わない。だが、古代の話としては、追い付き得たら、そこに待っているのは両者の死、徹底的な究極の破滅である場合の方が想定しやすい。そして、彼岸のかなたに永遠の愛の勝利を唱うというところまでは、この時代の発想としては昇華していなかったであろう。もちろん、常陸風土記のナミ松・コツ松の話や、万葉集の葦屋のウナヒ処女の話などにその片鱗は窺うことができるとはいうものの、これとても現世に残った者の目から見た話であって、彼ら・彼女らの至福の叫びではない。この時代に生きた人々は、存外に現世に徹しているようである。

破滅を予測させるような追尾の話ではなく、また、死後の永遠性に賭けた話でもなく、ごく一般的に女が男の後を追うという型の話があったとしても、その追って来る者への目じるしをシメと表現することが、はたして適当であったろうか。シメは、元来その先に立ち入るなという意思表示のためのものであり、それゆえに、その場に来たった万人に一目で分かるようなものでなければならない。道しるべの方は、それを乗り越えて先に導き入れるものである。しかも後を追う者は不特定多数の大群衆ではない。そのような者であったなら道しるべは不要であろう。その役割が異なるからこそ、道しるべは、但馬皇女物語のような場面では、また後世・西洋の説話の場面でも、特定の誰かに対してのみの、ひそやかな暗号である。他の一般の人々（そこに追手も含まれる）に対しては、誇示するどころか、むしろ秘匿されなければならないものである。であるから、道しるべとしては、豆粒、小枝、木の葉、花びら、パン屑など、微小な目立たないものが用いられ、それが次の悲・喜劇に展開する種となっているのである。

あるいはむしろ、後を追う者のために目じるしを残すという、却って我々にとって理解しやすい解釈が（だからこそ、諸注釈が一致してその解釈を採用しているのであるが）、目じるし型の説話が行われるようになってからの新しい解釈方法ではなかっただろうか。上代の説話、万葉の歌などにそのような解釈が入り込むのは何時頃で、主導者が誰で、その発想の機縁になったものが何であったか。興味深い解釈史の問題であるが、これは別個の問題として後に残すほうが良さそうである。

追われ逃れ行く者と社会的規制を無視してこれを追おうとする者、これを巡る問題は、当時の法的また社会慣習的実態と意識を、なお明確に跡付けなければならない。だが、彼らを取り巻く状況は、およそ右のように推測してほぼ誤りあるまい。さらに、後を追いたい、だから迷わず追い付けるように目印を付けておいてください、という物語の構成と、後を追いたい、追うかもしれない、だから追い付けないように標を張っておいてください、という心情描写と、どちらが取り残された者の悲痛な叫びとして聞こえるだろうか。

三の６

「隈廻」とは道の曲がり角である。だが、そのカーブの頂点や反対側のコーナーを示すわけではない。そのような人目につきにくい箇所を表すには、万葉集ではまだ用いられていない語であるが、むしろスミという語で表されるべきであろう。クマによって、今までの直なる道は視界から断ち切られ、別の新しい直なる道が始まるのである。そのような意味で、クマは道の要所であり、重要なポイントであった。クマについては、井手至氏の「万葉人と『隈』」(『万葉集研究』八集、塙書房、一九七九)が基本になるであろう。井手氏は、「隈」を「入り組んだ人目につきにくい所」で「曲所」であり、「他界と接し、霊魂のさまようところ」「奥まった恐ろしいところと意識されていた」が故に手向けの対象となる、と言われる。そのクマに手向けの神を祭るとしたら、道の端に安置するであろう。

道が曲がっていたとしても、そこで二つ三つに分かれていなければ道しるべの必要はない。譲ってクマミに道しるべが必要だとしたら、それは一ケ所では済まない。ひそやかな道しるべとしては、シメはまったく不適合な性格を有している。道しるべなら、途中に多数残して置かなければならない。確かに、隈廻は道中の通過点として重要なポイントである。額田王も大和から近江への道で、人麻呂も石見から大和への道で、その他いろいろな場面で「隈」は歌われている。だが、道しるべが必要になるのは、現実の場ではミチノクマではなくて、むしろ二途以上に道の分かれるチマタではないのか。せめて、クマに道しるべが必要であったなら、「八十隈」とか、「隈ごと」とか、なぜ歌わないのか。「隈廻」はそこまで象徴性を持ち得たのであろうか。

道の隈には往々にして邪神が住むという。この道の神を祭るのだという説がある（伊藤『釈注』）。よって、これに標を結んで封じ込め、旅中の安全を期するという解釈なら成り立ち得る可能性がある。ただ、この発想を推し進めるには難点があろう。道の隈に居る神が障りをなす邪神だと考えられていた徴証をうかがうことが出来ないからである。隈に限らず、坂道の麓、頂、途上、あるいは分かれ道、部落の出入り口などに居る神はむしろ、一方では外敵の侵入を防ぎ、外へ旅する領内の人々に対してはその旅中の安全を加護する神である。従って、手向けはしても封じ込めるなど、神を恐れぬような行為は為し得ない。だが、道中の安全を祈願するためなら、万葉には「斎瓶を据う」という表現定型がある（後掲「ひとり寝の歌」一〇一頁）。また、手向けをしてもよい。シメを結うことで神を祭り、これに祈願するような表現はない。現代風に、注連縄を張った社殿や神木の前で、その彼方にいます神に拝礼を捧げるという意識も、万葉人のものでは無さそうである。標を結うこと自体は、手向け、あるいは祈願と直接には繋がるものではない。シメは、立ち入り禁止の標識である。クマは、道の曲がり角。ということは、その地点までは残された者の勢力の及ぶ範囲、道は角を曲がって新たな世界へ続いて行く。それは、別なる異世界への道なのである。現代でも、帰る客人を門まで出て見送るとき、客が角を曲がって姿が見えなくなれば、それは別世界へ行ってしまったものとして、家に引っ込んでもよい。先行した者がその境界にシメを結うならば、追跡者はそこで阻止され、異世界への進入は留められるのである。むろん、現実にシメが張られることも、一切の通行人を阻止することも期待した表現ではない。追いかけたい気持ちを抑えかねている皇女の恋心の表現と受け取ればよいのである。

少なくともこの歌に関して、歌の解釈が先行して、それが歌を構成する語の解釈となっていた。それが解釈の方法論として誤りだというのではない。だが、結果としてのその語義は、他の語例に照らして、はたして適切なものであったろうか。もし語義の解釈が変われば、歌そのものの解釈も変わる。

小学館『日本古典文学全集』の新編の方では、この歌の口語訳は

　あとに残って恋しがっているくらいなら追いかけて行きたい　道の曲り角に通せんぼの縄を張っておいてください　あなた

と改められており、注も「ここは後から追跡する者を撃退するために杭を打ったり、縄を張ったりして塞ぎ留める装置」となっている。やはり、このシメは、万葉集一般の、あるいはそれにやや先立つ原義的なシメと解すべきである。すなわち、但馬皇女は、「追ひ及かむ」、だから追い付きやすいように道しるべを残して置いてくれと歌ったのではなくて、「追い及かむ」、だから、私が追い付くのを阻止するために、あるいは「追ひ及く」のをあらかじめ断念するように、要所にシメを張っておいてくれ、と望んだものと解釈するべきであろう。

神を道端に祭るからといって、この歌の場合、シメをクマに結ぶという行為が、曲がり角の片隅に張るとか、道に沿った形で張るとかするのだろうと考えなくてもよい。直なる道が終わり、新たな直な道が始まろうという所に、その新たなる道への進入を拒絶すべく、道を渡して張れば良い。そのようにしたら、追い掛けてくるかもしれない但馬皇女のみならず、一切の人を通行止めにしてしまうことにはなる。だが、それは結果論であって、追い掛けたい気持ちを押さえかねている皇女の予測し、危惧せねばならぬことではない。また、現実に具体的に道の中途に標縄を張り渡すという行為がなされるだろうことを、但馬皇女が期待し、要望したなどとも考えられるものではない。

万葉集中、この但馬皇女と匹敵するといわれる、恋する女性の情熱的な歌を残した狭野弟上娘子も、あなたを遠くへ遣りたくないとは叫ぶけれども、一緒に付いていくとは言わなかった。わずかに「君がむた行かましものを」（十五・三七七三）とは言うが、「ましものを」であって、現実には「遅れて居れど」でしかない。相手の中臣宅守も、付いて来いとも追って来いとも、素振りにも出してはいない。集中「遅れ居る」ことを嘆く歌は数多く残され

ているが、磐姫以外には自らの位置の移動によって二人の距離を縮めようという意欲を見せたものはない。

但馬皇女が「追ひ及かむ」と歌ったのは、恋人穂積皇子が近江の志賀の山寺に遣わされた時であった。穂積皇子がなぜ志賀に行かされたか、昔から種々忖度されているが、その表面的あるいは実質的理由は、さしあたりどのようでもよい。万葉集では、その派遣が「勅」と明確に表現されているのである。彼は、公的な出張（出張という表現が適当かどうかは問題だが）であった。中臣宅守は配流であるから、これも私的旅行ではない。記紀の物語、衣通王の物語は、但馬皇女の物語の下敷きになっているかとも思わせるような類似性を有している。しかし、衣通王のその歌が万葉集巻二冒頭部に仁徳皇后磐姫の歌として載るように、万葉時代、これは遥か古代の物語なのである。一方、但馬皇女は若くして死んだが、高市皇子は高位を極めて天武・草壁亡きあとの持統朝を支え、穂積皇子は高市より二十年近く生き延びて一品まで上った、現代の人なのである。

万葉の歌を、現代感覚でより良い歌に解釈しようという態度は、厳に慎まなければならない。とはいえ、但馬皇女物語が構築されたとき、このように我が望みを打ち砕くよう相手に懇願する、それが現世に生き延びようとする人間の矛盾と桎梏なのだという意識を顕在化することであり、それが文芸的に果たされたからといって、近代的過ぎるという非難は当たらないだろう。万葉集という文学の世界は、意識的にせよ、無意識的にせよ、そこまで来ていると考えてよいと思う。

石川女郎歌

石川女郎、大伴宿祢田主に贈る歌一首　即ち佐保大納言大伴卿の第二子にあたり、母を巨勢朝臣といふ

みやびを（遊士）と我は聞けるを　やど貸さず我を帰せり　おそのみやびを（風流士）　二・一二六

大伴田主、字を仲郎といふ、容姿佳艶、風流秀絶、見る人聞く者嘆息せずといふことなし、時に石川女郎といふひとあり、自ら双栖の感をなし、恒に独守の難きことを悲しぶ、意に書を寄せむと欲へど良信に逢はず、ここに方便を作して賤しき嫗に似す、おのれ堝子を提げて寝側に至る、哽音蹢足し、戸を叩きて諮ひて曰く「東隣の貧女、火を取らむとして来る」といふ、ここに仲郎、暗き裏に冒隠の形を知らず、慮の外に拘接の計に堪へず、思ひのままに火を取り、跡に就きて帰り去らしむ、明けて後に、女郎、既に自媒の愧づべきことを恥ぢ、復心契の果らざることを恨む、因りてこの歌を作りて謔戯を贈る

大伴宿祢田主の報へ贈る歌一首

みやびを（遊士）に我はありけり　やど貸さず帰しし我そ　みやびを（風流士）にはある　二・一二七

万葉集巻二に、石川女郎と大伴田主との贈答歌が載る。巻二ということもあって、いわゆる万葉人には遍く知ら

れ好まれたものであろう。

この贈答歌に関して、差し当たり問題にしたい点が二つある。その一つは、「みやびを・遊士・風流士」とは何か、少なくとも石川女郎・大伴田主、もしくはこの贈答歌を此処に取り込んだ編者の意識するこの語の内容はどのようなものか、ということである。むろん、二人の間には微妙に差がある。田主は女郎の云う「みやびを」の内実を否定するところから出発しているともいえるが、これは、無理を承知で強弁している面があって（贈答・問答の歌では、ある意味では常套手段であろう）、その遣り取りが成り立つためにも、この語に対する二人の間、あるいはその時代としての共通理解が必要である。二つめは、田主はなぜ「おそのみやびを」と罵られなければならなかったのか、ということである。

第二の点から考えてみよう。左注をも含めて一体の物語としてこの話を受け取る場合、所詮は、女郎としては「やど貸さず我を帰」したこと、すなわち、己がなした「方便」を見破れず、その方便の裏に潜む己の真意を汲み取ることができなかったことを責めていると認めてよかろう。田主はこれに対してまったく弁解はしていない。弁解をすれば、それは結果的に「おそのみやびを」であることを認めたことになるだろうから。が、田主に代わって彼の立場を考えれば、夜暗くなってから訪ねてきた賤しき嫗の姿をした女が哽音で「東隣の貧女、火を取らむとして来る」と云うのを聞いて、火種を与えて帰したのに、何の手落ちがあったというのであろうか。断って追い返したわけではない。女郎の方便・偽装は巧みであった。これを見破れなかった田主の落ち度はどのような点にあったのか。夜隣家に火を借りに来ることが非常識な時代であったか、その為に堝子を提げて寝側に至るなどあり得なかったのか、哽音蹢足が下手でふつうなら見抜ける程度であったのか、そもそも隣家に貧女など居ないことを田主が知っていたはずなのか、あるいはそれらのいくつかが重なって、田主は当然不審を抱くべきだったのだろうか。だが、不審を抱いたとしても、それは直ちには石川女郎の方便だと結び付こうはずはない。事実、田主は何の不審も抱かず、火を与えてこの嫗を帰している。

この点、田主の対応は至極当然かつ親切であって、石川女郎は己の方便の巧みさを誇ることはできても、その正体に気づかなかったことで田主を罵るのは不当である。女郎が田主を責めることができるのは、老貧女という見せかけの陰に隠された正体を容易に悟ることのできるヒントを与えたにもかかわらず、これを理解出来なかった、ヒントを解くだけの知識も頭の回転も無かったと認めたことによるのであろう。そして、そのヒントは、この話の中では「東隣の女」以外にはない。

「隣」は東西南北、当然、いずれにもあってよい。しかし、女、それも美女（時に仙女）が住んでいるのは「東隣」だけである。

踰二東家牆一而傷二其処子一則得レ妻、不レ傷則不レ得レ妻、則将傷レ之乎　『孟子』「告子・下」

閲レ詩敦レ礼、豈東隣之自媒、婉約風流、異二西施之被教一　徐陵『玉台新詠』序

臣里之美者、莫レ若二臣東家之子一、東家之子、増レ之一分則太長、減レ之一分則太短
宋玉「登徒子好色賦」『文選』十九・『芸文類聚』十八

臣之東隣、有二一女子一
司馬相如「美人賦」『司馬文園集』・『芸文類聚』十八

夫絶世独立者、信東隣佳人
江淹「麗色賦」『江醴陵集』一・『芸文類聚』十八

相思上二北閣一、徙倚望二東家一
徐刄「贈内詩」『玉台新詠』六

東家挺二希麗一、南国擅二容輝一
徐刄妻劉令嫺「答外詩」『玉台新詠』六

美人称二絶世一、麗色譬二花叢一、雖レ居二李城北一、住在二宋家東一
簡文帝「和三湘東王名士悦二傾城一」『玉台新詠』七・『芸文類聚』十八

南陌青糸騎、東隣紅粉粧
沈尾期「夜遊」『捜玉小集』

今、小島憲之氏をはじめ先学によって指摘された中国詩文の用例を、『万葉集を学ぶ　第二集』（蔵中進氏担当、有斐閣、一九七七）の記載の儘に挙げると右のようになる。その他、「双栖・独守・自媒」などの語句もこれらの書に先例を見る。ということは、蔵中氏の云うところによれば

じつは「好色賦」「美人賦」などの述べられているところを翻案・脚色して、その人物を大伴田主と石川女郎におきかえ、藤原宮廷向けの風流譚にしたて上げたとも解することができるのである。

ということになる。更に付言すれば、他の大伴一族の人々と異なって史書にまったく名を残さず、「大伴系図」にも見出すことができない「大伴田主」なる男と、同一人か六人居るかまで説の分かれる程万葉集にその名の頻出する「石川女郎」との話として構成されたこの左注の文章が、何ほどの事実性を含んでいたかははなはだ疑問としなければならないだろう。

さらに田主が「伴氏系図」などにいうように旅人の弟という大伴氏の中枢的位置にあった人物であるならば、夜中隣家の貧老女が簡単に寝側に近づけるような処に臥していて、みずから起き上がって火種を手ずから取り与えるような生活をしていたのだろうか。もう少し現実的に、召使の者が事の対応に当ったとしたら、それが主人田主の意向を迎えての処置であっても、召使の独断であっても、田主の使用者責任は問われるべきものであったか。また、「自媒の愧づべきことを恥ぢ」という記述、中国では古代から明・清の時代まで、俗小説の世界でもふつうの価値観である。女性を生家から切り離して娶り、家の嫁として迎える父系性社会としては、その保証人としての第三者の媒介の果す役割は大きい。「自媒」が「ふしだら」の同義語的な意味を社会的に有していたのは、中国ではそれなりの意味があった。しかし当事者同士の好悪を最優先とする建前の古代日本の婚姻制度では、自媒が問題になったような例は他には見られない。まさに中国的文化としての表現上の問題であった。むろん問題は事実関係ではない。万葉集にこのように記載されたこと、そのことがどのような意味を持つか、ということである。

「みやび」は「ひなぶ」に応ずるはずの語である。ただし「みやぶ・ひなぶ」、その名詞形としての「みやび・ひなび」の対応意識がいつ頃明瞭になってきたかは問題であろう。「みやこ」が「御家処」、即ち「権力者の邸宅のある場所」から「都城」を意味するようになるのは、当然、藤原京の造営以降であろう。藤原京は単に天皇の住まい、政権の中枢の置かれた場所というに留まらず、まさに律令制の具現としてのものであり、都市計画に基づいた中央集権国家の中央なのであった。従って、それはまた当然、先進国中国の政治・文化のシステムの移行でもあった。だから、この頃には「みやび」も単に街的、中央的、貴族的、上品・優雅などの意味合いに留まらず、それが律令制の基礎である中国的教養に裏打ちされたものでなくてはならなくなった。その意味で中国語「風流」と相応ずるようになるのである。あたかも明治初期の「文明開化」が欧米的知識・教養を必須として、欧米的文化との類似性を前提としたことのように。勿論「風流」は本場中国でも多彩なニュアンスを含む。が、少なくとも中国風教養を身に付けていたならば、「東隣」と名乗られただけで、美女あるいは仙女の来訪と悟らなければならなかったはずで、その名乗りを理解せず扮装に惑わされた者は、まさに中国的教養を欠いた「おそのみやびを」、偽風流士呼ばわりを甘受すべきであったのである。彼は中国詩文にあれだけ多用されている「東隣」を知らなかったか、思いを致さなかったのだから。対する田主の返歌は、古風・和風な「みやびを」、中国風ではない、事々しい漢籍知識に裏打ちされた「風流士」のようなものではない、男と女の間の触れ合いとしての感性で捉えるべき「みやび」を賞揚する言であろう。

この贈答歌の享受される背景として、このような社会意識を考えるべきであろう。

大来皇女歌群

大津皇子薨之後大来皇女従伊勢斎宮上京之時御作歌二首

神風の伊勢の国にもあらましを　なにしか来けむ　君も有らなくに　二・一六三

見まく欲り吾がする君もあらなくに　なにしか来けむ　馬疲尓　二・一六四

一

実際に二句相当部分を共有するように、この二首、ほとんど同じ意図・表現で貫かれている。むろん、同じ時の歌、同じ心情を表現したものである。作者の心は、その共有する「なにしか来けむ」に集約されるだろう。その嘆きは、「君もあらなくに」に由来する。

「なにしか来けむ」というのは、自らの行為――伊勢から上京したことに対する悔恨である。「伊勢の国にもあらまし」という行為を撰択しなかったことへの後悔、これが歌として表現された中核である。

しかし、大来皇女が歌うように、彼女に伊勢に留り得る撰択の余地はあったのであろうか。天皇の代替わりによる斎宮交替という大義名分であったにせよ、謀反人に連なる縁としての斎宮解任という世間の認識もまた同時に、厳として存在したであろう。帰京は大津皇子処刑から一ケ月余、まだ前天皇の殯宮の儀の最中である。当然、次の斎宮も定まっていない。従って、斎宮として留まることは不可能であろうし、解任された斎宮がそのまま伊勢に居住した例があったか否か確認していないが、帰京の際の次第は、国喪・親喪の際をも含めて、延喜式等の定めるところであることからしても、可能性としては少なかろう。「なにしか来けむ」と嘆いてはみても、大来皇女は大和へ還るよりほかなかった筈である。むろんこれは当時の政治的状況、その中にあって個々人の取った行動などが日本書紀等の記す通りであったということ、およびここに問題とする歌が、この万葉集の題詞が実際の事情を反映しているという認定に立っての推定である。

大来皇女が伊勢に赴いたのは十四歳の時、以来十余年の月日が経過している。都は、大来皇女には馴染の薄い地になってしまっていたのである。天武天皇の皇妃のうち最高の身分であった母大田皇女を早く亡くした大来皇女は、それゆえに伊勢にも赴くようになったのであろうが、同母弟大津皇子だけがこの世に残された肉親であった。異父兄妹が結婚のタブーに触れるどころか、むしろ結婚相手を探す時に最初にあたるべき領域であった時代にあっては、それはまさに他人のはじまりであった。父は権力の頂点に坐し、神と称えられる時代であった。母ならぬ后妃がこれを囲繞していた。その父さえも、今は亡い。本来身を寄せ合って生きていく筈の唯一の肉親、弟にももはや会えぬことは、伊勢を出る前から判っていた。いやその弟の死が、大和から遠く隔っていた大来皇女を都へ呼び戻すことになったのである。十数年ぶりの都は、大来皇女に今更ながらの孤独感を圧し付けて来たであろう。

その悲しみを、大来皇女はこの二首の歌にした。が、この歌では、親しい男性に先に逝かれてしまって、もはや逢うことがかなわぬ、その哀しみしか歌われてはいないように見える。弟大津皇子の死は、謀反の罪による処刑である。そして、それがむしろ謀殺であったことは、ほとんど誰の目にも明らかであった。天武王朝の正当性を実証するために創られたと思われる日本書紀などの記述を読む者にさえ、大津の冤罪が、あるいは彼の陥った陥穽がほの見えてくる。よしんば、この事件の大かたの責を大津皇子自身が負うべき状況であったにせよ、これだけの嘆きを見せる姉としては、なお身贔屓でも、弟を弁護したくなるであろうに。大来皇女は、そのことに思いを到さなかったのであろうか。それとも、それを歌うことは、なにかが許さなかったのであろうか。とすれば、そのなにかは何であろう。

二

大来皇女の歌は、ほかに二首ずつの二組が万葉集に残る。その一つ、

大津皇子竊下於伊勢神宮上来時大伯皇女御作歌二首

吾が夫子を倭へ遣るとさ夜更けて暁露に吾立ち霑れぬ　二・一〇五

二人行けど行き過ぎかたき秋山をいかにか君が一人越ゆらむ　二・一〇六

六八六年九月九日天武天皇没。九月十一日発哭。そして、大津皇子が伊勢に赴いたのが九月二十四日夜半から二十六日朝までのこととすると、誄儀礼の始まる直前である。それは二十七日から開始され、連日続けられていく。その中で、十月二日謀反発覚、逮捕。翌三日処刑となった。殯宮の儀は、なお翌々年まで続く。大津皇子がなんの為に伊勢に行ったか、大津皇子が姉大来皇女に何を語ったかという事実は、すべて推測の域を出はしない。しかしながら、大津皇子が伊勢に現れたこと自体、異常・違法のことである。それは題詞中の「竊」の文字が明瞭に物語ると指摘されている。大津皇子は挙兵を前に、ヒメヒコ制の伝統を承けて、祭祀者としての実姉に協力を要請に行き、大来皇女は現在の公的立場からこれを拒絶したのではないかとも説かれる。たとえこの姉弟の間になんら重要な秘密が語り合われなかったにせよ、姉大来皇女には、唯一の実弟大津皇子の身を覆う不吉な蔭は、濃く暗く感じ

とられたであろう。さればこその歌であった。しかし、その歌は、もし題詞が附されていなければ、集中にしばしば見出される、恋人か妻が夫を遠国に送り出す民謡的な歌とも取られかねない内容である。

人の感情は、その極まるところでは、親子であろうと夫婦・恋人であろうと姉弟であろうと同一のものになってしまうのだと解すれば、一〇五番歌のあまりにも恋愛歌的な心情は理解できる。が、淡々と我が身の行動をのみ述べたこの歌は、離れがたい思いの表白でしかない。その離れがたさの思いが嵩ぶるところの事態については、何一つ口に出そうとはしない。大来皇女には、この世にたった二人残された、ふだん相見ることも稀な姉弟が、ここで別れたらこの世でふたたび相逢う可能性がほとんど無いことを予感できた筈だ。弟を大和へ帰すことは、死地へ送り出すこと、とはいえ帰さぬわけにもいかぬ嘆きとしては歌ってはいないのだ。自分にできることは、せめて見送ることでしかない。夜露に濡れそぼちながらも立ち去り難い思いも、やはり人に見咎められるのは怕れなければならない。人影がそれと判る暁には、重い足を引きずりながらも家へ入らねばならぬ。とはいえ、それは「人言」を恐れた恋の場合も同じであった。一〇五番歌は、恋歌の典型の枠を踏み出すものではなかった。

一〇六番歌「二人行けど行き過ぎ難き」という句は、

はしたての倉椅山を峻しみと　岩掻きかねて吾が手取らすも　記・六九
はしたての倉椅山は嶮しけど　妹と登れば嶮しくもあらず　記・七〇

という古事記における唱和歌、または

はしたての嶮しき山も　我妹子と二人越ゆれば安席かも　紀・六一

という日本書紀中の歌を想起させよう。とすれば、隼別皇子と雌鳥皇女の恋物語であるがゆえに、皇親による反逆事件の敗者の哀歌にほかならない。大来皇女は、手を取り合って暗い山路を行く若い二人の男女の姿を、自らの上に重ね合わせた幻影を見たのであろうか。しかし、この倉椅山の歌は、

霰降る杵島が岳を嶮しみと草取りかねて妹が手を取る

という、肥前風土記に載せる杵島岳の歌垣の歌でもあり、万葉集においては、

霰降り吉志美が岳を嶮しみと草取りかなわ妹が手を取る　三・三八五

という形で、吉野の味稲と柘枝仙媛にかかわる歌であるという。女連れの方が行路に難渋するであろうというのは現代的・男性的発想で、大来皇女からすれば、完全に孤立化しかかっている弟の運命が察せられるだけに、自分が傍にいてやりたい思いに強く駆られたのであろう。だが、その表出された歌は、やはり、一方においては古く歌垣的民謡的な表現に支えられ、一方においては、龍田山を越えて河内に通う夫を想う歌物語的な恋歌の情緒の中にある。万葉集中にあっても、

吾が夫子はいづく行くらむ　おきつもの隠の山を今日か越ゆらむ　一・四三
朝霧に濡れにし衣干さずして　一人か君が山道越ゆらむ　九・一六六六
遅れ居て吾が恋ひをれば白雲のたなびく山を今日か越ゆらむ　九・一六八一
玉勝間島熊山の夕暮に一人か君が山道越ゆらむ　十二・三一九三
息の緒に吾が思ふ君は　鶏が鳴く東の坂を今日か越ゆらむ　十二・三一九四

というように、類型化した歌は数多い。

秋山の越えがたさは、落葉に道を隠されて迷いやすいことと、その落葉が滑りやすいことによる。が、夏山の草木の繁に覆い隠された山道よりも、雪と氷に閉ざされた冬の山道よりも、切迫感・緊張感はとぼしい。この二首の歌を、万葉集という時代の中での歌として受容する側からは、残されて夫を恋う女の姿しか浮かんでこなくても致し方ない。当時の大来皇女と、この歌の対象となった大津皇子の姉弟を取りまく特殊な、重大な事象の一端でも、この二首の中に窺えるであろうか。それは、一切を口にしてはならないものであろうか。あるいは、姉としては、

もはや、「気をつけて」ぐらいしか口には出ないものだろうか。個性――つまり、その場の特殊性――をば決して歌おうとしないところに、万葉の歌があるのであろうか。

これは、冒頭に掲げた大津皇子死後の歌にも、同じように現れていた。そして、移葬後のもう一組

移葬大津皇子屍於葛城二上山之時大来皇女哀傷御作歌二首

うつそみの人にある吾や　明日よりは二上山を弟世と吾が見む　二・一六五

磯の上に咲ける馬酔木を手折らめど　見すべき君が在りと言はなくに　二・一六六

の場合も同様である。一六六番歌は、万葉集自体が左注で疑うように、一六三、四番歌と同じような「君が在りと言はなくに」という句を含み、「見すべき君」のもはやこの世に存在しないことを嘆く歌である。その「君」の非存在を前提にして、人ならざる「二上山」を「弟世」と見ざるを得ない「哀傷」を歌ったのが一六五番歌である。やはり、唯一の肉親の死の結果、取り残された自分の悲しみを歌うばかりで、そこに到る過程について、なんら思いを到してはいない。類似の発想の歌も多い。

昔こそよそにも見しか　吾妹子が奥つきと思へばはしき佐保山　三・四七四

うつせみの世の事にあればよそに見し山をや今はよすかと思はむ　三・四八二

これらのことは、死んでいった大津皇子自身についても同様である。

大津皇子被死之時磐余池陂流涕御作歌一首

百づたふ磐余の池に鳴く鴨を今日のみ見てや雲隠りなむ　三・四一六

大津皇子の辞世は、他に懐風藻にも見える。

臨終

金烏臨西舎　　鼓声催短命　　泉路無賓主　　此夕離家向

この詩、岩波の日本古典文学大系本が類想の詩を指摘する。

　衛鼓侵人急　西傾日欲斜　黄泉無旅店　今夜宿誰家　後周・江為
　御鼓丁東急　西山日又斜　黄泉無客舎　今夜宿誰家　明・金聖嘆

先行する類句の存在の可能性もあろう。しかしこの二詩にも見られぬ「短命」という語に、同様に万葉歌にある「今日のみ見てや」という語に、心残りと生への執着がかなり窺えはする。しかしながら、この際の大津皇子の「流涕」は、二十四歳の今日死なねばならぬこと、若さと生への惜別の悲しみだけのように見える。彼には、自らをここに追い込んできたところの宿命（という意識があるならば、であるが）、周囲の人々――とりわけ、持統皇后や草壁皇太子、あるいは川島皇子に象徴される人々への恨みとか、それを察しつつもそこから抜け出ることのできなかった自らへの悔悟とか、妃山辺皇女や姉大来皇女、あるいは一味とされた礪杵道作とか沙門行心の身の上を思い遣る余裕とかは、まったく無かったのであろうか。大津皇子は、なぜ、死にゆくことへのそこはかとない悲しみが歌われているとしか詞の上からは読み取ることができないような作を残したのであろう。

三

我々は、このような先例をもう一つ有している。有間皇子の歌である。

　磐白の浜松が枝を引き結び　ま幸くあらばまた還り見む　二・一四一
　家にあれば笥に盛る飯を草枕旅にしあれば椎の葉に盛る　二・一四二

この二首の歌に「有間皇子自傷結松枝歌二首」という題詞がなかったら、また、史書が有間皇子の生涯を記していなかったら、この二首から数日後の作者の処刑に想いをいたすことができるであろうか。十一月三日、はじめて蘇我赤兄の訪問を受けて胸中を明かした有間皇子は、五日、赤兄宅でのクーデター計画の下相談を中止して帰り、その夜赤兄の手で逮捕された。九日、行幸先の紀温湯に送られて皇太子親らの尋問を受けた有間皇子は、「天と赤兄と知らむ。吾全ら解らず」と答えたという。赤兄の実名を出した以上、「天」とは皇太子中大兄をそれと指していう、とは多くの人の察するところであろうし、そう答えた有間皇子は、それが翌十日のことになるかどうかは予測できなかったにもせよ、目前に確実な死があることだけは予期していたであろう。「幸く、ま幸く」という語は、旅行く人の将来を祝う場合、離れ住む人の安否を気遣う場合、そして自らの未来の幸福をいう場合が大部分であるが、決して絶望的な状況の中でばかり使われる語ではない。一四一番歌では、「ま幸くあらば」と仮定条件の形で使われている。従って、それはあくまで仮定のことであって、歌った当人は「ま幸く」という将来が保証し得ないどころか、むしろありえないことを知っていたからこその仮定であったという理解も成り立つ可能性はある。が、将来の条件を仮定で表現するのは、この時代にあっても、ごく普遍的な表現方法なのである。

吾が命のま幸くあらばまたも見む　志賀の大津に寄する白浪　　三・二八八

という場合の穂積老に有間皇子ほどの切迫した事情は考えられぬし、

春さればまづ三枝の幸くあらば後にも逢はむ　な恋ひそ吾妹　　十・一八九五

という人麻呂歌集の歌は、「後にも逢はむ」という句を推量にとればあまりにも楽天的なげやり的であるから、かなり強い意欲の表明と素直に受けるべきであろうし、とすれば、「幸くある」ことを確信していると考えてよい。「ま幸くあらば」という表現は、「ま幸くあらませば」などとは異質であって、その状態のあり得ないことを予測するものではない。

となると、この歌、読み手に何を語りかけるのであろうか。当時の都人は、平生海のない大和に住んでいる。まさに「笥に盛る飯」の日常性である。それが海沿いの道に出て、この岩代のあたりまで進んでくれば、紀伊水道を抜け出し、対岸の四国の影響を受けることなく、太平洋の浪をそそり立つ崖が直に受けとめるようになる。現代の我々の前にも、深い海の色と白い波頭に感動を覚える風景が展開する。その浜松が枝を引き結ぶためには、そこでの少憩があったのだろう。旅に疲れた身に暫し許された休息の間に浜松の枝を結ぶには、寒風吹きすさぶ暗黒の空や、じりじりと焼きつけるような太陽の下での炎熱地獄はふさわしくない。やや汗ばんだ身に、さわやかな浜風が心地よいような、そのような季節の急ぐ要もない旅を想い浮かべるのは、この歌の受容としては妄想に過ぎないのだろうか。ただし、事実は冬の最中であり、旅は一歩ごとに死への確実な歩みなのである。当然、きびしい監視の下、束縛された少憩であったろう。周囲を官人に取り囲まれて、年若い皇子とその一味の者は、椎の葉に盛った飯を神に捧げて、幸薄かった我が身の将来に、せめてもの慰めを、心の中でのみ祈念したのであろうか。「また還り見む」という「む」に、生への強い執着をひそかに托したのであろうか。たとえ実際の姿がそれに近いものであったとしても、この歌自体は、野趣に溢れる弁当を囲んで打ち興じる旅人の一群の姿を、聞く者に髣髴させるような内容を含んでいるのではなかろうか。

僅か十九歳の有間皇子は、なぜこのような歌を残したのだろう。二十四歳の大津皇子も。二十六歳の大来皇女も。死への諦観というには、あまりに彼らは若すぎるのではないか。あるいは、そのような怨恨と呪詛に満ちた歌も残したのを、官が、もしくは官をはばかった者が、抹殺してしまったという事情でもあるのだろうか。が、どのようなものであれ、作者名と作歌時を記して歌を残すこと自体、それだけで十分に体制批判になり得るわけだし、万葉集の歌の在り方から見て、抹殺説は説得力が弱い。やはり、彼らの残した歌はこれだけだったと考えるべきである。

有間皇子事件より十三年前の六四五年、吉野の古人大兄皇子の謀反が発覚して誅されている。古人大兄皇子は帝位を固辞して、強引に吉野へ退いた。それから二ケ月半、彼は後年の大海人皇子のように、実際に吉野から兵を挙げるつもりだったのだろうか。ともあれ、有間皇子は幼年とはいえ、この事件を知っている。そして、古人大兄皇子の代りにこれも望まぬながら帝位を継ぐことになった父孝徳天皇がどのような状況に置かれていたか、大化改新という激動の中でどんな役割を果したかは熟知していたのである。そして、帝位継承のたびごとに血なまぐさい事件が起こることも。それゆえにこそ「陽狂」してその渦中から逃れようともしたが、前帝の遺児という立場は、彼に安穏な生涯を許さなかった。それを有間皇子は予知していたであろう。それから二十八年、大来皇女も大津皇子も、有間皇子事件の時にはまだ生をうけてはいないが、有間皇子に追和した歌どもが万葉集に残るように、この事件は語り継がれ、彼らもよく承知していたであろうし、皇位継承権第二位という共通の立場のはなはだ危険なことも熟知していた筈である。そして、同じような事件が起こった。信頼した者の裏切り、逮捕、事態の解明はなおざりにしての即刻処刑、少数の累犯者、同じような辞世。

とするならば、もはや、有間皇子や大津皇子の歌を、彼らの個性と考えるわけにはいかない。そこに怨恨も忿懣も見られないことを。

帝王の子として生まれた者は、次の帝位を継ぐか、陰謀の中に誅せられるか、運命が二途に別れることが多いのは、記紀のともに語るところであるし、彼らは事実を知らなかったであろうが、古代世界共通の現象である。皇子として生まれた以上は、それを甘受すること。これが歴史の教訓であったのではなかろうか。同じような事件に遭遇した時、人はすべて同じように振舞い、同じ想いを抱くものだろうか。美の感覚が、善の意識が時と処によって、またその人の階層や経歴によって異るように、このような時代にこのような事件に捲き込まれて、怨恨の、忿懣の、という感覚は、当時の貴族には、現代の我々が憶測するほど、無かったのではあるまいか。いや、そのような感情を表明せぬ、というよりむしろ抱かぬことこそ、至高の貴族たるべき素質ではなかったのだろうか。平安朝から中世にかけての貴族たちは、男でも、現代の我々が不思議にさえ思うくらい、よく涙を流す。それが、宣長のいうように、日本人の本来のあり方なのか、人間性の正しい発露なのか、問題はあるにしても、同じ姿を上古の貴族の映像としても描くことが正鵠を得ているとは、言いがたいのである。

四

しかし、としても、それは時代により、人によっても差はあったろう。大津皇子や大来皇女は、有間皇子の歌わぬ悲しみを歌っている。その歌の中の一句「馬疲尓」。この句、ウマツカルルニ、ウマツカラシニ、大別して二通りの訓みが試みられている。いま、沢瀉久孝『万葉集注釈』の説ウマツカルルニに倚る。

動物を詠み込んだ歌は、万葉集の中にも数多い。その詠み込み方には、いくつかの類型がある。もっともふつうなのは、

海原はカマメ立ち立つ　一・二

朝雲にタヅは乱る　夕霧にカハヅは騒く　三・三二四

この頃の朝開に聞けばあしひきの山呼びとよめサヲシカ鳴くも　八・一六〇三

のように、自然の景物として詠み込む例である。動物は鳥の場合が圧倒的に多く、その種類も豊富であるが、鹿をはじめとする獣類から昆虫、貝類など、かなり多彩である。自然の景物として詠む場合も、その動物の在り方を見て、作者は主体的に我が人生と関わらせて感興を催しているわけだから、さらに積極的に、その動物を何らかの比喩として、人間に関わらせて捉えることも、これに次いで多い。

むら肝の心を痛み　ヌエコトリうらなげ居れば　一・五

朝日照る佐太の岡辺に鳴くトリの夜鳴きかへらふ　この年ころを　二・一九二

酒飲まぬ人をよく見ばサルにかも似む　三・三四四

次には、人間の生活のための道具・対象として、もっとドライな関係で捉えられている。一つは食料その他の有用動物であって、これは採集対象としての魚類・貝類などがある。

海の底奥つい くりにアハビ玉さはに潜き出　六・九三三

カツヲ釣りタヒ釣りほこり　九・一七四〇

また狩猟対象としての動物や、その補助として使われる動物がある。

上つ瀬にウ川を立ち　一・三八

朝狩にシシ踏み起し　夕狩にトリ踏み立てて　三・四七八

そして、乗用、または農耕・荷物運搬用の馬が、かなりの数で登場する。

たまきはる内の大野にウマ並めて朝踏ますらむ　その草深野　一・四

ウマの歩み押さへとどめよ　住吉の岸のはにふににほひて行かむ　六・一〇〇二

右に見られるように、自然の景物の一環として動物を捉えるにせよ、その姿に感興を催して動物を比喩的に扱うにせよ、また生活の一助として動物を見るにせよ、それは、やはり人間とは別の生物として、人間側からみた動物の姿である。万葉集の時代は、すでに「草木皆物言う」時代ではない。さりとて、生命の根源はみな一つ、人として存在するも鳥としての生をうけるもみな仮の姿、衆生の間に本質的な差はないという仏教的思考法が人々の間に浸透しているのでもない。動物は、人間とは異質の生き物として眺められている。

それらに対して、動物たちも人間同様の感情を持ち、行為をするように描いている歌も相当数存在する。

島の宮上の池なる放ちドリ　荒びな行きそ君まさずとも　二・一七二

若薦を獦路の小野に　シシこそはい這ひ拝め　ウヅラこそい這ひ廻れ　三・二三九

吾が夫子が古家の里の明日香にはチドリ鳴くなり　妻待ちかねて　三・二六八

ウグヒスの待ちかてにせし梅が花　五・八四五

あしひきのヤマドリこそば峯向ひに妻問ひすといへ　八・一六二九

しかし、これらの歌における作者の視点は、前掲の比喩の場合と大きく異なるものではない。これは、見立ての歌なのである。動物たちは、人と同じように感情を有し、その感情はその状況に置かれた人が抱くであろうのとまったく同質に発揮される。それが物言わぬ動物の行為となって現れていると見立てるのである。周囲の人間たちとは独立的に、動物には動物の世界があり、そこで動物たちは人間と同質の感情を内にこめて生活していると見なすのである。それは動物の擬人化であり、歌の技法の一つである。

その点、

塩津山うち越えゆけば　我が乗れる馬ぞ爪づく　家恋ふらしも　三・三六五

の場合においても同様である。馬は、作者が乗っている点で人と直接関わりはあるとはいうものの、馬の心情は、乗り手と同様に、かつ乗り手と直接の関わりはなく、独立に発揮されて家を恋うているのである。

人の子のかなしけしだは浜渚鳥足なゆむ駒の惜しけくもなし　十四・三五三三

という歌は、馬が行き悩んでいても、その馬の心情に触れるものではない。乗用・農耕の具としての、高価な馬を損うこともあえて惜しまないという、人間の一方的な感懐の表白であって、馬は高価な道具としか見てはいないのである。となると、

さざれ石に駒を馳させて心いたみ　我が思ふ妹が家のあたりかも　十四・三五四二

において、「心いたみ」が懸詞として、駒のことと、「心いたみ――我が思ふ妹」へ続くという二面性を保有しているだけに、駒への同情という意図を持っているかどうか、疑問なしとしない。さざれ石に駒を馳させたのであるから、小石が跳ねかえって馬の足を傷つける、そのことをいたむのであろうという注釈書類の解釈は、ほぼ正当で

あろう。しかしそれが、馬が傷ついて痛いであろうと、自分の勝手から馬にそのような苦痛・苦労を与えることについての自責の念の表明ということになるのか、高価な道具を傷つけ、その機能を損ねることの心配なのか、ということについては、俄かに断定できない。同じ東歌中の三五三三番歌との比較からすれば、むしろ後者である可能性も高い。

このように見てくると、大来皇女の歌った「馬疲るるに」の一句は、はなはだ特異な表現であるということになる。馬は伊勢から遠い都まで自分を運ぶという労働を成し遂げてくれた（むろん、それが一頭の同じ馬でなくてもかまわない）。しかし、見まく欲りする君に逢えなかったということで、都へ来た実質的成果は果たされなかった。いわば、馬に無駄骨を折らせてしまった点について、自らを責め、馬に向かってその労働に対して気の毒に思う心の表明ということになろう。擬人化されたのではない馬、人との関わりにおいて馬としての仕事をしたその馬に、人として同情を示すという表現は、ほかに三五四二番歌に二分の一の確率をもって見られるにしても、記紀風土記万葉等を通じて、上代の歌謡に類型を見出し得ない。

自分を乗せて来てくれた馬が気の毒、かわいそうという発想は、現代の我々にとって少しも特異なものではないが、上代では、ほぼこの程度にしか探り得ないのである。この点は、この句を「馬疲らしに」と訓んでも大差なく現れてこよう。大来皇女は、なぜそのような表現を、あるいは発想を、ここで成したのであろうか。「馬疲るるに」という一句に何が託されているのだろうか。

むろん、この歌はその前に配された一六三番歌と一体のものである。その「伊勢の国にもあらましを」とともに、帰京したことへの失望の表現にほかならない。とはいえ、実際に伊勢に留まるすべもなかった筈である。本来なら帰京の最大の目的であった肉親の弟に逢える望みは、もはや存在しない。そして、都は、大来皇女にとって馴染みの薄い土地であった。大来皇女は十三歳で伊勢斎宮に指名されて泊瀬の斎宮にこもり、十四歳の時に伊勢に赴いている。最も高貴な身分に生まれたことと、母を失ったことは、斎宮に指される好適な条件を具えたことであったろう。以来十二年、縁薄かった父を失い、唯一の同母弟をさえ失くした大来皇女に、都に近しい人があったとも思われない。血を分けた叔母とその息子は、父の皇后・皇太子として、弟を謀反人として断罪した大きな壁として、大来皇女の前に立ちはだかっている。大来皇女は謀反人の血族として、都で衆目を集めざるを得ない。その事件が謀計の匂いが濃いだけに、多少ともつながりのあった者には、一味徒党と指弾される危険性が無気味にも重くのしかかっていたであろう。大来皇女とて、大津皇子の時ならぬ訪問を受けたことが表面化すれば、解任だけでは済まされぬ怕れもあろう。とすれば、都人としては、大来皇女姉弟にひそやかな同情を持ってはいても、あるいは、姉弟に近しければ近しいだけ、大来皇女に敢えて近づくことも少なかったであろうと思いやられる。大来皇女が「馬疲るるに」と言い、「君」以外の人に一切関心を向けようとしなかったのは、そういった人々の冷たい態度やまなざしを身にしみて感じたからではないのか。そこで、世間にはすっかり背を向けて、自分を運んで来てくれた馬に同情の眼を向ける。いや、それは同情ではなくて、報われることのない、疎外された者同志としての一体感を馬にだけ、黙々として献身的に自分を運んでくれた、体温を通じあった者同志としての馬にだけ、抱いたことになるのであろう。それが逆説的には、弟の事件、それを企てた者、加担した者、それを許した世間に対する批判になることを十分に承知しつつ、馬とともに、一切を沈黙のうちに籠めてしまうことによって、せい一杯の抗議、いな、抗議とか批判とかさえ意識化しない批判になっていったと考えてよかろう。

有間皇子には一切見られなかった悲しみが大津皇子に見えるのは、時代の故か。大津皇子になかった批判が大来皇女に裏から窺えるのは、女性だからか、真の当事者ではないからか、といえば、これはごく大雑把な推測とさえ言えぬかもしれない。

万葉集に載る歌が、現在我々が見うる形で原初に存在したという保証はない。集中の古い時期の歌は、むしろ逆に、題詞・作者をその記載のままに信じられぬものの方が多い。有間皇子の歌も、大津皇子・大来皇女の歌も、作者とされる本人が、その記載された時点において、いま見られる形の歌を作ったのだと信ずべき証はない。ここでも随時挙げてきたように、何人もの人による追和の歌があったり、類似の発想の歌が伝承歌的色彩の強い巻々に存在したりするところからしても、有間皇子物語、大津皇子物語として、他人によって創出され、附会されて語り伝えられたものが、万葉集に拾い上げられた可能性は強い。であったとしても、それを語り伝えた人々が、その物語の主人公にどのような性格を期待していたか、という形で、以上の推測をそのまま残してよい。語りの部分があった、恨みや怒りはその部分に籠められていた、として、多少割引きはするにしても。

笠女郎歌群

笠女郎が大伴宿祢家持に贈る歌廿四首

我が形見見つつ偲はせ　あらたまの年の緒長く我も思はむ　四・五八七
白鳥の飛羽山松の待ちつつそ我が恋ひ渡る　この月ごろを　四・五八八
衣手を打廻の里にある我を知らにそ人は待てど来ずける　四・五八九
あらたまの年の経ぬれば今しはと　ゆめよ我が背子　我が名告らすな　四・五九〇
我が思ひを人に知るれや　玉櫛笥開き明けつと夢にし見ゆる　四・五九一
闇の夜に鳴くなる鶴の外のみに聞きつつかあらむ　逢ふとはなしに　四・五九二
君に恋ひいたもすべなみ　奈良山の小松が下に立ち嘆くかも　四・五九三
我がやどの夕影草の白露の消ぬがにもとな思ほゆるかも　四・五九四
我が命の全けむ限り忘れめや　いや日に異には思ひ増すとも　四・五九五
八百日行く浜の沙も我が恋にあにまさらじか　沖つ島守　四・五九六
うつせみの人目を繁み　石橋の間近き君に恋ひ渡るかも　四・五九七
恋にもそ人は死にする　水無瀬川下ゆ我痩す　月に日に異に　四・五九八

朝霧の凡に相見し人故に命死ぬべく恋ひ渡るかも　四・五九九
伊勢の海の磯もとどろに寄する波　恐き人に恋ひ渡るかも　四・六〇〇
心ゆも我は思はずき　山川も隔たらなくに　かく恋ひむとは　四・六〇一
夕されば物思増さる　見し人の言問ふ姿　面影にして　四・六〇二
思ひにし死するものにあらませば　千度そ我は死に反らまし　四・六〇三
剣太刀身に取り添ふと夢に見つ　何の兆そも　君に逢はむため　四・六〇四
天地の神の判なくはこそ　我が思ふ君に逢はず死にせめ　四・六〇五
我も思ふ　人もな忘れ　おほなわに浦吹く風の止む時なかれ　四・六〇六
皆人を寝よとの鐘は打つなれど　君をし思へば寝ねかてぬかも　四・六〇七
相思はぬ人を思ふは大寺の餓鬼の後に額つくごとし　四・六〇八
心ゆも我は思はずき　また更に我が故郷に帰り来むとは　四・六〇九
近くあれば見ねどもあるを　いや遠に君がいまさばありかつましじ　四・六一〇
　右の二首は、相別れて後に更に来贈る

一

一人の女が一人の男に贈った歌が二十四首纏めて万葉集巻四に載る。万葉集のあり方からして珍しい存在である。伊藤博氏の『万葉集釈注』（「歌群の復元」〈『万葉集研究』十四集〉、『万葉集の歌群と配列　下』第八章第二節）は、小野寛氏の論（「万葉集巻八と巻三・四・六」〈『国語と国文学』四六巻一〇号〉）などに依りつつ、この二十四首の前に、

巻三の

笠女郎が大伴宿祢家持に贈る歌三首

託馬野に生ふる紫草衣に染めいまだ着ずして色に出でにけり　三・三九五
陸奥の真野の草原遠けども　面影にして見ゆといふものを　三・三九六
奥山の岩本菅を根深めて結びし心忘れかねつも　三・三九七

と巻八の

笠女郎が大伴宿祢家持に贈る歌一首

朝ごとに我が見るやどのなでしこが花にも君はありこせぬかも　八・一六一六

の四首がこの巻四の歌群の冒頭に位置するものとして存在していたものと推定している。この推定は巻三、巻八のありようや歌の内容からしても、至極あり得べきものであろう。とすれば、二十四首は二十八首にまで膨れ上がる。

そして、この二十八首は、四首、四首、四首、四首、四首、六首、二首の七群に分かれると伊藤氏は説かれる。そのことはまた、この二十八首の歌群が七回に分けての家持への贈歌であることを意味する。この歌群の構造については多くの説が立てられている。『釈注』の紹介するところだけを挙げてみると、小野寛氏（「笠女郎歌群の構造」〈『学習院女子短大紀要』七〉）はこの二十四首を渇望期（五首）慨嘆期（十一首）惑乱期（五首）離別期（三首）に分け、山崎馨氏（『万葉集を学ぶ　第三集』有斐閣、一九七八）は下燃えの思慕（五首）燃えさかる炎（十首）燃え残る思い（六首）自嘲と寂しみ（三首）としている。なお、小野氏には他巻にある笠女郎の歌五首を含めた構造を説く論もある（『論集上代文学』第五冊、笠間書院、一九七五）。

この歌群の内容は、これらの諸説がほぼ一致して説くように、ある恋の初めからその終焉期の情緒を歌うものである。ここ巻四には二十四首が一括して載せられているが、これに対しては、先掲のように「笠女郎が大伴宿祢家持に贈る歌廿四首」という題詞が付され、その後に「右の二首は、相別れて後に更に来贈る」という左注が加えられている。この歌群の由来を語るものは、万葉集としては、これだけなのである。笠女郎が何者であるか、家持とはどのような関わりのある人であったか、歌は何時どのような形で届けられたか、それには詞などは添えられていなかったのか、家持はそれにどのように対応していたのか、など一切は語られていない。万葉集という歌集、私が昔時折使った用語では、文献的事実としてはこれだけであって、その先の推察・推定は我々に委ねられているといってよい。そこで先ず、諸先学がこの歌群について、その内部に何首かずつ纏まった構成を有していること、そしてその小さな纏まりが連続して連なって、全体として恋の初期からその終末までの時間列に従って配置されていると解釈されていることを確認すればよい。

二

ところで、この歌群に先行する巻四・五八一番歌からの四首には「大伴坂上家の大嬢が大伴宿祢家持に報へ贈る歌四首」という題詞がある。「報贈」であるから、家持から大嬢宛に贈られた歌があった筈だが、その歌は万葉集には見られない。この四首の歌は大嬢の母坂上郎女の代作かという論も多いが、それはともかく、この歌中で自分のことを「幼婦」と表現しているので、実作者が母娘のいずれにせよ、坂上大嬢のごく若い時のことであろうと推定されている。そして万葉集巻四の配列その他から推定されるところでは、以後数年にわたって二人の間に歌の贈答はない。次には巻四・七二七番歌に「大伴宿祢家持が坂上家の大嬢に贈る歌二首」とあって、すぐに続けて「離絶数年、また会ひて相聞往来す」と記す。これに対して大嬢が三首を贈り、家持が三首を和え、更に大嬢から一首、家持が一首、大嬢が二首、家持が二首、そして家持から十五首と贈答歌が連続して載せられている。

万葉集巻四における歌の配列では、この「離絶数年」の間に笠女郎からの二十四首が位置するのであるが、この歌ばかりではなく、山口女王、大神女郎、中臣女郎、河内百枝娘子、巫部麻蘇娘子、粟田女娘子、豊前国娘子大宅女、安都扉娘子、丹波大女娘子など実に多くの女たちから家持への贈歌がある（贈り先の名を記さないものもすべて家持宛であろうという『新編日本古典文学全集』などの説に従う）。これらの贈歌はみな恋心を寄せた歌である。そして家持から、相手の名を記さない娘子、童女などに宛てた歌も混在するが、贈られた歌に対する返歌は殆どない。

このような万葉集巻四の構造を、大伴家持の実人生と重ね、贈られた歌は送り主のその折々の実感情の反映だと捉えるのが一般的風潮である。すなわち、若き貴公子大伴家持は、まだ幼い坂上大嬢と何らかの事情によって離絶していた数年の間、幾多の恋の遍歴を重ねていた、と。笠女郎の場合もその一つで、多分年上だった女郎からの一方的な恋に、家持はそれほど気乗りを示さなかったのであろうと考えられているのが常である。その理由としては、贈られた二十四首もの歌に対してその都度の返歌がないこと、その二十四首の次に掲げられた

大伴宿祢家持が和ふる歌二首

今更に妹に逢はめやと思へかも　ここだく我が胸いぶせくあるらむ　四・六一一

なかなかに黙もあらましを　なにすとか相見そめけむ　遂げざらまくに　四・六一二

という二首が答歌としては、率直と言えるかもしれぬが、対人関係の中で返されたとするにはあまりにも素っ気ない歌であること、によるのであろう。

この巻四の笠女郎の歌群は、他巻に切り出されたかと推定される歌を除いて二十四首が一括登載されているのであるが、この万葉集としての実態は、いろいろなことを考えさせる。まず二十四首（あるいは二十八首）の内容が、恋の始まり頃の訴えから、終わりに付せられた左注から推測されるような終熄後の嘆きまでの一連の始終であるということ。この解釈は基本的に諸説変わりはない。これが作者の実体験だとすれば、ここには一括して掲載されて

はいるが、何回かに分けて家持の許に届けられたとしなければ実情には合わなくなる。つまり、最後の左注が二首だけを後に贈られてきたとする、そのことを遡らせて、かつ何回にも分割されて贈られたものと見なすのである。この場合は、現存の万葉集のこの二十四首に付せられた題詞と左注のあり方をある程度無視することにもなってしまう。むろん万葉集の題詞・左注のあり方は現代の我々が考えるような完璧なものではない。だが、何回かに分けて届けられたとは、万葉集の何処にも書き留められてはいないのである。最後の二首だけが時期を別にして贈られたとのみ記す。

次に、もし何回かに分けて贈られてきたものだとすると、受け取った家持はその最後に至るまでは無視し続けたのであろうか。当時の歌の贈答からは、最大七回にも及ぶこの贈与に常に無言・無返歌であったとは考えがたい。この巻四の編纂に大伴家持が関わっていたとまではいわぬにせよ、資料は家持の手許から出ていることが考えられる。実際にはその都度何らかの歌が返されてはいたが、編纂時（巻四自体でも、その母体になった歌集でも）に家持の手によって抹消されたというのが多くの見方のようである。資料としては家持の手許にはその返歌の歌稿は残っていなかったという事情も考えられなくはないが、家持の場合としては現実的ではあるまい。現実に巻四には他にも答歌または和歌が載せられていない場合が多いのだから、編集・掲載に際して削られた可能性は小さくはない。その間の状況を憶測しても、それは憶測に留まるであろう。

もし巻三、巻八に載る笠女郎の歌が原資料にはこの二十四首と一体のものであって、後の編纂段階でそれぞれの巻に切り出されたものだとすると、現在の巻四の題詞は巻四編纂時のもので、その点でも原資料の本来の姿を反映したものではない、ということになる。すなわち巻四という歌集の享受のあり方の問題であって、原作者笠女郎（と呼ばれる人物が居て、その人が実際にこれらの歌を作ったのだと仮定して）の実際の心情なり作歌の状況なりとは無関係かもしれないとさえ考えられる。二十八首が同一人から同じ相手に贈られたものだとすれば、そのうちの二十四首に対して付された題詞は、その贈答の有り様からは乖離したものと云わねばならない。また、二十四首のみが笠女郎から家持に贈り付けられたものであっても、それが時期を異にし、いささかの心情・状況の差を孕んでいるものだとしたら、やはり題詞は杜撰、あるいは実情に即していないものだと見なされよう。さらに題詞がそのようなものであれば、左注も同様の性格を含んでいる、つまりはこれもこの歌群の解釈の為には信用しない方が良いのかもしれない、ということになる。

二十四首あるいは二十八首が全体的纏まりで、その内部が四首一組の構造を基本とするという伊藤説を推し進めるならば、その最後の左注も半ば無視するべきではなかろうか。万葉集に四首一組の歌群が多いことも現在では常識的な理解であろう。何故に三首や五首ではなく四首一組が主流となったかは、中国での新流行、絶句の影響が考えられよう。奈良朝以降の日本では、漢詩は七言絶句が圧倒的に好まれる。短歌一首では七言絶句の詩には内容的に対抗できないのは明らかである。短歌に対してほぼ同じ内容・状況などを盛り込んだ七言絶句の漢詩を付加した新撰万葉集では、小島憲之氏も指摘するように、ほぼその二句で短歌の内容全体を覆い尽くしているのである。二音乃至三音で一語を構成する日本語構造では、漢詩の七音句二句程度の内容しか盛り込めない。また、その内容の多彩さということではなく、絶句において四句がそれぞれ半ば独立しながら起承転結の流れに沿って一つの詩境を構成して行くという、その文芸的手法の形式面に強く興味を持ったのかもしれない。一方では短歌を構成する五句の流れにも漢詩的構造を含ませようともするだろうが、端的に短歌四首をもって絶句と相似た作品を創出するという試みが大方の心を捉えたのでもあろう。その実際的方法が流下型でも波紋型であってもそれは構わない。

これらのこと、つまり、二十四首あるいは二十八首がどのように小グループを形成するか、そのグループに属するのが何首ずつで、そのグループにどのような名を与えるべきか（すなわち如何なる心情の表現として纏まっているか）というようなことは、現在の私には、それほど大きな問題ではない。これら歌群の内容が何首ずつかのグループとして纏められていること、それが恋の始まりから終わりまでの流れにほぼ添った内容であること、この定説となっている実態を確認すればよい。もし付け加えることがあるとすれば、先に述べたような理由から、グループは四首一組で構成されているという方向で、左注は無視して考えた方が良いのではなかろうか、という点である。小野説でも山崎説でも、最後のグループは、左注に従った二首ではなくて、その前の一首を含めた三首で構成されているという。つまりは左注は必ずしも歌の内容・構成を反映していないということになる。

三

歌が歌われるものでなく、文字によって創られるようになったとき、歌は変質した。歌われるうたは、歌い手と聞き手が同じ場に同時に存在しなければ、そもそもうたが成立・存在しない。声の届かぬ距離にある人には、言葉も歌も本質的には届けることは不可能である。その必要に迫られれば、仁徳帝のように、舎人鳥山や丸邇臣口子を皇后の許に派遣して、その口から歌わしめなければならない。文字が伝達に介在するようになると、書き手と読み手は、場所と時間を共有しないようになる。かつては歌い手と聞き手が否応なしに同じ場に居り、それだけに歌い手と聞き手は身分・家柄・教養等、相似た人たちであり、歌い手が目にしていたものは同時に聞き手も見得るものであり、歌い手の耳に届く物音は聞き手にも聞こえている音であった。それが文字を媒介とする伝達が成立してくると、場・状況を異にする人との間のコミュニケーションとなる。この際、書く行為が行われている場と読む行為が行われている場と二つの現実の場は切り離され、読み手は書き手の置かれた場を直接確かめることが不可能となる。

この非同時性は、歌われるうたがいったん歌い出したら中断が許されず、歌っている態度・表情を聞き手の目から隠すことも普通の状態では出来ないという同時性をも消し去る。紙などに書いて届けられた歌稿は、それを机の前で正座して書いたものか、寝そべって書いたものか、笑いながら書いたか、泣きながら書いたか、想像は出来ても確認はできない。一気に書き上げたものか、間に三日の中断があったかも判らない。しかし、現実には場を共有していなくとも、読み手・書き手の間の空想的な共有の場がなければ、相互理解や交感は難しい。むろん歌の贈答をし、何らかの心の交流を図るためには、それまでの生活の中に同感し共有し合う共通の価値観が多くあったことだろうし、今もそれを期待しての贈答であろう。やがては歌を贈るにしても手紙を届けるにしても、先ず言葉による共通の場の構築、あるいはいま自らの置かれている場の説明から始めなくてはならなくなるが、文字を媒体とする交流の始まったばかりの頃は、当然前代を引きずるから、両者の経験・記憶に頼った場に立っての手紙や歌の応酬となっていた筈である。従って、時代や場を異にする第三者にはその状況が摑みにくくなる。平安和歌に比べれば万葉第三期の歌が我々にとって分かり難いのは当然であった。

歌い手と聞き手によって構成される現実の場、これを捨象することによって、文芸としての歌が登場する。現実の場のしがらみの中に閉じ込められている限り、うたは現実の場においてその場限りの実際的効用を果たすことが期待され続けてきた。祝宴なり葬儀なり行幸なり、その場その場に応じて、そこに集まった人々の間に共感の輪を高めるという役割を。現実の社会の中で、一定の目的を持った何人、何十人かの人々がある時刻、ある場所に集うことによって創り出される臨時的小社会、それ故にこそその目的のために結束を固めなければならぬ宿命を負わされた集団は、そのための手段・方策を幾つか、例えば同じ衣装とか、同じ文言を斉唱するとかなどの方法を保持して来ている。うたもその一つの手段であった。

文字によって現実の場から解放されたとき、歌の贈答は両者に共通する仮想の場を創り出していった。現実ではない、自分の思念する場に相手を引き込まなければ交感は成り立たない。周知のように、古代、「恋ふ」という語によって表現される心情は、相手に逢いたい、顔を見たい、共寝をしたいという具体的な欲求であった。従って、二人が相逢っている時は「恋」は「やむ」のであって、別れ離れた時にまた新たな恋が始まる。うたがただ口に出して歌うものであった時代には、恋のうたは存在し得ない。幾つかの障害を排して女の許に辿り着き、相手と二人だけになった際に、いかに逢いたかったかを朗々と歌い出す必要はまったく無い。歌い出すよりは手を出す方が手っ取り早いし効果的であろう。ロミオがセレナータを歌ったとしたら、声の届く範囲に辿り着き得てもなおかつ、直面し得ない障害が残るからである。もっとも本当に単身窓下でセレナータを歌ったら、軽くともバケツの水くらいは浴びせられたかもしれない。そして別れ住んで恋心を抱いても、文字が無ければその想いを伝える手段も無い。所詮は恋歌は世にあり得なかった。

むろん、文字のない時代でも、別れている相手のことを「今頃どうしているだろう」と思いやったり「いま此処にあの人が居たら」と空想する自由も習性もある。が、それを間をおかずに伝えることは不可能だった。文字を介すれば時間のずれをさして感ずることなく伝達できる。その際直接相手に触れるのは、料紙と手蹟で、口上を言わせるために遣わす使者の風貌・態度・物言いなど（これは歌や言葉の発し手とはかなり異なる）が相手に与えてしまう印象よりは稀薄で抽象的であるから、贈り主を思い遣るよすがとしてはより有効であろう。そこに観念の上での場が現実の状況には妨害されること少なく成立する。かつ、現実の場を捨てたことによって、歌はその集団性をも捨てることになる。一対一の場では存在が困難であったうたが、書かれることによって個人から個人へ、私的な秘めやかな新たな場を基盤とするようになる。

我が形見見つつ偲はせ　あらたまの年の緒長く我も思はむ　四・五八七

我が背子は、今此処には居ない。二人は現実には離れた別々の場に居る。が、君の許には我が形見の品がある筈です。どうぞそれを取り出して、その形見を見て私のことを思ってください、あなたが私の形見を見て私のことを考えてくださる、それがあなたのことを思い続けている私と、ほれ、同じ場に居ることになるのですよ。両者が仮想の場で邂逅する、しかもその場には他人が介在しない。これが書かれた歌によって実現するのである。

衣手を打廻の里にある我を知らにそ人は待てど来ずける　四・五八九

我は打廻の里に居る、そして君の訪れを待ち侘びている。だけどあなたはおいでにならない、私が此処に居ることをご存じないなら無理もないことなのだけれど。自分が日常住んでいる所とは違う所に来ている、そのことを知らせない限り相手が知らないのは当然である。先ずは我が居る場を相手に説明しなければならない、そのような異なる環境・場所にあっても通じ合えるのが文字による歌の贈答である。

以下、細かい検討は省くけれども、これらの歌が文字による贈歌であることは明らかで、さもなくばこのような表現にはなりえない内容なのである。

四

笠女郎の歌は、あらゆる点から見て、初めから文字に頼って創り出された歌と考えられる。たまたま口ずさんだものを誰かが書き留めたというようなものではあるまい。とすれば、基本的には桐火桶を抱いたという後世の歌人たちと共通した制作の場を持ったとも言えよう。極端な想像を逞しうするならば、笠という氏の名を聞いただけで前代宮廷歌人の第一人者（という扱いを受けていたと見て良い）笠金村を思い浮かべ、その子女もしくは縁戚の人かと納得するであろう。実際に笠女郎として世に知られた人がたとえ存在しなかったにしても、あるいはその人を知らなかったにしても、贈歌の実在性は万葉集読者には受け入れられる。勿論そのようにまでして、この贈答そのものが家持乃至第三者の創作だと強弁する必要はない。とはいえ、創作・受容の過程は文字に頼る創出という点から、かなりの共通性を含むのである。

笠女郎の家持に対する贈歌が、何回かに分けて贈られたにせよ、同一人から同一の相手に対して同類の気持ちを表現するものとして届けられたものであるならば、譬喩歌という表現形式の見地から、また「なでしこの花」が詠み込まれているからという理由で何首かをそれぞれ別の箇所に切り出したということは、一連の贈歌であるという事実を無視もしくは軽視したということになる。ある意味で編集の大権は創作の権利より強くて当然なのだが、ここまで創作事情を無視して良いものであろうか。にもかかわらず切り出しが行われたとすると、巻三や巻四の編集者は、笠女郎という一女性の切迫した想いを、そうとは感じていなかったとも言えるであろう。恋を知り初めたその心の遠慮がちな表白よりは、譬喩歌という創作方法に興味を抱き、続く歌群との繋がりよりもその譬喩歌としての出来の方に価値を置いたのであるから。

そのような受け取り方をも許容する内容を、この歌群が含んでいたとすると、それは何であったろうか。

以上の観点から導き出される見方は、この一群の作品は、「女の一生」または「ある恋の物語」を短歌の連作という形式で作り上げてみた作品、ということになるのではあるまいか。それは口承の時代から歌い継ぎ語り継いで来られた「歌物語」の変形・発展であり、文字を媒介とした個人的な創作の作品である。むろんその初期のものだけに、古い口伝えの形式には収まりきれず、中国の作品を参考にしても、例えば絶句に倣って四首一組起承転結に整え上げて更にその四首を一組とした四組の構成を仕立て上げるなど思いもよらず、さりとて賦の形に縋ることもならず、というような中途半端、不完全な試みにならざるを得なかったのであろう。それは笠女郎という女性の作でもよいし、その名を借りた誰かの作でもよい。そこにある男（大伴家持という名でもよし）に対する実際の恋情が起こり、燃え上がり、消えていったという生活上の事実があったとは考えなくともよいのではなかろうか。かつての歌物語が過去の、または歴史上のある誰かの恋の一挿話を歌ったのに対して、文字に依るだけに終始一貫した恋の物語のすべてを、客観的にではなく、その女の立場で歌い上げる試みをなしたもの、と見なすのである。

笠女郎歌群には、独自の表現が多いことが注目されている。独自ということは、他に類例を見ない、集中の単独使用語彙、もしくはそれに近いものということだが、この場合も幾つかの型に分かれよう。例えば「夕影草」（五九四）。これは夕方の淡い光の中に浮かんで見える草のことであろうが、「夕影」は使われても「夕影草」は他に使用例がない。それはそのような草の名がなかったというだけのことではなく、「夕・影・草」という語を一つに纏めるようなそのような表現が、人麻呂の「夕波千鳥」と全く同じように、他の追従を許さなかったということである。これらの類は、たとえ他に模倣者が現れなくとも、歌言葉として通用しうる表現であろう。これに反して、「餓鬼の後に額つく」（六〇八）とか「八百日行く浜の沙」（五九六）とか「皆人を寝よとの鐘は打つ」（六〇七）とか歌には馴染まないような表現があり、その中間に「剣太刀身に取り添ふと夢に見つ」（六〇四）などフロイトが知ったら大喜びしそうな言とか「天地の神の判」（六〇五）などの古めかしい言があり、枕詞、序詞の使い方にも伝統的・平凡なものがある一方で斬新な用法も見え、むしろ奇抜な、画期的な表現に充ち満ちた歌群と評することが出来よう。それはちょうど巻十五の狭野弟上娘子歌群と似た傾向を示す。

このあたりの奇抜さは、これらの歌が笠女郎という天才的素質を持った一歌人の個人的経験の上から創出されたものではなく、歌の歴史上の過程としての試作であるという、その点のもたらしたむしろ稚拙さの露呈とは言えないだろうか。それは夫婦或いは恋人の間で秘やかに私的に取り交わされる囁きとはまったく異質のものである。むろん千数百年前の小さな社会に息づいていた貴族たちの想いは、二十一世紀の庶民である我々とは隔絶したものがあったであろうことは想像に難くない。とはいえ、この万葉集に一括して載せられた歌群は、笠女郎という名を冠した特定個人の大伴家持という貴族の男性に対する恋情の表現結果ではなく、女の立場からするある恋の物語であったろう。それは口承の歌物語の伝統を引きつつ、古への高貴・高名なお姫様の物語ではなく、現代の、普通の女性の叶わぬ想いを歌い上げたもので、しかも演者の口を通して歌われるものとしてではなく、文字によって創られ、目を通して読むことによって享受される新しい型の楽しみとしての作品であったろう。それが王朝物語のように整った見事な作品とは成り得ていなかったのは、いわば転換期、草創期の罪として許容すべきであろう。その創作的作品が第三者（編者）によって解体され、分属されたというのも、その稚拙さが緊密な構成を有するとは他人には認められなかったからであろう。現代の研究者からも全体的な構成の意図は容認されてはいるものの、細部に異論が出るのは、そもそもの構造が不完全であるからである。

家持の付加した二首

大伴宿祢家持が和ふる歌二首

今更に妹に逢はめやと思へかも　ここだく我が胸いぶせくあるらむ　四・六一一

なかなかに黙もあらましを　なにすとか相見そめけむ　遂げざらまくに　四・六一二

は、いわばこの作品に対する批評であって、現代の短歌・俳句の選者たちが投稿された作品の選評として時折見せる手法と共通したものである。そのように解さないと、この二首の贈られた歌群とはあまりにも乖離した心情、内容の理解に苦しむこととなるし、いかにあまり好ましくはない相手に対してであっても、それならばこそ余計に、個人的交渉の中で投げ返されるべき言葉ではあるまい。

紀女郎贈答歌

紀女郎が大伴宿祢家持に贈る歌二首

戯奴〈変してわけと云ふ〉がため我が手もすまに春の野に抜ける茅花そ　召して肥えませ（御食而肥座）　八・一四六〇

昼は咲き夜は恋ひ寝る合歓木の花　君のみ見めや　戯奴さへに見よ　八・一四六一

右、合歓の花と茅花とを折り攀ぢて贈る

大伴家持が贈り和ふる歌二首

我が君に戯奴は恋ふらし　賜りたる茅花を食めどいや痩せに痩す　八・一四六二

我妹子が形見の合歓木は　花のみに咲きてけだしく実にならじかも　八・一四六三

紀女郎が大伴宿祢家持に贈る歌二首

神さぶと否にはあらず　はたやはた　かくして後にさぶしけむかも　四・七六二

玉の緒を沫緒に搓りて結べらば　ありて後にも逢はざらめやも　四・七六三

大伴宿祢家持が和ふる歌一首

百歳に老い舌出でてよよむとも我はいとはじ　恋は増すとも　四・七六四

一

紀女郎と大伴家持との贈答歌はどのような意味合いを持つと当事者同士、また読者に受け取られたのであろうか。この二人は、大伴田主と石川女郎の贈答歌の存在を知っていた筈である。

紀女郎の年齢は不明ではあるが、大伴家持より大分年上であったことは諸書が説く通りであろう。いま小学館本新編日本古典文学全集の後注「人名一覧」から関係者の分を引用すると次のようになる。

紀女郎　紀朝臣鹿人の娘で、名を小鹿といい、安貴王の妻となったが、王が失脚した後、大伴家持に接近したらしく、家持との贈答歌が万葉集に二か所に分れて見える。

安貴王　志貴皇子の孫。春日王の子。天平元年（七二九）従五位下。同十七年従五位上。神亀元年（七二四）頃因幡八上采女を娶って、愛情盛んであったが、不敬の罪に当てられ、本郷に退けられた後、悲嘆して詠んだ歌が見える。妻は紀女郎。子の市原王は自分が一人子であることを嘆いている。

市原王　志貴皇子の曾孫。安貴王の子。天平十五年（七四三）従五位下。備中守、玄蕃頭などを歴任。天平勝宝八歳（七五六）には治部大輔と見えている。天平宝字七年（七六三）造東大寺長官。正倉院文書によると、天平十一年以降、皇后宮職および金光明寺（東大寺）の写経司に出仕して長官にもなったことが知られる。

紀女郎の父、紀鹿人は巻八・一五四九番に「典鋳正紀朝臣鹿人、衛門大尉大伴宿祢稲公の跡見の庄に至りて作る歌一首」という題詞を持つ歌があり、大伴稲公と親しかったことが知られる。その稲公は

大伴宿祢稲公　安麻呂の子。旅人の異母弟。坂上郎女の同母弟か。稲君とも記す。衛門大尉を経て、天平十

三年（七四一）従五位下で因幡守となり、兵部大輔、上総守などを歴任。天平宝字二年（七五八）従四位下大和守の時奇瑞を奏したことが見える。

とある。また、安貴王の子、市原王は家持と同一の宴席に連なり、その歌が隣り合って万葉集に収録されている。

同月十一日活道岡に登り、一株の松の下に集ひて飲める歌二首

（六・一〇四二）右一首市原王作　（一〇四三）右一首大伴宿祢家持作

二月式部大輔中臣清麻呂朝臣の宅に於いて宴する歌十五首

（二十・四五〇〇）右一首治部大輔市原王　（四五〇一）右一首右中弁大伴宿祢家持

以上のことを総合すると、紀女郎と家持の年齢差は一世代（親子）、少なくとも半世代程度離れていたと見て良かろう。女性の方がこのくらい年上だった場合、普通には男女としての恋愛関係は考えられまい。

そのことも事実関係はいわばどうでもよいことで、この贈答歌がどのような立場で交わされ、それを見る者はいかなる遣り取りとしてこれを捉えていたか、を問題とすべきであろう。これらの歌には何が盛り込まれ、いかなる想いが籠められていたのであろうか。

これらの歌は、紀女郎の方から、合歓の花と茅花に添えて贈られたものが先行する。この贈り物は確かに奇妙な取り合わせであり、通常茅花は春、合歓が花開くのは初夏で、季節も合わない。所詮は贈り物としての財物的実効を有するものではなく、象徴的、あるいは歌のための方便的物品であるとしてよかろう。その合歓については以前から注目を集めている。この樹の花を「合歓」という文字で表すこと自体、中国語の文芸の中での表現である。そして、単に精神的な歓びの意を含むだけでなく、夜の共寝を暗示する、いや明らかに示唆する語として用いられている。もっとも夜間や雨天の際に左右対称の葉が合わさるのであって、花自体は「合歓」とはならない。が、合歓の枝に一四六一番のような歌を添えて贈られた場合、それを共寝への露骨な誘いと受け取らなければ、それこそ

「おそのみやびを」と罵られなければならなくなる。

かつて述べたこともあるが、日本の作品として残るものの中には、ポルノ的表現とか、性的交渉の露骨な表現を有するものは、まず無い。この歌はその例外的な存在であろうか。それもはっきりと女性の名において、特定の男性に向けて贈られたものであれば、歌垣での歌合戦のような不特定の遊び的要素が消える。そのようなことも、或いは実生活の中で現実にはあり得たかもしれぬが、その場合は秘め事である筈、このような個人的な遣り取りは万葉集の中に公開されてよいものだったのだろうか。つまり、紀女郎なる一応貴族階層に属する年増の女性が、年若い貴族の男に恋心を抱いて、あからさまに共寝を誘う歌を送り付け、贈られた大伴家持はその誘いを拒んだのみならず、この遣り取りを歌集の中で暴露したということが実生活の中で起こったことなのだろうか。いや、もし現実の場で起こったことならば、相手の男がこの誘いに乗って初めて秘め事になるのであり、石川女郎・大伴田主の場合もそうであったように、贈歌の主はこの明らかな誘いを当然拒否して来るであろうという予想があり、いかように拒否するかの一点に興味を抱いていたのであろう。

二

結論を急ぐ前に歌の表現をもう少し追ってみよう。「茅花」の方は、一四六〇番歌に「召して肥えませ」とあることで、一般にはそれ以上の追求が見られないが、この点はどうなのであろうか。

静女其姝　俟我於城隅　愛而不見　掻首踟蹰　静女其孌　貽我彤管　彤管有煒　説懌女美　自牧帰荑　洵美且異　匪女之為美　美人之貽

詩経・邶風・静女

なんときれいなあの娘　私を待ってる城の隅　陰に隠れて姿が見えず　首を掻き掻き捜して回る　なんときれ

いなあの娘　私にくれた赤い管（菅？）　赤いその管つやつやと　いっそあの娘が慕わしい　摘んだ茅花を私にくれた　ほんとにきれいで美しい　茅花がきれいでいうではないが　これは美人の贈り物

中村公一氏訳『中国の愛の花ことば』

手如柔荑　　詩経・衛風・碩人

古く中国では、茅は男を誘う若い女性に見立てることが多い。茅の穂が風に靡く様からの連想であろうか。芳賀紀雄氏はこの歌の発想の基盤に、この毛詩があると見ておられる。

薬草としての根や花は、日本において

知加也　一名袁波奈　味微甘久無香、七八月開白色花乎八月採根乎　並爾採花乎乾　武蔵国爾多　大同類聚方

茅根一名蔄根（略）和名知乃禰…　本草和名

白茅チカヤ根名茹根地筋　茅針ツハナ初生苗也　荑同上見于詩経　和爾雅

茅花をゐなかの童部はつみて食ふ、古へは是をくへば肥とて大人もくひたり、本草にも益小児といへり、五元集、やせたうてつばなも食はぬ花盛と付句あり　嬉遊笑覧

茅花芽　俗訓津波奈　釈名（略）集解　茅原野毎多有而民間葺屋者也、春初生芽即茅針也、二三月含花時、紅青交色葉中含碧白之絮、児女采之称津波奈而噉之、或和塩揉合而食之、其味甘脆、三四月開白花、如白毛敗筆而結細子、（略、根のこと）　本朝食鑑

白茅　根名茹根　蘭根　地筋　茅和名智、花曰豆波奈、豆与智通、按茅生原野堤塘、春月児女抜茅針為野遊　和漢三才図会

白茅　チ和名抄（略）随地皆アリ、葉ハ稲葉ノ如ニシテ薄ク、長サ一尺或ハ三四尺許　叢生ス、春新苗出ル時、葉中ニ花ヲ包ミ、細筍ノ形ノ如シ、コレヲ茅針ト云、一名茅筍〈医学入門〉茅榧〈通雅〉諱（略）共ニツバ

ナト呼ブ、チバナナリ、今ノ人草ノ名ヲツバナト呼ブハ誤ナリ、小児茅筍ヲ採リ、嫩穂ヲ出シテ食フ、集解ニモ小児ニ益スト云　重修（訂）本草綱目啓蒙

茅チガヤ正曰白茅、時珍云、夏花者為茅、秋花者為菅、白羽草チガヤ順和名、蔚チガヤノホ字彙茅穂也、茅針ツバナ、チバナ匀会、茅苗出地曰茅針、荑ツバナ　毛詩註、茅之始生曰荑、茅花ツバナ万葉　書言字考節用集

などと見える。時代は下がるものの、紀女郎が勧めたような薬効は顕著ではない。主に薬用として用いられるのは寧ろ根の方で、薬効は主として利尿・消炎である。嬉遊笑覧に「是をくへば肥とて大人もくひたり」とあること、および五元集の句は、「古へは」と断るように、本草学の知識に基づくものというよりは、万葉のこの歌による記述であろう。花穂は甘味を持ち、小児のおやつとして用いられることが多く記されている。これは後世のことであるが、古代においても同様であったろう。一般に時代が遡れば食生活は貧弱であったろうと推測されるので、子供の食べ物としての茅花の比重は大きかった筈である。つまり、この茅花をたっぷり食べて太れというのは、まさに子供相手の言い草なのである。

ついでにこの歌を根拠にして、また笠女郎が家持を間接的に餓鬼と称したことから、家持は少なくとも若い時分には痩せ気味だったろうという推測がなされることが多い。しかしこれはどうか。

集中に肥え太ったさまを云う表現は見られない。疑われるのは「角のふくれ」（十六・三八二一）ぐらいである。

一方、痩せた様子については、

我ろ旅は旅と思めほど家にして子持ちやすらむ我が妻かなしも　二十・四三四三

恋にもそ人は死にする　水無瀬川下ゆ吾やす　月に日に異に　四・五九八

大船の泊つるとまりの絶ゆたひに物思ひやせぬ　人の子故に　二・一二二

ぬばたまの夜昼と云はず思ふにし我が身はやせぬ　嘆くにし袖さへ濡れぬ　四・七二三
三国山木末に棲まふむささびの鳥待つ如く吾待ちやせむ　七・一三六七
紫の我が下紐の色に出ず恋ひかもやせむ　逢ふ由を無み　十二・二九七六
己がじし人死すらし　妹に恋ひ日に異にやせぬ　人に知らえず　十二・二九二八
石麻呂に吾物申す　夏痩せによしといふものそ　鰻取りめせ　十六・三八五三
痩す痩すも生けらばあらむをはたやはた鰻を取ると河に流るな　十六・三八五四
右、吉田連老といふものあり、字を石麻呂といふ、所謂仁敬の子なり、その老人となりて、身体甚く痩せたり、多く喫ひ飲めども、形飢饉に似たり、これに因りて、大伴宿祢家持、聊かにこの歌を作りて、以て戯咲を為す

というように、心労や恋の思いのために痩せると表現されることが多く、すべてマイナスイメージのものとして詠み込まれ、時に嘲笑の対象ともなる。この最後の歌については近時内田賢徳氏が京都大学の『人環フォーラム』に寄稿された「鰻摺綺譚」という文章の中で触れられている〈内田賢徳『上代日本語表現と訓詁』〈塙書房、二〇〇五〉第二章第六節「万葉ムナキ攷」に所収〉。氏はこの作などを涓玉集の「瘦人篇」に倣ったものとされ、ここに戯笑性に富む話の多いことを指摘されると共に、瘦人を賞揚する話も散見することを注意されている。むろん中国の史書・説話の中でも、肥瘦による人物品定めの結果が一定であるのではない。が、やはり瘦せ細った姿は揶揄の対象となることの方が多く、九品官人法から科挙に至る中国の試験制度でも、殿試などの最終面接において、また官吏任用の際に「身言書判」という形で性・才のみならず容姿も重視され、その際は当然堂々たる貫禄ある外貌が有利であったと云われる。楚の霊王が細腰を好んだため宮中餓死する者が多かったという逸話は、すらりとした瘦せ型が女性では好まれていたということではなく、世間一般の慣習に反するが為に、逸話化したものといえよう。名門の貴

公子として若く早い出世を遂げていった家持の風貌も、揶揄嘲笑の対象になるやもしれぬものではなかったろう。

これも良く話題になることだが、巻十六・三八三五番歌で

勝間田の池は我知る　蓮なし　然云ふ君が鬚なきごとし

右、或人あり、聞きて曰く、新田部親王、堵裏に出遊す、勝間田の池を御見し、御心の中に感緒づ、その池より還りて、怜愛に忍びず、ここに婦人に語りて曰く、今日遊行でて、勝間田の池を見るに、水影濤々に蓮花灼々なり、怐怜きこと腸を断ち、得て言ふべからず、といふ、すなはち婦人、この戯歌を作り、専ら吟詠す、といふ

と描かれた新田部親王には鬚が無かったかどうか。勝間田池に蓮が生えていたことは疑いようがない以上、これを蓮無しと断ずる婦人の言葉との関連で見れば、親王に鬚が無かったのではこの歌に面白味はないだろう。家持自身が痩せていたら、吉田石麻呂に対する歌も戯咲にはなるまい。

たとえ痩身長軀が見栄えの良さとして持て囃される時代でも、子供に対しては良く太った元気の良いさまが好まれるのが洋の東西・古今を通じての常であろう。茅花を上げるからこれを食べて太りなさいね、もっと立派におなりなさいというのは、まさに子供に対する物言いなのである。つまり、贈歌の一首目は相手を子供扱いし、二首目は反転して共寝を誘うという形である。一首目冒頭に使われる「戯奴」については、「遊士」とも関連させた井手至氏の論（「紀女郎の諧謔的技巧―『戯奴』をめぐって―」〈『万葉』四〇号〉）を始め諸注釈に多くの言及がある。が、この歌、その「戯奴」という呼び掛けとは異質の「御食而肥座」という非常に丁寧な表現で結ばれる。平安期以降のように歌が必ずしも敬意表現を省くのではないが、それでも万葉の歌にも敬語は多くはない。まして「奴」には敬語はふさわしくない。二首目は同じ「戯奴」を用いて、こちらは自らのことを「君」という、その異常な表現と較べても、一首目は意図的にわざと丁重な語句を使用したのであろう。それはやはりこの歌が子供に呼び掛ける形

式を採っているからなのであった。

三

すなわち、贈歌は第一首を相手を子供扱いして、さぁオバサンが採ってきたおいしい茅花だよ、たんとお上がり、早く大きくならなくちゃね。第二首で、それともオバサンとおねんねする？　という戯歌（を明示するために戯奴を使う）と受け取るべきだろう。これに対して家持は子供に成りきっての答歌を返したと解するのがよい。細かいことは省いて、巻四に載る紀女郎と家持の贈答歌、

神さぶと否にはあらず　はたやはた　かくして後にさぶしけむかも　四・七六二
玉の緒を沫緒に搓りて結べらば　ありて後にも逢はざらめやも　四・七六三

に対する家持の返歌

百歳に老舌出でてよよむとも我はいとはじ　恋は増すとも　四・七六四

に使われている語は、痛烈な皮肉などと評されることもあるが、かつて「髪」について述べた時に触れたように（後掲「坂上郎女と髪」一一四頁参照）、黒髪は若さの象徴であり、白髪は加齢の表現であることは当然ながら、女性の髪についての表現としては坂上郎女が自らの髪について使った一例以外には白髪の類の使用例が見られない。これも石川女郎の歌として

古りにし嫗にしてやかくばかり恋に沈まむ　手童のごと　二・一二九

という歌があるが、この際も自分のことをいうのである。つまり、女性に対しては他人が年老いた肉体的特徴をあげつらって歌うことは、やはりタブーだったのである。この頃には少なくともある小集団、例えば大伴宗家を中心

とした仲間たちの間では、歌の贈答が一種の社交の道具となってきている。歌で交わされる挨拶は、如何に相手に親密感を抱いているか、相手のことがどんなに大切かを表現しようとする。いきおい恋歌仕立てとなっていく状況にあった。その中で、「老舌出でてよよむ」という表現は、単に老齢のさまを表しているのではない。この家持の返歌は、失礼・無礼の域を遥かに超えたとんでもない表現だということになろう。

それが許される状況は何か、といえば、それは通常の社交としての贈答ではない。まともでも真面目でもない、戯歌の世界だと云わなければならないだろう。それは個人的な一対一を基本とする社交の挨拶ではなく、歌垣のからかい歌の流れを引き、巻十六に多く見られるような戯歌として、しかしながら歌垣のように村の全員が参加するような開かれた場とは異なって、血筋・教養などの類似するエリート集団として纏まりつつあった人々の間（ずっと後世の連歌の座のような）の場、例えば宴席など、あるいは架空の物語などでのみ珍重された風習だったのである。

この章は次の諸篇を基とする。

「標結へ我が夫」（松田好夫先生追悼論文集『万葉学論攷』）続群書類従完成会、一九九〇年四月

「「標結へ我が夫」再説」（『万葉』一八七号）二〇〇四年五月

「馬疲るるに」（『岐阜大学国語国文学』一六号）一九八三年一月

「笠女郎歌群をめぐって—文字による歌物語」（『万葉語文研究』第1集）和泉書院、二〇〇五年三月

「贈答歌の社会性」（『万葉』一八八号）二〇〇四年六月

歌の背景

歌は表現の一形式である。当然、聞き手・読み手となる人々の理解を得なければならない。表現と理解を繋ぐもの、両者の間にある共通の知識や情感、こういう背景がなければ、表現と受容という環は完結しない。もちろん、両者の間にあるズレが、しばしば誤解や曲解を引き起こし、悲喜劇を招き寄せる。明日香・奈良の時代と現代、当時の社会の上層人士と現代の庶民としての我々、その間に彼らの歌をきちんと理解できる共通性をどのように求めればよいのであろうか。

山振の立ち儀ひたる山清水

山振の立ち儀ひたる山清水　汲みに行かめど道の知らなく　　二・一五八

一

「十市皇女の薨ぜし時、高市皇子尊の御作歌三首」のうちの一首である。この歌に関して、最近の注釈書は死者が山吹の咲く山に迷い入ったと想像し、そこへ行くことを山清水を汲みに行くと表現しているところに、この歌の特色がある。「山吹の立ちよそひたる山清水」という写象は鮮明で、人麻呂の「秋山の黄葉を茂み迷ひぬる妹を求めむ山道知らずも」(二〇八)に似ているが、この歌の「山清水汲みに行かめど道の知らなく」のほうが間接的である。死者が山にいるという表現は、このほか「大鳥の羽易の山に吾が恋ふる妹はいますと」(二一〇)にも見られる。挽歌においてこうした恋歌的発想がとられるのは、死や霊魂に対する古代的な観念によるのであるが、人麻呂の歌にくらべて死者に逢いたい気持ちが直接に表現されていず、不分明になっている。あるいは作者に親しい人々にはこれで十分に諒解されたのであろうか。童蒙抄に「山吹の立ちよそひたる山清水」という表現には「黄泉」への連想があり、「山吹の色は黄なるものなれば黄なるいづみといふ意によそへて」詠まれたと推定している。

山吹に「黄泉」の「黄」を、山清水に「泉」をにおわしており、皇女のいます黄泉の国まで逢いに行きたいが、道も知られずどうしてよいのかわからないことを嘆いている。「黄泉」をにおわせた点に興を注ぐと、やや技巧が気になる歌だが、山清水のほとりに美しく咲く山吹の咲いているさまを思い浮かべ、そういう所に皇女が住んでいると幻想する作者の心、もっといえば、そのようなすがすがしい光景の中にいてほしく、いさせてやりたいと願う作者の切実な思いに重心を置いて味わうべきであろう。

稲岡耕二・万葉集全注巻二

死後の世界を意味する中国の「黄泉」の語を意訳して黄色い山吹と清水とで表している。

万葉集釈注

などとある。近代の諸注釈はこのように中国語「黄泉」の連想という解釈でほぼ一致している。その源流は、ここに指摘されている童蒙抄で、

新編日本古典文学全集

山ぶきのにほへる色とは、黄泉の義を云たるもの也、山吹のいろは黄なるものなれば、黄なるいづみといふ意によそへてよめると見えたり。

とあるほか、

皇女の身まかり給ひてよみの国に往ておはしますべき上をの給はむにただに豫美との給はむ事のゆゆしきをそのかみ早くより漢語の黄泉といふを豫美に当て、用ひなれたるをおもほしよりてその漢語にめぐらして山振の花の黄なるが泉にうつろひたる所におはします趣にとりなして

伴信友・長等の山風

是迄の三句は、後世にいはゆる抝字のよみかたにて、黄泉と書く字を、黄なる泉として、其黄色を山吹花の写るに持せ、山清水を泉になして、酌とは只水の縁語のみ。

橘守部・檜嬬手

などが先蹤として存在する。

万葉集の歌に詠み込まれた「山吹」の語は十八例、「萩」百四十例、「梅」百十七例を頭に続く植物名としては「真木」とともに二十一位となる。八代集の中では四十四例で、十九位である。万葉集中の植物名としても、決して少ない例ではない。次の時代の歌にもよく似た傾向として受け継がれる花である。もちろん万葉集中では、出現する箇所に偏りがあり、家持歌日記と謂われる終末部に多い。ではあるが、冒頭に掲げた挽歌の解釈とも関連して気になるのは、これらの歌の中に、山吹の花の色を愛で称えた歌はまったく無い、ばかりか印象的である筈のこの花の黄色い色に言及した歌も、万葉集の中には全然見られないことである。

山吹のにほへる妹がはねず色の赤裳の姿夢に見えつつ　十一・二七八六

は、山吹のにほひを言うのだからその美しい色彩に言及しているには違いなかろうが、これは譬喩表現であって、妹の顔色か衣装の色が山吹色だったというのではない。

山吹の花の色が歌のテーマとして採り上げられるのは、平安に入ってからである。

春雨ににほへる色もあかなくに　香さへなつかし山吹の花　古今・一二二

と、花の色への言及が見られ始める（後にも少しく言及するだろうが、色と香りの両面から花を捉え表現しようとするのが王朝和歌の特徴である）。その色とは

岸ごとに山吹にほふ池水はこがねのはこの鏡とぞ見る　重家集

のような例がたまにありはするが、

山吹の花色衣ぬしや誰　問へど答へず　くちなしにして　古今・一〇一二

いはぬまは包みしほどに　くちなしの色にや見えし　山吹の花　後拾遺・一〇九三

と、ほぼすべて「くちなし色」と表現されている（これも王朝和歌の表現の一類型として好まれる花の名として「をみなへし」とか「ふじばかま」とか、掛詞で他の恋歌的事物を類想するような名があり、「くちなし」も同様に「口無し」を

連想することが多い。八代集前期には好まれ多用される名である)。「くちなし色」は、現代の我々の感覚でいえば、くちなしの実を染料として染める色で、濃い黄色、赤みを帯びた黄色ということになる。従って、山吹の花の色がくちなし色であるということと黄色であるということは同義であって、どちらで表現しようと問題なさそうである。ところが、和歌の世界では、山吹の花を、「黄」ないし「黄色」と表現した例が、少なくとも上代・中古には見出せないのである。ということは、近世の歌学者たちが、「山吹のいろは黄なるものなれば」とか、「山振の花の黄なるが」と「山吹」と「黄」を簡単に結び付けてしまうのは、やはり近代的常識に支配された発想であったのではなかろうか。万葉集中の山吹の花は「くちなし色」でもなかったが、「黄色」でもなかったのである。

「黄」という色彩語、むろん中国語・漢語の世界では古くから多用されている。この「黄泉」も、記紀万葉始め、この時代に既に一般に深く浸透している。もっとも中国本土においても、もと「黄泉」は地底の湧き水であって直ちに死者の国を指すものではない。当然原義的な用法もあって、日本にも導入されている例が無いでもない。しかしやはり多くは死後の世界を暗示するが、ただ古代日本において死者の行く地をどのように把握していたか、いや、死という現象にどのような観念を抱いていたかは、そう簡単に一括しうる問題ではない。とはいえ「黄泉」が外来の観念であることは間違いない。この文字によって表記された異境を、「よみ、とこよ、したへ」などという日本風な伝承あるいは俗信とどのような関わりで捉えようとしていたかは、当時の人々の生き様を考える上で重要な問題となろう。例えば、大津皇子が「泉路無賓主」(懐風藻)と表現したとき、その道はどれほどの距離のものなのか、泊まりを重ねて行くものなのか、ひたすら歩み続けなければならぬのか、その道の周囲の状況は見えるものなのか、等々、仏教的常識(時代が近いものとしては霊異記や今昔物語に描かれた冥途)で類推するわけにもいかないだろうし、それらの一切についてのイメージは形成されていなかったというわけにもいくまい。

それは暫く措くとしても、「黄泉」という文字を使用したときには、地底にあるという黄色い泉の湧いている地、という外来の印象は消し去ることは出来なかったであろう。差し当たりの問題は、その「黄色い」という色についてはどのようなものを想起しただろうか、ということである。黄河・黄海・玄黄・黄土・黄塵などの語から類推される「黄」が実際の色名だとすれば、それは山吹の花の色との類似性は少ないように見受けられる。確かに「黄」はこの時代に色の名称として日本でも用いられることが多い。例えば衣類。「令天下百姓、服黄色衣」という日本書紀の記述を始め、黄布・黄糸・黄帛・黄衫・黄袍・黄絁・黄綾・黄絹・黄幔・黄冠などの名称が現れる。動物に関しては、黄龍・黄亀・黄魚・黄鵠・黄羆・黄熊・黄蜂など。そして植物関係では、黄葉・黄菊・黄橡・黄連・黄蘗・黄芩・黄蒿・蒲黄などが見える。この「黄」一般を一部で主張されるような「死者の世界の色、死を統御する色」などとは到底受け取ることは出来ない。そして、やはり山吹の花の色を「黄」と称した例は絶えて見られないのである。山吹の花は「黄色」に咲き誇るから、「山吹の立ち儀ひたる山清水」は「黄泉」だというのは、近つ世の思い込みに過ぎないようだ。

また、山吹は水辺に自生することの多い植物だから、あちこちの川の名とともに歌に詠み込まれることが多いのは当然だが、「泉」が併せ詠まれることはないし、死者の国もしくはその入口などというイメージを伴った表現もまったくない。もし万葉の武市皇子の歌が黄泉をイメージするものであったならば、唯一の特異な表現であったのである。次の時代、「黄なる泉」とより日本語化して使われるようになっても、その傾向は変わらない。

二

大体この時代の歌では、色彩描写に大きな関心は払っていないようである。五十年ほど前、写真は今風に云えばモノクロの時代であった。映画も活動写真から映画になってきてはいたけれど、スクリーンに映し出されるのは白黒の画面であった。テレビも当初は同様の時代が続いた。そこで見られる画像や映像が現実の目で見る外界の様相とは色彩的にまったく異なるものだということは皆が知りながら、そこに提示される画像・映像に現実社会との違和感など抱きはしなかった。黒沢明の作品でも、小津安二郎の作品でも、古い結婚式の集合写真でも、それはそんなものであり、その白黒の画面の奥にフルカラー、総天然色の現実の世界を、特に想像するでもなく、それとして理解していたのだった。黒沢の作品が何時からカラーに変わっていったか、確かに「椿三十郎」では白い椿と赤い椿の対比をカラーで見せる必要があったかもしれないが、実際には画面は白黒である。「蜘蛛巣城」で城主夫人が主君暗殺で汚れた手を、いくら洗っても染みついた血が落ちないと嘆く場面でも赤く染まった手を大写しにする要はなかった（オーソン・ウェルズのマクベスでも同様）。我々はその黒い画面を血に汚れた手として受け取っていたのである。黒白映画から総天然色に移行する過程で、部分天然色という、一部を色づけした作品もあった。その一部分だけが色付けされた画面は、確かに強烈な印象を与えた。だが、そのことによって色付けされていない部分までの色彩が喚起されたわけではない。

万葉集冒頭の歌、若菜摘みをしている若い娘を、その手に持つ籠から描き出していても、その籠やその持ち主を、どのような形・色彩であるかを歌おうとはしない。「白妙の袖振りはえて」とも、「赤裳裾引き」とも描写してはいない。次の国見歌も、暮れかかる空の中に炊事の白煙があちこちで立ち上っているとも、青く澄み切った空の中を鷗たちが白い翼を豊かに拡げて飛び回っているとも歌いはしない。もっともこれはいわば当然であって、この歌は遠足に行ってきた小学生の作文集ではない。現代の学校作文は、その行事に参加しなかった異質の第三者に分かるように、その共感を得るように描写せよ、というのが原則である。口で歌われていた時代の歌は、歌い手の声の届く範囲に集まっている人々を聞き手として、彼らと場を共有することによって初めて成立するものなのである。例えばこの国見歌。実際の歌い手が舒明天皇であるか否か、その詞章の実際の作者が誰であるか、は問題ではない。

それは国会開会式の天皇のお言葉のようなものであり、県立高校の卒業式の知事の祝辞のようなものである。それが天皇なり知事なりの言葉として披露されるということにおいて意味がある。そして、この歌が歌われている場は、ある日の香具山、そこに居合わせる聞き手は国見をする天皇に付き従って共にこの山に登ってきた人たち、つまりは歌い手と聞き手は同一の集団に属する、同質の人々である。それが現に同一の場に共存する。そこには説明の必要性はまったく無い。ただ物の存在を指摘すれば全員の関心はそこに集中し、その物によって共起される感情は、まさに全員が同じものなのである。却って、例えば古事記の八千矛神の歌謡、沼河比売に対する求婚の歌とか、須勢理毘売の嫉妬に耐えかねて倭に上ろうとする歌とかにおいて、「嬢子の寝すや板戸を押そぶらひ我が立たせれば引こづらひ我が立たせれば」など具体的動作を表す語句が繰り返し使われたり、「ぬばたまの黒き御衣をま具に取り装ひ」以下衣の色が羅列されたり、「栲綱の白き腕」など肉体を色彩的に写したり、この頃、あるいは万葉の時代とも異なる表現が現れるのは、これらの歌謡が演劇的所作を伴って上演される、いわばその背景として歌われたものだろうとかなり古くから推測されていることと関わりがあるだろう。舞台で上演されれば、演者と観客という異質のものに二分されるから、具体的な説明が必要となるのである。即ち、具体的・現実的場でない、抽象的な舞台の上で演じられる所作には、観客に即座に理解して貰えるような解説が必要となる場合があるのである。万葉集の額田王の春秋判の歌にしても、春花と秋葉を競わせるのであるからもっと色彩豊かであっても良かろうと思われるのに、「黄葉をば取りてぞしのふ青きをば置きてぞ嘆く」程度である。その程度なら、いわば後世の丹緑本的色彩の世界である。

梅が中国からの新しい輸入植物で、貴族たちの嗜好に合い、その庭前に植えられて珍重されたことは云うまでもない。特にその花は春を象徴する歌材、貴族的風流の象徴として、既に万葉集の時代からもっとも多用される歌語の一つとしての位置を占め、そのままの形で王朝和歌の世界に引き継がれていく。ただ、王朝和歌や女房文学の中で愛用される紅梅は、奈良時代には見られなかったのではないかといわれる。しかし、紅梅がこの時代に存在しなかったかどうかではなく、その紅梅の色について触れた作品を見出すことが出来ない、という事実しか確認できないということではなかろうか。そして、白梅の白さも表現されることは稀なのである。

吾が夫子に見せむと思ひし梅の花　それとも見えず　雪の降れれば　八・一四二六

この山部赤人の歌は、白い梅の花の上に季節外れの雪が降り積もって、その雪の白さが梅の花の白さを覆い隠した、と受け取れぬ事はない。多分、中古の赤人好きの歌人たちはそのような受け取り方をしたかもしれない。しかし次に載る

明日よりは春菜摘まむと標めし野に昨日も今日も雪は降りつつ　八・一四二七

は、現代の我々がふと受け止めるかもしれない「こりゃ駄目かな、明日も天気は悪そうだ」という感覚ではなくて、「明日からは春だ、暖かい春風が雪を融かし、春菜の芽もぐんと伸びるだろう」という立春を前にした、まさに古今集冒頭歌群に通ずる歌境なのである。だからこそ赤人が中古に歌聖とまで持て囃されるのであろうが、この万葉集の中に置いて見た場合、梅と雪がその白さを競い合っているのではあるまい。梅が雪と競い合うのは、その季節なのである。

梅花の宴の歌

我が園に梅の花散る　ひさかたの天より雪の流れ来るかも　五・八二二

春の野に霧立ち渡り降る雪と人の見るまで梅の花散る　五・八三九

妹がへに雪かも降ると見るまでにここだもまがふ梅の花かも　五・八四四

残りたる雪に交じれる梅の花　早くな散りそ　雪は消ぬとも　五・八四九

御園生の百木の梅の散る花し天に飛び上がり雪と降りけむ　十七・三九〇六

など、梅の花の落花の様と雪の降る様を対比して描いているが、此処に見られるように降り散る様のことであって、ここでも雪と梅の白さが対比されているのではない。

含めりと言ひし梅が枝　今朝降りし沫雪に遭ひて開きぬらむかも　八・一四三六
梅の花枝にか散ると見るまでに風に乱れて雪ぞ降り来る　八・一六四七
沫雪のこの頃継ぎてかく降らば　梅の初花散りか過ぎなむ　八・一六五一

なども色の対比ではなくて、時期的な遅速に興味の中心が置かれていると見るべきであろう。

梅の花を白いと表現しているかと思われるものは、

雪の色を奪ひて咲ける梅の花　今盛りなり　見む人もがも　五・八五〇

は「色」とあるから雪と同じ白色をはっきりと意識したものであろうが、そのほかは巻十の春の部に僅かに見られる程度であって、それもその白さを鮮明に浮かび上がらせたようなものではなく、「白妙」との対比、と云うより比喩的な表現の中に埋没したものに過ぎない。

馬並めて高の山辺を白妙ににほはしたるは梅の花かも　十・一八五九
梅が枝に鳴きて移ろふ鶯の羽白妙に沫雪ぞ降る　十・一八四〇
梅の花咲き散り過ぎぬ　しかすがに白雪庭に降りしきりつつ　十・一八三四

万葉集中に「梅が香」を詠み込む作品が少なく、

梅の花香をかぐはしみ遠けども心もしのに君をしぞ思ふ　二十・四五〇〇

などが珍しい例であって、その香りを絶賛するようになるのは王朝文学の世界を待たねばならない。

春の夜の闇はあやなし　梅の花　色こそ見えね　香やは隠るる　古今・四一

「春の夜の闇はあやなし」という表現は古今ぶりの理論的判断を前面に出したようなもので拙いというほかないが、

ここに盛り込まれた情趣、闇に閉じ込められて姿はまったく見えないが、漂い寄る香で梅の在処が推しやられ、目を凝らすと暗闇の中に花の白さが浮かび上がってくるように思われる、という幻視の妖艶さは比類を見ないものであろう。香が色さえも奪った世界が展開する。ちなみに、戦時中・戦後を過ごした私などは、真の闇というものを実体験している。それは鼻を摘まれても分からない、つまり目の先四、五センチの距離にあるはずのものが識別できないという暗さである。妻や恋人の家を訪ねるのに隊伍を組んで行くわけにもいかず、炬火を掲げて行くことも出来なかった古代の人にとっては、往来そのものが危険なのであって、闇夜が恋の掟に反するのではない。

夕闇は道たづたづし　月待ちていませ　我が夫子　その間にも見む　四・七〇九

実は同様に、色彩豊かな情景を歌に描き出すのも、次の時代と言うべきであろう。最も色が映える存在であるはずの花の場合ですら、上代の歌人たちはそれほどの興味を示そうとはしていない。

元来色彩を表す語そのものがあまり発達していなかった（語が無いということは、概念としても存在しない、意識も明確でないということである）日本語と異なり、古くから文化を発達させてきた中国では、色彩語も豊かであり、その色彩表現の語を名詞に被せて事態を色彩的に表現することも、「黄」の例をいくつか挙げたように、日常的にも、詩文の世界でも盛んであった。それらを直接学んだ、例えば懐風藻の作品には、同様な表現も多々見られる。が、それが歌の世界に浸透してくるには、もう少し時間が掛かったようだ。

むろん色彩を表現する語が万葉集中に見えない、というのではない。

春過ぎて夏来たるらし　白妙の衣干したり　天の香具山　一・二八

「白妙」の衣が夏衣なのか儀式用その他の特殊な衣類であるかは別として、一応染められていない、白色の衣を想定して良いのだろう。それを干してある場所が香具山とどのような関係にあるのか、また歌い手との位置関係がどのようなものであるか、具体的な状況については不確実な面も残るが、濃さを増してきた木々の緑色と対比された情景と受け止めて良さそうである。顕著の意を基とする「白」は、色彩表現としても早期に確立し、意識化されたであろう。「白髪・白樫・白雲・白鷺・白菅・白玉・白躑躅・白露・白鳥・白波・白塗・白嶺・白浜・白鬚・白紐・白真砂・白檀・白雪・白木綿」など、これらがすべて色彩としての表現か、問題になるものを含むにせよ、使用例も多い。だが、先の歌の場合も、青空の下、青葉茂れる山々を背景に、などというのではなく、衣が白妙であるということだけを取り上げる。

これは他の場合も同様で、例えば「赤」。これには「赤絹・赤駒・赤時・茜・赤星・朱鳥・赤裳・赤ら」などの語形が現れる。そして本来的「明」の意を含んだ用法もあり、「赤駒」の「赤」と「赤裳」の「赤」が同じ色彩であるとも言えないであろうが、「赤裳」はその裳の属性としての色彩表現に当たっていると見て差し支えはない。とはいえ、屢々「紅の」、時に「はねず色の」という、これも色彩を表すであろう修飾語を伴うのはなぜか。「赤」がすべての人が想起する単純な色彩とは言えない語であったと言うべきであろうか。そして、をとめらが裾引き歩み、その裾が濡れる情景としてのみ「赤裳」が現れ、他の色の裳や老女の着けた裳が歌われないのは、赤裳姿のをとめに特定の印象を付加していると言わざるを得ないし、そのような表現類型の中でのみ使われる語で「赤裳」はあった。その「赤」は当然強い印象を与えるものではあったが、他の色彩と対比して用いられるのは、「しろたへの袖振りかはし　紅の赤裳裾引き」（五・八〇四）と「紅の赤裳裾引き　山藍もち摺れる衣服着て」（九・一七四二）だけである。やはり多くの表現は映画「赤い靴」と同様、その裳の赤さ（実際の色が現代の我々の目にも赤と映るかどうかは別として）一点にのみ聞き手の感覚を引きつけようとするものだったのである。

「青」、これも「青海原・白馬・青襟・青垣・青香具山・青雲・青駒・青菅山・青菜・青波・青嶺・青羽・青旗・青葉・青淵・青柳・青山」と用例は多いが、それが色彩だとは断定できず、色彩としても現代でもそうであるように、いかなる色名に当たるものか不分明な場合も多い。

概して言えば、

東の野にかぎろひの立つ見えてかへり見すれば月かたぶきぬ　一・四八

は薄明の中の情景で、「菜の花や月は東に日は西に」の含む色彩感とは対極的な描写であると認めなければならない。これは人麻呂、あるいは前期万葉の特徴とのみ言うべきものでもなく、

ぬばたまの夜のふけゆけば　久木生ふる清き河原に千鳥しば鳴く　六・九二五

なども「清き」は月光に照らし出された黒白モノトーンの世界の描写に徹しているのである。末期の、もっとも華やかな色彩に満ち溢れているという家持の

春の苑紅にほふ桃の花下照る道に出で立つをとめ　十九・四一三九

でさえ、表現としては丹緑本的であって、読者としての我々が周囲の色彩を豊かに享受しているのであろう。

紅葉をしげみ

秋山の　黄葉をしげみ　惑ひぬる　妹を求めむ　山路知らずも　　二・二〇八

「柿本朝臣人麻呂、妻の死にし後に、泣血哀慟して作る歌」の反歌であることはいうまでもない。この歌の初・二句の解は、沢瀉『注釈』が「秋山のもみぢが繁くて」、岩波の『日本古典文学大系』が「秋の山の黄葉があまり茂っているので」とあるほか、古注も現代の注釈書もほとんど差はない。

しかし、もみじが茂っているとは、具体的にどういう状況を想定したらよいのだろうか。そのために妹が迷い、後を追おうにも道がわからないという状態は。

『全注釈』の語釈・口訳は「秋山の黄葉の茂きがために、秋山の黄葉が多くして」となっているが、その評語の方には「黄葉の散り乱れる中に」とある。これはこれで、一つの事態のイメージができあがっている。

大舟の渡りの山のもみち葉の散りのまがひに　妹が袖さやにも見えず　　二・一三五

と盛んな落葉が視界をさまたげる状景がうたわれており、同じような状況は、

あしひきの山下光る　もみち葉の散りのまがひは今日にもあるかも　　十五・三七〇〇

あしひきの山のもみちにしづくあひて散らむ山道を君が越えまく　　十九・四二二五

についても想像できるし、また、

しひて行く人をとどめむ　桜花いづれを道とまどふまで散れ　古今・四〇三
桜花散りかひ曇れ　老いらくの来むといふなる道まがふがに　伊勢・九七
もみち葉の散りかひ曇る夕時雨　いづれか道と秋のゆくらむ　新勅撰・一一〇一

など、落花・落葉の盛んなるさま、あたかも霧・霞がたちこめて道をかくす（これらについては例を挙げるまでもあるまい）がごとく、と見立てている類の表現は、後世にもますます多くの類例を見出すことができる。

そして万葉集では、この歌の前の長歌に「沖つ藻のなびきし妹は　もみち葉の過ぎて去にきと　玉梓の使の云へば」（二〇七）とあるほか、「もみち葉の」が「過ぐ・移る」にかかる枕詞として用いられて、死を意味する場合が五例（四七、四五九、一七九六、三三三三、三三四四）ほどあり、

汝が恋ふる愛し妻は　もみち葉の散りまがひたる　神奈備のこの山辺から　ぬばたまの黒馬に乗りて　川の瀬を七瀬渡りて　うらぶれて妻は逢ひきと　人そ告げつる　十三・三三〇三

とともに、死のイメージに強く結びついているのである。

この点、新潮社『日本古典集成』の、「妻が黄葉の山へ迷いこんだ形として歌った。妻の死を死として認めまいとしている。」という解釈は、檜嬬手が「もみぢが繁きにあくがれて」と注しているのと同じく、

秋山のもみちあはれとうらぶれて入りにし妹は待てど来まさぬ　七・一四〇九

と関連させて同じ趣向と認めたものであろう。しかし、これらの場合も、「もみち」という語が、かくも死と強く結びついた印象を保ち続けているならば、表現としては確かに山中に迷いこんだものという形を採っているには違いないが、推定される当時の墓所のありかたなどからしても、その心までをこのように云ってしまうことはいかがかとも思われる。

ところで、『古典集成』は、この箇所を「秋山いっぱいに色づいた草木が茂っているので」と口語訳する。具体

的にいえば、すでに黄変してしまった木の葉が枝々に数多く付いているさま、また木々の下草などがすっかり黄葉したさまを思い浮かべればよかろうか。確かに、樹木の枝に葉の多いさま、草本類の葉が数多く、また丈高く延びているさまを「しげし」というのは、「しげし」なる語の意味乃至使用例からすれば、中核的なものであることは明らかである。万葉集では、「人言」について「しげし」と表現した例が四十五例ほど、これに「人目」五、「世間」一の例が似たような内容であろう、これらがもっとも多い。これに次いで、木・草・花・山・野など、植物繁茂の例が三十八例、「恋」と「物思」が三十五例で、以上で大半を占める（中古以降の歌文には、抽象的内容の例が多くなる）。ほかは、後に触れる「しげく散る」一例と、「音」について二例、「霧」と「矢」について各一例、そして、

もみち葉のにほひは繁し　然れども妻梨の木を手折りかざさむ　十・二一八八

がある。この場合、「もみち葉」とともに「しげし」が使われてはいるが、あくまで「もみち葉のにほひ」が「しげし」であって、その色の濃さ美しさをたたえるものではあっても、もみち葉の数の多さを云うものではない。

咲かざりし花も咲けれど　山をしみ入りても取らず　草深み取りても見ず　一・一六

以下、草木が繁茂してそのために道が通れなくなるような状態は春から夏のことであって、秋の紅葉を「しげし」という例は、まず見当たらない。「もみち」はやはり「移り、過ぎ、散る」ものなのである。木々の間の木の葉どもは、順次散り過ぎていって、枝に残るのはまばらになっていき、ために道が隠されるどころか、林間に秋の日ざしがよく通って、むしろ明るく、見通しのよい状態になってくるだろう。下草の方も、黄変してくれば、春夏のように丈高くしげるよりは地に伏しやすく、葉の数も少なくもなり、一枚一枚の葉も縮んで小さなものになってくるだろう。とすれば、春夏にくらべれば、秋や冬は「まとふ」可能性ははるかに減少するはずである。

では、道に迷うのは、どのような時に起こるのであろうか。先にも見てきたように、霧や霞がたちこめる、花・もみじ・雪が盛んに散る、という状景は、前方の空間を埋めつくし視界をさまたげて、ために道が判らなくなると

いう場合である。そして、草が繁るのは道そのものを覆い隠してしまう場合である。この後者の例については、ほかに

山里は雪降りつみて道もなし　今日来む人をあはれとは見む　拾遺・二五一
雪降りて道踏みまよふ山里にいかにしてかは春の来つらむ　後拾遺・七

など、積雪が道を覆う状景を歌ったものがある。むろん散文の方でも、例の、伊勢物語八十三段の、惟喬親王の小野の閑居訪問のくだりなど、例は少なくない。しかし、歌の世界ではこれにもまして、紅葉が散って道を埋めつくしてそのありかも判らなくしてしまうという状景を、中古には好んで題材としている。

もみぢ葉の散りて積もれる我が宿に誰をまつ虫ここら鳴くらむ　古今・二〇三
秋は来ぬ　もみぢは宿に降り敷きぬ　道踏みわけて訪ふ人はなし　古今・二八七
もみぢの散り積もれる木の許にて　もみぢ葉は散る木の許に止まりけり　過ぎ行く秋やいづちなるらむ　後撰・四三八
散る花は道見えぬまで埋まなむ　別るる人も立ちや止まると　拾遺・三〇三
落葉道を隠すといふ心をよめる　もみぢ散る秋の山辺は白樫の下ばかりこそ道は見えけれ　後拾遺・三六三

数例を拾い出してみたが、同趣の歌は以下の歌集にも数多い。

これらには、一面、中古の屏風歌的、あるいは歌合せ歌的発想の非現実性・観念性がただよいはするが、他面、やはり、もみじのために道を迷うというのは、落葉が道を覆い隠してしまうという状景を想定するのがもっともふさわしいようである。とはいえ、このような状景は物語に描かれることはあまりないし、万葉集にも、確実にそれと判る例は存在しない。さらに、多量に降り積もった落葉を「しげし」と表現した例も見当らない。もっとも、花・葉・雪などの散りかたを「しげし」と表現した例も、やはりほとんど探し出すことができない。

なぞ鹿のわび鳴きすなる　けだしくも秋野の萩やしげく散るらむ　　十・二一五四

という歌は、「しげし」が花・葉の散る状態に対して用いられためずらしい例である。

この場合は、やはり、落花盛んなるさまを「しげし」といったものであって、落ち積もった結果に対する表現ではあるまい。後世、もみじの降り積もった状態に対して、ふつうに用いられる形容詞は「ふかし」である。この語は先にも見たように（万葉・一・一六）、春または夏の草葉のしげった状態に対しても用いられる。だからというわけでもないが、黄変した落葉の大量に積もったさまを「しげし」と表現したとしたら、それが非常に場違いな感となるとは必ずしも思われない。葉の落ちかたに対して用いられた確例も非常に少ないわけだし、その際は、かの例と同じく「しげく散る」などと副詞的に用いられて被修飾動詞が表現されるべきであろう。「もみぢ――しげし」とただちに述語として用いられた場合は、「黄葉」の静止的状態に対して表現されたものと考えるほうが当を得ている。さればこそ、古注以来の多くの注釈書も「もみじがしげっているので」と口訳して疑わないのであるが、樹上にある黄葉に対しても、地上に落ち積もった黄葉に対しても、「しげし」と表現した例が他に見当らないならば、その可能性は五分五分と考えてよい。

中古に「しげし」と表現されるものの一つに「露」がある。この場合、

荒れまさる軒のしのぶをながめつつ　しげくも露のかかる袖かな　　源氏・須磨

の例は、露に涙の意をかけていることもあって、散りかかりかたに対する修飾とも見られるが、他はほとんど

山里の草葉の露もしげからむ　みのしろ衣縫はずとも着よ　　後撰・一三五五

影やどす露のみしげくなりはてて草にやつるる古里の月　　新古今・一六六六

などのように、草葉の上に置いた露のさまについていう。露のことだから、地上に直接置いた例、大地の上に重なりあって存在する例というようなものはない。が、草葉の上とはいえ、地上に近い場所に静止している数多くの露

の玉を「しげし」と表現した例が多いことは、それが万葉集中には見出されないにせよ、黄葉の降り積もったさまをも「しげし」と云ったのではないか、という考えに対して、いささかの援けとなることはないだろうか。

以上、冒頭に掲げた万葉集の歌一首、

「秋山の紅葉した落葉が散り積もって道をすっかり覆い隠してしまっているので山に入り込んだまま迷ってしまった妻を………」

と理解する可能性を探ってみたものである。

旅人の讃酒歌

大宰帥大伴卿讃酒歌十三首

験なき物を念はずは　一杯の濁れる酒を飲むべくあるらし　三・三三八
酒の名を聖と負ほせし古の大き聖の言の宜しさ　三・三三九
古の七の賢しき人たちも欲りせし物は酒にしあるらし　三・三四〇
賢しみと物言ふよりは酒飲みて酔ひ泣きするし益りたるらし　三・三四一
言はむすべ為むすべ知らず極まりて貴き物は酒にしあるらし　三・三四二
中々に人とあらずは　酒壺に成りにてしかも　酒に染みなむ　三・三四三
あな醜　賢しらをすと酒飲まぬ人をよく見ば猿にかも似る　三・三四四
価なき宝と言ふとも一杯の濁れる酒にあに益さめやも　三・三四五
夜光る玉と言ふとも酒飲みて情を遣るにあにしかめやも　三・三四六
世間の遊びの道に冷しきは酔ひ泣きするにあるべかるらし　三・三四七
今代にし楽しくあらば来生には虫にも鳥にも吾は成りなむ　三・三四八
生ける者遂にも死ぬるものにあれば今生なる間は楽しくをあらな　三・三四九

黙然居りて賢しらするは酒飲みて酔ひ泣きするに尚しかずけり　三・三五〇

一

大伴旅人の讃酒歌十三首については、古来その配列・構成についていろいろに説かれている。いま、その個々の議論について異見をさし挟む意図はない。この十三首全体が一つの構成体としての纏まりを保っていることが、讃酒歌としての構造をあげつらう前提となっているはずであるからである。つまり、作者は折々の偶感をある時ひとつにまとめあげて此処に配置しただけのことではないのだ、と確認できれば、さしあたりの目的には十分なのである。

この歌群十三首の中で使われている語彙を眺めてみよう。いわゆる助詞・助動詞などの機能的な語を除き、意義を表す語を単語・語素の形で集約すると、讃酒歌十三首の語彙の全使用度数は百二十七回となる。そしてその中で、「酒」という語が十一回使われている。酒を讃える歌だから当然とはいえ、讃酒歌中の語彙の全使用度数の一割近い数値である。通常の文章の中では上位を占めるはずの「あり」や「す」「もの」などを上廻って第一位を占めている。そして万葉集全二十巻の中に見えるサケ及びキの形の用例は次のようなものである。

古人の給へしめたる吉備の酒　病まばすべなし　貫簀給らむ　四・五五四
君が為醸みし待酒安の野に一人や飲まむ　友なしにして　四・五五五
春柳かづらに折りし梅の花　誰か浮かべし　酒杯の上に　五・八四〇
梅の花夢に語らく　みやびたる花と吾思ふ　酒に浮かべこそ　五・八五二
一云　いたづらに吾を散らすな　酒に浮かべこそ

堅塩を取りつづしろひ粕湯酒うちすすろひて　五・八九二
帰り来む日に相飲まむ酒そ　この豊御酒は　六・九七三
春日なる三笠の山に月の船出づ　遊士の飲む酒杯に影に見えつつ　七・一二九五
酒杯に梅の花浮かべ思ふどち飲みての後は散りぬともよし　八・一六五六
官にも許し給へり　今宵のみ飲まむ酒かも　散りこすなゆめ　八・一六五七
橘の下照る庭に殿建てて酒みづきいます我が大君かも　十八・四〇五九
菖蒲草蓬かづらき酒みづき　遊びなぐれど　十八・四一一六
皇祖の遠御代御代はいしきをり酒飲みきと言ふそ　このほほ柏　十九・四二〇五
秋の花しが色々に見し給ひ明らめ給ひ酒みづき栄ゆる今日のあやに貴さ　十九・四二五四
返事申さむ日に相飲まむ酒そ　この豊御酒は　十九・四二六四
天地と久きまでに万代に仕へまつらむ　黒酒白酒を　十九・四二七五

これらの他に枕詞「うまさけ」「うまさけの」がある程度である。万葉集全体の用例でも、この十三首中の例とほぼ同数と言ってもよいくらいである。そしてその内容はと言えば、最後の巻十九歌は新嘗祭の宴の応詔歌であり、同四二五四番歌は家持の応詔予作歌、同四二六四番歌は入唐使、巻六歌は節度使に対する餞の御製歌、巻十八・四〇五九番歌は天皇臨席の宴の歌、巻十八・四一一六番歌と巻十九・四二〇五番歌は家持の、巻四・五五五番歌と巻五・八四〇、八五二番歌は旅人の、それぞれが長として主催する公的宴の折のものである。巻八の歌は冬相聞に分類されているが、坂上郎女の歌とその和歌であり、禁酒令と「思ふどち」の語から一族の宴のものかと推察される。

この状況は古事記でもほとんど同様である。古事記における「酒」の用例は次のようなものがそのすべてであって、決して多くはない。

汝等は八塩折の酒を醸み、……門毎に八佐受岐を結ひ、其の佐受岐毎に酒船を置きて、船毎に其の八塩折の酒を盛りて待ちてよ、……乃ち船毎に己が頭を垂入れて、其の酒を飲みき。　記・神代

爾に其の后、大御酒杯を取り、立ち依り指挙げて歌ひたまひしく、　記・神代

且酒を以ちて御衣を腐し、全き衣の如服しき。　記・垂仁

其の御祖息長帯日売命、待酒を醸みて献らしき。爾に其の御祖、御歌よみしたまひしく、この御酒は我が御酒ならず　酒の神　常世にいますいはたたす少御神の　神ほぎほぎくるほし　豊ほぎほぎもとほし　まつり来し御酒ぞ　あさずをせささ　とうたひたまひき。如此歌ひて大御酒を献りたまひき。爾に建内宿禰命、御子の為に答へて歌ひけらく、この御酒を醸みけむ人は　その鼓臼に立てて歌ひつつ醸みけれかも　舞ひつつ醸みけれかも　この御酒の　御酒のあやにうた楽し　ささ　とうたひき。此は酒楽の歌なり。　記・仲哀

其の女矢河枝比売命に大御酒盞を取らしめて献りき。是に天皇、其の大御酒盞を取らしめ任ら御歌よみしたまひしく、　記・応神

髪長比売に大御酒の柏を握らしめて、其の太子に賜ひき。　記・応神

其の横臼に大御酒を醸みて、其の大御酒を献りし時、口鼓を撃ち、伎を為して歌ひけらく、樫の生に横臼を作り横臼に醸みし大御酒　うまらに聞こしもち食せ　記・応神

及、酒を醸むことを知れる人、名は仁番、亦の名は須須許理等、参渡り来つ。故、是の須須許理、大御酒を醸みて献りき。是に天皇、是の献りし大御酒に宇羅宜て御歌よみしたまひしく、須須許理が醸みし御酒に吾酔ひにけり　事なぐしゑぐしに吾酔ひにけり　記・応神

身の高を量りて甕酒を醸み、亦山河の物を悉に備へ設けて、宇礼豆玖を為む。　記・応神

是に大后石之日売命、自ら大御酒の柏を取りて、諸の氏氏の女等に賜ひき。爾に大后、其の玉釧を見知りたま

ひて、御酒の柏を賜はずて、乃ち引退けたまひて、　記・仁徳
今日大臣と同じ盞の酒を飲まむとのりたまひて、共に飲みたまふ時に、面を隠す大鋺に其の進むる酒を盛りき。　記・履中
豊明為たまひし時、大御酒に宇良宜て大御寝したまひき。　記・履中
其の采女、落葉の盞に浮かべるを知らずて、猶大御酒を献りき。　記・雄略
高光る日の御子に　豊御酒献らせ　記・雄略
今日もかも酒みづくらし　高光る日の宮人　記・雄略
亦春日の袁杼比売、大御酒を献りし時、　記・雄略
是に盛りに楽げて、酒酣にして次第に皆舞ひき。　記・清寧

他の上代文献に現れる「酒」も、ほぼ同様である。やはり、神や天皇に捧げ、その心を慰めるものとしての飲酒、それも祭事や儀礼に繋がるもの、そして天皇讃美の表現が多い。

酒という飲料は、地球上のあらゆる地域で、ごく古い時代から作られ、楽しまれてきている。上代においても、その家庭内で晩酌を楽しんでいた人も居たであろうし、親しい仲間同士の飲み会も頻繁に行われていたであろう。だが、記紀万葉風土記などの上代文献に、そのような楽しそうな人々の姿を垣間見ることはあまり期待出来ないし、酒の味に関する感想もまったく聞かれない。上代文献に現れてくる酒は、ここに見られるように、神との関わりを有する祭事の際のものか、公的宴会における例が多数を占めており、一人酒を飲む状況は、これも特異な題材として知られる貧窮問答歌の例くらいである。だからといって、酒が本来祭祀や儀礼用のものであったとは、到底考えられない。

酒についてのそのような発言はあまり聞かれないけれども、衣類・装身具などの場合には、上代にあっては呪的

効果を強調する意見が多い。確かに上代文献にはそれらの物品に祈りや願いをこめた歌や話はしばしば見受けられる。しかし、これらの物は、やはり基本的に日常生活をしていくための実用的な必需品である。歌にしても物語にしても、この時代、いわば文芸としてのジャンルとして確立してきており（歌が定型を有することがその一つの証左となる）、文献に記載されていることが、往時の人々の生活の総体の反映であるなどと考えることは許されないことであろう。文芸的作品を創り出すこと、それを文字化することは、既に相当な困難と努力を伴うものになって来つつあったろう。専門歌人さえ生まれているのである。そこに題材として取り上げられる対象は、必ずしも日常卑近なものではないのである。他に類の無いような「酒、酒、酒」を連発するこの讃酒歌十三首が一つの作品、それもかなり特異な作品であるということは、この事実からも明らかであろう。そしてそれは、当時既にほぼ確立していた歌の形式から逸脱するものでもあった。

旅人がなぜかような作品を作ったか、そこに中国詩文の影響を見ることは正しい。芸文類聚にも載る竹林の七賢人の一人劉伶の「酒徳頌」は、代匠記以来、山田孝雄『万葉集講義』などでも、この讃酒歌に影響を与えたものの一つと数えられている。

> 大人先生といふもの有り。天地を以て一朝と為し、万期を須臾と為し、日月を牖戸と為し、八荒を庭衢と為す。行くに轍跡無く、居るに室廬無し。天を幕とし地を席とし、意の如く所を縦にし、止まれば則ち巵を操り觚を執り、動けば則ち榼を挈げ壺を提げ、唯酒を是れ務む。焉んぞ其の余を知らん。貴介公子、搢紳処士といふもの有り。吾が風声を聞き、其の所以を議す。乃ち袂を奮ひ衿を攘げ、目を怒らし、歯を切ばり、礼法を陳説し、是非鋒起す。先生是に於いて罌を捧げ槽を承け、杯を銜み醪を歠り、鬚を奮って箕踞し、麴を枕にし糟を藉き、思無く慮無く、其の楽陶陶たり。兀然として酔ひ、豁爾として醒む。静聴すれども雷霆の声を聞かず。熟視すれども泰山の形を覩ず。寒暑の肌に切に、利欲の情に感ずるを覚えず。万物の擾擾焉たるを俯瞰するに、江漢

の浮萍を載するが如し。二豪の側に侍する、蜾蠃と螟蛉との如し。

この文の終末部で、「大人先生」に向かう「貴介公子、搢紳処士」という二人の様を「蜾蠃と螟蛉（じがばちとあおむし）」に喩えているが、これと同様に、旅人は酒を飲まぬ人を猿に喩えたのだと、拾穂抄は言う。この論は、「じがばちとあおむし」と「猿」との間に飛躍がありすぎるし、第一、この「酒徳頌」の内容自体は、清水克彦氏（「讃酒歌の性格―大伴旅人論」〈『女子大国文』二一号〉）、井村哲夫氏（「大宰帥大伴卿讃酒歌十三首」〈『万葉』一一三号〉）などが言われるように、讃酒歌の境地とはほど遠い。ここまでデカダンス的な、あるいは自暴自棄的な酒讃美は、中国詩文には見られないのである。だが、この問題にもいまは触れるつもりはない。

二

「酒」とともにこの歌群中の単独使用語、または万葉集中に他にほとんど用例のない語は、「濁る（三三八、三四五）・聖（三三九）・醜（三四四）・猿（三四四）・価（三四五）・虫（三四八）」であり、派生語・複合語の段階では、「一杯（三三八）・酔泣（三四一、三五〇）・賢しみ（三四一）・極まる（三四二）・酒壺（三四三）・賢しら（三四四、三五〇）・来む世（三四八）・此の世（三四八）」などが加わる。むろん、使用度数一という語が用いられていること自体は、別段珍しいことではない。しかしここに挙げた語を見る限り、直感的にも、小学館の『完訳日本の古典』本が脚注で指摘したことではあるが、俊成が古来風躰抄で「雅ならざる歌、学ぶべからざる歌」と評したのもむべなるかなと思われるであろう。

この中の「猿」を取り上げてみよう。「虫」のことについては別に触れるところがある（後掲「歌われぬ動植物」二二八頁）が、「猿」も「虫」と同様、この時代の人名にはしばしば用いられる。だが、動物としての猿は、虫以上に上代文献の中に姿を見せることは稀である。猿は人類にもっとも近い動物で、かつ、人目に触れにくい存在でもない。説話や中世以降の雅ならざる文献には数多く登場するし、画に描かれる機会も多く、むしろ人気者扱いともなる。しかし、万葉集の中に猿の姿は他にない。古事記でもサルタヒコ、サルメの名だけであり、日本書紀に見えるのは次のようなものだけである。

十四年の秋九月の癸丑の朔甲子に、天皇淡路の嶋に猟したまふ。時に麋鹿・猿・猪、莫々紛々に山谷に盈てり。

允恭紀

岩の上に小猿米焼く　米だにも食げて通らせ山羊の老翁

皇極紀二年

人有りて、三輪山にして猿の昼睡るを見て、竊に其の臂を執へて、其の身を害らず。猿猶ほ合眼りて歌ひて曰はく、……其の人、猿の歌を驚き怪びて、放捨てて去りぬ。

皇極紀三年

或いは阜嶺に、或いは河辺に、或いは宮寺の間にして、遥に見るに物あり。而して猴の吟を聴く。或いは一十許り、或いは廿許り。就きて視れば、物便ち見えずして、尚ほ鳴き嘯く響聞こゆ。其の身を観ること獲るに能はず。

皇極紀四年

且、牛・馬・犬・猿・鶏の宍を食ふこと莫。

天武紀四年

風土記には

里を周りて山有り、椎・栗・槻・櫟生ひ、猪・猴栖住めり。

常陸・行方郡

などのようにしばしば猿の名が見えるが、それは各地の山に住む動物として、他の鳥獣と並挙されているだけの存在である。

となると、この讃酒歌中に突然猿が現れてくるのは理解が困難になる。この連作の中で、連作としての環境（歌群中の他の歌）の中に猿の登場を予測しうるような状況もない。

例えば、巻十六の長忌寸意吉麻呂の連作の中で、「蓮葉」（三八二六）とか「白鷺の鉾喰ひ持ちて」（三八三一）とかいう特異な題材が現れると、これを作歌の場の状況として、観蓮の宴席であろうとか、鷺の絵が掛かっていただろうとかいう推測がなされたりする向きもあるが、さすがに讃酒歌の場合、庭前に猿がいただろうとか、猿の画幅が掛かっていただろうとかいう解釈にはお目に掛からない。讃酒歌十三首全体にわたって中国詩文・仏典など漢籍が下図になっていることは周知の事実である。この猿も、やはり中国詩文の流れであろうと考えるほかはなさそうである。

中国では、猿の類は数多く詩文に登場する。ここに文選と芸文類聚から二、三の例を摘出してみるが、これでおおよその傾向は窺われよう。中国詩文の猿は、大きく二つに分けることができる。

虎豹黄熊其の下に游び、穀玃猱狿其の巓に戯れ、鸑鷟鵷鶵其の上に翔り、騰猨飛蠝其の間に棲む。

文選・張平子　南都賦

一つはこの「南都賦」などのように、山深くに住む、いわば狩猟対象としての猿である。他の一つは、

哀鴻は沙渚に鳴き、悲猨は山椒に響く。亭亭たり江に映ずる月、瀏瀏たり谷を出づる飈。

文選・謝恵連　泛湖帰出楼中翫月

猨鳴いて誠に曙なるを知れども、谷は幽にして光は未だ顕かならず。巌下には雲方に合ひ、花上には露猶ほ泫たる。

文選・謝霊運　従斤竹澗越嶺溪行

狐狸は馳せて穴に赴き、飛鳥は故林を翔る。流波は清響を激し、猴猿は岸に臨んで吟ず。

文選・王仲宣　七哀詩

峡中に猨鳴くこと至りて清く、諸の山谷に其の響を伝ふ。冷冷として絶えず。行く者歌ひて曰く、巴東の三峡に猨鳴くこと悲し、猨鳴くこと三声にして涙衣を霑す。

芸文類聚・宜都山川記

　嗷嗷として夜猿鳴き、溶溶として晨霧合す。知らず声の遠近を、唯見る山の重沓たるを。
芸文類聚・梁沈約　石塘瀬聴猿詩

などのように、渓流に臨む山の中で啼く猿の声である。その声は悲しげに夜のしじまを破って響き、漂客の心を痛ましめる。この例は文選や芸文類聚などにも数多く見出され、唐以降の時代にも多く引き継がれる。聴覚的に表現されるのが、中国における猿なのである。いずれにせよ、その姿を見かけることはあっても、それは遠い樹上を走り回っているのを瞥見するにすぎない。

三

では、ここのような「よく見ば……似る」のように眼前に姿を見せるような例はどこから来たのであろうか。中国の詩文の中には、少数ではあるが、

猨を檻中に置かば、則ち豚と同じ。捷るに巧みならざるにあらず、其の能を肆する所なきなり。

准南子

昔は鞲上の鷹の如くなりしも、今は檻中の猨に似たり。徒に千載の恨を結び、空しく百年の怨を負ふ。
文選・鮑明遠　東武吟（楽府八首）

そして後代のものではあるが、

籠中の猿は、踴躍万変すれども、籠を出づること能はず。匣中の虎は、狂怒万変すれども、匣を出づること能はず。

化書

などのように、檻の中の猿や籠の中の猿が見える。むろん、これは捉えられ自由を奪われた猿の姿であるが、かような場合には身近に猿を観察することも出来よう。日本で猿を飼い慣らす習慣が平安末期以前から存在するかどう

か、確認はしていない。難波宮趾から出土した土器や長屋王宅跡から出土した皿に猿の顔が巧みに描かれた例があるところを見ると、紐の類を付けたか檻に入れたかは別として、なんらかの形で猿を捉え、飼育し、これを身近に見る機会があったであろうことは十分想像される。ただし、現実にそのような状況が旅人の近辺にあったかどうかは、この際別問題としてよい。旅人がここで歌った猿は、ここに挙げたような、中国詩文中の「檻中の猿」と考えられるからである。

そして、「猿に似る」とは、猿のどのような状態に似ていることを云うのだろうか。一般に〈平山城児「讃酒歌の出典」〈『青木生子博士頌寿記念論集・上代文学の諸相』塙書房、一九九三〉でも〉猿という動物の姿態全般に対する侮蔑感、嫌悪感を現しているとされる。そのこと自体は当然ではあろうが、「酒飲まぬ人」がなぜ、どのような点において猿に似ているのかは分明ではないし、諸注釈・諸説も触れるところがない。

この三四四番歌では「酒飲まぬ人」に「賢しらをす」という限定が付されていることに注意を向けてみよう。「賢しら」はこの歌群中に二度、「賢良」の文字で使われている（この字面が中国語「賢良」を示唆するであろうということに関しては、辰巳正明「賢良―大伴旅人論」〈『上代文学』三四号〉、村田正博「大伴旅人讃酒歌十三首」〈『万葉集を学ぶ第三集』有斐閣、一九七八〉の論がある。なお「賢しら」の万葉集中の他の二例は志賀白水郎歌にある）。最終三五〇番歌では、この「賢しら」は、「黙然居りて賢しらす」という形で「酔泣き」と対比される（「酔泣」に関しては柳瀬喜代志「旅人の讃酒歌に見える「酔哭（泣）について」〈『国文学研究』五〇集〉、井村哲夫「大宰帥大伴卿讃酒歌十三首」〈『万葉』一二三号〉）。

その「酔泣き」は三四一番歌では「賢しみと物言ふ」ことと対比されている。同じ「酔泣」という語と対比されていることから見ても、「賢しら」と「賢しみ」はほぼ似た意義を表していると見てよい。それは「賢し」そのものではない。似て非なるものである。特に「古の七の賢しき人」（三四〇）の表現が同じ歌群に使われていて、これが酒を「欲りせし」人であり、「賢しら・賢しみ」が酒を飲まぬ者であるという点とも考え合わせれば、むしろ、「賢しら・賢しみ」は、「賢し」の対極的な状態を底に秘めているとも言うべきであろう。さて、「賢しらをす」の「す」の内容は、この三四四番歌では「酒飲まぬ」ことではあるが、「飲まぬ」は「飲む」という動作に対する否定形である。否定というのは状態表現であって、動作表現ではない。つまり、飲まずに何をしているかは明らかではないのである。利口ぶって酒を飲まない、では事態の積極的な説明になってはいない。そこには、杯を突き返すとか、酒の害を高声に説くとか、酔態をののしるとかなどの「賢しら」の具体的・積極的な動作がなければならないはずである。

酒を飲まずにしていること、「賢しら」「賢しみ」の具体的な動作としては、三四一番歌では「物言ふ」こと、三五〇番歌では「黙然居る」こと、と対義的な表現がなされている。三五〇番歌がこの十三首を纏める形であることを思うと、この三四四番歌では前の三四一番歌を承けて「賢しみと物言ふ」ことであろうと推定してよいであろう。

先に触れた劉伶の「酒徳頌」をもう一度振り返ってみる。この作品は、内容的に言えば、讃酒歌と同じ境地ではない。だが、影響を与えたものの一つと数えられている。ここでは、一人陶陶として酒を楽しむ「大人先生」に向かって「礼法を陳説し是非鋒起す」る「貴介公子、搢紳処士」なる二人の様を、「袂を奮ひ衿を攘げ目を怒らし歯を切ばり」と描く。既に指摘されているとおり、讃酒歌の作者旅人がこの内容を承知していたであろうことは当然考えてよかろう。

同じ芸文類聚に傅玄の「猨猴賦」が載る。

余酒酣にして耳熱く、懽顔未だ伸びず。遂に戯れに猴にして猿を縦にす。何ぞ瓌眇の人を驚かすや。戴くに赤幘を以てし、襪くに朱巾を以てす。先に其の面を装ひ、又其の脣を丹くす。眉を揚げ額を蹙め、愁ふるが若く瞋れるが若し。或いは長眠して勒を抱き、或いは嚔咋せて齕齗す。或いは顒仰して踟蹰し、或いは悲嘯して吟呻す。既にして老公に似、又胡児に類す。或いは低眩して抃颯し、或いは掌を抵れて胡舞す。
ここでは、からかわれた猿が目を怒らし歯をむき出す様が描かれている。当然、山中に望見する野生の猿ではなく、檻に入れられ、身近な所に置かれた猿であろう。これが「酒徳頌」の議論する二人の形容とそっくりである。つまり、猿に似ているのは、酒も飲まず、口角泡をとばして議論するさま、具体的には目を怒らし歯をむき出している様が、檻の中に入れられている猿そっくりだというのである。旅人が「猿に似る」と表現したとき、彼の頭の中にイメージとして存在したのはこのような猿であり、下図はやはり芸文類聚の中に描かれていたのである。

むろん、中国詩文の中で、檻に入れられた、または鎖に繋がれた猿のさまが、議論に熱中する人のさまに似ている、という表現が常のものとして存在するわけではない。これは、旅人が何かの体験を思い出して、もしくはふとした思い付きで、同じ芸文類聚のこの二つの詩の文言の持つ雰囲気を結び付けたのであろう。そして旅人はこの着想を読み手が容易に察知するであろうことを期待し、いささか得意な気分に浸っていただろうと思われる。

四

万葉集の中で、「連作」というような名で扱われている作品にも、実際は種々な様相があると思われる。

巻十六に載る長忌寸意吉麻呂歌八首については、意吉麻呂という同一人が子の日の宴という同一の酒席の場で、一定の時間内に状況の変化に応じて順次作った歌が纏められたものと見た（別掲「意吉麻呂の物名歌」一七三頁）。このような場合は、作歌は同時に歌の披露であり、場の状況の変化を念頭に置かなければ、歌の解釈は出来ない。

そして巻五の梅花宴歌は、旅人主催の梅花の宴という同一の場で、数多くの人々の歌が披露されたケースである（ただし、追和歌をどう考えるか、兼題か探題か、文字化されて提出されたかどうかなど問題は残る）。このような場合も、全歌の構造的配列を考えることは意味が少ない。一方、松浦河序は、恐らく後人追和までを含めて旅人一人の作であり、十分に構想を練った作品で、当初から文字を介して作られたものであろう。このような作に関しては、逆に、その披露の場などを考えるのはほとんど無意味であり、不要であろう。讃酒歌もこれに類する作と思われる。

基本的には文字の介在ということであろう。歌の作成・発表・享受のどの段階まで、どの程度文字が入り込んでくるか、文字の力が強まってくるという時代の流れの中で、それは作成から享受までの時間の不一致乃至ズレを招くだけでなく、歌自体や歌の社会的存在態のあり方の変質までを要求するようになるであろう。万葉集の中にあっては、歌はその変貌のまっただ中に置かれていると見るべきである。「連作」も、初期万葉と奈良朝末期ではあり方が異なるであろうし、作者の身分、あるいは作者・享受者の属する社会階層によっても、状況は変わるであろう。今後の問題としたい。

ひとり寝の歌

一

「斎瓮」という語がある。小学館の古語大辞典によると、

神を祭る時に、神酒を入れて供えるつぼ。地を掘ってすえたらしい。

とある。角川の古語大辞典や、日本国語大辞典、時代別国語大辞典上代篇などは、さらに説明が詳しいが、基本的には変わりはない。

この斎瓮については、万葉集巻三の坂上郎女の歌と丹生王の歌に詳しく描写されている。

久方の天の原より生れ来たる神の命　奥山の榊の枝に　白香付け木綿取り付けて　斎戸を忌ひ掘り据ゑ　竹玉を繁に貫き垂れ　鹿猪じもの膝折り伏して　手弱女の襲衣取り掛け　かくだにも我は祈ひなむ　君に逢はじかも

坂上郎女　三・三七九

なゆ竹のとをよる皇子　さ丹つらふ我大君は　隠りくの始瀬の山に神さびに斎きいますと　玉梓の人そ言ひつる　およづれか我が聞きつる　狂言か我が聞きつるも　天地に悔しき事の世間の悔しき事は　天雲のそくへの極み　天地の至れるまでに　杖突きも突かずも行きて　夕占問ひ石占以て　我が屋戸に御諸を立てて　枕辺に

斎戸を据ゑ　竹玉を間無く貫き垂れ　木綿手次腕に掛けて　天なるささらの小野の七相菅手に取り持ちて　久方の天の川原に出で立ちて禊ぎてましを　高山の巌の上にいませつるかも
丹生王　三・四二〇

坂上郎女の歌には「祭神歌」という題詞があり、「供祭大伴氏神」という左注が付く。儀式の道具立てと進行のさまはこと細かに描かれているが、いかなる種類の祭か、必ずしも分明でないところもある。祭主以外の状況が歌われていないし、何を祈るのかも明瞭ではない。反歌ともども「君に逢はじかも」という語句で結ばれている点からは、君に逢うことが願われているようだが、「君」とは誰か、何も語ってはいない。丹生王の歌には、「石田王卒之時」と題詞にある。この場合も、これだけの儀式を整えて何を祈るか、現代風に死者の冥福を祈願するわけではあるまい。

『集成』や『全注』は、坂上郎女の歌について、祖神を招くものであり、亡夫大伴宿奈麻呂を意識していると説く。これに従えば、丹生王の歌も死した石田王との再会を願うものとして共通に理解できる。それも、現実には絶対に不可能な願いとして。

巻十三には、作者不明の次の歌が載る。

菅の根のねもころごろに　我が思へる妹によりては　言の禁も無くありこそと　斎戸を斎ひ掘り据ゑ　竹玉を間無く貫き垂れ　天地の神祇をそ我が祈む　いたもすべなみ
十三・三二八四

この歌には、「或本歌」として、三二八八番の異伝もある。道具立ては巻三の場合と同様だが、これらは相聞の部に納められており、神に祈る内容はかなり異なって、「妹（君）によりて言の禁」のないことを願うという現実的なものである。

記紀には、「忌瓮」が見えるが、これも近代では「いはひへ」と訓んで、万葉の「斎戸」と同じものとする説が多い。この例は次のようなものである。

大吉備津日子命と若建吉備津日子命とは、二柱相副ひて、針間の氷河の前に忌瓮を居ゑて、針間を道の口と為て、吉備国を言向け和したまひき。　記・孝霊

丸邇臣の祖日子国夫玖命を副へて遣はしし時、即ち丸邇坂に忌瓮を居ゑて罷り往きき。　記・崇神

復、大彦と和珥臣の遠祖彦国葺とを遣はして、山背に向きて、埴安彦を撃たしむ。爰に忌瓮を以て、和珥の武鐰坂の上に鎮座う。　崇神紀十年

崇神天皇の巻における記紀の記述は同一のものであるが、これらの場合、忌瓮を据えるのは、当然神を祭ることを意味するのではあろう。忌瓮を据える場所がいずれも「坂」と表現されていることからも、いわば、峠の神に行路の安全を祈願することが主であるように思われる。であるならば、なぜ、出発に際して事の成功を祈って神を祭り、とか、行路の安全を峠の神に祈願し、とか記述しなかったのであろうか。記紀が異なる場面でも揃って、本来、祈るための一つの副次的な動作、あるいは祭るための道具でしかない筈の忌瓮を据えることだけを語っていることは、やはり注目に価するだろう。むろん、祭ないし祈りの中心的・象徴的行為、例えば建築における「柱を立て」的な表現であるとすればよいのだが、なぜ、神を祭り、あるいは神に祈り、または祭壇を築き、などの表現が採られていないのであろうか。可能性としては、やはり忌瓮は、その底部のみならず、少なくとも大半を地中に埋められたのであろう。それを据えた人々はその地を離れなければならない。瓮は人目を避けて保全され、事の成就を待ってなんらかの処置がなされたのであろうか。このような永続性が、その祭の象徴的な位置を獲得したかと推測される。さりながら、そのような記述がすべて見られないことは、すくなくとも記紀述作の時期においては、忌瓮を据えることがかなり象徴的な儀礼と化していたと考えてよかろう。

　ところで、万葉集にはほかに五例の「いはひへ」の使用例がある。

母父に妻に子どもに語らひて立ちにし日より　たらちねの母の命は　斎忌戸を前に据ゑ置きて　一手には木綿

取り持ち　一手には和細布奉り　平けくま幸く座ませと　天地の神祇を乞ひ禱み　大伴三中　三・四四三

鹿子じもの我が一人子の草枕旅にし行けば　竹玉を密に貫き垂れ　斎戸に木綿取りしでて　忌はひつつ我が思へる我子　遣唐使母　九・一七九〇

草枕旅行く君を幸くあれといはひへ据ゑつ　我が床の辺に　坂上郎女　十七・三九二七

丈夫の心を持ちて　あり巡り事し終らば　つつまはず帰り来ませと　いはひへを床辺に据ゑて　白栲の袖折り返し　ぬばたまの黒髪敷きて　長き日を待ちかも恋ひむ　大伴家持　二十・四三三一

大君の命にされば　父母をいはひへと置きて　参出来にしを　防人　二十・四三九三

この五例に共通していることは、記紀の伝統を受け継いで、旅の安全を祈願する点にある。しかし、記紀のように、これから現実に辿るであろう困難な行路の、その困難な出発点ともいえる坂に斎瓮を据えるのではなく、家の中に置くものばかりと考えられる。むしろ明瞭に「床の辺」とも描かれている。防人歌のように「父母を斎瓮と置きて」と歌われると、防人を送り出した家人が実際に斎瓮を据えたかどうか、解釈も分れるところとなろう。助詞「と」を「とともに」の意と解すれば斎瓮は設けられていたものであろうし、「と」が「として」と比喩を表すとしたら斎瓮の存在はむしろ否定されることになる。巻三大伴三中の歌や、巻九遣唐使母の歌が、実際にここに描かれるような形の祭儀を伴ったものであったかどうか、疑問無しともしない。むしろ、その様子が詳細に描写される分、実際は伝統儀礼化して、形式的に斎瓮を据えるだけの儀礼となっていたのではないか、とも考えられる。

この旅立ちに際して斎瓮を据える儀礼は、子に対する場合と夫に対する場合がここに見られた。後者は、当然夫を送り出した妻の立場を歌っている。その際は斎瓮を据える場所が「床の辺」と限定される。祭具を手にした行事は一定時間内に終わるであろう。竹玉は勢いを失って撤去されるかもしれない。しかし床の辺に据えられた斎瓮は、無事帰宅するまで、もっとも親しい者のもっともプライベートな場所に安置されていることであろう。もちろん、巻十七の坂上郎女の歌は、甥であり婿である家持を送るものであり、巻二十の家持の歌は、防人の門出を想像して歌ったものである。だが、特に家持周辺のこの一族や友人たちは、恋歌仕立の挨拶歌を交わす習慣が出来上がっていたこと、かつて述べた通りであろう（後掲「坂上郎女と髪」一一四頁）。坂上郎女の歌は、子を送り出す親の立場を歌ったものではない。

すなわち、家持周辺では、実際にそのような儀礼を行うかどうかに関わりなく、旅立ちを斎う歌としての定型文句として「斎瓮を据う」という語句が用いられるようになっていた、と考えた方がよさそうである。

二

その巻二十、家持の歌に「ぬばたまの黒髪敷きて」という語句が併用されている。

「髪」については、平安時代、例えば紫式部日記に他の女房たちを描くような時、必ずといってよいほど髪のさまに触れているにもかかわらず、歌の素材とはならなかったことは別にも述べた（「坂上郎女と髪」）。万葉集には王朝和歌よりは用例は多い。「黒髪」の例も二十一を数えることができる（か黒き髪、黒かりし髪、ぬばたまの髪を加えれば更に七例ほど、髪を黒いという色で捉えた表現を増すことは出来るが、今はその色彩、ひいては若さの特徴を問題にしているのではない）。この「黒髪」は、多くは白髪との対照で若さを表すものとして詠み込まれているのであるが、中に、

置きて去なば妹恋ひむかも　しきたへの黒髪敷きて長きこの夜を　田部櫟子　四・四九三
ぬばたまの黒髪敷きて長き夜を手枕の上に妹待つらむか　十一・二六三一
一人し寝ればぬばたまの黒髪敷きて人の寝る味寝は寝ずて　十三・三二七四

夕べには入り居恋ひつつぬばたまの黒髪敷きて人の寝る味寝は寝ずに　十三・三三二九

夕されば床打ち払ひぬばたまの黒髪敷きて何時しかと嘆かすらむそ　大伴家持　十七・三九六二

白栲の袖折り返しぬばたまの黒髪敷きて長き日を待ちかも恋ひむ　大伴家持　二十・四三三一

のような例が見られる。いずれも類型化した表現ではあり、特に家持は先行する作品を学んだものと思われるが、いずれの歌も、一時的に別れた夫を恋いながら一人夜の床に横たわっている妻の姿を、その夫あるいは第三者の立場から歌う形を採る。巻十三の三三二九番歌は挽歌に分類されているが、その類歌である三三七四番歌は相聞歌として扱われている。挽歌が相聞的表現を採ることについても触れたことはあるが、表現類型としては同一として扱ってよい。

「黒髪敷く」という表現が共寝の折のこととして歌われることはない。共寝を象徴するのは、古事記歌謡の「真玉手玉手さし巻き」から万葉の「手枕巻きて」であって、その「手枕」が一人寝の場面に使われているのは、先の巻十一の例だけに過ぎない。

当時の成年女子が髪を長く延していたことは事実であり、常態が結髪であったか垂髪であったか問題はあろうが、いずれの場合も夜眠る時は、後世とは異なり、髪を結ったままではない可能性が高かろう。ここは長く延びた髪、と考えてよい。さりながら、「髪を敷く」とは、具体的にどのような状態であるのか、疑問無しとはしない。「敷く」は、単に床面などに密着して物を拡げ並べることだけを意味するのではなく、その拡げた物の上に何物かが置かれる状態を予測することである。では、髪の上に置かれるものは何か。自分の身体であるならば、それは一人寝の象徴としては必ずしもふさわしくない。共寝の時とは違った状況を表現しなければならない筈だからである。もし、共寝の時は男が女の髪を敷いて寝るのに、今は自分で敷いて寝ている、とでもいうなら、それは一人寝にふさわしいものとなろう。しかし、そのような、女の髪を敷いて寝るというような表現は無いし、第一、髪を身体の下に敷

き込んで寝たのでは髪の付け根がひっぱられて、それこそ安寝もままならぬであろう。実態としては、

ぬばたまの妹が黒髪　今宵もか我が無き床に靡けて寝らむ　　　　十一・二五六四

しきたへの衣手離れて玉藻なす靡きか寝らむ　我を待ちがてに　人麻呂歌集　十一・二四八三

の方が遥かに現実的である。ただし、髪の靡くさまは、

君待つと庭にし居れば打ち靡く我が黒髪に霜そ置きにける　　　　十二・三〇四四

のように起きている場合にも言う。また、

白栲の袖差し替へて靡き寝し我が黒髪の真白髪に成りなむ極み

の場合は、「黒髪」という語が使われてはいるが、　　　　高橋朝臣　三・四八一

玉藻なす靡き寝し子を　深海松の深めて思へど　　　　人麻呂　二・一三五

海若の沖つ玉藻の靡き寝む　はや来ませ君　待たば苦しも　　　　十二・三〇七九

などの歌を考慮に入れれば、それは姿態全体についての比喩的表現であって、靡くのは髪ばかりではないと受け取るべきであろう。二四八三番歌もこの範疇に入る。そして、この歌以外は、一人寝の状況ではない。また、

秋の野の尾花が末の生ひ靡き　心は妹に寄りにけるかも　　　　人麻呂歌集　十・二二四二

と、心の状態についても「靡く」を用いているのである。

となると、一人寝の具体的な状況を表現するには、「靡く」を使うよりも、「黒髪敷く」の方が適切に感じられたのであろう。それは、「黒髪」によって若い女性を、「敷く」によって臥せっている姿態をイメージすればよいのであって、現実に髪の毛を身体の下に敷き込んでいるさまを想像することを要求するものではない。これらの歌は、すべて離れた場所から遠く思い遣って歌う歌である。想像は朧化されて美しい。歌は現実を生々しく再現して見せるものではない。誰が最初にこの表現を思い付いたか、それは不明としか言いようはないが、少なくとも、家持は

この「黒髪敷きて」を一人寝のイメージとして自らの作歌に取入れたものである。これらは、歌の表現としてのみ存在したものであって、日常語彙の中で、動詞「敷く」の対象として「(黒)髪」が措定されることはなかったのだ、と考えるべきであろう。

「黒髪敷く」に似た語句として、「片敷く」がある。これは、

ひさかたの天の河原に　天飛ぶや領巾かたしき　真玉手の玉手指し更へ　あまた夜も寝てしかも

憶良　八・一五二〇

の場合は、天人であるところの棚機女がその領巾を敷いて彦星と共寝をするさまを描いているのであろうが、他の用例は

我が恋ふる妹は逢はさず　玉の浦に衣片敷き一人かも寝む　人麻呂歌集　九・一六九二

泊瀬風かく吹く夜は何時までか衣片敷き我が一人寝む　十・二二六一

妹が袖別れし日より白栲の衣片敷き恋ひつつそ寝る　十一・二六〇八

別れにし妹が着せてし馴れ衣　袖片敷きて一人かも寝む　丹比大夫　十五・三六二五

と、すべて「衣(袖)片敷き」の形で、敷くものは衣類であって、一人寝、と「黒髪敷きて」と共通する状況を歌っている。これも一人寝の類型表現と見てよいが、寝るのが男性である我である点が異なる。女性の立場から遠く思い遣る表現はなくて、これからの我の状況として歌われることが多い。被修飾語として「一人寝る」という語句を必ず伴う以上、まだ一人寝の表現としては「黒髪」の場合ほどは固定化したものとしては受け取られていなかったと言えよう。「片」の語は、二人揃ってではない、ということを表象しそうなものであるが、棚機女は領巾を片敷いて共寝をしているのである。

また、「うまい」という語がある。類義語として「やすい」という形が考えられる。この両語、古語辞典の類で

は、その差を明確に説くものがない。いずれも、「熟睡・安眠」というような漢語に置き換えることで済ませているといっても大過あるまい。現代語の熟睡は状況的なもの、安眠は精神的なもの、というように、我々は使い分けているようだし、「安」に「やすい」という訓が定着している現在は、「やすい」は漢語「安眠」と理解しやすい。対応して、「うまい」は「熟睡」か。だが、万葉集における「うまい」の用法は偏っている。巻十三・三二七四番歌や三三二九番歌に出てきた「人の寝る味寝は寝ず」という表現も、他に

人の寝る味寝は寝ずて　はしきやし君が目すらを欲りて嘆くも　十一・二三六九
白栲の手本ゆたけく　人の寝る味寝は寝ずや恋ひ渡りなむ　十二・二九六三

とあり、いずれも「人の寝る味寝は寝ずて」と類型化し、女の一人寝を表現している。対して「やすい」は、

いづくより来たりしものぞ　まなかひにもとな懸かりてやすいし寝さぬ　五・八〇二
我妹子にまたも近江の安の川　安寝も寝ずに恋ひ渡るかも　十二・三一五七
郭公鳥夜鳴きをしつつ我夫子を安宿な寝しめ　ゆめ心あれ　十九・四一七九

など、男の立場にいうことがむしろ多いし、共寝を前提にしたような表現はほとんど見られない。従って、「うまい」の方は、共寝をした後の熟睡を予想させる語として万葉では使われており、一人寝の歌の常套文句であったと見てよい。それが一人寝の表現類型であるのは、味寝をしたいという欲求も表現されなければ、昨夜は味寝であったという感慨も見られないからである。五・七の二句を使用した形式において、これらは一人寝の類型的な表現として固定しているのである。

「一人寝る」、「夜を明かす」特に「明かしかぬ」、「衣手離れて」、「夢」などの語句・表現も一人寝を嘆く歌に多用されるが、これはいわば当然のことである。一人寝の結果としてそれらの事態は必然的に起るし、その嘆きはまた歌うべき対象でもある。かかる類を一人寝の表現類型とは看做さないことにする。

そのような目からは、

東の野にかぎろひの立つ見えて　かへり見すれば月かたぶきぬ　人麻呂　一・四八

山の端に月かたぶけば　漁りする海人の灯し火沖になづさふ　遣新羅使人　十五・三六二三

などの歌が月が傾くことを、当然ながら、実景として目で見て捉えているのに対して、

君に恋ひしなえうらぶれ我が居れば　秋風吹きて月かたぶきぬ　十・二二九八

真袖もち床打ち払ひ君待つと居りし間に月傾きぬ　十一・二六六七

かくだにも妹を待ちなむ　さ夜更けて出で来る月の傾くまでに　十一・二八二〇

秋風に今か今かと紐解きてうら待ち居るに月かたぶきぬ　家持　二十・四三一一

の歌では、「月傾く」という語句が、万葉後期には、むしろ観念的に一人寝の嘆きを表現する景物として意識されてきていたであろうことを示唆する。すなわち、「一人寝る、衣手かれて」などの語句が一人寝以外の場で用いられようがないのに対して、「月傾く」のは自然界の状況として常に有り得ることであって、その中で生活する人々がこの状況に気付く際の、その人々の置かれた生活も様々である筈である。それが一人寝、あるいは恋人を待ち明かす嘆きの歌として常用されることによって、「月傾く」の表現が、聞き手あるいは読者に対して直ちに詠み手の置かれた状況を推察させるようになって、表現類型として定着するようになるのである。

三

周知のように、語彙の体系は音韻や文法に較べてははなはだ緩い。従って、文献に頼らざるをえない古代の言語現象の中でも、もっとも把握しがたいものである。書き残された言語は、口頭で語られていた言語量に比して遥かに

少ない。文字そのものの習得が、実は人々にとって相当に困難な技術だからでもある。通常、人々は生後一年半から二年ぐらいのうちに分節化された言語を自然に習い始め、五、六歳頃までには、音韻や文法をほぼ完全に習得してしまう。学校教育が始まるのは現在いずれの地でもほぼ六歳頃からであるが、そこではじめて文字の学習をするのが常である。以後、読み書きの学習はえんえんと続く。がなお、書記言語の個人的能力差は、口頭言語に較べてかなり大きい。さらに、口頭言語が筋肉の一部を動かすだけ、それもそれほどエネルギーを消費しない運動であるのに対して、文字言語はこれを表現するために、種々の道具を必要とする。その道具は、人類史上のごく古い時期を除けば、そのあたりに転がっている自然物を利用するのでは足りずに、高度に加工された物品が必要であった。従って、高価でもある。故に、古代にあっては、識字層は文字の学習と道具の入手に必要な経済的余裕を持った者に限られていた。そして、その人々でさえ、文字化することの時間的・経済的エネルギーを考えれば、現在の我々もそうであるように、日常の口頭言語に較べれば、文字で表現するケースは、ごく限られた必要性に迫られた、ごく特殊な場合であったろうと推察される。

過去の言語現象を考える際には、このような書き残された文献、しかも、当時製作された量に較べればごく一部しか伝来されていない文献を資料としなければならない。それでも、強固で緊密な体系を保持している現象ならば、その片々たる資料をもとにしても、その全体像も変化のさまも把握できる。文法現象を例に採れば、仮に万葉集が現在我々の知る量の十倍残されていたとしても、奈良時代にタ行変格活用やハ行変格活用の出現する可能性はあるまい。また、二段活用の一段化は、何時ごろ、どの地域で、どのような位相の言葉として起こってきて、どのように進行していくか、というようなことも推測可能である。さりながら、語彙の場合には、昔使った例をふたたび持ち出すなら（「古代の語彙」〈『講座国語史　三』大修館、一九七一〉）、土左日記から樹木の名として「梅・松・桜・柳・桂・柊」が拾えても、そのような名の木があったことは知ることは出来ても、平安時代の、貴族層と限定してもよいが、その言語の中の樹木名という語彙の全貌を知るためには、まったく役には立たないのである。そのあたりまでは、いわば常識として注意を喚起すれば足りるであろう。だが、文献の持つ特殊性には、さらに慎重な配慮が必要なのではあるまいか。

いわゆる和歌は、藤原京時代には、五音句・七音句を基とする三十一音節の定型を確立している。同時に、口で朗誦するものから書かれるものへと変身を始めている。短歌という文芸ジャンルの確立と言ってよかろう。以来、現代に至るまで、我が国における代表的な文芸形式として生き続けている。その和歌ないしは短歌と呼ばれる文芸は、単に言葉を三十一音節として並べればよいものではない。文芸ジャンルとして確立したということは、その題材・用語その他の一切を含んでの形式である。多くの人々がその生涯の折々に抱くであろう感慨の総てが短歌に昇華しうるものでは決してなかったし、その人々が日常使用している言葉がそのまま和歌の用語に成り得たのでもない。むしろ、そのような日常性からの乖離こそが文芸なのである。日常卑近なもの、そのすべてが歌の材料になったのではないことは、別にいくつかの例を挙げて考えてみた（後掲「歌われぬ動植物」二二八頁）。

むろん、長い時代を生き続けてきた和歌は、その内実を少しずつ変化させてきている。でなければ、この長い年月を生々しく生き続けることは不可能であったろう。実際、集団の中で歌われ聞かれていた歌と、個人の場で書かれ読まれた歌とは、性格も内容も異なっているし、万葉集と古今集も違う。中古・中世の歌論も、題材や用語の差のあるべき姿を指摘しているし、近年は自由律の歌や口語体の短歌もある。しかしなお、大勢は、伝統的な形式を目途としていると見てよかろう。だが、言語において、音韻法則や文法体系の束縛の強さに比して、語彙のそれが緩やかであるように、文芸ジャンルにおいても、短歌三十一文字の制約や、文語を使うことの縛りに較べれば、題材や用語の自由度は相当に高い。

だが、それは千数百年の歴史の中における変遷と意識の問題であって、同時代的には、やはり強力に作用していたと思われる。先に題材、景物を資料として考えた折に、さほど異質な作品が見当たらなかったこと、異質は異質として統一した解釈が可能だったことからも十分推察できる。

歌の表現素材としての語、それは日常生活の中で用いられるのとは、また少し変わった意味・用法、もちろん本来の概念が異なるわけではないが、続いて想起される属性概念に特有のものが現れてくる可能性を秘めているのである。そして、ある種の語や句が、特定の場面において、特定の意味・表現に限定して使われるようなことも、大いにあり得たと思われるのである。

坂上郎女と髪

大伴坂上郎女、跡見庄より宅に留めたる女子大嬢に賜ふ歌一首并短歌
常世にとわが行かなくに　小金門にもの悲しらに思へりしわが子の刀自を　ぬばたまの夜昼と言はず思ふにし
わが身は痩せぬ　嘆くにし袖さへ濡れぬ　かくばかりもとなし恋ひば　古里にこの月ごろもありかつましじ
反　歌
朝髪の思ひ乱れて　かくばかり名姉之恋曾　夢に見えける
右の歌は大嬢の進れる歌に報へ賜ふるそ　　四・七二三、七二四

一

右の七二四番歌第四句は、ふつう「なねがこふれそ」と訓んでいる。これに対して、鶴・森山両氏の桜楓社版『万葉集』は、この句を「なねにこふれそ」と訓む。この訓法の差は、単に漢文の助辞「之」による日本語の表記の問題に留まらない。この歌は坂上郎女と娘坂上大嬢との相聞往来の歌であり、作者は母郎女と明記されているのであるから、それに従う限り、「名姉」は娘大嬢ということになる。だから、多く採用されている訓「なねが」と訓め

ば、名姉は次の「恋ふ」という動作主体となり、その動作の向けられる対象が郎女ということになる。一方、「なねに」と訓めば、動作主体はことばでは明記されていないこの歌の作者であって、名姉は助詞「に」で提示されるのだから「恋ふ」対象として措定されたことになる。そのことは、続いて「夢に見えける」の夢を見た主体、夢の中に現れた者は誰か、更にその夢を見た事情という問題に連なってくる。既に小学館の完訳日本の古典版の『万葉集』が指摘しているように（同書はこの歌の場合をそれとは逆に解釈しているのだが）、坂上郎女には、

旅に去にし君しも継ぎて夢に見ゆ　我が片恋の繁ければかも　十七・三九二九

という歌い方があって、当時の大半の用例に反し、むしろ現代と同じように、自分の想いが強いから相手のことを夢に見るという思念に立っていることが判る。が、この問題に立ち入る前に、初句「朝髪の」の孕む問題に触れることにしたい。

万葉集では、後世の歌集に比較して、髪を歌い込むことが多いようである。八代集の「髪」の全用例を加えても、万葉集の例にははるかに及ばない。

万葉集では「髪」という語がほぼ五十例ほど使われている。その髪については、色彩という属性で捉えて、「黒髪」なる複合語で表現される率が多く、約四割を占める。これに「かぐろし」もしくは「ぬばたまの」など、黒色を表す語によって形容された「髪」の例を加えると、髪の過半数が黒いという感覚で使われていることになる。むろん、この髪の色は変わる。これに伴って、「しろかみ、しらが、ましらが」という語が、「髪」全体の一割五分ほど存在する。この変色は通常年齢に関わりを持つ。そこで、

黒髪の白髪までと結びてし心一つを今解かめやも　十一・二六〇二

福ひのいかなる人か　黒髪の白くなるまで妹が声を聞く　七・一四一一

降る雪の白髪までに大君に仕へまつれば貴くもあるか　十七・三九二二

のように、黒から白への変貌を対比して老齢化を表すことが多い。「しらが、しろかみ」の例はすべてそういう意味で使われているし、「黒髪」の場合も六例ほど、「黒き……髪」の二例とともに老化を表現しているので、結局、髪はそれが黒いことで若さないし常態を表し、白くなることで老化現象を表現していることが、もっとも多いといえよう。ただこれは、

黒髪に白髪まじり老ゆるまで　かかる恋にはいまだ逢はなくに　四・五六三

と、坂上郎女がみずからのことを歌ったほかには、竹採翁が娘子に対して使った二例がある以外、女性に向かって言った例はない。一方、黒髪ないし髪が、白髪との対比なしに若さの象徴として用いられるのは女性の場合が圧倒的に多い。それが髪型となると、「肥人の額髪結へる染木綿の」（十一・二四九六）を除けば、「乙女らが放りの髪を木綿の山」（七・一二四四）「きり髪のよち子を過ぎ」（十三・三三〇七）などの枕詞に見られるように若い女のことをいうばかりである。

確かに長い黒髪は若い女性の象徴である。当然その女は恋の対象である。にもかかわらず、

橘の寺の長屋に我が率寝しうなゐはなりは髪上げつらむか　十六・三八二二

たけばぬれたかねば長き妹が髪　この頃見ぬに掻き入つらむか　二・一二三

振り分けの髪を短み　青草を髪にたくらむ妹をしぞ思ふ　十一・二五四〇

のような歌があって、髪自体のことを想うようでもあるが、やはり成長した姿全体を想うものである。伊勢物語の

比べこし振り分け髪も肩過ぎぬ　君ならずして誰か上ぐべき

は女自らが自分の髪を言う、歌としては珍しい例となるが、これらを含めて、いずれにせよ、男の立場から直接に恋人のふくよかな髪の香り、黒々とした色つや、冷たくも滑らかな手触りを偲んだり、またはこれを愛撫するような例ではない。そのような表現は上代には絶えて見られない、ということである。

そして、これは「黒髪」に限られることだが、

置きて行かば妹恋ひむかも　しきたへの黒髪敷きて長き此の夜を　四・四九三

ぬばたまの黒髪敷きて長き夜を　手枕の上に妹待つらむか　十一・二六三一

るからである。しかし、はやく伊原昭氏が指摘されるように(「くろかみ―古代和歌に於ける色彩の一ケースとして」『国語と国文学』三三巻五号)、「黒髪敷きて」という句は類型化して恋情の有無にかかわらず用いられるようになるのである。その類型化した表現を背景に置けば、これらの歌も官能的な豊かな個性的な幻想とは言い難い。かつ、黒髪は確かにポイントではあっても、主となるのは一人寝の寝姿であって、髪そのものではない。

のように遠く離れた妹の寝姿をその黒髪とともに偲ぶというなまめかしい具体的なイメージを伴った歌が数多くあ

従って、この歌の中に使われた坂上郎女の「朝髪の」は、かなり特異な表現だと言えるのである。この語、枕詞として「乱る」にかかる。朝、起きた時の髪の乱れをいう語である。この歌の製作年代は必ずしも明確ではないが、大伴家持は、多分この歌をも意識したであろう長歌を、次のように歌う。

……はしきよし妻の命の　衣手の別れし時よ　ぬばたまの夜床片さり　朝寝髪掻きもけづらず　出でて来し月日よみつつ嘆くらむ心なぐさに　十八・四一〇一

しかし、この「朝寝髪」は、家持が直接学んだであろう次の歌とは趣を異にする。

朝宿髪われはけづらじ　うるはしき君が手枕触れにしものを　十一・二五七八

すなわち、朝の髪が乱れているのは、単に寝相が悪かったからではない。それは、男との狂乱の一夜を過ごした後のなまなましい痕跡なのである。それ故にこそ、巻十一では、恥ずかしさを抑えて乱れ髪に想い出を籠めようとする。越中にあって京に残してきた妻の日常を思い遣る家持は、その妻の日常としての「朝寝髪」を思う。昨日一昨日に別れた妻ではないのだから、その朝は留守居というか、独居をしている毎日の朝であって、想い出の一夜の後

ではない。言葉通りに解釈すれば、「別れし時よ……けづらず」であるから、家持の幻想の中には、最後の夜を過ごした明くる朝のその姿がそのまま定着して保持されているのだ、とも言えよう。とはいえ、続いて「出でて来し月日よみつつ」いる妻を想うのであるから、その妻は何日、何ケ月前の別れた日の姿ではなくて、まさに今日現在の妻でなければならない。「朝寝髪掻きもけづらず」は、毎日繰り返されている習慣に従った今日なのである。ゆえに、家持の歌句としての「朝寝髪」はただの寝起きの髪であって、巻十一のなまめかしさはない。男である貴族の家持には、あるいは「朝寝髪の乱れ」の実感がなかったのかもしれない。なるほど、たとえ寝相がよくても、寝起きの髪は乱れているであろう。共寝の一夜がどのようなものであったにせよ、髪の乱れはいつものこと、他人の目にはそれと見分けの付くものでもあるまい。それに昨夜の（この時代であったならば、今宵の、というべきであろうか）愛の交歓をひそやかな喜びとして羞恥とともに想い浮かべるのは、長い黒髪をくしけずるのを朝の日課とする女性の心のときめきであろうか。

坂上郎女が「思ひ乱れて」の枕詞として、「朝髪の」を使った時、当然、共寝の後の朝の髪という意識があったものと考えるべきである。「朝髪の思ひ乱れて」とは、非常に具体的な、なまなましいイメージを伴った、しかもそれが愛の交歓の行為そのものでなく、その名残の痕跡であるだけに、万葉集中でも、情緒というか、色気というか、これをもっとも濃厚に含んだ句の一つであると思う。この語は、万葉集の中では、他に誰も使っていない。ばかりでなく、後の世にもまったく引き継がれていない。「朝寝髪」はある。拾遺集が万葉の人麻呂歌集の歌を人麻呂作として載せるほか、八代集では、後拾遺、金葉、千載にもこの句を使った歌がある。以後、勅撰・私撰を問わずかなりの使用量を見る。また類似の表現として「寝くたれ髪」という句もある。これは人丸集の

我妹子がねくたれ髪を猿沢の池の玉藻と見るぞかなしき

なる歌を出所として拾遺集に載せられたのをはじめ、同一歌の重載およびこれを踏襲した歌が続く。ただし、家持

同様、それらは一人寝の後の朝の髪の乱れを想起させるような趣きの歌とは言えない。

二

坂上郎女の「朝髪の」は、かく濃艶な情緒をはらんだ、特異な用語であり、他の追従・模倣を許さないきびしさを持った語であった。彼女の歌には、そのような一面があるのである。

とすると、ここに一つの問題が生ずる。それはほかでもない。坂上郎女はこの歌を、恋人である男に贈ったのではなく、実は我が娘、坂上大嬢の許に届けているのである。

さて、ここでこの稿の最初に掲げた問題に立ち返る。「汝姉が恋ふれそ」か「汝姉に恋ふれそ」か、の問題である。通説の如く「汝姉が恋ふれそ」と解した場合、考えてみなければならぬ語句がある。それは、この郎女の歌が娘坂上大嬢の「進れる歌」に「報」えたものだという点である。大嬢の歌は、なぜか万葉集の中に残されていない。だが、返歌の常態からいって、大嬢の歌の中に「朝髪の思ひ乱れて」の句の存在した可能性がある。となると、この語の使用者は坂上大嬢のほうで、「朝髪の思ひ乱れ」て恋をしているのは郎女自らの姿ではなく、「汝姉」つまり、年若いわが娘坂上大嬢が母坂上郎女に対してである。とすれば、ここに眺めてきたように、「朝髪」に男との共寝の朝を窺うのは、うがちすぎということになるのであろうか。

だが、その場合は、次の「かくばかり」の句が気になってくる。木下正俊氏は、『万葉集全注　巻第四』で、「長歌反歌ともに「かくばかり」の語があるのは、その哀れな娘の「贈歌」を傍らに見ていることの証であろう。」と述べておられる。まさにその言のごとく、その大嬢の書き連ねた歌が目の前にないかぎり、「かくばかり」は使えないだろう。

坂上大嬢は、家持に「報贈」した歌に（この場合も、家持の贈った歌は万葉に収められていない）、

ますらをもかく恋ひけるを　たわや女の恋ふる心にたぐひあらめやも　四・五八二

と歌う。しかし、この「かく」は、家持の歌の内容を指していると見るべきではなく、

生きてあらば見まくも知らず　何しかも死なむよ妹と夢に見えつる　四・五八一

と、その前に描いてみせた自らの夢を指しているとすべきであり、かつ、この二首を含めての四首を一括して贈っているからこそ、「かく」であり得るのである。七二三・七二四番歌の両首、跡見の庄での母郎女の述懐であるならよい。幼い歌いぶりに母を恋うる心を思い遣って、その歌稿を前に一人涙を流してつぶやくのであったならば、「かくばかり」も適しているだろう。だが、この両首は、佐保または坂上の家で留守を守っている大嬢の許に届けられた筈である。その時は、大嬢の歌はそこにはない。なおかつ、「かく」と指示できるであろうか。七二三番長歌の「かくばかりもとなし恋ひば」の主体は、前からの続き方からして、娘大嬢ではなくて、坂上郎女自身でなければならない。

坂上郎女は、この歌の前の長歌で、「わが子の刀自を　ぬばたまの夜昼といはず思ふにしわが身は痩せぬ　嘆くにし袖さへ濡れぬ」と、家に残してきた我が娘に対する想いを歌い挙げている。そして、「かくばかりもとなし恋ひば」と歌うのであるから、反歌でも同じように「思ひ乱れてかくばかり汝姉に恋ふれそ」と繰り返してその想いを強調していると見る方がよい。「かく」と指示されたのは、同様に長歌に描かれた我が思い悩むさまとすべきであろう。すれば、やはり、郎女自身がわが子の夢を見たのであって、それは我が想いの強さのためとするのが適当であろう。「母様の夢を見ました」という娘の手紙を想定するよりは、ここに大嬢の手紙なり歌なりを載せなかった万葉の（郎女あるいは家持という個人でもかまわないが）意志を尊重したことになるであろう。つまり、大嬢が母の夢を見ましたと言ってきたならば、そしてそれを受けての郎女の歌であるならば、何らかの差し支えがあったに

せよ、その歌を載せるのではないかと思われるからである。
反歌七二四番の「かくばかり」は、先行する「朝髪の思ひ乱れて」を直接に指し、大嬢の歌には類似の表現はあったであろうが、やはり「朝髪の」は、坂上郎女の創り出した用語であろうと考えられる。

三

次に当然問題になるのは、この歌は恋人である男に贈ったものではなく、母坂上郎女が我が娘大嬢の許に届けているものなのである。そのような歌の中に、男女共寝を連想するような語句を使うなどということがあるだろうか、という点である。

よそに居て恋ふれば苦し　吾妹子を継ぎてあひ見む事はかりせよ
遠くあればわびてもあるを　里近くありと聞きつつ見ぬがすべなさ
白雲のたなびく山の高々に我が思ふ妹を見むよしもがも
いかならむ時にか妹をむぐらふの穢き宿に入れていませむ

巻四の七五六から七五九番までの連作は、もし万葉集がその題詞左注を失っていたならば、我々は、これを恋人ないし妻に贈った男の歌と理解するに相違ない。しかしこれは、田村大嬢が異母妹坂上大嬢に贈ったものとある。大伴家に関わるこの歌についての記録は、やはり間違いはあるまい。もう一つだけ例を挙げるならば、

我が屋戸の秋の萩咲く　夕影に今も見てしか妹が姿を
我が屋戸にもみつかへるで見るごとに　妹をかけつつ恋ひぬ日はなし

と、巻八・一六二二、一六二三と並ぶ二首も田村大嬢から坂上大嬢宛である。ではあるが、これを田村大嬢の特質

とは言うことはできない。

玉桙の道は遠けど　はしきやし妹をあひ見に出でてそ我が来し　八・一六一九

荒玉の月立つまでに来まさねば　夢にし見つつ思ひそ我がせし　八・一六二〇

の唱和は、大伴家持が、叔母であり姑でもある坂上郎女を竹田庄に訪ねた時に交わされた挨拶なのである。これらとても、例えば巻十一か十二あたりにまぎれこんでいたら、我々は何の疑いもなく恋の相聞と受け取ってしまうであろう。

巻四に安倍虫麻呂と坂上郎女の唱和があり

向かひ居て見れども飽かぬ吾妹子に立ち別れ行かむたづき知らずも　四・六六五

相ひ見ぬは幾久さにもあらなくに　ここだく吾は恋ひつつもあるか　四・六六六

恋ひ恋ひて相ひたるものを　月しあれば夜は隠るらむ　しましはあり待て　四・六六七

これも恋歌仕立てである。この歌の後注に、彼らは母親どうしが姉妹同然に親しかったので、当然彼らも親密であった。そこで「作戯歌、以為問答也」とあるが、左注があるからとて、このケースのみが特殊であったのではないとすべきである。

日常の挨拶が恋歌仕立てなのである。万葉集の中でも、少なくともこの時期、大伴家一族の中やその周囲では、このような習慣が成立していたと見なければならない。歌とは、折に触れ時に感じての心の震えを直截に歌うだけのものでもなければ、神への祈りを集団を代表して唱い上げるためのもののみでもない。社交儀礼としての一つの会話、挨拶、そのような役割をになうように、歌はなってきているのである。そして、それが恋歌仕立てであるということは、歌が社交儀礼的に使われかかった当初から内包していた性格であろう。

やや性格が異なるとはいえ、巻二・一〇五、一〇六の大来皇女の大津皇子に対する歌は、これが大来皇女自身の作であるか、または大津皇子物語の一環として挿し挟まれた伝承歌か、その成立は別問題として、恋歌的類想のものであることは明らかである。とはいえ、これをもって二人の間に近親相姦的関係を妄想することは正しくない。切迫した情感は、親子、姉弟、友人、夫婦の間において、決して異質のものではありえないであろう。結果的にその表現が似たものになってくるのは、当然とも言い得る。この姉弟は、天武・持統体制の中にあって、いわば孤児的存在であることを余儀なくされていた二人きりの肉親であった。それも幼い時から引き離されていて、久しぶりに慌ただしい再会をした弟の、ごく近い将来に、どう避けようもなく確実に起こるであろう悲劇を予感せざるをえず、しかもその弟をひそかに、すみやかに、みすみす遠い都に帰さざるを得ない高貴な女性の心情を、その情景の中で、この歌は、見事に表現し得ているといえるだろう。むろん、これらの歌に関して、大津皇子と大来皇女というその時代に生きた特定の個人が実際にそのような場面・そのような時に歌ったものだとは考えなくともよかろう（もし事実そのような特定の状況の中で実際に交わされた歌だとしたら、それがどのような経路で万葉集という歌集に載るようになったのであろう）。これらの歌は、あるいは、誰かによって創作された歌群であったかもしれないのである。

だが、当初から恋歌的表現が種々の場面に適用可能な性格をはらんでいたとはいえ、それを育て上げ、磨きをかけるような集団がやはり存在しなければならない。社交儀礼が恋もどきになること、これは諸外国の例をみても、爛熟した文化の頂点に立つ貴族層の中に著しい。旅人から坂上郎女を介在として家持に続く大伴家とその周囲には、そのような雰囲気が醸し出されてきていたのだった。日常の挨拶が、社交的な儀礼が、気の利いた、恋の告白すれすれのところの会話を楽しむような気風が出来上がりつつあったのは事実と見てよかろう。この時期に交わされた一見恋の相聞と見られる歌を、額面通りに受け取るわけにはいかない。もし恋歌風の歌を贈られてその言葉をまともに受けるようなことがあれば、それは、江戸時代風にいえばヤボであって、通の世界からは追い出されるであろう。古代風なら貴族の資格を疑われるというべきであろうか。無論、真実とまがいではどこかに差が現れるであろう。まがいの表現は、誤解を避けるためには類型的にならざるをえまい。そこにきらりと閃くものを挿し挟むこと、それがまた、貴族的才知の見せ場であったろう。そのような歌作りを試みたのが、坂上郎女の一つの特質と考えられる。とはいえ、「朝髪の」は、たとえ枕詞としても、そのイメージは強烈であった。家持でさえ、これを継承していない。あるいは意識的に引き継ぐことを避けた。そして、家持以外の誰にも模倣は出来なかった。あえて言うことが許されるならば、坂上郎女自身もわが子以外には使おうとはしなかった。

四

少し後の時代の「髪」に関する表現を見ておこう。

王朝和歌の中に髪が詠み込まれることは、非常に少ないと言うべきであろう。同じ伊原氏の調査によれば、万葉では五十四語、八代集と十三代集がそれぞれ三十二語となっている。今改めて眺めてみると、例えば、古今集には髪・黒髪各一例、そして「水上」と懸けた例が一つあるだけである。後撰集では髪一、黒髪六例である。ここに髪を撫でるという表現が現れるが、これは

たらちめはかかれとてしもむばたまの我が黒髪を撫でずやありけむ　　後撰・一二四一

で、遍昭が出家した折の歌、すなわち母親が幼い我が子の髪を撫でているのであって、性愛的な愛撫とはほど遠い。この類は、大鏡巻一に

この宮をことの外にかなしうし奉らせ給ひて、御くしのいとをかしげにおはしますを探り申させ給うて、かくうつくしうおはする御くしをえ見ぬこそ心憂く口惜しけれとてほろほろと泣かせ給ひけるこそあはれに侍れ

と、盲目になった三条院が娘一品宮の髪を撫でる場面があり、狭衣物語には巻四に

呼び寄せ奉り給ひて、ゆらゆらと女のやうに清らなる御ぐしを掻き撫でつつ

と狭衣がわが子を愛撫する様子が描かれるのを始め、親と子、乳母と養君との間に五例ほどの類例が見られる。また、平治・平家物語にも三例ほどがあって、親が子の髪を愛撫するさまが描かれるのは珍しくない。

後拾遺集には、和泉式部の

黒髪の乱れもしらずうち伏せば　まづ掻きやりし人ぞ恋しき　七五五

という歌があるが、和泉式部はこの外には髪を詠んだ歌を今に伝えていないようである。この歌を本歌とした藤原定家の

掻きやりしその黒髪の筋ごとにうち伏すほどは面影ぞ立つ　新古今・一三八九

が男の立場から共寝の思い出を歌う。現実感は乏しいにせよ、定家流の妖艶さは醸し出しているといえよう。とはいえ、万葉の

朝宿髪我はけづらじ　うるはしき君が手枕触れにしものを　十一・二五七八

の後を襲うような、髪を愛撫した気配のうかがわれる歌は、かくも少数である。

共寝の後の乱れ髪を歌うものも、稀である。

朝寝髪乱れて恋ぞしどろなる　逢ふよしもがな　元結にせむ　後拾遺・六五九

朝寝髪誰が手枕にたわつけて今朝は形見と振りこして見る　金葉・三五八

手枕の上に乱るる朝寝髪　下に解けずと人は知らじな　千載・七五二

あるいは、この金葉の本歌ともなったかと思われる源順集の

忘れずも思ほゆるかな　朝な朝な寝し黒髪の寝くたれのたわ

また、小町集の

しどけなき寝くたれ髪を見せじとや　はた隠れたる今朝の朝顔

などは、一応は共寝の髪を詠み込むものの、情感豊かな作とは言いがたい。僅かに百人一首にも採用された待賢門院堀河の

長からむ心も知らず　黒髪の乱れて今朝は物をこそ思へ　千載・八〇一

が黒髪の乱れに心の乱れを絡ませた成功作であろう。あとは例によって、黒髪の白くなるを嘆く類の表現が多いだけである。王朝和歌の世界では、髪の美しさもほとんど歌われず、髪に想いをこめた傑作も僅かな数首以外は見当たらない。

一方、物語、日記等の散文の世界では、髪の描写が非常に多い。例えば、紫式部日記の中で同僚の女房たちについて述べた箇所でも、

大納言の君は………髪、丈に三寸ばかりあまりたる裾つき、髪ざしなどぞすべて似るものなくこまやかにうつくしき

宣旨の君はささやけ人の………髪の筋細やかに清らにて、生ひさがりの末より一尺ばかりあまり給へり

宮の内侍ぞ………頭付き髪ざし額つきなどぞ、あなもの清げと見えて

式部のおもとは………髪もいみじくうるはしくて、長くはあらざるべし

小大輔は………髪うるはしく、もとはいとこちたくて丈に一尺よ余りたりけるを

宮木の侍従こそ………髪の袿に少し余りて

五節の弁といふ人………髪は、見始め侍りし春は丈に一尺ばかり余りてこちたく多かりげなりしが

小馬といふ人、髪いと長く侍りし

など、多くの場合、髪の様子に触れている。物語でも同様で、それが精密さを加えていくさまなど、森元雅子氏が

『薩摩路』一二五号で報告されている（「文学にみる黒髪─平安朝物語を中心に」）ように、かなり多彩である。当時の文学の世界にあって、あるいは文学にも反映した日常の生活の中にあって、一人の女性を想起する時、折々変わる衣装は別として、背丈、肉付き、容貌、声色、表情などの諸特徴の中で、最も、と称してよいほど印象の強いのが髪の様子であったともいえよう。

うらやましげなるもの……髪いと長くうるはしく、さがりばなどめでたき人　枕草子

汝ガ今生ノ財ハ只此ノ髪許也　今昔・四・一五

女は髪のめでたからんこそ人の目立つべかめれ　徒然・九

など、女性美の優なるものとしての髪をたたえた言葉である。にも拘らず、男の、妻・恋人に対する愛情の表現としては、これを対象とすることが稀である。

髪に対する愛撫が多く現れるのは、狭衣物語である。先に触れたように、この物語ではわが子の髪を愛撫することも多かった。それが男女間の愛情表現としても現れる。

いでや、いと憂かりつる頭つきの撫でつらんものを、あな心づきな　巻一

は、飛鳥井女君を誘惑した僧への憤りだが、狭衣はその直後に

十六夜の月さし出たるを、やがて端にて諸共に見給ふ、髪などを掻きやりて

この女性と契るようになる。

春宮に参らせ給ふらんに劣りたる御有様には、よもてない奉り給はじ、など心をやりて言ひ散らしつつ御ぐしをうちも置かず愛で居たり　巻四

狭衣が宰相妹君に対する態度である。かつての恋人、出家した女二宮に逢った時は、

ただ御ぐしのかぎり、所狭うおぼえし手ざはりの、いとふさやかに探りたるぞ、なほなほいみじうかなしかり

ける　　巻三

このように実際に手に触れるのであるから、思い出の中でも、同じ女二宮のことを

夜目にもしるく、さばかりをかしげなりし御さま、御ぐしの手当たりなども、今も見る心地して思出で聞こえ給ふに　　巻二

と描く。

今昔物語には、

平中歩ビ寄テ臥所ト思シキ所ヲ捜レバ、女ナル、衣一重ヲ着テ聳キ臥タリ、頭様、肩ツツ（キ？）ヲ捜レバ頭様細ヤカニテ髪ヲ捜レバ凍ヲ延ベタル様ニ氷ヤカニテ当ル　　今昔・三〇・一

宇治拾遺物語には同じような描写が、貞文と本院侍従との物語として出てくる。

近く寄りて髪を探れば氷をのしかけたらんやうにひややかにて、あたりめでたきこと限りなし　　宇治・三・一八

こうして、平安も後半期になってくると、女の髪を愛撫する男の姿が、さほど濃密、妖艶とも覚えぬ場面で、いわば平然と描写されるようになってくる。

それと調子を合わせるように、

花の錦の下紐は　解けてなかなかよしなしや　柳の糸の乱れ心　いつ忘れうぞ　寝乱れ髪の面影　　閑吟集

何といふとも忘れぬくる原御寮は　いつまで忘れやらぬ　寝乱れ髪の姿は　　田植草紙

などいう歌謡が表面化してくる。前者は例えば狂言、蔵明・花子・鷺通・座禅などの小唄に、後者は女歌・当世投節・松の葉・尾張船歌・船留などに、類似の歌を載せる。中世には俗間広く好まれた題材・表現であったのである。この時代が、文芸的表現でも前代とは違った時代になってきていることを窺わせる。

雪は降りつつしかすがに

A…草枕旅をよろしと思ひつつ君はあるらむと　あそにはかつは知れども　しかすがにもだもえあらねば…　笠金村　四・五四三

荒磯越す波はかしこし　しかすがに海の玉藻の憎くはあらずて　七・一三九七

妹といへばなめし恐こし　しかすがに懸けまく欲しき言にあるかも　十二・二九一五

B梅の花散らくはいづく　しかすがにこの城の山に雪は降りつつ　大伴百代　五・八二三

うち霧らし雪は降りつつ　しかすがに吾家の苑に鶯鳴くも　大伴家持　八・一四四一

うち靡く春さりくれば　しかすがに天雲霧らひ雪は降りつつ　十・一八三二

梅の花咲き散り過ぎぬ　しかすがに白雪庭に降りしきりつつ　十・一八三四

風まじり雪は降りつつ　しかすがに霞たなびき春さりにけり　十・一八三六

山の際に雪は降りつつ　しかすがに此の川楊は萌えにけるかも　十・一八四八

雪見れば未だ冬なり　しかすがに春霞立ち梅は散りつつ　十・一八六二

三島野に霞たなびき　しかすがに昨日も今日も雪は降りつつ　大伴家持　十八・四〇七九

月数めば未だ冬なり　しかすがに霞たなびく　春立ちぬとか　大伴家持　二十・四四九二

万葉集中に「しかすがに」という句が、十二回現れる。その使い方を二つのグループに分けてみると、右に分類したようになるであろう。

一

延使用度数十二という「しかすがに」は、万葉集中で、それほど珍しい用語とはいえない。にもかかわらず、その出現の状態には、かなりの片寄りがあることがうかがわれる。すなわち、半ば近くの用例が巻十の一定箇所に集中し、しかも、これらを含んでB群の歌が、いずれも冬から春への移り変わりの季節に詠まれていることが注目されるのである。

B群の九首のうち巻二十の家持の歌が暦を持ち出しているのを除けば、あとはいずれも、雪の降りしきるさまを眺めつつ、一方に、春の景物としての、梅、楊、鶯、霞などを配して、季節の交錯するさまにとまどいながらも、多くは春を迎えた喜びを歌い上げる歌となっている。これらの歌の大半が、四季分類を施した巻十に集中しているのも、当然のことともいえる。

巻八・巻十が、春雑歌・春相聞・夏雑歌…というように四季分類を優先させた編纂方式を採っている点で、歌集としての形式としては、中古以降の勅撰和歌集と血脈を同じくする。そして、万葉集中でこの両巻のみが四季分類を優先させたという編纂方式のゆえに、この両巻は形式的な相似性を持つだけでなく、その内に含まれる歌も、おのずから相似たものになる面も多いのは当然であろう。そして、その題材・歌風は、また、中古勅撰和歌集との類似をも示すのである。かつて万葉集の語彙を眺めた折に、巻八と巻十の二巻にしか現れない語として、「秋萩の花・朝顔の花・石竹の花・山吹の花・初もみち葉・はだすすき・梅が枝・さつきの玉・しこほととぎす・こほろぎ・外蔭・ををり・はるけさ・うかねらふ・晴る・天霧らふ・霞立つ・うれたし・おほつかなし・手もすまに」などを挙げ、花鳥風月とまではいかぬにしても身近な自然の景物と、これに触発された状景を表したりする語彙が多いことを指摘したが（「万葉集の語彙」〈『岐大教育学部研究報告　人文科学』一六〉）、この題材的な嗜好は、やはり、王朝歌人のものと根本的な共通性を持つものといえるだろう。

だから、これらB群の歌が当然想起させるのは、代々の勅撰和歌集の冒頭にある早春の景を詠んだ歌群である。古今集に例を採ってみれば、

春霞立てるやいづこ　み吉野の吉野の山に雪は降りつつ　読人知らず　一・三

梅が枝に来居るうぐひす　春かけて鳴けどもいまだ雪は降りつつ　読人知らず　一・五

など、類歌の範疇に入れてもよいほど似通った歌境である。古今集三番の歌は、万葉巻五の大伴百代の歌と、まさしく同じ趣向である。「梅の花散らくはいづく」――「春霞立てるはいづこ」「いづく」という語形は、中古には使われない。「散らく」のク語法もおとろえた。「春霞」は、五音句、七音句を単位として使用度数順に並べてみた場合、万葉集では十六回の使用度数を持ち、第七十七位～第九十位にランクされる句であるが、古今ではその第三位（二十一回使用）と多用される。いわば古今好みの景物である。なお、「梅の花」は、万葉で五位、古今では六位。「この城の山に雪は降りつつ」――「吉野の山に雪は降りつつ」九州大宰府近辺の「城の山」は、王朝の都人には縁遠い存在であったろう。「み吉野の」は、古今での使用順位第八～十一位の語。やはり、より古今一般的な形を整えたことになる。（参考、「万葉から古今へ」〈『万葉文学』第四号、さるびあ出版〉、拙稿「語彙語法の比較」）。後者には、前者ほどの類同性を持つ万葉の歌はない。しかし、鶯の鳴声と雪を配した点は大伴家持の巻八の歌に、一方には、春のきざしが現れながらも雪が降り続いている景としては、同じ家持の巻十八の方の歌に似ているということもできる。

また

年の内に春は来にけり　一年を去年とや言はん　今年とや言はん　在原元方　一・一

雪のうちに春は来にけり　うぐひすの凍れる涙今やとくらん　二条后　一・四

春立てば花とや見らむ　白雪のかかれる枝にうぐひすの鳴く　素性法師　一・六

などの古今集冒頭部の歌も、冬から春への交の季を詠んだものである。しかしこれらの歌には、去年とや言はん今年とや言はんと頭の中で疑ってみたり、立春になったのだから鶯が鳴くだろうということを、今まで涙も凍っていて泣けなかったろうがと見立て、春ともなれば雪も梅と見まがうであろうといったふうに、立春という観念が先行していて、古今風の機智的といわれる趣向の先行が明らかにうかがわれる。その点で、万葉の歌とも、同じ古今の巻一に並べられている前掲の読人知らずの歌の、眼前の実景に（たとえそれが想像の産物であったとしても）、見たままに素直に依って、その状景・事態の中に冬と春との矛盾とその移り変わりへの驚きを秘めた、そういった詠みぶりの歌とも異なったものになっている点は興味深い。そして、たとえば新古今集の冒頭の歌群

み吉野は山もかすみてしら雪のふりにし里に春はきにけり　摂政太政大臣　一・一

ほのぼのと春こそ空にきにけらし　あまのかぐ山霞たなびく　太上天皇　一・二

などを眺めて見れば、やはり同じ季節を歌いながら、そこには万葉とも古今とも異なった歌が並んでいるのが、これまた当然ながら見出されるのである。

二

うち霧らし雪は降りつつ　しかすがに吾家の苑に鶯鳴くも　大伴家持　八・一四四一

さて、B群の歌九首のうちに、大伴家持の作が三首ある。右の巻八の歌には製作年代が明記してない。しかしこの巻は、巻十所載歌が作者不明の歌であるのに対して、大部分が作者名が記載されていて、「春雑歌」などのそれぞれの分類内部の歌は、ほぼ作歌年代順に配列されていると推定される。この、一般に容認されている見解に従えば、春雑歌の最後を占める大伴坂上郎女の作、一四四七番の歌が天平四年三月一日の日付けを持っているので、家持の一四四一番の歌はその時以前の作であって、集中に見える家持の歌としてはもっとも初期に属するものの一つということになる。多分、十五六歳くらいの少年期の作かと諸書はいう。なお、先に掲げた巻十八の家持の作は天平二十一年（七四九）、巻二十のものは天平宝字元年（七五七）の作である。

家持は少年時代から作歌に興味を抱き、実作と習練を重ねて来ていた。歌に対する興味は家持個人だけのものではなく、父旅人をはじめ大伴氏一族の多くの人々に共通したものであった。従って、その間、家持自身としても他人の作に接する機会が多かったのはいうまでもないし、あるいは、既にそれを集めることにも興味を持っていたかも知れない。家持が現存万葉集の編纂にどれほど関与したかは別としても、自らの歌を集めて保存し、他人との交友の記録を残し、防人たちの歌などを集めていたことは間違いない。それも、単に鑑賞者としての立場での収集ではなく、歌の実作者としての家持は、集めた歌を自らの歌に吸収していくことも多かった。

一例を挙げれば、「をてもこのも」という語句は、山のあちらの面とこちらの斜面、ひいては、山もとのあちらこちらの意で、巻十四東歌に二つの用例がある。恐らくは、「ヲチ（遠）」と「オモ（面）」の熟合した形であろうが、それが「ヲテモ」なる形を採って記載されているのは、まさに東歌なるがゆえと言えよう。つまり、この語形のままで当時の中央でも使われていた可能性は少ない。にもかかわらず、この「をてもこのも」が家持の歌にも二例だけ見える。やはり山のあちこちの斜面の意である。この四例以外に文献に残された例はない。この事実は、家持が、その越中守時代の天平十九年九月二十六日以前に、万葉集の巻十四——またはその一部——に当たるものを見て――あるいは持って――いたとする推定の可能性を高める。「越の俗語」を自らの歌に取り入れた家持である。また、後年の家持には、しばしば指摘されているように、古語の使用癖がある。この癖は、自らの歌境を創造していった後年こそ、かなり効果的に古語や珍しい語を散りばめることによって、その自らの歌を創り上げてはいるが、若い習作時代の家持は、これも既に多くの指摘があるように、他の歌をなぞって作ったものが多い。

巻八所載の家持の歌を、巻十の歌との関係で眺めてみると、

○卯の花もいまだ咲かねば　ほととぎす佐保の山辺に来鳴きとよもす　家持　八・一四七七
　卯の花の散らまく惜しみ　ほととぎす野に出で山に入り来鳴きとよもす　十・一九五七
○夏山の木末の繁に　ほととぎす鳴きとよむなる声の遥けさ　家持　八・一四九四
　今宵のおほつかなきに　ほととぎす鳴くなる声の音の遥けさ　十・一九五二
○あしひきの木の間立ちくくほととぎす　かく聞きそめて後恋ひむかも　家持　八・一四九五
　秋萩の下葉のもみち　花につぐ時過ぎゆかば後恋ひむかも　十・二二〇九
○聞きつやと妹が問はせる雁がねは　まことも遠く雲隠るなり　家持　八・一五六三
　聞きつやと君が問はせるほととぎす　しののに濡れて此ゆ鳴き渡る　十・一九七七
　秋風に山飛び越ゆる雁かねの声遠ざかる　雲隠るらし　十・二一三六
　鶴が音の今朝鳴くなへに雁がねはいづくさしてか雲隠るらむ　十・二一三八
○雨ごもり心いぶせみ出で見れば春日の山は色づきにけり　家持　八・一五六八
　九月のしぐれの雨に濡れ通り春日の山は色づきにけり　十・二一八〇
　物思ふとこもらひ居りて今日見れば　春日の山は色づきにけり　十・二一九九
○もみち葉の過ぎまく惜しみ　思ふどち遊ぶ今宵は明けずもあらぬか　家持　八・一五九一

春日野の浅茅が上に思ふどち遊ぶ今日の日忘らえめやも　十・一八八〇
春の野に心のべむと思ふどち来し今日の日は暮れずもあらぬか　十・一八八二
久方の天の川津に舟浮けて君待つ夜らは明けずもあらぬか　十・二〇七〇
○此の頃の朝開に聞けばあしひきの山呼びとよめさを鹿鳴くも　家持　八・一六〇三
此の頃の秋の朝開に霧ごもり妻呼ぶ鹿の声のさやけさ　十・二一四一
○我が宿の萩の下葉は　秋風も未だ吹かねばかくそもみてる　家持　八・一六二八
此の頃の暁露に我が宿の萩の下葉は色づきにけり　十・二一八二
秋風の日に異に吹けば　露を重み萩の下葉は色づきにけり　十・二二〇四
○あしひきの山辺に居りて　秋風の日に異に吹けば妹をしそ思ふ　家持　八・一六三二
秋風は日に異に吹きぬ　高円の野辺の秋萩散らまく惜しも　十・二一二一
秋風の日に異に吹けば　水茎の岡の木の葉も色づきにけり　十・二一九三

題材・語句・歌想を同じくする、または類似する歌が巻十との間にこのように多く見えていることを思うと、先の巻八・一四四一番の家持の歌も、巻十の多くの同趣の無名作家の歌に支えられていると見ることができる。

ここに挙げた巻十との類似を含む家持の歌の、製作年代の推定できるものは、天平八年から十五年頃のものである。だから、その頃、巻十に相当するような歌稿を家持が披見する折があったことは、ほぼ疑いない。しかしそれを天平四年頃まで直ちに遡らせることができるかどうかは、なおいくらかの検討を要するであろう。

確かに、巻十・一八三六と一八四八番歌は、「雪は降りつつしかすがに」の第二・三句を家持の歌と共有している。既に見て来た類同歌の中にも、二つあるいは三つの句または語を、巻十の歌からそのまま借用したと見られる家持の歌が多かった。これは若い家持の一つの作歌上の手法であった。しかも、この一八三六、一八四八番の両歌は、歌境・状景、まったくといってよいほど、この家持の歌と似ている。従って、家持がこの両歌にならってこの作をなした可能性は強いし、となれば、年若い家持が既に巻十相当の歌稿を自己の薬籠の中に収めていたとも考えられるのである。かように、巻十は、内容的に見て、その大部分は恐らく巻八に先行するものであろう。しかし、この「しかすがに」には、もう一つ、巻五、大伴百代の先蹤がある。

巻五のこの歌は、大宰帥大伴旅人が天平二年正月に開いた梅花宴で詠まれた三十二首中のものである。旅人は同年末帰京しており、恐らくは歌稿も持ち帰られたであろう。家持自身、何程かの期間、父と共に大宰府にあり、あるいは直接この宴を見聞していたかも知れない。しかも後年――天平十二年――、この大宰府での梅花宴に追和した歌六首（十七・三九〇一～三九〇六）を詠んでおり、この宴およびその折の歌に並々ならぬ関心を抱き続けていたと思われる。資料的な確実さからいえば、梅花宴の歌稿が家持の手許にあった可能性は、ほぼ疑いなかろう。ここで巻五と巻十のどちらが古いかを検討する要はあるまい。また、天平八年には確かに目を通していたと推測される巻十相当部分が、その四年前にはどうであったかを、他から証明することはかなり困難であろう。

家持の周囲には、歌を好み歌に巧みな一族の人々が多かった。この人達との交流を通じて家持の歌ものびて行ったのだが、その初期の歌には先行の作品の模倣が多い。初期の家持の歌には〝形の模倣〟が多く、影響を与えた先行作品としては、巻十・十一・十二などの無名歌が圧倒的に多い。個人としては、人麻呂・赤人・憶良らと旅人や坂上郎女ら身近かな者の作が選ばれている。家持はこれらの歌を見習い、その作風に摸し、その歌語を借りて歌を詠むことが多かったのである。このような事情を考える時、巻八・一四四一番の歌は、一、二年前父旅人が催し、その身近か（大宰大監）にあってこの宴に加わっていた、多分同族と推定されている大伴百代の歌を、直接の粉本としてできたものであろうと考える方が、確実性は強い。少なくとも、巻十あるいは原巻十の成立を、この家持の歌からだけで、天平八年から天平四年まで引き上げることはできないであろう。

以上のことを、単に類歌・同想歌・習作というような点から眺めるならば、片手落ちの考察であるのはもちろんのことである。同じ巻十所載歌についてみれば、

山の際にうぐひす鳴きて　うち靡く春と思へど雪降りしきぬ　十・一八三七

などの方が、状景としても、感覚的にも、家持の歌に近いのである。が、ここで採り上げた主眼は、そのような問題ではない。「しかすがに」という句を、日本の短歌の世界での一時期の、特異な語句として捉えたからにほかならない。

巻十の同巧の歌は、その巻が作者不詳の歌を並べているところからみても、一つの歌が変移していったものとも考えられよう。季節の変易を詠み上げたという点で、古くからの民謡的な歌とは多分に異質なものであって、中古の歌の世界に引き継がれるものであるとはいえ、その伝承記載の点においては、やはり民謡的な方式を辿ったのである。これらの歌にも支えられて、家持は、「しかすがに」の語句が気に入ったらしいし、それは、まったく家持個人の好みであったろう。この語句は、当時の作歌に常に現れてくるものではなかったのである。それ故にこそ、家持はこの語句を棄て難くて、壮年期に入っても二度繰り返して自らの歌に詠み入れた。金村や百代の時代からは、四半世紀以上も後のことである。

三

梅の花散らくはいづく　しかすがにこの城の山に雪は降りつつ　万葉　五・八二三

春霞立てるやいづこ　み吉野の吉野の山に雪は降りつつ　古今　一・三

この両歌を類歌と認めてよいことは既に述べた。しかし、この古今の歌の方には「しかすがに」の句がない。前

掲『万葉文学』の拙論で触れたことでもあるが、以下多少の重複を犯して述べてみると、二十一代集の中で、「しかすがに」の句を含む歌は、万葉の重出歌四例（後撰一・三三、拾遺一・一一＝万一四四一。新古今一・八＝万一八三六。新勅撰一・二三＝万一八四八）を除くと、後撰（十二・八七七）後拾遺（九・五一七、十七・一〇二二）新古今（五・五四八）続後撰（十六・一〇三一）続後拾遺（十三・八五一）風雅（二・一五三）と、各歌集に散在して八例の使用を見る。しかし、散文の世界ではこの語句は管見に入らず、この時代には、歌語としてかすかに生きのびたものと思われる。

一体に、中古かな散文の文学作品の中には、「しか」の形は多くは用いられない。「しか」は訓点語の世界に生きて後世に引き継がれるので、かな文学作品の中では、それにふさわしいような〝丁重・荘重、古めかしさ、公的な様式的な〟という場面的制約を受けている場合にのみ使われていること、原田芳起氏に詳しい指摘がある（『平安時代文学語彙の研究』風間書房、一九六二）。もっとも、古今集では、「さ」という指示語を含む語句が七例使われているのに対して、「しか」が六例。歌語としては、「しか→さ」の図式は簡単には生かされないのである。そして、指示語を含む逆接の接続詞ふうな語句は、古今には

恋すれば我身はかげと成りにけり　さりとて人にそはぬものゆゑ　十一・五二八

年ふれば齢は老いぬ　しかはあれど花をし見れば物思ひもなし　一・五二

の二例ぐらい。これに、

天雲のよそにも人の成り行くか　さすがに目には見ゆるものから　十五・七八四

…難波の浦に立つ波の波のしわにや溺ほれん　さすがに命惜しければ…　十九・一〇〇三

や、同じ長歌の中の「かくはあれども」などを加えてもよいが、数は非常に少ない。もっとも、万葉集でも、先の「しかすがに」十二例、「しかれども」十四例などの例を見ると、かなり接続詞ふうの語句が使われているようにも

思えるが、逆接の語句を例とすれば、これらが代表的なものであって、これ以外の目ぼしい語句はない。元来接続のための独自な語を持たなかった日本語の伝統を受けて、歌の世界に接続詞は、そもそも稀なのである。

　このことは、歌としての文章が接続詞を必要とする素地を含まないということを意味するのではない。わずか三十一音節での完結を要請されてはいるものの、その三十一音節の内部が二文・三文に分れることも稀ではない。いま、中古勅撰集の歌材・歌風とつながるであろうと推定してきた万葉集の巻八・巻十の短歌七百六十八首を例に採ってBとし、もっとも類似しているであろうと思われる古今集巻一～巻六の四季の部と巻十一～巻十五の恋の部、計七百二首Cと比較し、それに万葉集巻一～巻四の短歌七百二十九首Aを引き合いに出してみると、上の第1表のようになろう。文として独立しているかどうか、考慮の巾はかなり大きい。

第1表　短歌の文構成

A	729首	B	768首	C	702首
2文	233	2文	286	2文	226
用言	87	用言	135	用言	124
倒置	125	倒置	132	倒置	79
体言	21	体言	19	体言	23
3文	31	3文	31	3文	47
用言	10	用言	5	用言	13
倒置	5	倒置	13	倒置	3
体言	16	体言	13	体言	31
4文以上	4	4文以上	1	4文以上	6

従って、その数値は一応の目安に過ぎないが一つ二つ注を加えて置く。敢えて数えれば第一文目に当たるものが体言で終わるような形は独立した文と認めない。序末、呼格、主格、いろいろに考えられる場合があるからである。「はた・ゆめ・それ」などが歌末に来た場合も数えない。「こそ～已然」の係り結びは、逆接の気持ちで下へ続く場合も、一文とする。古今に多い「なれや」の形も、歌末の反語の場合を除いて文とする。表の中で《用言》としたものは、それぞれの文が活用語、または終助詞などで終わっているもの。《倒置》に含めたものの中には、例えば「を」などは、間投・終助詞的な場合もかなり広く含めている。明確な一線が引き難いためである。《体言》は一つ以上の文が裸の体言終止の場合である。

　さて、この表を眺めてみると、古今集の歌に三文以上の短かい文の積み重

第2表　歌中の接続表現

	A	B	C
未然形＋ば	84	60	63
形容詞＋は	18	15	16
已然形＋ば	97	141	145
形容詞＋み	52	25	28
小　計	251	241	252
ど	43	24	22
ども	26	24	24
とも	38	33	27
ものを	16	7	9
なくに	6	5	11
小　計	129	93	93

ねがやや多いとはいうものの、まず、ほとんど差は認められぬといってよい。すなわち、接続詞が現れうる下地、接続詞を要求する可能性を秘めた箇所としては、これら三グループの歌、乃至歌風の間には、特に変動はないのである。

しからば、接続、あるいは文の屈折という点に目を注いで、以上の歌の中で、接続助詞などの使用状態を眺めてみると、第2表のようになる。ここでは、ほんの一例だけを挙げたのであって、順接・逆接の全貌を明らかにすることをねらったものではない。「ものを、なくに」は、歌末に現れた場合を排除している（含めて考えても大勢に影響はない）。万葉集巻一～巻四の部に、逆接助詞がやや多く使われてはいるものの、予想外に似通った数値を示すといえよう。短歌の中に含まれる順接・逆接的表現は、接続助詞的な語句に頼って表現される場合には、これら三者の間ではほとんど動いていないのである。

短歌全般に接続詞が少ないのは、当然予想されたことである。もともと、語・句あるいは文の間の論理的な関係を明示する言語的手段は、古代日本語においてははなはだ不十分なものであった。それらは、語順と、いわば受け手の自由に任されたものであった。短歌は形式が固定しているだけに、伝統的な古いものを残しやすい。それに、全体で僅か三十一音節。その三分の一が二文構成で、三分の二は一文。三文以上のものはごく少ないし、倒置されたものや呼格的な体言止めの例を除けば、純粋な二文以上の例はさらに少ない。そこに接続詞を必須とする条件ははなはだ少ないのである。しかしながら、順接句・逆接句の数がほとんど動いていないという事実の表す意味は、歌風の変遷の上からかなり重要な問題を示唆しそうである。もちろん、数例の接続助詞ふうな語を狭い範囲で採り上げただけでは不十分である。より広く、より詳細な調査を経なければならない。

しかしながら、以上のことから、今採り上げた問題は、「しかすがに」(あるいは「しかれども」など)という歌語の問題に限定してもよく、接続詞全般、文接続の問題に引き延す要のないことは判明する。ただ、これらの語句に含まれた指示詞に関していえば、古今集ではもっとも多い「かく」が十八例、続いて「こ」十、「それ」六、「ここ、しか」各五例などの用例に対して、万葉集では「かく」だけで百五十三例、「こ」を「この」の形に限定しても百九十四例、「その」が八十三例というように使われていて、それと具体的、即物的に指摘する表現に対する好みの差を、歴然と示しているのである。

高安王左降さる

おのれ故罵らえて居れば青馬の面高夫駄に乗りて来べしや

右の一首、平群文屋朝臣益人伝へて云はく、昔聞くならく、紀皇女ひそかに高安王に嫁ぎて嘖はえたりし時に、この歌を作らすといふ。ただし、高安王は左降し、伊予国守に任ぜらる。　十二・三〇九八

一

高安王　大原真人高安。長皇子の孫か。和銅六年従五位下。養老初年、紀皇女と通じたことによって、伊予国守に左遷されたという所伝がある。その後、摂津大夫、衛門督などを歴任。天平十一年臣籍に入り、大原真人の姓を賜った。同十四年正四位下で卒。　新編日本古典文学全集『万葉集』

紀皇女は奈良遷都以前に没したと思われ、高安王は奈良遷都頃十八歳程度であったろうから、二人の関係は考えられず、「昔聞」の「聞」を「多」の誤字として紀皇女の異腹の妹多紀皇女とする吉永登博士の説がある。高安王の伊予守遷任の養老二年（七一八）には高安王二十五、六歳、多紀皇女三十五、六歳で、恋愛事件があってもおかしくないという（「紀皇女と多紀皇女」『万葉』一号。のち『万葉　その遺伝発生をめぐって』万葉学会、一九五五に所収）。

沢瀉久孝博士は多紀皇女の年齢は吉永推定よりも二十歳近く年上となり、やはり二人の関係は認められないだろうという（『万葉集注釈』）。高安王と関わりのあった女性が誰であったかは、所詮は天平十五、六年（七四三、四）頃に伝えられていたお話（伊藤博『万葉集釈注』）とすべきであろう。

今回問題として採り上げたいのは、この人物比定のことではない。高安王伊予守就任は左注の云うように左降であったか、という点である。

二

高安王は、続日本紀によれば、和銅六年（七一三）一月二十三日無位から従五位下に叙任され、養老元年（七一七）従五位上に進み、養老三年（七一九）、伊予守で阿波・讃岐・土佐の三国を管せしむとある。これは初めて按察使を置いた時のことで、同時に按察使に任命された国守は十一名であった。

按察使の役割として指示されているのは、「その管む国司、若し非違にして百姓を侵漁すこと有らば、按察使親自ら巡り省て状を量りて黜陟せよ。その徒罪已下は断り決め、流罪以上は状を録して奏上せよ。若し声教の条条有り、部内を脩めて粛清ならば、具さに善最を記して言上せよ。」とある。この権限はおおむね国司のそれと同じであるが、委ねられた他の二つの国乃至四つの国の国司（本来は、いわば同僚・同役に当たるはず）に対する監督権限を有するのであるから、地方官としての権限は大きく、従来の巡察使が中央官僚の臨時的派遣であったのに対して、地方在住のまま近隣諸国の政治に目を光らせていたのであるから、少なくとも当初はかなり効果を上げることが期待されたであろう。

この時に任命された十一名の按察使全員を、当時の位階順に並べ、いささかの注記を加えて示せば、次の表のようになる。

名	主管	位階	その後	按察
多治比県守	武蔵大	正四位下	正三位中納言	相模上・上野大・下野上
笠麻呂	美濃上	従四位上	右大弁・造観世音寺別当	尾張上・参河上・信濃上
鴨吉備麻呂	播磨大	従四位下		備前上・美作上・備中上・淡路下
大伴山守	遠江上	正五位上		駿河上・伊豆下・甲斐上
藤原宇合	常陸大	正五位上	正三位参議式部卿大宰帥	安房中・上総大・下総大
多治比広成	越前大	正五位下	従三位中納言式部卿	能登中・越中上・越後上
小野馬養	丹波上	正五位下		丹後中・但馬上・因幡上
大伴宿奈麻呂	備後上	正五位下	従四位下	安芸上・周防上
門部王	伊勢大	従五位上	従四位上大蔵卿	伊賀下・志摩下
高安王	伊予上	従五位上	正四位下	阿波上・讃岐上・土佐中
息長臣足	出雲上	従五位下		伯耆上・石見中

「主管」としたのは、この時の本来の官職としての国の守の地位である。国名の次に小字で記したのは、延喜式で示される国の格付けである。「その後」という欄は、主として続日本紀によって判明するこの人物の後の官位である。空欄は記載が見られない場合である。

任命された十一名はいずれも大国乃至上国の守であり、同格もしくは格下の国々を管轄する。大国の守は従五位上が、上国のそれは従五位下が充てられることになっているが、任国相当の位階であるのは、門部王と息長臣足だけで、他の九人は位階が高い。従って門部王の厚遇が考えられるが、彼の管轄するのは伊賀・志摩という下国二つである。身分の高い多治比県守は大国の守であり、同じ大国の上野と上国相模・下野を統括し、笠麻呂は上国の守ではあるが同格の尾張・参河・信濃の三国を、大国の守藤原宇合は大国上総・下総と中国安房を委ねられている。按察使を委ねられた上国の守は従四位上から正五位下までの位階を有しており、高安王と同じ位階であるのが門部王、彼より身分の低いのは息長臣足だけであるから、従五位上で上国伊予の守であった高安王が同じ上国の阿波・讃岐と中国の土佐の按察使に任ぜられたことは、この十一名の中では、まずは順当な人事と云うべきであろう。

この時按察使に任じられた者の履歴を眺めると、霊亀二年（七一六）に任命された遣唐使では、多治比県守が遣唐押使、大伴山守が遣唐大使、藤原宇合が遣唐副使の、いわば同期生として名が見える。県守はその後、造宮卿、賛引皇太子を歴任して、後には正三位中納言に至っている。笠麻呂は十年以上も前から美濃守であり、尾張守を兼任したこともある。後に造観世音寺別当になった満誓である。鴨吉備麻呂は従四位下の記録しかないが、刑部判事の後、大宝元年（七〇一）遣唐使の中に中位として名が見え、下総守、玄蕃頭、河内守の経験もある。不比等の三男宇合は正三位参議式部卿大宰帥まで至っているし、多治比広成も下野守、左副将軍の経歴を有し、天平四年（七三二）遣唐大使を勤め、従三位中納言式部卿に昇進している。小野馬養は養老二年（七一八）に遣新羅使に任じられている。大伴宿奈麻呂には左衛士督の前歴がある。息長臣足は在任中の悪政のゆえをもって神亀元年（七二四）に位録を奪われておるが、以上の経歴を見るかぎり、初めての按察使の選定に当たって、安易な人選が行われた様子はない。この時以前に任官の記録のないのは、この息長臣足と門部王、高安王だけである。ということは、高安王の伊予守任命が左降とは見なせないということにならないであろうか。

ところでこの時王族から選ばれた他の一人、門部王は高安王の弟という。吉永登氏は、

弟の門部王が大国伊勢の国守であり、兄の高安王が一段低い上国伊予の国守であることはどうしたわけであらうか。……弟の門部王が位階相当の官職にありながら、兄の高安王が位階以下の官職についてゐることは何かの事情があったものと考へられ、これこそ左注の所謂道ならぬ結婚によって生じた左遷と見るべきであるから

である。

「紀皇女と多紀皇女」『万葉』一号

と解釈され、尾山篤二郎氏もこれを引き継いで、

伊予は中国で国守は従五位下相当官である。……四国全体を管してゐるが、上に云ったが如くこれは従五位上行伊予守である。即ち註に益人が云ったやうに、左降されて伊予守となってゐたのである。

「紀皇女について」『万葉』三号

と云われる。が、これが当たらぬことは、いま眺めた按察使任命の人選と管理を委ねられた国々の状況からだけでも明らかであり、詳しい実例は省くが、この当時任命された官職は、職員令の規定する位階相当の表からすれば、相当以下の官職に任じられている例が非常に多いのである。

門部王は高安王より二年余長生きして、従四位上大蔵卿で没している。高安王は天平十四年（七四二）末、正四位下でその生を終わった。むろん二人とも天平十一年臣籍に降って大原真人を名乗るようになっている。弟に位階を越えられたというが、門部王の叙任は和銅三年（七一〇）正月で、高安王の六年正月より、三年早い（これを同名異人と見る説もあるが、その必要はなかろう）。従五位上に昇任したのは両者ともに養老元年（七一七）正月、正五位下も養老五年、正五位上も神亀元年（七二四）と並進しているが、従四位下に上がる段階になって逆転し、高安王が神亀四年、門部王は一年遅れの神亀五年である（なお、彼らの弟と見られる桜井王は、ほぼ一階級遅れて昇進している）。そして、従四位上には、高安王天平九年（七三七）、門部王は臣籍降下後の天平十四年と、五年の差がついており、高安王は降下後の天平十二年に既に正四位下まで進んでいた。兄弟でこのように昇任の差が出るのは考課の結果とも考えられるが、初叙の三年の差は、あるいは嫡・庶の差でもあろうか。ともかく、従五位上昇進で追いついたとはいうものの、官界にあっては門部王の方が先輩であったのである。

三

念のため、伊予守に任じられた者の官位を続日本紀の中から挙げてみよう。

歴代伊予守任命表

任命時	紀元	位階	任官者
大宝三年	七〇三	従五位上	百済王良虞
和銅元年	七〇八	従五位上	久米朝臣尾張麻呂
和銅二年	七〇九	正五位下	阿倍朝臣広庭
和銅七年	七一四	従五位上	巨勢朝臣児祖父
霊亀二年	七一六	従五位下	当麻真人大名
養老三年	七一九	従五位上	高安王
天平十年	七三八	外従五位下	大伴直蜷淵麻呂
天平十七年	七四五	外従五位下	車持朝臣国人
天平勝宝四年	七五二	従五位上	阿倍朝臣嶋麻呂
天平勝宝九年	七五七	正五位下	阿倍朝臣嶋麻呂
天平宝字三年	七五九	従三位	百済王敬福
天平宝字七年	七六三	従四位下	和気王
天平宝字八年	七六四	従五位上	中臣丸連張弓
神護景雲二年	七六八	従四位下	阿倍彌夫人
神護景雲三年	七六九	従五位上	高円広世
宝亀二年	七七一	従五位下	文屋忍坂麻呂

伊予守任命者の名は、続日本紀に通算二十五名見える。そのうち高安王と同じ従五位上で任じられた者が十名、上位の位階を有する者が十名、下位の者が五名である。高安王の伊予守叙任は、やはり穏当なものであったとすべきであろう。伊予守を拝命するのは従五位上以上というのが、いわばこの頃の通例と見てよいようである。従五位上でありながら伊予守に任じられたということが直ちに左降というわけにはいかない。そして、高安王以前の伊予守任官者は、いずれも前歴の記載がない。叙位後の経過からして、多分初の任官であったろう。その際に、左遷・左降という処置というのは、やはり納得のいくものではない。

また、従五位上の位階を有する者がどのような官職に任ぜられているのかを、続日本紀巻二十四天平宝字七年（七六三）までの記事によって眺めてみると、この間に百四十七の事例が見られる。このうち、地方官に任命された例は、

宝亀三年	七七二	正五位下	石川垣守
宝亀八年	七七七	従五位上	田中王
宝亀九年	七七八	従四位下	石川垣守
延暦元年	七八二	従四位下	石上家成
延暦元年	七八二	従四位下	吉備泉
延暦三年	七八四	正四位上	坂上苅田麻呂
延暦三年	七八四	従五位下	藤原末茂
延暦四年	七八五	従五位上	葛井根主
延暦九年	七九〇	従五位上	津真道

伊予守・備中守の五例を筆頭に、三十一ケ国五十八例にのぼる。他に河内介など次官が六国七例、大宰少弐が一例、巡察使・節度使・按察使などが六例の他、地方武官の例が少数ある。従って、従五位上の者の半数は地方官として地方に赴くことが多く、その大半は地方長官に任命されるのがふつうであった状況が窺われる。しかも、伊予守任命はもっとも事例の多いケースである。

次に、「王」という出自に関して考えておこう。万葉集中に「王」という呼称を有する人名として、五十二名の名が見える。他に「女王」が二十二名、「親王」五名、「内親王」一名。むろん人物としての実数ではない。同名の人もいるし、女性でも単に「王」とだけ呼ばれる人もいる。高安王の経歴を考える参考として、この、万葉集中に名の見える男性の「王」を続日本紀の記事の中に追ってみよう。続日本紀もすべての昇任・任官の事実を詳細に記録しているわけではない。また誤謬も絶無ではなさそうである。が、王族たる者の処遇を考える上での見通しは立つであろう。

安宿王　長屋王の子、母は藤原不比等の女

天平九年九月（七三七）叙任従五位下
天平九年十月（七三七）昇進従四位下〜〇年
天平十年閏七月（七三八）任官玄蕃頭
天平十二年十一月（七四〇）昇進従四位上〜三年
天平十八年四月（七四六）任官治部卿
天平勝宝元年八月（七四九）任官中宮大夫
天平勝宝三年一月（七五一）昇進正四位下〜十一年
天平勝宝五年四月（七五三）任官播磨守
天平勝宝六年九月（七五四）任官兼内匠頭
天平勝宝八年十二月（七五六）讃岐守
天平勝宝九年七月（七五七）逮捕・流罪
宝亀四年十月（七七三）賜姓

厚見王

天平勝宝元年四月（七四九）叙任従五位下
天平勝宝七年十一月（七五五）少納言
天平勝宝九年五月（七五七）昇進従五位上〜八年

市原王　安貴王の子　春日王の孫

天平十五年五月（七四三）　任従五位下
天平十六年六月（七四四）（写一切経司長官）
天平十八年五月（七四六）（玄蕃頭兼備中守）
天平二十一年四月（七四九）昇進従五位上〜六年
天平勝宝二年十二月（七五〇）昇進正五位下〜一年
天平勝宝八年六月（七五六）（治部大輔）
天平宝字七年一月（七六三）摂津大夫
天平宝字七年四月（七六三）造東大寺長官

大市王　長親王の子

天平十一年一月（七三九）叙任従四位下
天平十五年六月（七四三）任官刑部卿
天平十八年四月（七四六）任官内匠頭
天平勝宝三年一月（七五一）昇進従四位上〜十二年
天平勝宝四年九月（七五二）賜姓
天平勝宝六年九月（七五四）任官大蔵卿
天平勝宝九年五月（七五七）昇進正四位下〜六年
天平勝宝九年六月（七五七）任官弾正尹
天平宝字三年十一月（七五九）任官節部卿
天平宝字五年一月（七六一）任官出雲守
天平宝字八年九月（七六四）任官民部卿
天平神護元年一月（七六五）昇進従三位〜二級八年
宝亀元年十月（七七〇）昇進正三位〜五年
宝亀二年三月（七七一）任官大納言
宝亀二年七月（七七一）任官兼弾正尹
宝亀二年十一月（七七一）昇進従二位〜一年
宝亀二年十二月（七七一）任官兼治部卿
宝亀五年三月（七七四）任官兼中務卿
宝亀五年十一月（七七四）昇進正二位〜三年

春日王　志貴親王の子

養老七年一月（七二三）叙任従四位下
天平三年一月（七三一）昇進従四位上〜八年
天平十五年五月（七四三）昇進正四位下〜十二年

葛城王　美努王の子、母は県犬養橘三千代

和銅三年一月（七一〇）叙任従五位下
和銅四年十二月（七一一）任官馬寮監
霊亀三年一月（七一七）昇進従五位上〜七年
養老五年一月（七二一）昇進正五位下〜四年
養老七年一月（七二三）昇進正五位上〜二年
神亀元年二月（七二四）昇進従四位下〜一年
神亀六年三月（七二九）昇進正四位下〜二級五年
天平元年九月（七二九）任官左大弁

天平三年八月　(七三一)任官参議
天平四年一月　(七三二)昇進従三位~二級三年
天平八年十一月　(七三六)賜姓
天平九年九月　(七三七)任官大納言
天平十年一月　(七三八)昇進正三位任官右大臣~六年
天平十一年一月　(七三九)昇進従二位~一年
天平十二年十一月　(七四〇)昇進正二位~一年
天平十五年五月　(七四三)昇進従一位任官左大臣~三年
天平感宝元年四月　(七四九)昇進正一位~六年

門部王

和銅三年一月　(七一〇)叙任従五位下
霊亀三年一月　(七一七)昇進従五位上~七年
養老三年七月　(七一九)任官伊勢守管伊賀志摩
養老五年一月　(七二一)昇進正五位下~四年
神亀元年二月　(七二四)昇進正五位上~三年
神亀五年五月　(七二八)昇進従四位下~四年
天平九年　(七三七)(弾正尹)
天平九年十二月　(七三七)右京大夫
天平十一年四月　(七三九)賜姓
天平十四年四月　(七四二)昇進従四位上~十四年

桜井王　高安王の弟

和銅七年一月　(七一四)叙任従五位下
養老五年一月　(七二一)昇進従五位上~七年
神亀元年二月　(七二四)正五位下~三年
神亀六年三月　(七二九)従四位下~二年
天平十一年四月　(七三九)(賜姓)
天平十六年二月　(七四四)大蔵卿

佐為王　葛城王の弟

和銅七年一月　(七一四)叙任従五位下
養老五年一月　(七二一)昇進従五位上~七年
養老五年一月　(七二一)任官侍東宮
神亀元年二月　(七二四)昇進正五位下~三年
神亀四年一月　(七二七)昇進従四位下~二級三年
天平三年一月　(七三一)昇進従四位上~四年
天平八年十一月　(七三六)賜姓
天平九年二月　(七三七)昇進正四位下~六年
天平九年八月　(七三七)中宮大夫兼右兵衛率

高安王

和銅六年一月　(七一三)叙任従五位下
霊亀三年一月　(七一七)昇進従五位上~四年
養老三年七月　(七一九)任官伊予守管阿波讃岐土佐
養老五年一月　(七二一)昇進正五位下~四年
神亀元年二月　(七二四)昇進正五位上~三年
神亀四年一月　(七二七)昇進従四位下~三年
天平四年十月　(七三二)任官衛門督
天平九年九月　(七三七)昇進従四位上~十年

天平十一年四月　（七三九）賜姓
天平十二年十一月　（七四〇）昇進正四位下〜三年

長田王

和銅四年四月　（七一一）昇進正五位下
和銅八年四月　（七一五）昇進正五位上〜四年
霊亀二年一月　（七一六）昇進従四位下〜一年
霊亀二年十月　（七一六）任官近江守
神亀元年二月　（七二四）昇進従四位上〜八年
神亀六年三月　（七二九）昇進正四位下〜五年
天平元年九月　（七二九）任官衛門督
天平四年十月　（七三二）任官摂津大夫

長屋王　高市皇子の子

大宝四年一月　（七〇四）叙任正四位下
和銅二年十一月　（七〇九）（昇進従三位）〜二級五年
和銅二年十一月　（七〇九）任官宮内卿
和銅三年四月　（七一〇）任官式部卿
霊亀二年一月　（七一六）昇進正三位〜七年
養老二年三月　（七一八）任官大納言
養老五年一月　（七二一）昇進従二位任官右大臣〜五年
神亀元年二月　（七二四）昇進正二位任官左大臣〜三年

林王　三島王の子

天平十五年五月　（七四三）叙任従五位下
天平十五年六月　（七四三）任官図書頭

天平宝字五年一月　（七六一）昇進従五位上〜十八年

道祖王　新田部親王の子

天平九年九月　（七三七）叙任従四位下
天平十年閏七月　（七三八）任官散位頭
天平十二年十一月　（七四〇）昇進従四位上〜三年
天平勝宝八年五月　（七五六）立太子
天平勝宝九年三月　（七五七）廃太子

船王　舎人親王の子

神亀四年一月　（七二七）叙任従四位下
天平十五年五月　（七四三）昇進従四位上〜十六年
天平十八年四月　（七四六）任官弾正允
天平勝宝九年五月　（七五七）昇進正四位下〜十四年
天平勝宝九年八月　（七五七）昇進正四位上〜〇年
天平宝字二年八月　（七五八）昇進従三位〜一年
天平宝字三年六月　（七五九）親王三品
天平宝字四年一月　（七六〇）信部卿
天平宝字六年一月　（七六二）二品
天平宝字八年十月　（七六四）諸王流罪

三形王

天平感宝元年四月　（七四九）叙任従五位下
天平勝宝九年六月　（七五七）（大監物）
天平宝字三年六月　（七五九）昇進従四位下〜四級十年
天平宝字三年七月　（七五九）任官木工頭

美努王　栗隈王の子

大宝元年十一月（七〇一）任官造大幣司長官正五位下
大宝二年一月（七〇二）任官左京大夫
慶雲二年八月（七〇五）任官摂津大夫従四位下〜二級四年
和銅元年三月（七〇八）任官治部卿

三原王　舎人皇子の子

霊亀三年一月（七一七）叙任従四位下
神亀六年三月（七二九）昇進従四位上〜十二年
天平九年十二月（七三七）任官弾正尹
天平十二年九月（七四〇）治部卿
天平十八年三月（七四六）任官大蔵卿
天平十八年四月（七四六）昇進正四位下〜十七年
天平十九年一月（七四七）昇進正四位上〜一年
天平二十年二月（七四八）昇進従三位〜一年
天平勝宝元年八月（七四九）任官中務卿
天平勝宝元年十一月（七四九）昇進正三位〜一年

六人部王

和銅三年一月（七一〇）叙任従四位下
養老五年一月（七二一）昇進従四位上〜十一年
養老七年一月（七二三）昇進正四位下〜二年
神亀元年二月（七二四）昇進正四位上〜一年

山背王　長屋王の子、母は藤原不比等の女

天平十二年十一月（七四〇）叙任従四位下
天平十八年九月（七四六）右大舎人頭
天平勝宝八年十二月（七五六）出雲守
天平勝宝九年五月（七五七）昇進従四位上〜十七年
天平勝宝九年六月（七五七）任官但馬守
天平勝宝九年七月（七五七）昇進従三位賜姓〜三級〇年
天平宝字四年一月（七六〇）坤宮大弼
天平宝字六年十二月（七六二）任官参議

小田王

天平六年一月（七三四）叙位従五下
天平十年閏七月（七三八）任官大蔵大輔
天平十六年二月（七四四）木工頭
天平十八年四月（七四六）任官因幡守
天平十八年四月（七四六）昇進従五位上〜十二年
天平勝宝元年十一月（七四九）昇進正五位下〜三年

　続日本紀の中から、叙任・任官の記事が三箇条以上載せられている人物を対象とする。カッコ内の記事は、続日本紀以外の資料による。位階の下の年数は昇進に要した年数。配列は五十音順による。

従五位下叙任から従五位上に進むまでの年月は、記載されたこれらの人物で記事のある十一名の中では、林王の十七年八ケ月、小田王の十二年三ケ月を長期とし、葛城王・門部王・桜井王・佐為王が七年で平均的なところとなる。また、王族以外の例、続日本紀の天平宝字七年までに載る百四十七例を見ると、ちょうど八年掛かっているから、王族と一般貴族とに差はほとんど無いようである。となると、高安王の四年というのは最短の部類であって、かなり好遇されているということになる。王族で従五位上から正五位下に進んだ記事のあるのは六名だが、佐為王が三年を要しているほかは市原王一年八ケ月、小田王三年七ケ月、門部王四年、葛城王四年、そして高安王四年である。決して短いとはいえぬが平均的であり、この間に密通事件があり、左降という懲罰人事があったとするにしては、まずは穏当な昇進状況と言わねばなるまい。

この事実からして、高安王にその昇進を阻害する不祥事があったと見なすことは困難であると考えられる。王という身分が皇女との結婚を必ずしも妨げるものではなかったろうことは、別格とはいえ、長屋王の室が吉備内親王であった前例もあり、他にも皇女を娶った王の例もある。もっとも、なんらかの慣習あるいは常識・道徳的感性などに触れるひそやかな結婚ということであるならば、事情は異なってくるかもしれない。

また、例えば、大炊王が皇太子に補せられたとき、孝謙天皇はその勅の中で、候補と見なされる諸王について、「船王は閨房修まらず、池田王は孝行闕くること有り、塩焼王は太上天皇責めたまふに無礼を以てせり」と批判して大炊王を推している。しかしこれら諸王は恵美押勝の乱までは、いずれも順調な昇進を続けている。私行に関することは官位の昇進とは関わりのなかったことかもしれない面もあろう。さりながら、道祖王が皇太子を廃された理由として挙げられているのは「身は諒闇に居りて志淫縦に在り」ということで、さらに具体的には「王、諒闇未だ終らず陵の草乾かぬに、私に侍童に通じて先帝に恭しきことなし。喪に居る礼曾て憂に合はず。機密の事も皆民間に漏せり。屢勅教すと雖も猶悔ゆる情無し。好みて婦言を用ゐて稍く佷戻多し」とされている。個人的な不行跡も廃太子の表面的な理由としては説得力を持つようである。とはいえ、やはり先帝に対する無礼、政治的責任者としての自覚の無さ、無責任ということが問われているのであって、性的放縦が第一原因とされているわけではない。もしさる皇女とのひそやかな婚姻が処罰の対象となるならば、その皇女が斎宮であるとか、有力貴族の妻、また服喪中の未亡人であるとかの特殊事情がなければならないだろう。

四

いずれにせよ、蔭位で従五位下に叙任され、順調に従五位上に昇り、伊予という上国の国守に初めて任じられた高安王のその任官が左降であるという徴候はまったく無いというべきである。従って、万葉集三〇九八番歌に添えられた左注は、益人がそのように伝えたというだけのことであって、その時より四半世紀前の事態を正確に反映したものと受け取るべき可能性は非常に小さいと云わなければならないのである。

万葉集の題詞・左注の類が、そこに記載されたままの状況を作歌事実としてそのままに受け取るわけにはいかない、ということは、今までも指摘されていないわけではない。だが、その範囲はかなり広範に及ぶのではないか、というのが一つの問題提起である。

うたは、それが文字をまったく介さずに歌われるのみであった時代が永く続いていたはずである。その際、うたは現実の場に支えられてのみ存在した。特定の時刻、特定の場所において、特定の聞き手を前にしてうたは歌われた。歌い手は作詞・作曲・歌唱を兼ねた存在であったろう（やがてそれらが分離してもよい）。そして聞き手は現実に歌い手の声の届く範囲に居合わせた人たちであり、従って、歌い手とは年齢・社会的階層・思考法・感受性などをほぼ同質に共有する集団であった。歌い手の目にし、耳に聞き、肌で感じるものを同時に同様に受け取っていた人々である。このようなうたは瞬時にして消え去り、我々はもはや直接に享受することは出来ない。

文字がうたの表記に使われるようになって、このようなうたもどこかで文字として残されるようになり、だから我々も古代のうたの面影を察することが可能になった。だが、これらのうたは、その依拠するうたの場を、すべて歌われたその折の現実の場に委ねていた。それを歌中で説明する必要性は無かったのである。そこで、後代の我々としては、作者の身分・経歴、作歌事情、社会情勢など僅かの手掛かりに頼りながら、なんとかその場の状況を復元しようとする。でないと、うたの内容理解にとんでもない誤解を招く怖れが多いからである。

しかし、文字が表現の記録にとどまらず、積極的に文字を駆使して表現を試みるようになると、文学は変質する。文字は、書くという行為自体が、集団性をむしろ拒否する。ということは、同時に、書き手と読み手との現実の場の共有をも。書かれたものは、架空の場を個人的に構築して、その上に展開する個人の心情を追求することとなる。作品はそれだけで独立して、作品自体の価値を問う。源氏物語の内容が作者の実体験記だとは誰も思わないし、竹取物語の作者の名が不明でも、この作品の理解にさほど障碍になるわけでもない。王朝和歌についてもほぼ同様なことが言える。作歌事情の解明を、歌の理解のために必ずしも必要としないのである。

しかし、所謂初期万葉の作品に対しては、同じように接してよいわけではない。王朝歌人たちの歌枕は、彼らの想念の中にある情景である。後年の芭蕉なども、まったく実見したこともない名所を引き合いに出して「およそ洞庭・西湖を恥ぢず」などと平然として言う。我々は江南の地に遊ばなければ奥の細道を理解できないわけではない。しかし、玉津島行幸従駕の歌を理解するためには、往年の和歌浦付近の状況を、そしてそこまでの道程や行幸事情などを知らねばならない。

万葉集には数多くの歌が載る。そしてその歌を理解するための作歌状況に関する情報は極めて少ない。それだけに、少量の情報は貴重である。が、歌に付記された情報がどのような質のものであるかを考えることなく、そのすべてを直ちに事実を記したものと受け取ることはやはり危険を伴うことであろう。

記載されたうたは、記載されることによって作品としての道を歩み始める。その萌芽はうたが物語として伝え始められたところに既に萌しているであろう。三〇九八番歌も、高安王あるいは紀皇女をめぐる恋物語として、史的事実とは乖離した場をもって享受されていたものと考えた方がよい。

中臣宅守の独詠歌

一

万葉集巻十五に載る「中臣朝臣宅守与狭野弟上娘子贈答歌」と題する六十三首の連続する歌を明確に「歌語り」として捉らえたのは伊藤博氏であった。氏の『万葉集の構造と成立　下巻』（塙書房、一九七四）の第七章第一節「万葉の歌物語」などに詳しく説かれる。これには、例えば神野志隆光氏が「本来の立論点からなしくずし的に歌群の物語的虚構的構成を論ずることのほうにすべりこませていくことになった」という批判（『柿本人麻呂研究』塙書房、一九九二、三四八頁）もある。私なりの言い方をすれば、本来「歌語り」とは、歌と一定の筋を有する物語が、どちらが量的質的に中心になるにせよ、統合されたものとして口誦される場合に言うべき性のものであろう。六十三首の歌はその枠を越える怕れが大きい。

その問題は、当面関わりがないものとしておこう。用語はともかく、この六十三首が、多数の歌を虚構的に構成しながら統一的主題をもった「世間話的歌語り」であって、「係恋実深の歌物語」であるという内実は認めてよいであろう。その物語的構成がどのようになっているか、これもいろいろと詳しく解説されているところである。その最後の七首については、「右七首中臣朝臣宅守寄花鳥陳思作歌」という左注を持ち、それ以前の歌群が採っている「贈答」の形式をはずれる。此の七首は、通常「独詠歌」と呼ばれているように、歌いかけるべき対象を有していない。「我が物思ひ」を歌い、「妹に恋ふ」とは歌うものの、その妹に歌いかけることもなく、もはや逢いたいとも、逢えるだろうとも言わない。それまで、半ばは我が身の不運・不幸を嘆き、半ばは妹との再会を願い、その時までの心身の安泰を誓い願っていたのに、それらの一切を捨てている。このような歌いぶりはいかなる状況の中で生まれてきたものであろうか。あるいは、観点を変えてみるならば、この歌物語を読んできた者に、どのような状況を心に思い浮かばせるのであろうか。この部分、例えば『万葉集全注　巻十五』（吉井巌）が

　花鳥歌七首は独白的詠嘆であることによって、今までの二人の贈答という姿から、二人の恋が一歩後退した状況を見せているように思う。また花橘や郭公鳥に寄せて歌う恋情には、時として不安と焦りの色がみえる。このことは、家島五首（遣新羅使人歌の最後の歌群）の果していた内容とは相違していると言わざるを得ない。また、郭公鳥の作六首が、同類の内容に終止（ママ）していて一人の作者が歌ったものとしては余りにも心情の進展がない。このことは花鳥七首が宅守の作でなく、編者が並べてみせた独白的恋歌の、展開のない、淀んだ類歌の連続であって、これによって、二人の恋の将来を暗示したもののようにも推察されるのである。

と評し、『万葉集釈注』八（伊藤博）は、それまでの歌群とは違って娘子とは直接かかわらず、「独詠歌で納める法」として大伴家持の手になる脚色・編輯されたものと推定している。このように、それまでの歌群とは異質な歌とされる七首、内容が「花鳥」といいながら、実は郭公鳥が中心テーマになっていることも、広く知られている。今回はその部分に限ってもう少し考えてみたい。

　本論の要旨は、この独詠歌が、狭野娘子が既に死んで此の世には亡いという状況の中で詠まれた、少なくとも、これを物語として受け取る読者には、かく受け止める可能性が十分にあった、として理解しようと試みるものである。むろん、題詞・左注にも目録にも、娘子の死を示唆する語句は存在しない。歌の中でもそれと明示するわけで

もない。だからこそ、このような解釈は採られたことがなかった。しかし、これらが物語性をもった歌群として享受されたとしたとき、この悲恋の結末が語られないのはおかしい。「割れても末に逢はむと」願い、そのようになったとしたら、少女小説のレベルである。再会を待ち望む娘子が、間もなくその機会が訪れるであろうことも知らぬままにはかない生を終えたとするのが、悲劇性を高める締めくくりとして、もっとも有効であろう。独詠歌をその立場から解釈することが可能であり、当時の物語構想力がその程度まで高かったことを検証してみよう。

二

この七首は、

我が屋戸の花橘はいたづらに散りか過ぐらむ　見る人無しに　三七七九

という歌で始まる。「我が屋戸」、むろん現代風に言えばウチの庭先とでもなろうか、万葉後期には好まれて歌に詠まれ、集中七十一の用例を数える。その多くが自分の家の庭先の植物を詠むもので、現にそれを目前にした趣の詠歌が多い。だが、この物語の主人公宅守は流罪の身、さすがに「旅」という語は彼の歌中に五回用いられているが、これに応ずる「家」は一度も詠んではいないのである。娘子の方も、むろん、彼の故郷の家（娘子の家とは別であったとして）も、今の宅守の住居にも思いを馳せたりはしていない。思いは宅守の上にのみあって、彼がどのような土地でどのように暮らしているかは、現地を知らない身としては想像のしようもなく、ただ「人国は住み悪し」という世の評判をのみ言う。彼女が

我が屋戸の松の葉見つつ我待たむ　はや帰りませ　恋ひ死なぬとに　三七四七

と歌う時、その「我が屋戸」は、万葉一般の「我が屋戸」である。

同じ巻十五に載る遣新羅使人の一人、秦田麻呂が肥前国松浦郡狛島で詠んだ歌

帰り来て見むと思ひし我が屋戸の秋萩薄散りにけむかも　三六八一

が、「けむ」という助動詞を使うように、遥かに離れた故郷の我が家を思い遣って歌っている。宅守の歌の場合も、これと同様、都または都近くの彼の家の庭先のことを指していると解するのが通例である。当然、「見る人なしに」というのは、その家の主人である筈の作者自身が流罪となって不在であることを表現しているということになる。しかし、宅守は、なぜここで故郷の「人もなき」我が家を思い起こさねばならないのだろうか。

高橋庄次氏は、通説に反した次のような見解を述べられる（「中臣宅守夫婦贈答歌の構造とその展開」〈『万葉集巻十五の研究—連作巻論』桜楓社、一九八八〉）。

第一部の娘子答歌三七四七に

吾が屋戸の松の葉見つつ吾待たむ早帰りませ恋ひ死なぬとに

と歌われていて、娘子はここで宅守に—吾が屋戸に早く帰って来てください—と言っているからである。通説は宅守と娘子が夫婦であることを無視または認めないから、都の宅守の家は誰もいない空き家になってしまうが、宅守と娘子はまぎれもない夫婦なのであって、それを無視または認めないと、この贈答劇の骨格は失われることとなる。……したがって、都の宅守の家には妻の娘子が帰りを待っているのであって、その都の家の花橘を「見る人なしに」と宅守が歌うことはあり得ない。

として、この宅守の云う「吾が屋戸」も、続く「吾が住む里」（三七八二、三七八三）も宅守が現在住んでいる配流地味真野のこととする。当然「見る人」はこの地には来ていない妻娘子とするのである。

しかし、都の家で夫婦同居していたという推定が成り立つなら、

今日もかも都なりせば見まく欲り　西の御厩の外に立てらまし　三七七六

は、如何に解するのであろうか。結婚当初であれば、やはり妻訪い的あり方を考えるべきであろう。次に、流謫地の仮宿を「我が家」と呼ぶような感覚は無さそうであるし、更に、眼前の景を詠んだのであるならば「散りか過ぐらむ」という表現は適切であるとは言えまい。また、越中守時代に十四首の橘の花の詠を残した家持自身が「越中の風土、橙橘有ること希れなり」（三九八四左注）と記すように、高木市之助氏が

是等の花は彼が越中で発見した郷土の花である場合よりも却って彼がそこで喪った郷愁の花である場合が多い。

「憶良と旅人」『万葉集大成』第九巻

と評し、土屋文明氏が

橘を眼前にしての作といふより、家持の持って居る橘に関する体験を基に作ったものと見える。

『万葉集私注』第九巻

というように、北陸地方に自生する橘の花盛りを見る可能性は少ないと考えられる。従って、先の遣新羅使人の作と同様、「我が屋戸」は遠く離れた都の我が家と認めるべきであろう。

さて、「橘の花が散る」のは、むろん季節が移り去ってのことではあるが、歌の表現としてはどのような意味を有するのであろうか。橘の花の散る情景は、十八例が万葉の中に見られるが、うち、十二例は郭公鳥が花を散らしている様子を歌う。これはこれで考えるべき問題を残しているが、なかに

橘の花散る里の郭公鳥片恋しつつ鳴く日しぞ多き　八・一四七三

は大宰府の地で妻を亡くした大伴旅人の作である。妻の死を橘の落花に、これを悲しむ自らを郭公鳥に喩えた表現である。その他、花（三・四七七、七・一四一五）、桜（十六・三七八六）、棟（五・七九八）、萩（二・二三三、十五・三六九二）、黄葉（二・二〇九、十三・三三〇三、十三・三三三三、十五・三六九三）などのように、花や葉の散り行くさまを挽歌の中で歌ったものが多数見え、人の死を暗示する表現類型として確立した手法であることを窺わせる。

特に、巻二の笠金村の志貴親王挽歌は

高円の野辺の秋萩いたづらに咲きか散るらむ　見る人なしに　　二・二三一

と、季節こそ違え、ほぼ同様な表現である。この「人」が志貴親王を指し、「なし」とは此のうつせみの世にないことを意味しているであろうことは、諸説の一致して説くところである。これはほぼ同じ表現を採る宅守歌の理解の支えになるのではなかろうか。極論すれば、宅守の三七七九番歌はこの志貴挽歌を念頭に作られたとなろうが、そこまでは言わぬにせよ、「咲きか散るらむ」「散りか過ぐらむ」の類句を挟んで第三・五句を等しくする両歌を直ちに思い浮かべる読者が居なかったとは言えまい。

去年咲きし久木今咲く　いたづらに土にか落ちむ　見る人なしに　　十・一八六三

も同趣の歌として理解できよう。むろん、

風早の浜の白波いたづらに此処に寄せ来る　見る人なしに　　九・一六七三

は紀伊国行幸従駕の歌と伝えるのであるから、「見る人」が故人である必要はまったくない。だが、一連の歌群を「物語」として受け止める読者がいたならば、この独詠冒頭歌を死者を悼むものとして読んだ可能性は十分にあり得る。

独詠歌の冒頭になぜ故郷の家を歌うのか。以下に故郷への想いを歌い続けるのであればよい。だが、続く郭公鳥は「我が住む里」に来鳴く鳥である。故郷の家の橘が今頃は見る主人も無いまま盛りを過ぎているだろう、では、それこそ『全註釈』が「評語」の項で「内容は極めて平凡であり、感激もない」と評する歌になるだろう。が、「見る人」が娘子であり、単なる不在ではなく、もはや此の世に「なし」であるとしたら、「妹が見し楝の花は散りぬべし」（五・七九八）の趣を籠めたものと理解できよう。むろん、だからといって、二人が同居していたと考える必要はない。橘の花の盛りを愛でる気持ちがあるならば、その折に「我が家」に招いてもおかしくないどころか、それがここ近年の習慣になっていたかもしれない。もはや訪れようもない人に想いを馳せる歌だったのではなかろうか。

三

かくして、独詠歌冒頭の一首は、たとえ都の我が家に戻ることがあっても、そこに招き呼ぶべき娘子はもはや此の世に居ないのだ、という絶望を籠めたものと受け止めることが出来よう。続く六首では、宅守は娘子の居ない都のことを歌うこともなく、妻に呼び掛けることもない。

その六首にはすべて郭公鳥が詠み込まれている。万葉集中で橘の詠まれた長歌には、鶯が二回、鵜と斑鳩とヒメが一度顔を出すが、いずれも自然の情景を描写したものとして詠まれたわけではない。橘の花のまわりにまつわるのは、郭公鳥と限定されている。一方、郭公鳥が万葉集に詠み込まれた場合、此の鳥と共に歌に現れる植物は、橘が三十首でもっとも多い。次が卯の花の十九首、菖蒲と藤がともに十首で、楝が二首である。従って、独詠歌の第一首に橘が詠み込まれているのは、以下に郭公鳥を呼び出すためと言ってよい。

周知のように、郭公鳥は万葉集中に現れる鳥の名としてはもっとも多く、かつ、その傾向は八代集にそのまま引き継がれて行く。そして、万葉集でもっとも郭公鳥を好んで歌材としたのは家持であって、集中百五十二例中の六十二例、実に四割余がその使用例となる。さらに巻八と十、巻十七・十八・十九の五巻で八十七・五％を占めるという偏在ぶりである。この、家持という個人的な偏愛や、万葉集後期に集中的に現れて季節との深い関わりをもって好まれた郭公鳥の姿（というよりは鳴き声）は、王朝和歌の世界に引き継がれる、花鳥風月の代表としての資格を既に十分に備えているとは言えようが、これが万葉における郭公鳥のすべてではない。

むろん郭公鳥がかくも多く詠み込まれているということは、これが常に賞翫の対象であるからであって、

うれたきや　醜ほととぎす　今こそば声の干るがに来鳴き響めめ　十・一九五一

ほととぎす　いと嫉けくは橘の花散る時に来鳴き響むる　十八・四〇九二

などの反説的表現があっても、郭公鳥の来訪や鳴き声を嫌っているからではない。

一人居て物思ふ宵にほととぎす此ゆ鳴き渡る　心しあるらし　八・一四七六

という小治田広耳の歌も、宅守と同じ「物思ふ」という語を併用しはするものの、「心しあるらし」と親近感を表現しているのである。同じ語句と「すべなし」を含む

物思ふと寝ねぬ朝開にほととぎす鳴きてさ渡る　すべなきまでに　十・一九六〇

も郭公鳥を決して拒否してはいない。ひとり聞く郭公鳥の声が物思いを増すというのは、

あしひきの山ほととぎす汝が鳴けば家なる妹し常に偲はゆ　八・一四六九

木高くはかつて木植ゑじ　ほととぎす来鳴き響めて恋まさらしむ　十・一九四六

と、人を恋うことに他ならない。

しかし、既に古く

いにしへに恋ふる鳥かも　弓弦葉の御井の上より鳴き渡り行く　二・一一一

いにしへに恋ふらむ鳥はほととぎす蓋しや鳴きし　我が思へるごと　二・一一二

の唱和が弓削皇子と額田王の間に交わされており、蜀魂の故事も招来されていたと見られている。その弓削皇子はまた、

ほととぎす無かる国にも行きてしか　その鳴く音を聞けば苦しも　八・一四六七

と、珍しくも郭公鳥に対する嫌悪感を表現している。

巻三・四二三番歌の中で「ほととぎす鳴く五月には菖蒲草花橘を玉に貫き」と歌われるのは石田王に対する挽歌ではあるが、これはいわば生前の想い出の一情景として詠み込まれたものである。が、挽歌とは銘打たれなくとも、

大和には鳴きてか来らむほととぎす　汝が鳴くごとに亡き人思ほゆ　十・一九五六

は郭公鳥に故人を偲んでいるし、大伴郎女の死に対する弔問の勅使、石上堅魚と旅人の唱和歌、

ほととぎす来鳴き響もす　卯の花の共にや来しと問はましものを　八・一四七二

橘の花散る里のほととぎす　片恋しつつ鳴く日しそ多き　八・一四七三

は、やはり遊覧の気分だけではなく、郭公鳥に故人を偲ぶ心を託し、橘の散る姿に死を暗示する表現を採っていると見るべきであろう。とすれば、これに続いて記載される坂上郎女が筑紫大城山を思って詠んだという歌、および霍公鳥と題された歌

今もかも大城の山にほととぎす鳴き響むらむ　吾無けれども　八・一四七四

何しかもここだく恋ふるほととぎす　鳴く声聞けば恋こそ増され　八・一四七五

は亡くなった大伴郎女を念頭に置いたものと考えてよかろうし、大城山は彼女の墓地であったかという推定は重んじられるべきであろうと思われる。なお、坂上郎女の他の一首

ほととぎすいたくな鳴きそ　一人居て眠の寝らえぬに聞けば苦しも　八・一四八四

も宅守歌同様、郭公鳥を拒否する趣を見せている。万葉集中には前述のように、家持の郭公鳥歌の比率があまりにも高い。そこに見られる、季節感に裏打ちされた花鳥風月的郭公鳥像が、ややもすれば万葉の郭公鳥の標準的映像として受け取られがちである。だが、郭公鳥は人々の身近にその姿をのんびりと曝すような鳥ではない。人々は、その鋭い鳴き声にこそ興味を示していたのが古来、最近に至るまでの伝統であった。そして、その鳴き声から感じ取っていたのは、鶯とも雀とも雁や鶴とも異なる、不安、不吉、悲哀が主流であったことも争えない事実であった。

花鳥風月的郭公鳥の中にあっても、

郭公鳥今朝鳴く声におどろけば　君を別れし時にぞありける　古今・八四九

亡き人の宿に通はば　郭公鳥かけてねにのみ泣くと告げなむ　古今・八五五

しでの山越えて来つらん郭公鳥　恋しき人の上語らなん　拾遺・一三〇七

と承け継がれ、井原西鶴が、二十五歳で早世した妻の初七日に興行した『独吟一日千句』の発句のすべてに郭公鳥を詠み込むように、死との強い関連を持ち続けた面もあるのである。

独詠歌六首、冒頭歌も関連有りと認めればそのすべてに郭公鳥を登場させるのは、かなり異常である。しかもその郭公鳥は、集中に数多い、花鳥風月的な郭公鳥ではなかった。それは我が物思いを掻き立てる以外のなにものでもない。宅守は郭公鳥に対して「いたくな鳴きそ」（三七八一）と訴え、「鳴くべきものか」（三七八四）と反発し、「間しまし置け」（三七八五）と懇願する。さらに、「物思ふ・恋ふ」という語を連発する。見方によっては、類想的な、平凡な歌の羅列とも評されよう。しかし、この在り方は、神酒か公的宴会の酒しか見えない万葉の中にあって私的な、独酌的な酒を並べ立てた旅人の讃酒歌を想い起こさせる。作品としてのありようを考えさせる歌群であるといえよう。

この独詠歌は「すべなし」の句で閉じられている。高橋庄次氏はこの「すべなし」をキーワードとして、二人の恋の強調・増幅されて行くプロセスを見る。伊藤博氏は冒頭の娘子の悲別歌四首の結びの「すべなかるべし」との呼応を重視し、歌物語としての構造を説く。まさに物語の構造としてはその通りであろう。だが、「すべなかるべし」が何故に「べし」を失ったか。それは、もはや「すべなき」ことが推測や予想の入り込む余地を全く失って現実のものとして重くのしかかっていることの表白ではないのか。

四

「死」という語が現実の死に直面する挽歌では殆ど使われることがなく、大部分が相聞の場面で使用されていることはかなり古くから注意されており、青木生子氏にも詳しい考察がある（「相聞歌における『死』」〈『文芸研究』五〇集〉「憶良の歌における『死』」〈『武蔵野文学』一七〉共に『万葉挽歌論』塙書房、一九八四所収）。

そこにも指摘されるように、宅守と娘子の贈答にも「死」および関連する「命」の語が多いことが特徴となっている。娘子のそれが初めて現れるのは、「命あらば」「命だに経ば」（三七四五）「恋ひ死なぬとに」（三七四七、三七四八）である。この場合は宅守が「命継がまし」（三七三三）「逢はず死にせめ」（三七四〇）「命をし全くしあらば」（三七四一）「短き命」（三七四四）と配所から贈った歌に対するもので、「命」は宅守の命であり、「恋ひ死ぬ」のも宅守のことと受け取るべきである。しかしその後、宅守は「死」を歌わなくなる。そして娘子が「命残さむ」（三七七四）と歌うとき、今度は自身の命のことである。かく「命」を歌う前に、娘子は「ほとほと死にき」（三七七二）という。言うまでもなく赦免され帰郷した人がいると聞いたためである。それを宅守かと思ったためとは言うが、喜びのあまり死にそうになったという表現は集中に絶えて無い。死は常に苦悩とのみ共存する。さらに、早とちりであったと知った後の落胆については何も歌おうとはしない。むろん、あの人が帰ってきたと思っただけで死にそうになったと言うだけで、思い違いと覚った後のことは読者には痛いほど想像が付く。というより、その後を歌うよりは遥かに強く聞き手に迫る。

相聞歌における「死」の表現は、青木氏も言われるように、概して観念的である。「ほとほと死にき」も娘子に時折見られる大袈裟な表現とも言えよう。しかし、間違いと知った時の落胆の大きさ（そこでこの語句を使うなら、これはむしろ常識的な表現であろう）を思いやるには実に適切な表現であった。帰ってくると思っただけで死ぬかと思うほどであったという点では、その死は観念的である。だが、その表現は、誤聞と知った後の実態を想起せしむるのではなかろうか。三七七三番歌がなぜその次に配置されているか、いささか疑問が残るが（「帰り来」という語句が七〇、七二、七四と一首おきにある）、いわば気を取り直して、お帰りになるまで命を残して置きましょうと歌う。「忘れたまふな」の句は、私のことを、と解するのが此の語句の一般的なケースかもしれぬが、この二人の仲では、今更「私のことを」と言う必要はあるまい。直前の「命残さむ」、それはあなたのお帰りの時の為だけにであることを忘れないで、という気持ちと受け取るべきであろう。命、それはいわば天命である。これを捨てることは人の意志でも可能である。だが、全きことを願い、長くと欲することは出来ても、「命残さむ」と決意することは容易ではない。類似の表現が無いわけではない。

妹が為寿残せり　刈り薦の思ひ乱れて死ぬべきものを　十一・二七六四
後遂に妹は逢はむと朝露の命は生けり　恋は繁けど　十二・三〇四〇

しかし、この場合は、今現在生きていることを歌うのであって、その意味では「死ぬべきものを」という過去の体験は、作者の主観でしかない。「命残さむ」というのは、これからのことである。残すというのは、通常、健全なもの、全量をそのまま保存することを言うのではない。消耗し尽くしたもの、僅かに残ったものをかろうじて使い果たさずに置こうというのである。死の予感を切実なものと感じた際の表現でしかない。従って、集中に類例は無い。これは死の予感におののく者の悲痛な祈りと受け取るべきであろう。

娘子は最後の歌で「白たへの我が衣手を取り持ちて斎へ」と歌う。此の歌、三七五一番歌の作り変えであって娘子の実作ではない、という意見もあるが、であるとしても、なぜ此の位置にこのような歌が置かれたのであろうか。この衣は、初めに宅守の歌に現れる「我妹子が形見の衣」（三七三三）であろう。そして娘子は「白たへの我が下衣」（三七五一）といい、そして、ここでも一首おいて「逢はむ日の形見にせよとたわやめの思ひ乱れて縫へる衣そ」（三七五三）とある。これらの衣は、贈答歌である以上、すべて同じ衣を言うと見られる。ふつう、別れに際して男女は下着を交換して次の逢会を待つと解するが、三七五三番歌によれば、この衣は旅立つ宅守のために新調されたとすべきであろう。とすれば、「妹が」と言い、「我が」と言うのは、その衣の元の所有者・着用者を表す語ではないのかもしれない。制作者のことであっても、この表現は可能である筈である。

「いはふ」という語は、万葉集中に五十例近く使われ、「いはひ子」「いはひ瓮」などの用例もある。その「斎ふ」は、防人関係の歌、遣新羅使・入唐使関係の歌に多く使われている。

たくぶすま新羅へいます君が目を今日か明日かといはひて待たむ　十五・三五八七

のように、困難が予想される旅に出る人の無事を祈って、家に留まる者が精進潔斎し、神に祈っているという趣の歌が用例の半ばを占める。その精進潔斎を「いはふ」と表現する。此の点、狭野娘子の歌とは異なる。旅に出ているのは宅守であって、普通の表現であるならば、家に留まって精進潔斎するのは娘子の方でなければならない。ところが娘子は、宅守にいはふことを要求しているのである。

次に、

味酒を三輪の祝が忌はふ杉　手触れし罪か　君に逢ひがたき　四・七一二

のように、祝部・神職などが神の身代として大事に守っている意に用いる場合がある。また、

天地の神に幣置きいはひつついませ　我が夫な　我をし思はば　二十・四四二六

と、神に祈願する場合にも用いる。祈願の内容は身の安全、事の成就などであるが、我が身の為であることが初めの例とは異なる。むろん、神に祈りを捧げる為には、我が身も慎まなければならない。さらに、

大船に真舵しじ貫き此の我が子を韓国へ遣る　いはへ神たち　十九・四二四〇

のように、神が人を守る意としても使う。

これらの大方の用例と少し異なる表現となるのが、次の二例であろう。

亦も逢はむ由もあらぬか　白たへの我が衣手に斎ひ留めむ　四・七〇八

家にして恋ひつつあらずは汝が佩ける太刀になりても　いはひてしかも　二十・四三四七

後者、防人の父の歌、第四句までは明確である。が、第五句、誰が何を「いはふ」のか、それが第四句までとどう関わるのか、必ずしも分明ではない。前者、粟田娘子の歌も、再会を願う気持ちは明らかであるが、何をどのように衣手に斎ひ留めるのかは、想像の域を出ない。

さて、「いはひつついませ」とか「いはひて待たね」（四三三九）とか、相手に要求する歌いぶりは防人歌にもあった。それも、四四二六番歌は、貴方御自身のお体に気を付けて、ということであろうし、四三三九番歌は、私の安全を祈りながら留守を守っていてくれ（むろん、留守居の方も安泰でなければならないが）、が主眼であろう。狭野娘子の場合、「斎ふ」のは長命と健康であろう。だが、誰の。その為に「我が衣手」は如何なる験を果たすのであろうか。木綿・幣・白香などの替わりをするものなのか、それとも「形見」であることに意味があるのだろうか。形見の衣は再会の祈りを籠めたものであった。やはり、この場合の「いはふ」は、防人の妻が旅行く夫に対して要求した四四二六番歌のように、どうぞお体に気を付けて、と現代ならば言うであろう言葉とすべきである。それではあまりに月並み、であるかもしれないが、これは別れの挨拶としてふさわしい言葉である。私自身がお守りし、お世話することは出来ませんが、代わりに私の形見の衣があなたをお守りするでしょう。どうぞ再び都へ帰れる日までご無事で、とでもなろうか。都に戻る、それは「直に会う」筈の日であった。娘子は、最後までそれに縋って生きようとしているのである。

狭野娘子の最終歌の一つ前、三七七七番歌も、三七六八番歌の作り変えであろう、とも言われる。両歌とも「音のみしそ泣く」で結ばれる。それまで娘子は泣いていなかった。泣くのは宅守の方で、「音のみし泣かゆ」(三七三二)「立ち反り泣けども」(三七五九)「泣きつつ居れど」(三七六二)と繰り返されるが、それと交替して娘子が泣き、宅守は涙をこぼさなくなる。

宅守が泣くのは当然であったかも知れない。勅断による流罪、恥辱(を歌いはしないが)、将来への不安、旅路の困難、配所の不自由な生活、妻に会えぬこと等々相俟っての絶望感から自ずから涙も湧き出よう。だが、それは娘子にとっても、旅程の困難から免ぜられている程度で、ほぼ同じ状況であったはずである。しかし、娘子は涙を流してはいない。配所での生活がそれなりに安定してきたであろう宅守は、もう涙を流さない。というより、歌そのものが減る。配所での単調な朝夕の中で、娘子を思う歌を歌い続けたとしても、読者にとっては退屈さを増幅させるだけであろう。日常の生活が単調になるのは、娘子の方も同じはず。それから気丈な娘子が泣き始めるのには、それなりの状況の変化があってもよいのではなかろうか。それが、配所にある夫への思い遣りよりも自らの思いを歌うことに力点が置かれるようになり、自らの命への不安を歌うようになることと期を一にしているように構成されているのではなかろうか。

五

先にも一部触れたことだが、この贈答歌が現実にやりとりされた歌群を材料として構成されたと見る場合、どうもその配列に納得のいかない部分がある。どのような手段を以て贈答されたか、可能性に触れる論はあるものの、詳細にまでは及ばない。いま、二人の間の実際の贈答を基にしたものと仮定してみても、最初のやりとりはそれでよいとして、次の宅守十四首の順序は、宅守の作歌順のままであろうか。答歌であるならば、贈歌との対応を、作者としては意識するであろう。むろん、この歌群は、同じ宅守の歌に続いて載る。従って答歌ではない。とした場合でも、先の四首が道中の歌で占められているのであるから、次は配所に着いた時の歌、三七三四番歌あたりで始まる方が普通ではなかろうか。細かい配列について一方的な見解を述べるつもりはないが、同類の発想を有する歌は連続して詠まれた可能性が高いと考えた方がよくはないだろうか。例えば「夜」を共有する三七三二と三七三五番歌、逢わねばよかった的発想を持つ三七三七と三七三九番歌、そして、後日の再会と絡ませて命と死を口にする三七四二、三七四一、三七四〇、三七四四番歌。

これらが十四首の最後にあればこそ、次の娘子の冒頭が三七四五番歌で照応するし、これには三七四七、三七四八番歌が慰めとして続くべきであろう。その慰めの具体的な拠り所としての「衣」、これを歌う二首も連続して置きたいし、一転して我が立場を歌う歌が続く方が論理的ではある。もちろん、かくあるべきとか、かかる配列が事実として唯一の在り方とか主張するつもりはない。が、ここまでは、いわば気丈な妻の立場は崩れてはいない。目録には「悲傷し」と銘打たれ、「いかにせむ」とか「現しけめやも」とかは云うものの、それも「我が如く君に恋ふらむ人はさねあらじ」という、自信にも似た意識を基にしているのである。娘子は泣いてはいない。

宅守は、次の十三首の中でも、その前の歌群に続いて「泣く」を二度使う。そして、この歌群を最後に、宅守は泣かなくなる。代わって次の歌群から娘子が泣く。今までの気丈な妻の姿が嘘のように。これを命の終焉と再会の不可能を予知した心の震えと受け取ることは深読みに過ぎるだろうか。独詠歌に相手の死を歌わぬのは、帰郷の報を誤聞と知った落胆をそうとは歌わぬ技法と共通する表現とは言えないだろうか。

意吉麻呂の物名歌

銚子に湯沸かせ　子ども　櫟津の檜橋より来む狐に浴むさむ　三八二四

右の一首は、伝へて云はく、「あるとき、もろもろ集ひて宴飲す。時に、夜漏三更にして、狐の声聞こゆ。すなはち、もろ人、意吉麻呂を誘ひて曰はく、『この饌具、雑器、狐声、河橋等の物に関けて、ただに歌を作れ』といへれば、すなはち、声に応へてこの歌を作る」といふ。

行騰、蔓菁、食薦、屋梁を詠む歌

食薦敷き蔓菁煮て来む　梁に行騰懸けて休め　この君　三八二五

荷葉を詠む歌

蓮葉はかくこそあるもの　意吉麻呂が家にあるものは芋の葉にあらし　三八二六

双六の頭を詠む歌

一二の目のみにはあらず　五六三四さへありけり　双六の頭　三八二七

香、塔、厠、屎、鮒、奴を詠む歌

香塗れる塔にな寄りそ　川隅の屎鮒喫める痛き女奴　三八二八

酢、醬、蒜、鯛、水葱を詠む歌

醬酢に蒜搗き合てて鯛願ふ吾にな見せそ　水葱の羹　三八二九

玉掃、鎌、天木香、棗を詠む歌

玉掃刈り来　鎌麻呂　天木香の木と棗が本とかき掃かむため　三八三〇

白鷺の木を啄ひて飛ぶを詠む歌

池神の力士舞かも　白鷺の桙啄ひ持ちて飛び渡るらむ　三八三一

一

万葉集巻十六に載る「長忌寸意吉麻呂が歌八首」と題された一群の歌である。この一群の歌について、伊藤博氏の説くところを『万葉集の構造と成立　下巻』（塙書房、一九七四）第七章第二節から引いてみよう。

前項で触れた三八二五～三四の物名歌一〇首は、その題詞と内容の類同性によって、資料的に一つのものであったことを疑えない。ところがその冒頭に立つ形の三八二四は、それ一つのみが、由縁をこまかく記し、小題を持たない。ひとしく物名歌と規定してみたものの、これだけが資料的に完全に異質であることを示しているのである。三八二四～三四の形態は、あきらかに、三八二四に三八二五～三四を併せた形である。思うに、この部分は、三八二四が、その前の三八一六（穂積親王御歌一首）や三八二一（児部女王嗤歌一首）と同じように、「長忌寸意吉麻呂歌一首」という題詞に統括されつつ、三八二三まで由縁を明記してずっと続く歌群に直結していると同時に、やはり同様な題詞を持ち由縁を明記する三八三五（献新田部親王歌一首）に直接つながっていたのでないか。その形に、後に三八二五～三四の一〇首を切り継いだものが、現存のこの部分の形態であろう。

一〇首がここに切り継がれたのは、そのうちの七首（三八二五〜三一）が同じく意吉麻呂の歌であり、かつ一〇首全体が三八二四に類同する数種の物を詠んだ歌であるからにほかならない。三八二四の題詞が「八首」に変ったのはむろん切り継ぎの段階である。

題詞・左注のあり方から巻の構成・成立事情を探るのは常道とはいえ、見事な成立論である。さりながら、これがこの一群の歌の解釈としては唯一のものであろうか。いささか考えられることを述べてみたい。

二

三八三〇番の歌に見える「玉掃」については、諸注、四四九三番の家持の歌を引く。

二年（天平宝字）の春の正月の三日に、侍従、豎子、王臣等を召し、内裏の東の屋の垣下に侍はしめ、すなはち玉箒を賜ひて肆宴したまふ。時に内相藤原朝臣、勅を奉じ宣りたまはく、「諸王卿等、勘のまにま意のまにまに歌を作り、并せて詩を賦せ」とのりたまふ。よりて詔旨に応へ、おのもおのも心緒を陳べ、歌を作り詩を賦す。いまだ諸人の賦したる詩、并せて作れる歌を得ず。

初春の初子の今日の玉箒　手に取るからに揺らく玉の緒

右の一首は、右中弁大伴宿祢家持作る。ただし、大蔵の政によりて、奏し堪へず。

まさにその天平宝字二年（七五八）の折の玉箒が正倉院に現存していることも、諸注の指摘するところである。

しかし、三八三〇番歌の解釈にあたっては、諸注、この箒を作る材料となる菊科の落葉低木「こうやぼうき」を指すものとしている。確かに「刈り来」と詠うのであるから、その対象は、意吉麻呂が歌った歌の意味として見る限り、地に生えている植物を表現していることは疑いようがない。だが、それは題詞に示された、この歌の材料として詠み込むべき「玉掃」と同一のものであろうか。そこに「玉」なる美称が付加されていることは、それが家持も見た、実際にガラス玉の付いた「玉箒」そのものであることを意味するのであろう。「玉」は「玉藻」をはじめ、松・小菅・かづらなど、植物名に冠せられることも多いが、それ以上に枕詞に多用される語である。「玉」を付して枕詞として用いるということは、それがある特殊な意味を付与されると理解すべきだろう。

物名歌において、例えば、意吉麻呂の歌に続く三八三二番の忌部首の歌、三八三三番の境部王の歌、及びやや後の高宮王の三八五五番と三八五六番の歌の題詞には、「数種物」を詠むとあって、その題詞による限り、その「数種の物」は無作為に何をならべてもよいと考えられるものの、実際はいくつかのグループに分かれるにせよ、相互に関連のある物の名が選ばれているのであって、まったく無関係な物が並んでいるわけではない。その点、落語の三題噺とは違う。むろん、三八三〇番歌にしても、鎌と関連付けるからこそ「玉掃」を植物とする解釈がなされるわけであろう。しかし、「鎌」が「鎌麻呂」と擬人化されたのに対して「ははき」に美称「玉」が冠せられたとするよりは、歌うべき題材としては、家持の歌う「玉箒」そのものであると見なす方が、この語のありようからいっても好ましい。

とすれば、この「玉箒」は、正倉院に現存する実物が語るように、「子の日の肆宴」の飾り物である。子日宴の文献上の初見は、これも諸注の指摘するように、続日本紀の天平十五年（七四三）の条である。

正月壬子、石原の宮の楼に御して饗を百官及び有位の人等に賜ふ。勅有りて琴を鼓ち、その弾歌に任ふる五位以上に摺衣を賜ふ。六位已下に禄各差有り。

正倉院に残るこの日の飾り物は、この東大寺から献上された目利の箒二枚と手辛鋤二口であって、帝王躬耕・后妃親蚕の象徴であった。鎌の登場する証左はないが、あるいはこれも収穫行事の象徴としての飾り物に付け加えられて併置されていた可能性があるかもしれない。

この子の日に十二種の若菜を食して無病息災を祝う行事も中国に行われており、古くから宮廷儀礼に取り入れられていたものと考えられる。文献的に確かめられるのは平安期に入ってからである。『西宮記』に、

延長二年正月廿五日、甲子、宇多院より若菜を内裏に奉らる。

とあり、『河海抄』所引の『宇多天皇御記』には、

御記に曰く、御賀の事、延長二年正月廿一日、右大将藤原朝臣来る、院より仰せ有り云々。近間寂然たり、甲子の日の朝若菜を摘みて入れ奉らん。廿五日甲子、此の日院より子の日の宴を賜ふ。延長御記に曰く、采女若菜の羹を調和して供進す。采女又余の羹を供進して侍臣に給ふ。

とある。『菅家文草』巻六に載る「雲林院に扈従して感嘆にたへず、聊か観ずるところを叙す」と題する詩の序には、

予亦嘗て故老に聞けることありき。曰く、上陽の子の日、野遊して老を厭ふと。その事如何、その儀如何といふに、松樹に倚りて腰を摩することは、風霜の犯しがたきことを習ふなり。菜羹を和して口に啜ることは、気味の克く調ほらむことを期するなり。

とある。

子の日の若菜の羹については、その他にも『西宮記』に

延喜十六年正月廿一日、子、一献羹を給ふ。女蔵人・公卿座を下りて跪き、受くるに内膳の汁を用ふ。

とか、『北山抄』に

子の日に当たりては、一二献の後、女蔵人等若菜の羹を以て土器に盛り、御前の簀子より進み、相分かれて王卿の座辺に坐す。王卿座を下り、笏をしてこれを受く。

などの記事もある。万葉集の「若菜」「春菜」が子の日と直ちに結びつくか否かは問題であろうが、古事記仁徳天

皇の条

乃ちその島より伝ひて吉備の国に幸行ましき。しかして黒比売その国の山方の地に大坐さしめて大御飯を献りき。ここに大御羹を煮むとして其地の菘菜を採む時に、天皇その嬢子の菘を採める処に到りまして歌ひたまひしく、

山県に蒔ける菘菜も吉備人と共にし採めば楽しくもあるか

のような記述を見合わせれば、『年中行事秘抄』に云う

正月七日、七種の菜をもって羹を作りてこれを食す。人をして万病無からしめんとす。

という行事の原型は、かなり古くから存在したものと考えてもよかろう。

とすると、三八二五番歌の「蔓菁」も三八二九番歌の「水葱の羹」も、この子の日の宴に出された食物ということになろう。この若菜は、倉林正次『饗宴の研究（文学編）』（桜楓社、一九六九）に

この若菜十二種を各々折櫃に入れて、土高杯に据え、白木杖に解文を付けて副え、蔵人がその文をとり奏聞する。

とある状態が古い姿を伝えるものだとすれば、三八二四番歌に詠み込まれた「櫟津」の中に隠された「櫃」も子の日の宴に関わる「饌具」の一つだということになる。

さらに、三八二五番歌の「食薦」についても、後世の『雅亮装束抄』が

机を立てて饗をば据ふるなり。その机の下にすごもといひて、御簾のやうに編みて、白きすずしのきぬの裏付けて、周りに白きへり刺したるが、机の広さなるを、机ごとの下に敷くなり。

と解説する饗応の道具と見てよいだろう。播磨風土記飾磨郡の条に、

手苅丘と号くる所以は、近き国の神、此処に到り、手を以て草を苅りて食薦と為しき。故、手苅と号く。一ひ

といへらく、韓人等始めて来たりし時、鎌を用ゐることを識らず。但、手以て稲を苅りき。故、手苅の村といふ。

とあるによれば、「食薦」を用いる習慣は古くからのものであったことは確かであろう。延喜式には、長さ六尺、幅三尺あるいは二尺五寸などの食薦がしばしば現れる。『皇太神宮儀式帳』などにも見えるように、祭儀などにも多用される。いずれも食物を載せる机の下に敷くものである。そして、播磨風土記の記事が暗示するように、鎌は食薦を作るための道具と見なしてもよいし、あるいは、「掘串」と同様に若菜摘みに用いる道具と見ることも可能であろう。子の日の宴に無縁と断言すべき器具ではない。

この三八二五番歌にある「行縢」については、大鏡に

まこと、この式部卿の宮は世に合はせ給へるかひある折一度おはしましたるは、御子の日の日ぞかし。御弟の御子たちもまだ幼くおはしまして、かの宮大人におはしますほどなれば、世のおぼえ帝の御もてなしもことに思ひまうさせたまふあまりに、その日こそは御供の上達部殿上人などの狩装束馬鞍まで内裏の内に召し入れてご覧ずるはまたなきこととこそ承はれ。

とあって、いわば異常のこととしているが、『小右記』には寛和元年（九八五）の子の日のこととして、天皇上皇以下の公卿たちが紫野へ出向き、「即ち御在所におはしまして其の装束を幄に立て、板敷を敷き」というようにして座をしつらえて饗宴が行われたさまを描いているので、あるいは行縢も子の日の宴の座にあった可能性もある。令義解が武官の礼服として衛府督佐について錦の行縢を指定しているように、古来乗馬の為には必須の服装であり、高官もこれを用いているのである。

三

意吉麻呂の物名歌に続く三八三二番歌以下の物名歌は、「数種の物を詠む」という題詞が付けられており、意吉麻呂の歌が詠み込むべき物の名のことごとくを列挙しているのとは、異質である。そして、意吉麻呂の歌についても、三八二六、三八二七、三八三一番歌のように一種の物の名だけが挙げられている場合と、いくつもの物の名が併存・列挙されている場合がある。「数種の物」と一括されている場合と、物の名が列挙されている場合もそうだが、題詞にいくつかの物が挙げられる歌と一種の物しかない場合とは、歌の成立事情にいささかの差があったためと考えたほうがよかろう。数種の物の名が併記してある歌では、その題詞の物の名と歌中の物の名とは必ずしも一致しない（三八二八番歌では題詞の「厠」は「川隅」がそれに当たるとはいえ、カハヤの形では詠み込まれていないし、「奴」は「女奴」になっている）し、順序も一部異なる場合がある。

これら数種の物の名が詠み込まれている歌は、三八二四番歌の左注が端的に示すように、人々から注文を受けて作ったものであろう。注文は種類が適当に多い方がおもしろい。そして注文する物の名は、これもこの左注が描くように、その場にある物、もしくは感知・連想されるような物であったろう。むろん、注文は三題噺のように、本来一つに纏めることが無理であると考えられるような物を列挙するであろう。これを意外にも纏め上げる能力が要求されるのである。ただし、即席での注文であるし、多分別人によって次々に並べられる注文の品は、やはりその場に制約されて似たような物になるであろうということである。題詞は、その注文に従って並べられたものとすべきである。一方、一種の物を詠んだ歌は、他人からの注文に応じて、ではあるまい。一種だけの物を詠み込むことを注文するのは、座興にはなりがたい。むしろ意吉麻呂の方から自発的に詠んだ歌と考えた方がよい。

その二種類の歌が混在して並べられていることは、これらの歌が同一宴席で詠まれた歌であることを示すだろう。別の資料から抜粋した相互に無関係な別の宴席の歌であったならば、類似した題詞の歌を並べて配置するのが当然であろうと推測されるからである。三八二四番と二五番以下の歌の題詞・左注のあり方の差は、資料・出所の差に応ずるものではなく、いわば左注はこの八首に共通するもので、その注文された、あるいは意吉麻呂が自ら選択した物の名が三八二五番歌以下の題詞として生かされたものとすべきであろう。意吉麻呂の歌に続く物名歌が宴席とは関わりがない場で作られたものであるのに対して、この八首はいずれも宴席での歌であると見て異論は出まい。とすれば、むしろ積極的に同一宴席の場で、連続して作られた歌（いわゆる連作ではない）であり、配列の順序は歌の製作の順だ、と考えてみることは許されないであろうか。

同一の宴席での歌とすると、三八三〇番の歌が端的に示すように、また、今まで眺めてきたように、それは「子の日の宴」であったとすべきである。宴席に関わりあるか、として眺めてきたその他の器物も、子の日の宴以外の宴であることを積極的に主張するようなものはなかった。むしろ、蔓菁や嚢は、子日宴にこそふさわしい。

このように考えた場合、三八二四番歌の左注は、ある意味で「右の一首」ではなくて、八首全体を覆うものとなる。では、なぜ「右の一首」なのかといえば、この左注の内容があくまで三八二四番歌の製作事情に深く関わっているからであろう。むろん、三八二四番歌に「饌具、雑器、狐声、河橋を詠む歌」という題詞を付して、最後の三八三一番歌の次に左注を付ける方法もなかったわけではない。というのは、しかし、現代の我々から見ての方策であって、巻十六編者、あるいはこの一群の歌を書き留めた者にとっては、三八二四番歌の成立事情について、この左注を付けることがこの歌の説明としてもっともふさわしいと考えられたのであろう。事実、この一群の歌は、はじめから連作を意図して作られたのではなく、まさに左注のような事情で第一首が詠まれ、それが次なる一首を呼び起こしていったのである。そして、三八二五番歌以降にも同様な左注を付すことは、これはあまりにくだくだしく、小題を付すことで十分理解できると見たものと推察される。

次に、これらの一群の歌が子の日の肆宴の折のものであったならば、なぜ「一時衆集宴飲也」と書いたのか、という問題があろう。それは、この意吉麻呂の詠んだ歌が、四四九三番の家持の歌の場合のように、勅によって召された子の日をことほぐハレの歌ではなく、その肆宴も終わりに近づき、いわば無礼講と成り果てた中での高位の人々を慰めるための、求められた笑いに応じる歌であったためであろう。それ故に宮廷としての公的な肆宴に連なるものであることをわざとぼかした表現になったものと思われる。あるいは宮廷の公式な肆宴の連続ではなく、宮廷内であってもよい、有力貴族の私邸であってもよい、場所を変えての、これもいわば二次会的な宴席であったとした方がよいかもしれない。公式な肆宴は昼間に行われるから、その宴席が「夜漏三更」に及ぶこともあるまい。子の日の肆宴を双六禁止令が出た持統朝頃まで遡らせて考えることは可能だと思われるが、その実態、式次第の詳細などは確かめることは出来ない。

が、万葉集によれば、天平勝宝三年（七五一）正月二日、越中守大伴家持の館で集宴が開かれ（四二二九）、翌三日介内蔵縄麻呂の館で守・掾や遊行女婦も参加した宴楽があり（四二三〇以下）、この会合は「酒酣に、更深け鶏鳴く」（四二三三）に至っている。これが正月賀宴の流れであることを思えば、肆宴流れの二次会の場を設定した方が実状に近いであろう。これとても子の日の宴に連なるものである。

四

さて、そのように考えられるとすると、三八二六番歌に現れる「蓮葉」についても、いささか異なる解釈も生じてこよう。「蓮葉」について、伊藤博氏の『万葉集の歌人と作品　上巻』（塙書房、一九七五）第六章第二節から引

用すると、

蓮葉の背後には美人が連想されていたと考えられる。宴飲の座に、蓮は事実生いしげっていたであろう。一つこの蓮をうたってくださいと出題されて、「蓮葉（美人）というものはこういうものなんですな。今ぞ知りました。してみると、私の家のもの（妻）なんかは、それに似て非の芋のはっぱであるようです」とうたったのが今の歌ではあるまいか。蓮を美人にたとえた詩や話は、詩経や遊仙窟ほか、中国に多い。……「蓮」を美人にたとえ「芋」をわが山妻にたとえ、表面は、今まで蓮の葉も芋の葉も存ぜなんだとうたったところに、この歌の真のおもしろさがあるのではないか。

「蓮」を直ちに美人に結び付けることには、小島憲之氏などの批判もある（『上代日本文学と中国文学』〈塙書房、一九六二〉第五篇第七章）が、面白い発想である。蓮の葉は、少し先の三八三七番歌の左注にあるように、宴会の席で「饌食はこれを盛るにみな荷葉を用ふ」とあるように、この宴席に存在したものであろう。子の日の宴とすれば、季節的に蓮の葉は枯れ果てているはずである。あるいは、なんらかの形で保存されていた蓮の葉か、絵に描いた蓮の葉の食器を用いたか、あるいはその代用として実際には芋の葉を用いていたということを想像してみることもできるかもしれない。高位高官の食器は銀器玉器であっても、垣下座に侍る下級官僚の分は芋の葉だったと。ともあれ、この歌の製作場面に「生いしげった蓮」を考えたり、わざわざ観蓮の宴を設定する（例えば、小学館古典全集本）必要はあるまい。

さらに、先にも触れたように、詠み込むべき物としてただ一種が指定されている歌は、「出題されて」と考えるよりは、むしろ意吉麻呂の方から自発的に詠まれたものと考えた方がよい。今までの子日宴の資料にも、「女蔵人」や「采女」の姿が散見したように、越中正月賀宴に遊行女婦が姿を見せたように、宴席には女性の存在が必須である。あるいは杯を勧め、あるいは歌舞音曲をもって客を慰めるのが彼女達の役目である。当然着飾った美しい娘達がその任に当てられる。この歌の「蓮葉」が美女を暗示するものであったなら、それはやはり子日宴の饗応に現れた女性達と見てよい。しかし、芋（当然現在の里芋であるが）の葉は蓮の葉によく似ていて、実際に蓮の葉の代用として用いられる。となると、芋の葉に現代の芋娘的感覚を盛り込むのではなくて、「これほどの美人ではないが、せいぜい蓮の葉と芋の葉の違いくらいで、うちの女房だって結構美人だぞ」という意を含んだ歌と思われる。同じ巻十六に「鄙人」が我が妻の美貌を賛嘆して作った歌という左注を持った歌（三八〇八）がありはするが、妻のことを人前で口に出さない風習は現代よりも強かったろうし、まして美人であることを自慢した結果が不幸を招いた話も書紀などにある。それゆえにこそ、むしろこの歌が満座の哄笑を誘う歌となりえたのではあるまいか。

意吉麻呂程度の者が、うちの女房は美人に程遠いと言ってみたところで、同座する高貴な方々の目には、当然のこととしか映らず、笑いにはなりはしない。数種の難題を含んだ歌を二首、巧みにこなしたあとで、ところでひとつ、とばかり、自ら進み出て、いや、お美しいご婦人方がおられますな、だが、わしの女房だって、と歌い上げたとすれば、意吉麻呂の勝利は確定的になったであろう。意吉麻呂の年齢がどれほどであったかはまったく推定の根拠もないが、むろん、新婚早々の若者であったならば、笑いにはならない。憶良が「それその母も」と歌ったのと同様に、盛りを過ぎた古女房を人々に想像させれば、宴席歌人としての腕は一流だといえよう。

さてその後で、座前にあった「双六の頭」を採り上げ、いかにも子細らしくつくづくと眺めながら、つぶやくように歌ったのが、次の三八二七番であり、それがまた次なる注文を引き出した、というのがこれらの製作事情ではあるまいか。この歌、双六の采を取り上げてあちこちとひっくり返しながら采の目を読んでいる姿が思い浮かべられるが、その最後の「四」には「詩」の意を利かせているであろうとは、坂本信幸氏のご教示であるが、それも面白い。とすれば、詩なるものに対する意吉麻呂のいわば個人的な（ということは世間一般に反して、ということになろうが）解釈を盛り込んだ、つまり、戯笑歌、あるいは後世風に言えば俳諧歌の類も、これはこれで文学の範疇に入り得るものなのだ、という思いを忍ばせたとも考えられるからである。当然双六禁止令の出る以前のことであろうし、禁止令が出されるほどであるから、宮廷の内外にこの遊びは流行したものであろう。宴の席の片隅に双六の道具が置かれていてもおかしくはない。

五

家持の子の日の宴における四四九三番歌の題詞には、「内裏の東の屋の垣下に侍はしめ」という言葉があった。この「垣下」について、倉林正次『饗宴の研究（文学編）』は、

> 垣下は平安朝の饗宴にみられる垣下座（かいもとのざ、ゑんがのざ）と関係があろう。相伴役の者の着く座で、大臣大饗などでは廂や簀子座が用いられた。これは客人側の者の座ではなく、主人側の役の者の席である。

とあり、同儀礼編には、

> 母屋に宴会の座がしつらえられると、垣下座はその外側の廂に設けられたし、廂が宴会の座になれば、さらに一段下がって簀子がその座となった。……垣下は芸能の人々の座であった。……侍従竪子王臣等が垣下座についているのは、宴会の主客としてではなく、正客の陪食としての立場にあるのであり、音楽唱歌にたずさわる役割をもっているのである。そして、それは芸能・文学の者のための座である。内麻呂のすすめにより、諸王卿等は応詔の詩歌をものした。即ち、垣下座は詩をつくり歌をものするための座であったのである。

と解説する。

忌寸姓を有する意吉麻呂は宮廷に仕える中央官人の一員であっても、宮廷の肆宴ともなれば、その正客ではありえない。彼にふさわしいのは、芸能をもってする接待役としての垣下座であろう。当然儀礼としての肆宴では、そ

の場に居並ぶ人々とともに、その本来の役目を分担していたであろう。時が経ち宴が盛りともなれば、相伴役の座にも酒や食事が廻ってきて、無礼講的盛り上がりをみせるであろう。もちろん、身分差の壁が完全に消滅するものではない。一座の一人に高位の人から声が掛かることもあろう。ここで肆宴の接待役とは異なった接待の役割を見事に演じたのが、この意吉麻呂であったのである。このことは、私的な宴席の場を考えても同様であったろう。身分・家柄の差は往時の社会を律する最高のセオリーであったはずである。私的な二次会の場を想定しても、その席は宮廷肆宴の場の引き写しであったろう。無礼講的と称しはしたが、基本的に身分差が消滅するはずもない。ただ、それを弱めるのが酒の力である。

三八二五番歌は、宴も盛りとなって酔いの廻った高官達からの無理な注文を見事にこなした意吉麻呂の許に、あるいは一人の高官が近づき、次なる注文を出したのかもしれない。末句の「休めこの君」という言葉は、それではここにお席をしつらえますから（初句、二句）、どうぞ行縢もはずして、ここでごゆっくりなさって、というほどの意味も含まれているのかもしれない。とすれば、この高官は行縢を着けた、あるいは着けるべき衛府の高官であって、その行縢はかなり高い位置に懸けられていたこともありうるだろう。

三八二八番の歌がどのような状況のものであるか、従来、この歌の背景を克明に描いてみせた説明はないし、いかなる宴席を想定してみても、これらの物が身近に存在する可能性は少ない。思うに、「香」と「塔」、云うまでもなく仏教に関した聖なる器物であり、「厠」だの「屎」だのいう物は、それとは正反対の俗なる生活の中の、しかもおよそ歌の材料にはなり難い「汚穢・醜悪」（藤田寛海「長意吉麻呂」〈『万葉集講座』第五巻、有精堂、一九七三〉）なる物である。説話の世界では記紀以来避けようとはしない材料ではあっても、歌や王朝仮名文学の舞台では忌避され続けた物であって（このような性格が万葉集にも共通することは、別稿吉井巌氏編の『記紀万葉論叢』〈塙書房、一九九二〉に「蝶と髪―歌に詠まれぬもの」と題して一部を考えてみた）、俳諧の登場によって文学的素材の位置を与えられる物である。この「香・塔」と「厠・屎」が同一の発想から出てくる物とは思われない。物の名が並列されている歌は三八二四番歌のように他人からの注文であろう。誰ぞ（二人であっても構わない）が「香・塔」を挙げたのに対して、他の一人が面白半分に対照的な「厠・屎」を付け加えた、と見るべきであろう。更に次なる人物が「鮒・奴」を付け加えたのであろうが、これも二人であってもよい。所詮は、この六種もの物の名、これを並べるだけで一首の歌として許される音節数の半ばを費やす難題は、二度の注文を見事にこなした上、したり顔に女房の自慢をし、さりげない様子で骰などいじり廻してつぶやく意吉麻呂の姿に業をにやして無理を承知で無縁の物を並べ上げての意地悪だったのであろう。それを撥ね返された後は、むしろ常態に戻って、三八二九番歌として、目の前の食膳にある物が出題されたのである。

三八二九番歌に出てくる「鯛」は、この時代もやはり上等な料理で、垣下座に廻ってくるような代物ではあるまい。むろん、子の日の宴だから「水葱の羹」は全員の卓に配られる。だからこそ意吉麻呂が「鯛願ふ」と歌って、多少のおもねりと、その底にいささかの羨望なり皮肉なりを籠めて笑いを誘い出したものであろう。そして本日の宴のメインであった玉箒が出題されることになった。歌としては、さっきのあの玉箒を借りて来い、と懸詞で受け取ることもできる。それこそこの宴にもっともふさわしいものだから。「棗」と「天木香」が実際にどのような場にふさわしいかも明確とはいえない。ただ、「棗」は古くから薬用として用いられた。本草和名以下に頻出する。その実が薬用・食用になっていたことは疑いがない。食膳に添えられていた棗の実であってもいいが、延喜式には正月上卯日に供進する杖の中に、棗の杖が含まれている。同じ正月の行事に関わる物としてこれを考えるのも一法であろう。また、歌としては、小島憲之氏の説かれるように（『上代日本文学と中国文学』第五篇第七章）、遊仙窟の影響を受けて「早」の意を含め、同音を連ねて「棗」をかき「掃」うために「早」く「帚」を刈っておいで、の意を含んでいたと考えられる可能性もある。ムロの木は「天木香」の文字が示すように、香料として使われたか、と云う。とすれば、宴席の傍らに置かれていた状況を考えることもできよう。

三八三一番歌については、白鷺が木をくわえて飛ぶような絵でも懸けてあったか、と想像されるのが常であるが、どのような場にそのような絵があり、それをマラフリ舞とも言われる猥雑な舞姿に見立てることがいかなる場にふさわしいのかは、解明できない。むしろ宴も終わりに近づいたときの人々の酔態を描いたものと見なす方がよいのではなかろうか。宴が果てる頃となっても、垣下座にいる者は前後不覚になるまで酔い潰れることはあるまい。が、高官の中には朦朧たる意識で踊り出す者もあるだろうし、そして何人かは心地よい酔いに浸ってはいても意識のはっきりしている人もいるはずである。他人からの注文ではなく、ひそかにつぶやく意吉麻呂の歌を耳に止めて高笑いをした人もあっただろう。

かくして宴は果ててゆく。

橋本達雄氏は、「人麻呂周辺の歌人―黒人・奥麻呂の位置」（『国文学研究』三六集）で、これら三人が同一の時代（持統朝）に属しながら、人麻呂が公的儀礼的性格の作品を作っているのに、黒人と奥麻呂にそのような歌がないのは、作る場が与えられていなかったのだ、と推定される。その理由として、疑いを残しながらも、彼らの身分差を指摘される。そして、それが三人のそれぞれの歌の別の分野における名声を引き出したのだとも。

巻十六で作者名が明記されて八首もの歌を残しているのは、意吉麻呂だけなのである。それもこれらの歌が一連のものであって、抜粋することを許さぬ一群だということを示す傍証になろう。いわば、この一群の歌の成功によって、意吉麻呂の歌人としての評価が定まり、忌寸姓の身分のゆえに公的儀礼歌とはいかずとも、行幸の折々は、時に特に詔に応じて歌を披露するような栄誉に預かることにもなったのではなかろうか。

これら八首を一群のものと考えれば、当然、巻十六の構成や成立の問題に対して、考え直さなければならない問題が生じてこよう。今は、八首を同一宴席で連続して作られた歌と解する可能性を探るにとどめて、これに続く問題は別の機会に譲りたいと考えている。

この章は次の諸論考を基としている。

「山振の立ち儀ひたる山清水」（『文林』三九号）二〇〇五年三月

「もみじをしげみ」（『岐阜大学国語国文学』一三号）一九七八年三月

「猿にかも似る」（『万葉』一五三号）一九九五年三月

「ひとり寝の歌」（『国語語彙史の研究』一六）和泉書院、一九九六年十月

「坂上郎女の用語をめぐって」（『美夫君志』三一四号）一九八七年四月

「雪は降りつつしかすがに」（『岐阜大学国語国文学』六号）一九七〇年二月

「高安王左降さる」（『万葉集研究』二四集）塙書房、二〇〇〇年六月

「中臣宅守独詠歌」（『万葉』一六〇号）一九九九年四月

「宴の席―意吉麻呂の物名歌」（『万葉』一四四号）一九九二年九月

歌の状況

奈良時代から平安時代に多くの人たちによって創られた歌が、相当多数、我々に残されている。その歌のことばは、当然日本語であり、その日本語はこの千年余、基本的にはほとんど変わっていない。つまり、その歌を形作っていることばは、現代の我々にとっても理解不可能な類のものはめったに無い。ことばを辿ってゆけばその歌の内容は比較的簡単に理解できてしまうのである。実はそこに落とし穴が隠されてはいないだろうか。ことばの表面的な意味が頭の中で理解できたということが昔の歌を、当時の人たちが受け止めていたのと同じように分かったといえるのであろうか。そのような反省を籠めていくつかの問題を考えてみた。

言霊の行方

神代より言ひ伝てくらく　そらみつ倭の国は　皇神のいつくしき国　言霊の幸きはふ国と　語り継ぎ言ひ継がひけり
雑歌　山上憶良　五・八九四

言霊の八十の巷に夕占問ふ　占正に告る　妹は相寄らむ
相聞　人麻呂歌集　十一・二五〇六

敷島の倭の国は言霊の助くる国ぞ　ま幸くありこそ
相聞　人麻呂歌集　十三・三二五四

一

「言霊」という語の上代における用例は、右のようなものである。

万葉集以外にこの語は見出せないし、後代にもほとんど用いられることはない。この語は、あるいは「言霊」という概念そのもの、もしくは「言霊」として形象化して歌うことは、ひょっとして人麻呂（もしくはその時代）の創造にかかることであるかもしれない。が、今はその問題に深入りすることは避ける。

「言霊」と類似の、例えば「言禱く」というような語は使われている。一例だけを古事記から挙げてみよう。

爾に其地に坐す伊奢沙和気大神の命夢に見えて云りたまひしく、吾が名を御子の御名に易へまく欲しとのりた

まひき、爾に言禱きて白ししく、恐し、命の随に易へ奉らむとまをせば
記・仲哀

これは言葉の中に霊力があり、言葉を発することによって、事態はその発言の目指した方向に導かれるという呪的信仰があることを物語り、人は時にその力を利用しようとして、他人を祝福し、あるいは呪う。その実態を示すような話も多い。これも古事記の中から一例ずつを挙げておこう。


故爾に黄泉比良坂に追ひ至りて、遥に望けて大穴牟遅神を呼ばひて謂ひしく、其の汝が持てる生太刀生弓矢を以て汝が庶兄弟をば坂の御尾に追ひ伏せ亦河の瀬に追ひ撥ひて、意礼、大国主神となり亦宇都志国玉神となりて、其の我が女須世理毘売を嫡妻として宇迦能山の山本に底つ石根に宮柱太知り高天の原に氷椽高知りて居れ、是の奴といひき。

記・神代

其の兄の子を恨みて乃ち其の伊豆志河の河島の一節竹を取りて八目の荒籠を作り其の河の石を取り塩に合へて其の竹の葉に裹みて詛はしめて言ひけらく、此の竹の葉の青むが如く此の竹の葉の萎ゆるが如く青み萎えよ。……如此詛はしめて烟の上に置きき。

記・応神

このように描かれた状態を読んでいると、この時代、世に言霊の力が満ち満ち、人々は常に言霊を意識し、これに動かされていたのだ、だからこそ今でも祝福や悪口雑言がある、そして洋の東西を問わず、祝福や呪いがあったではないか、まさにその力の生きて働いていた時代なのだ、というふうに受け取りたくもなる。事実、上代文献の解釈に当たっては、そのような理解の方がむしろ通常とされている。上代という時代、その頃の文献をかく解釈することが、果たして正当にして唯一の理解なのであろうか。古事記、日本書紀、風土記の作成されたのは八世紀初頭、その頃、そして万葉集に記載された歌が作られ歌われていた飛鳥・藤原・奈良の時代、人々の生活や文芸の意識はどのような実態であったかについて、いささか考えてみたい。

二

「言挙げ」という表現がある。数例をあげてみよう。

白猪山の辺に逢へり、其の大きさ牛の如くなりき、爾に言挙げ為て詔りたまひしく、是の白猪に化れるは其の神の使者ぞ、今殺さずとも還らむ時に殺さむとのりたまひて騰り坐しき、是に大氷雨を零らして倭建命を打ち惑はしき。此の白猪に化れるは其の神の使者に非ずて其の神の正身に当りしを言挙げに因りて惑はさえつるなり。　記・景行

千万の軍なりとも言挙げせず取りて来ぬべき男とぞ思ふ　雑歌　高橋虫麻呂　六・九七二

この小川霧ぞ結べる　たぎち行く走り井の上に言挙げせずとも　雑歌　七・一一一三

大方は何かも恋ひむ　言挙げせず妹に寄り寝む年は近きを　相聞　十二・二九一八

葦原の瑞穂の国は神ながら言挙げせぬ国　しかれども言挙げぞ我がする　こと幸くま幸くいませと　つつみなく幸くいまさば　荒磯波ありても見むと　百重波千重波に敷き言挙げす　吾は　相聞　人麻呂歌集　十三・三二五三

我が欲りし雨は降り来ぬ　かくしあらば言挙げせずとも年は栄えむ　大伴家持　十八・四一二四

言挙げが忌むべきこととされていたことは、ほとんどすべての解説が説くところであり、事実、ここに見られるような言表からもその実態をうかがうことができよう。

しかしながら、これは言霊とはいかに関わるのであろうか。もし言霊の力が無条件に、もっとも強力に働きうるものであるならば、倭建は伊吹山の帰途に白猪を捕殺できたはずである。倭建はなぜ逆に伊吹の神に取り殺されな

ければならなかったのか。言霊には一定の制限があって、その限度を超えた時に言挙げに変じてしまうのであろうか。とすれば、その限度はなにか。使者と正身を誤認したことが原因だとすれば、誤認と言霊とはどのように関わるのであろうか。誤認してもそれを口に出さなかったら、倭建は伊吹の神に勝ちえたのであろうか。これらについて明確にその限度の存在を説いたものはなさそうだし、言挙げの解説にも納得できるものを見出しがたい。

また、万葉の例のように、言挙げの禁忌を知りながらこれを犯して敢えて言挙げするとは、いかなる意味を有する行為なのであろうか。ここでは言霊の力が言挙げに勝るのであろうか。あるいは言挙げの禁忌すれすれのところでこれをクリヤーする方策のひとつなのであろうか。はたまた、時代思潮の変化により、あるいは人によって、両者の力関係が変化しているのであろうか。「言挙げせずとも」という表現類型の中にうかがわれるのは、言挙げが言霊とまさに同じものとして把握されているものであろうが、これは両者を対立的なものととらえる表現とどう連なるのであろうか。そしてつきつめてみれば、「言挙げせずとも」は、その言霊の力を働かすまでもない、ということであるから、言霊の力に対する不信の念を底に抱いていると評さざるをえないことになろう。

万葉集には巻七を中心に「言にしありけり」という表現が見える。

忘れ草我が下紐に付けたれど醜の醜草　言にしありけり　相聞　大伴家持　四・七二七
夢のわだ言にしありけり　うつつにも見てけるものを思ひし思へば　雑歌　七・一一三二
住吉に行くといふ道に昨日見し恋忘れ貝　言にしありけり　雑歌　七・一一四九
手に取るがからに忘ると海人の言ひし恋忘れ貝　言にしありけり　雑歌　七・一一九七
名草山言にしありけり　我が恋ふる千重の一重も慰めなくに　雑歌　七・一二一三

この表現、「忘れ草」や「忘れ貝」を身に付けてはみたものの、その名称の持つ「忘れ」は「言」であった、という意である。したがって、

家島は名にこそありけれ　海原を我が恋ひ来つる妹もあらなくに　遣新羅使人　十五・三七一八

の場合の「名」も同じような表現価値を有していると考えてよい。「し」や「こそ」で強調される「言」や「名」は、さらに強くは「のみ」で限定されることとなろう。

言のみを後も逢はむと懃ろに吾を憑めて逢はざらむかも　相聞　大伴家持　四・七四〇

ありさりて後も逢はむと言のみを堅め言ひつつ逢ふとはなしに　相聞　十二・三一一三

名のみを名児山と負ひて我が恋ふる千重の一重も慰めなくに　雑歌　坂上郎女　六・九六三

しながが鳥居名山響に行く水の名のみよそりし籠り妻はも　相聞　十一・二七〇八

ここでは「言」に籠められているはずの言霊の力がまったく働いてはおらず、単に「言のみ」で、逢うという行動すらも惹起しようとはしない、また、本来付随しているはずの「名のみ」が寄せられており、あるいは名だけが「なご」であって、その実体は杳として姿を見せない、という嘆きであろう。「言のみ」「名のみ」と歌い挙げられていて、その裏側で否定されているものは、

山菅の実ならぬ言を吾に寄せ言はれし君は誰とか寝らむ　相聞　坂上郎女　四・五六四

住吉の浜に寄るとふうつせ貝　実なき言もち吾恋ひめやも　相聞　十一・二七九七

に比喩的に表現されている「実」であろうか。とすれば古事記の「物実」にも連なるものであろう。だが、それらの語はほとんど表現されることはない。正面から「言」や「名」の実を云々することはなく、もっぱら否定の対象としての「言」や「名」が言挙げされる。

ここでは、実際がどうであるか、何が信ずるに値するか、が問題であるのではなくて、「言」や「名」が信ずるに値しないことの言表が眼目になっているというべきであろう。

旅と言へば言にぞ安き　少なくも妹に恋ひつつすべなけなくに　中臣宅守　十五・三七四三

旅と言へば言にぞ安き　すべもなく苦しき旅も言にまさめや　中臣宅守　十五・三七六三

「言」は安い、それは実体の反映などではありえない、「言」は所詮「言」だけのもの、という意識も明確に存在したと考えられる。

従って、他人、殊に恋の相手の言が信ずるに足りぬという表現は数多い。

吾のみぞ君には恋ふる　我が夫子が恋ふといふ言は言のなぐさぞ　相聞　坂上郎女　四・六五六

黙あらじと言のなぐさに言ふ言を聞き知れらくは悪しくはありけり　雑歌　七・一二五八

言清くいたもな言ひそ　一日だに君いしなくはあへかたきかも　相聞　高田女王　四・五三七

言出しは誰が言にあるか　小山田の苗代水の中淀にして　相聞　紀女郎　四・七七六

言に言へば耳にたやすし　少なくも心の中に我が思はなくに　相聞　十一・二五八一

名の場合も、一例を挙げれば

我が夫子をこち巨勢山と人は言へど君も来まさず　山の名にあらし　雑歌　七・一〇九七

と、名が体を表さぬことを言う。

このような言霊の力をまったく失った、内実のない、空虚な言葉だけのものを、「むな言、たは言、およづれ言、わらは言」などという。

浅茅原小野に標結ふ　空言をいかなりと言ひて君をし待たむ　相聞　人麻呂歌集　十一・二四六六

狂言かおよづれ言か　隠口の泊瀬の山に庵せりといふ　挽歌　七・一四〇八

あづきなく何の狂言　今更に童言する　老人にして　相聞　十一・二五八二

「狂言、およづれ」は挽歌の類型的表現と言われる。事実、ここに挙げた巻十一の相聞歌以外、巻三で丹生王が二組、巻三、十七、十九で家持が三組、ほかに巻十三に「狂言」が二例、いずれも挽歌の中に使われている。むろん、人の死は事実であって、それを伝えた言に対しての表現であるから、いずれも疑問助詞「か」を伴って用いられるのが常である。このような語が使用されていること自体、言葉と事実との乖離、言葉に対する不信、言霊の無力さを物語るものと言うべきものであろう。死は誰にも訪れる厳粛な事実であって、死によって個人の存在は一切を終える。そこからの復活はありえない、という実態は当時の人たちの感覚としての基本には存在していたと認めるべきである。黄泉還りを求める招魂は、所詮儀礼に過ぎない。

三

名の場合には「虚名」に当たる表現はせいぜい「とほ名」程度であって、定型が確立しているとは言いがたい。

　真野の池の小菅を笠に縫はずして人の遠名を立つべきものか　　相聞　十一・二七七二

しかし、実名の忌避という風習は、世界各地と同様、古代から現代に至るまで、色濃く存在する。万葉集巻頭歌の「家告らせ名告らさね」が求婚の意思表示であることはあまねく知られ、類例も挙げるまでもあるまい。さりながら、これに応じて我が名を告げることが単に応諾の意思表示に留るものであったならば、「名を告る」ことがさほどに重みを持つことであろうか。言霊の力があるならば、そして、我が名が「つげ」られるものでも「いは」れるものでもなく、「のら」れるものであるならば、名を明かした相手に対しても重大な義務と責任、いやそれ以上の呪的束縛をを負わせることになるはずであろう。

とすると、次のような嘆きはいかなる意味を持つのであろうか。

　住吉の敷津の浦のなのりその名は告りてしを　逢はなくもあやし　　相聞　十二・三〇七六

　志賀の海人の磯に刈り干すなのりその名は告りてしを　何か逢ひがたき　　相聞　十二・三一七七

名を告ったならば

隼人の名に負ふ夜声いちしろく我が名は告りつ　妻と頼ませ　相聞　人麻呂歌集　十一・二四九七

となるのが当然であろう。とはいえ、かく歌うこと自体、「妻と頼ませ」と要求すること自体、我が名を告げることが永遠の愛の証左とはなりえないことの予感であろう。名告りの持つ社会的効力はかく儚いという実体は、当時の恋人たちのむしろ常識であったのであろう。

妻や恋人の名を不用意に洩らすことの危険性も現代の常識から理解できる。万葉の時代は世間の噂により敏感であったことは、よく説かれるところである。

妹が名も我が名も立たば惜しみこそ　富士の高嶺の燃えつつ渡る　相聞　十一・二六九七

従って、

あら玉の年の経ぬれば今しはとゆめよ我が背子　我が名告らすな　相聞　笠女郎　四・五九〇

百積の舟隠り入る八占刺し母は問ふともその名は告らじ　相聞　人麻呂歌集　十一・二四〇七

我が背子がその名告らじと玉きはる命は捨てつ　忘れ給ふな　相聞　十一・二五三一

荒熊の住むといふ山のしはせ山　責めて問ふとも汝が名は告らじ　相聞　十一・二六九六

たまかぎる岩垣淵の籠りには伏して死ぬとも汝が名は告らじ　相聞　十一・二七〇〇

犬上の鳥籠の山なるいさや川　いさとを聞こせ　我が名告らすな　相聞　十一・二七一〇

わたつみの沖に生ひたる縄乗の名はさね告らじ　恋ひは死ぬとも　相聞　十二・三〇八〇

という類歌は多い。もっとも、ここにも「いふ、かたる」系の言葉は用いられていないし、「洩る」や「洩らす」でもない。あくまでも「のる」である。不用意に口を滑らすような行為はまったく考えられていないと言うべきなのか、それともうっかり口を滑らしたような場合には禁忌に触れないで済むことなのであろうか。

もし名を洩らすことがあれば

さにつらふ君が名告らば色に出でて人知りぬべみ　相聞　十三・三三七六

という状態になって当事者たちには不都合なことが起こるのであろうが、

隠り沼の下ゆ恋ふればすべをなみ　妹が名告りつ　忌むべきものを　相聞　人麻呂歌集　十一・二四四一

葛城のそつ彦ま弓荒木にも頼めや君が我が名告りけむ　相聞　十一・二六三九

「忌むべきもの」と知りつつ妹の名を明かした折はどのような未来が待ち構えているのか。相手が我が名を他に洩らした場合でも「頼めや」という条件が付けば許容されることのようでもある。少なくとも歌主たちはその結果が自ら、および自分たちの将来に対してとんでもない事態を引き起こすかもしれないというような深い憂慮を歌ってはいない。そのような心配は抱く必要がなかったのだろうか。

中臣宅守が越前に赴く時、

かしこみと告らずありしをみ越路の手向けに立ちて妹が名告りつ　中臣宅守　十五・三七三〇

と詠んだのは、どのような意味を表すのであろうか。通説では、峠の神に妹の名を手向けたとする。名を捧げるということは、妻自体を神の嫁として捧げることを意味するのであろうか。となれば、弟上娘子は以後神の妻であり、宅守ごときが言葉を掛けることも憚られる存在になってしまうのではなかろうか。しかし、二人はそれが旅の途中の一情景であったかのごとく、平然と歌の贈答を続けている。彼等にとっては、麓の谷川のせせらぎを掬って喉をうるおしたのと同程度のエピソードのようである。後に大伴家持が

との曇り雨の降る日を鳥狩すと名のみを告りて　家持　十七・四〇一一

暁に名告り鳴くなる時鳥　いやめづらしく思ほゆるかも　家持　十八・四〇八四

卯の花の共にし鳴けば時鳥いやめづらしも　名告り鳴くなへ　家持　十八・四〇九一

と詠んだ時、「名告り」には特別な呪的意味はまったく含ませてはいないと受け取るべきであろう。ある女性の名を「しる」ことが、その一人の女性の人格・実体のすべてを「しる」ということに直結するならば、それは単に人間関係にとどまらず、名と体すべてに当てはまる基本原則に基づいているはずである。ところが、

言はむすべせむすべ知らに名のみを聞きてありえねば　挽歌　人麻呂　二・二〇七

松浦潟佐世姫の子が領巾振りし山の名のみや聞きつつ居らむ　雑歌　憶良　五・八六八

近くあれば名のみも聞きて慰めつ　今宵ゆ恋のいや勝りなむ　相聞　十二・三一三五

音のみも名のみも聞きてともしぶるがね　家持　十七・四〇〇〇

のように、名を聞いただけでは満足できない心を歌う場合がある。この際、名は聞いたのであるから、やがてはその実体も、という期待感はまるで存在しない。名と体はまったく別物と信じられているのである。

「名に負ふ」という表現も多い。

これやこの大和にしては我が恋ふる紀路にありとふ名に負ふ背の山　雑歌　阿閇皇女　一・三五

遠つ人松浦佐世姫　夫恋ひに領巾振りしより負へる山の名　雑歌　憶良　五・八七一

古ゆ人の言ひける　老人の変若つといふ水ぞ　名に負ふ滝の瀬　雑歌　大伴東人　六・一〇三四

これやこの名に負ふ鳴門の渦汐に玉藻刈るとふ海乙女ども　田辺秋庭　十五・三六三八

などの例は、現代語で、そのような名が付いている、有名である、という感覚で受け止めてまったく差し支えあるまい。その名を負っているゆえにその名に含まれるものやことを思い出すことはあっても、その名の表す実体がそこに顕現しているというような状況を表現しようとはしていないのである。家持が

大伴の氏と名に負へるますらをの伴　家持　二十・四四六五

しき島の大和の国に明らけき名に負ふ伴の緒　心努めよ　家持　二十・四四六六

剣太刀いよよ研ぐべし　古ゆさやけく負ひて来にしその名ぞ　家持　二十・四四六七

などと歌う時、古来の名族大伴氏のその名を誇りに思い、実体を名に近づけるべく氏子たちを激励し戒めるその感覚も、現代の我々にそのままで理解できるたちのものである。

四

言や名に限らず、この時代、呪的な習俗を背景に持つといわれる行為や事柄は多い。その一例として、別れに際して男女が互いの紐を結び合うことがしばしば歌われている。それはお互いの無事や貞節を結び籠める気持ちであると説かれる。そのこと自体は問題はあるまい。しかし、その紐を結ぶ行為そのものは、当人たちの期待通りの呪力を有していたのであろうか。

二人して結びし紐を一人して吾は解きみじ　直に逢ふまでは　相聞　十二・二九一九

は詠者本人の決意として「解きみじ」と歌うのである。それは妻への愛情の強さに裏打ちされた表現ではあっても、結んだ紐のタブーを歌うものでもなければ、これを犯した時の罰の恐ろしさをいうものでもない。結び籠められた願いは、実は本人のこのような決意によってしか支えられないもので、むしろ

筑紫なるにほふ子故に道の奥の香取乙女の結ひし紐解く　相聞　十四・三四二七

というのが常態であったと見るべきであろう。かつての呪力は形骸化してしまった。

同じ「結ぶ」行為であってもその対象が草や松が枝である時、

岩代の浜松が枝を引き結び　ま幸くあらばまた還り見む　挽歌　有間皇子　二・一四一

が、もし書紀が伝えるような事態の中にあって、万葉集題詞の述べるように有間自身が歌ったものであったなら、

それは白浜への往路となろうが、そして松が枝を引き結ぶ行為が旅中あるいは将来の幸事を神に祈ることであり、さらに神というものが人の祈りに応じてくれるものであったなら、有間は、なぜ「ま幸くありて」と歌わなかったのであろうか。「ま幸くあらば」という仮定の表現は「ま幸く」ありはしないことを前提にいわれるべき言である。むろん、この事情はこの歌が物語歌であったとしても同じである。

誰ぞ此の屋の戸押そぶる　にふなみに我が夫を遣りて斎ふ此の戸を　相聞　十四・三四六〇

一年の収穫を神に感謝する大事な祭、それに参加する夫を送り出してひとり家に留って精進潔斎する妻、という図式だが、その家の戸を叩く者がいる。これを咎め立てる妻は潔斎の実を守っているとはいえるのだが、実際にはその戸を押そぶる者が既に存在するということは、「斎ふ」ことの重みを問うことになろう。また、これに対する咎め方の表現も、戸を押そぶること自体ではないような口振りである。その事を咎めるなら、その行為の主を「誰ぞ」と尋ねる要はない。「誰」が問題になるなら、あるいは、人によっては

にほ鳥の葛飾早稲をにへすとも　その愛しきを外に立てめやも　相聞　十四・三三八六

という事態も起こりかねない。このような潔斎は、やはり

櫛も見じ　屋内も掃かじ　草枕旅行く君を斎ふと思ひて　十九・四二六三

という強い決意によってはじめて支えられるようである。

「うけふ」という語、万葉における使用例は四例、

都路を遠みか妹がこの頃はうけひて寝れど夢に見え来ぬ　相聞　家持　四・七六七

水の上に数書くごとき我が命　妹に逢はむとうけひつるかも　相聞　人麻呂歌集　十一・二四三三

さね葛後も逢はむと夢のみにうけひ渡りて年は経につつ　相聞　人麻呂歌集　十一・二四七九

相思はず君はあるらし　ぬば玉の夢にも見えず　うけひて寝れど　相聞　十一・二五八九

その三例までが「うけひ」の効果のないことへの嘆きである。

「うら」の場合も、「け」の場合も、本来ならば絶対であるはずのその託宣に対する不信の念は覆いがたい。

夕占にも占にも告れる今宵だに来まさぬ君を何時とか待たむ　相聞　十一・二六一三

月夜好み門に出で立ち足占して行く時さへや　妹に逢はずあらむ　相聞　十二・三〇〇六

何時来まさむと占置きて斎ひ渡るに　狂言か人の言ひつる　挽歌　十三・三三三三

占部をも八十の巷も占問へど　君を相見むたどき知らずも　雑歌　十六・三八一二

逢はなくに夕占を問ふと幣に置くに　我が衣手は又ぞ継ぐべき　相聞　十一・二六二五

夕占にも今宵と告らろ　我が背なはあぜぞも今宵よしろ来まさぬ　相聞　十四・三四六九

「うけひ」や「うら・け」の成果によって、あるいはその予測の通り恋人に会うことができた、という喜びを歌う型などは、万葉集にはたえて存在しないのである。

このような呪力や託宣に対する不信は、結局のところ、その大本であるところの神に対する態度となることにもなってしまうであろう。

如何にあらむ名に負ふ神に手向けせば　我が思ふ妹を夢にだに見む　相聞　人麻呂歌集　十一・二四一八

天地のいづれの神を祈らばか　うつくし母にまた言問はむ　大伴部麻与佐　二十・四三九二

は神に対する選択権を人が有していることになるし、

海の神の命のみ櫛笥に貯ひ置きて斎くとふ玉に勝りて思へりし我が子にはあれど　坂上郎女　十九・四二二〇

という表現は、比喩であるとはいえ、「まさりて」と言う以上、神に対する人間優位の思いを秘めるものではなかろうか。このような不遜な気持ちは

ちはやぶる神の社し無かりせば春日の野辺に粟蒔かましを　譬喩　娘子　三・四〇四

大海の波は恐し　しかれども神を斎ひて船出せば如何に　　雑歌　七・一二三二
ちはやぶる神の斎垣も越えぬべし　今は我が名の惜しけくもなし　　相聞　十一・二六六三

などにも同様に見られるし、

夜並べて君を来ませと　ちはやぶる神の社を祈まぬ日はなし　　相聞　十一・二六六〇
如何にして恋ひ止むものぞ　天地の神を祈れど吾や思ひ増す　　問答　十三・三三〇六

も、我が信仰心の薄さを嘆くのではなくて、神の力に対する不信の表明、と少なくとも結果的にはなるであろう。それが進めば、

ちはやぶる神の社に我が掛けし幣は賜らむ　妹に逢はなくに　　相聞　土師水道　四・五五八

というところにまで行き着くのである。神に対する信仰が薄れ、神が人同様の地位にまで引き下げられた結果が、神への損害賠償の請求となる。

このような状態では、ある種の神の住所でもあった「常世」に対する意識も変化してくる。

吾妹子は常世の国に住みけらし　昔見しより変若ちましにけり　　相聞　大伴三依　四・六五〇
君を待つ松浦の浦のをとめらは常世の国の天処女かも　　雑歌　吉田宜　五・八六五

などの扱いは、神々の住む異境としての実在を暗示しはしない。想像の世界、メルヘンの国であって、雲のあなた、山のあなたに、確認したことはなくても、存在するに違いない世ではない。次代に単なる雁の故郷でしかなくなってしまう常世の、その衰退の様は、ここでも顕著である。

五

神の託宣、神への祈り、神意を伺うための卜占、神あるいは他の人に対する誓約、祝福、呪い、このような行為を表す話は、記紀をはじめ、この時代の多くの記述の中に見られるところである。だからといって、八世紀に入ってまで、人々が人智の及びもつかない神の意志の前に、ただひたすらひれ伏して恐れおののいていた様子は、実のところ、顕著に見られはしないのである。

記紀の中でも、神や呪力が力強く物語られるのは、当然とはいえ、神話的部分なのである。その中でさえ、もし神威が強大であったなら、言霊の力が十分に効果的であったなら、このような事態になりはしなかっただろうに、とか、事前に事態の成り行きを察知できて摩擦のより少ない方法が採られただろうに、とか、余計なことを思わせる場面の方が実は多いくらいである。

人の世になり、系譜的な場面、例えば皇位継承などの折に、言霊や卜占の力が発揮されるような例はごく稀である。天皇の代替わりの度ごとにと言ってよいほどトラブルが惹き起こされているというのに。言霊や卜占が使われるのは、いわば末端の、どうでもよいような折の方が多いくらいである。最も重大な局面に際して、やはり決定的な力を発揮するのは、当人たちの智力、勇力、体力、努力などであって、神や呪力に頼るのは、せいぜい儀礼でしかありえない、ということは、現代に至るまでの千数百年間、基本的に変わらぬ人々の姿勢ではなかったろうか。

万葉集では、「こと・な・うら・け」などの語が多用されるのは、挽歌の世界である。挽歌は言うまでもなく人の死を悼むものである。死者は去って再び帰りはしない。もはや何事も語りはしない。残された人々は、かの人がかくも早く、かくも突然に逝ってしまおうとは思ってもみなかった、と、少なくとも葬送儀礼の場では表現しなければならない。かの人の死を予兆するようなこと、あるいは願うようなことは、一切見も聞きもしなかった以上、かの人のかつての日常的な行為も、周囲の人たちの願いも、祈りも、そしてかの人の運命を予測したすべてのことも、すべてが無駄となり、無意味なことと知り、こうして集まって嘆き悲しんでいる、と歌うのが挽歌というものであろう。「こと」や「け」がすべて否定的な意味あいで使用されるのが挽歌の定型であるとともに、かかる呪的な力の無力さを現実に思い知らされるのが、人の死の場面であろう。

次に多用されるのが、相聞歌の中である。相聞の世界などは、実人生の上では実のところ、たいして重要な部分ではないのである。これらの語は、この世界で、神力・霊力・呪力の無力を嘆く定型的表現の様式に変貌してきていると称してもよい状態になってきているといえるであろう。

もちろんこのことを厳密に立証するためには、集団的唱和あるいは掛け合いの歌垣的な歌謡から「相聞歌」というジャンルが成立してくる過程、換言すれば、相聞歌の様式の成立と発展の有り様を確定していかねばならない。それは文字の使用をも含めた社会の変貌のさまと、それに伴う社会思潮の変遷、その中に生きる人々の姿、そしてそのような折に往々にして現れる強烈な個性などの絡み合った問題となろう。

全般的な問題については、他日、もしくは他の方々の成果を期することとして、差し当たりはこのような問題提起にとどめておきたい。

筑波山の嬥歌

検税使大伴卿の、筑波山に登る時の歌一首、併せて短歌

衣手常陸の国の二並ぶ筑波の山を見まく欲り　君来ませりと　暑けくに汗かきなけ　木の根取りうそぶき登り　峰の上を君に見すれば　男神も許したまひ　女神もちはひたまひて　時となく雲居雨降る筑波嶺をさやに照らして　いふかりし国のまほらをつばらかに示したまへば　嬉しみと紐の緒解きて家のごと解けてそ遊ぶ　うちなびく春見ましゆは　夏草の繁きはあれど　今日の楽しさ

反　歌

今日の日にいかにか及かむ　筑波嶺に昔の人の来けむその日も

九・一七五三、一七五四

一

筑波山は坂東の名山である。万葉集の東歌・防人歌にしばしば詠み込まれているのはもちろんであるが、高橋連虫麻呂歌集中にも筑波山に関係した歌が多く、万葉集巻九には長歌・反歌の組み合わせで三組が集中して載せられている。

この歌、「大伴卿」が具体的に誰を指すかについては論が分かれる。が、いずれにせよ、中央政府から臨時に派遣されてきた名流の貴族を案内して筑波登山を試みた折の歌であることは確実であろう。それがいつの年であるかは不明にせよ、季節が夏であることは、「暑けくに汗かきなけ」「夏草の繁きはあれど」の句で明らかである。しこうして、長歌を「今日の楽しさ」と結び、反歌で「今日の日にいかにか及かむ」と誇示してみても、あるいは誇示しているだけに、それは彼自らが案内して来た遠来の賓客への儀礼であって、彼の本心は「春見まし」であり、その客人に見せたかったのも春の筑波山であったと推測すべきであろう。そして、この歌を詠んだ時点において、虫麻呂自身は、春の筑波登山の経験を有していなかったということも、「まし」という助動詞を使っていることと、「来けむ」と表現されたのが「昔の人」であることから、推し量ることができる。

彼らの筑波登山は、もはや儀礼としての国見ではなかった。確かに、後にも触れる丹比真人国人は、

鶏が鳴く東の国に　高山はさはにあれども　二神の貴き山の　並み立ちの見が欲し山と　神代より人の言ひ継ぎ国見する筑波の山を　　三・三八二

と歌っているのだから、筑波山が由緒ある国見の山であることは疑いない。そして虫麻呂の歌も一応は国見歌の伝統に従って、山褒め、国褒めを歌い上げてはいる。が、彼らは王者ではないし、その分身でもない。そして、原初的な国見の主体である、在地の農民でも狩猟を業とする者でもない。彼らは一介の旅人であって、国見の主体たりうる基本的資格を持ち合わせてはいないのだ。

虫麻呂の歌には男神・女神の筑波の両神が姿を見せるが、この神々は、彼らの登山を許しことほいで、常ならぬ好天を恵み、山上からの素晴らしい展望を彼らに与えている。その神の姿には、つまり神をこのように歌い込む虫麻呂には、一時代前の人麻呂や、また金村・赤人たちのような、神と人との一体感はない。そして、山自体も神ではない。神は高き所にいまして人々の生活ぶりを心寛かにみそなわしている趣がある。人々は神の庇護の下に、神

の威徳をたたえながら安んじて、神とは別種の人間としての生活を楽しんでいる。

筑波の山は、虫麻呂にとっても、大伴卿にとっても「旅」であるはずなのだが、虫麻呂は「嬉しみと紐の緒解きて家のごと解けてそ遊ぶ」と歌っているのである（ついでながら、このことは、虫麻呂が旅にありながら、「旅をすみかとす」という心境にまでは至っていなかったということであろうか。あるいは、遠来の旅馴れぬ賓客への遠慮であろうか）。同じ虫麻呂が別の機会に筑波山に登った時には、「草枕旅の憂へを慰もることもありやと」登山を試みたのであり、山頂から眺めた景観を国見歌同様に展開して見せるが、それは「長き日に思ひ積み来し憂へは止みぬ」と収束され、歌の中にもはや神の片鱗も姿を現していない。はなはだ個人的な遊楽の気分である。この時期、もはやある種の人々は神の呪縛から半ば解き放されて、山上からの眺望を、いい景色だなあと、すこぶる人間的に楽しむ風習ができかかっていると見てよかろう。叙景歌は完成に近付いている。

国人の場合も同様である。彼も中央の下級貴族の一人であって、虫麻呂と似たような身の上である。さらに彼の歌も、その有名な筑波山を見ずに帰ったのでは残念だと思って春浅い山に無理をして登った、ということが長歌にも反歌にも述べられているだけで、他人の言葉としては「二神の貴き山」とはいうものの、みずから筑波の神をたたえるでもなく、その絶景を描写してみせるでもない。彼は国見そのものにはなんら興味を見せていないのである。それは先進国中国の文人的遊覧趣味と同一の傾向で、歌枕を訪ねる後世の歌人や、有名観光地を巡る今日の団体観光客の態度とほど遠いものではない。ただ彼は足跡を印したということだけで満足して、叙景歌を残そうとはしなかっただけだ。

二

ところで、虫麻呂は、なにゆえに春の登山を望んだのであろうか。また、彼の念頭にあった昔の人とは、具体的に誰人かのイメージを伴うものであったのだろうか。

万葉集中で、虫麻呂以外に筑波登山の歌を残しているのは、先に触れた丹比真人国人である。巻三・三八二、三八三番歌として残る歌によれば、「雪消の道をなづみ来るかも」とあるので、それがまだ春浅い時期であることが判る。しかし、丹比国人は、虫麻呂と同時代の人か、むしろ後輩に当たる人物であるから、虫麻呂が「昔の人」と表現するはずはない。これ以外では、巻十に「右の一首、筑波山にして作る」という左注をもった歌がある。これは、春雑歌に入っているが、

峰の上に降り置ける雪し風のむたここに散るらし　春にはあれども　十・一八三八

であるから、少なくとも頂上をきわめた歌ではない。他に筑波登山を思わせる歌は万葉集中にはないので、虫麻呂が想起していた「昔の人」の春登山は、現存万葉集に残る歌を念頭に置いたものではないということになる。彼自身は、他に二組の筑波登山の歌を残しているが、いずれも季節は秋であるから、彼は念願の春登山を遂に実行しなかった可能性がある。

虫麻呂が秋の嬥歌を詠んだ時期と、大伴卿を案内した時期との前後関係は厳密には定められない。しかしながら、万葉集の中で、末の珠名（九・一七三八）から始まる一群の歌の中にあって、大伴卿と筑波登山を試みた歌があり、ほととぎすの歌を挟んで秋の筑波登山の歌が二組並び、その後で「右の件の歌は高橋連虫麻呂の歌集の中に出づ」という左注をもって締めくくっているのだから、現存万葉集の巻九は虫麻呂歌集の形態を温存しており、その配列

順序は制作年代に依るだろうと考える方が常識的である。つまり、虫麻呂が筑波の嬥歌を題材とした歌の方が製作年代は後であるということになる。ただし、その秋の登山の際は、春願望の語句は一切見当たらない。

虫麻呂が春の筑波登山を渇望しているのは、大伴卿を案内した時だけであって、その後、春の登山を果たしていないにもかかわらず、春を思う心はいささかも見せていないのである。そこで、ひとつには虫麻呂は大伴卿になぜ春の筑波を見せたかったのかということと、もうひとつはなぜ他に春の筑波を思う語句をとどめていないのか、ということが気にかかる。だが、「昔の人の来けむその日」がどのような日かを確実に言い当てる資料は何も残されていないのだから、すべて我々の想像に任されているということにならざるをえない。

そこで思い出されるのは、常陸風土記の記事である。その筑波山の項には、周知のごとく

坂より東の諸国の男女、春の花の開くる時、秋の葉の黄づる節、相携ひつらなり、飲食をもちきて、騎にも歩にものぼり、遊楽しみあそぶ。

とあって、歌を載せ、「筑波峯の会に娉の財を得ざれば児女とせず」という俗諺を付け加えている。この風土記の編纂には虫麻呂も参加している可能性がかなり高いのだが、その嬥歌会を題材とした歌を、春ではなく秋のものとして、虫麻呂は残している。秋ということは、その反歌（九・一七六〇）に「しぐれ降り」とあることによる。「しぐれ」の万葉集中における用例は、巻八、十の秋の部に集中的に現れ、「九月、十月、秋、もみち」などの語と共用されることが多い。他の巻でも同様であって、僅かに巻一・八二番歌が「和銅五年夏四月」の題のもとに統括されているのが例外となる。この歌は、左注に「当時に誦む古歌か」と疑問が付せられているように、編纂時において夏の歌としてはふさわしくないものとみられていたのである。「しぐれ」は、秋、それも九月十月の雨と、当時すでに固定している。虫麻呂の筑波嬥歌の会もその頃であったはずである。

以上のことから、虫麻呂が大伴卿を案内しつつ春にこだわったのは、都にまで鳴り響いた筑波山の嬥歌会に遭わ

せたかったからであり、虫麻呂自身も一度経験してみたいという願望を持っていたからであると推定することができるだろう。従ってまた、「昔の人」は特定の何人かである必要はなく、その嬥歌の会に来合わせた幸運な都人と考えてよさそうである。後、虫麻呂は秋の筑波登山を果たした。それは春ではなかったが、嬥歌の季節である。そして虫麻呂は嬥歌会の歌を歌う。彼にはもはや春の登山を切望する必要はなかった。

筑波嶺に登りて嬥歌会を為る日に作る歌

鷲の住む筑波の山の　裳羽服津のその津の上にあどもひて　娘子壮士の行き集ひかがふ嬥歌に　人妻に我も交はらむ　我が妻に人も言問へ　この山をうしはく神の　昔より禁めぬ行事ぞ　今日のみはめぐしもな見そ　事も咎むな

反　歌

男神に雲立ち登り　しぐれ降り濡れ通るとも我帰らめや　九・一七五九、一七六〇

だがしかし、虫麻呂は実際にこの嬥歌の会に参加したのであろうか。題詞に見える「登る」「為る」の二動詞の主語は明示されていない。ふつうなら、それは「作る」の主語と同一であるべきで、当然、虫麻呂が想定される。が、ここはどうも違うらしい。歌の中には、「我」「我が妻」という語もあるが、だからといってこの歌の主人公が虫麻呂自身であるということにはならない。つとに中西進氏が、「この『われ』は第三者としての『われ』である。先立つ『未通女・壮士』のそれぞれを『われ』としての叙述であって、生身の虫麻呂のことをさしているのではない。」と明確に指摘している通りである。従って、当然「仮想の中でわが身が登場人物とな」った歌であって、現実に虫麻呂がこの嬥歌の会に参加したものではない（中西進『旅に棲む―高橋虫麻呂論』角川書店、一九八五）。そして、その反歌は自らの決意を物語るものではなくて、土橋寛氏のいう、もてない男へのからかい歌としての様相が濃いものである。

さて、筑波山の嬥歌の会への参加が虫麻呂の「仮想」だったということは、陰に陽に諸説の触れるところであり、題詞の「為」の字も動詞には訓まず、「ため」として予作の歌としようとする説もある。確かにこの歌は、作者自身が参加したように見せ掛けて歌ってはいるものの、そこには参加の実感は盛り込まれていない。やはり、虫麻呂はかつて一度も筑波山上の嬥歌の盛会に参加した経験がなく、この歌を作った時も幻想の中での参加と考えるべきであろう。

三

そこで次に、彼自身の参加が仮想だったとして、そこに描き出された嬥歌の有り様は、その当時の筑波嬥歌の実態を忠実に反映したものであったろうか。またそれは常陸風土記の記事とどのような関わりを有するのであろうか。

この点については、諸説ほとんど異同を見ない。すなわち、虫麻呂歌の「人妻に我も交はらむ我が妻に人も言問へ　この山をうしはく神の昔より禁めぬ行事ぞ」という詞章と、風土記の「筑波峯の会に娉の財を得ざれば児女とせず」という諺を結び付けて、例えば土橋寛氏の『古代歌謡をひらく』（大阪書籍、一九八六）は次のように説く。

土橋氏は、原初的な農村の春山入りの行事が「花見」であって、新しい年の豊作と繁栄を予祝し、行楽を共にするものであったが、やがて広い地域の信仰の対象となった高山の行事に発展し、「花見」は「国見」となり、歌舞と性的解放の行事が大規模に行われるようになった、と言われる。そして、「筑波山の歌垣に既婚者も参加しているのは、この行事が豊作の予祝を主たる目的としていたところから、未婚・既婚にかかわらず性的解放の行事に参加したのであろう。」と言い、風土記の諺に関しても「こういう諺があるということは、大部分の娘が贈物を貰って筑波山で一夜を過ごしたということで、贈物を貰わずに帰ってくるような娘は、例外的な存在であったことがわかる」とある。伊藤博氏は、『万葉集全注　巻一』の二番歌の注の部分で、「『国見』は、春先、五穀の繁栄を祈って国土を見る祭式。まず、厳粛に寿歌をうたって土地の繁栄を祈る第一次の場があり、ついで、くだけて飲食歌舞を共にし、豊穣の予祝の群婚にかまける第二次の場があった。のちには、第一次の場を『国見』、第二次の場を『かがひ』と区別するようになった。」と述べているので、もし氏が巻九を担当されれば同様の説明が見られるものと思われる。その他、諸注釈書・論文の類も、管見の限り、筑波山の嬥歌における群婚、性的解放を説いて一致する。

一年の生産活動に入る前、人々は高い山に集って神を祭り、その年の豊作を祈願した。それは厳粛な祭であるとともに、村中の、あるいは地域の人々が一堂に会する初めての機会でもあった。したがって、そこで村人たちの宴が行われるのも当然の成り行きであった。宴は酒や歌を伴い、人々は神とともに愉楽の一時を過ごした。だが、そのことと群婚ないし性的解放とどのように結び付くのであろうか。確かに古代の人々の意識としては、動物と植物の境界は後世よりも曖昧であったろう。植物の稔りの豊かさを祈り、促進させるために人が性的行為をしてみせる、という神事は今も各地に伝わる。だが、これは神事である。これとその後の宴とを早急に結びつけることは、短絡に過ぎる。

第一に、神事は厳粛に行われるべきものであって、神事即愉楽ではない。第二に、神事は司祭の手によって執行されるべきものであって、大衆がすべて同等の立場で参加するものではない。第三に、人間の性的行為が神事として行われるのは、通常植物の開花の時期、または春先の仕事初めの行事の際である。それは豊作の祈願ないし予祝のためであって、秋の仕事終い、収穫感謝の祭にふさわしいものではない。虫麻呂は、秋の乱婚を歌っている。春でも、あるいは秋でも、祭に伴って性的解放が行われたとしたら、第四に、それはいつ行われたのであろうか。往時の一日は、太陽の沈むとともに終わる。神事は後の世に謂う宵祭から始まる。しかしこれは神霊を迎える厳粛な行事である。陽が昇ってから、神と人との共宴が始まる。まさか、昼ひなか性の解放が行われるわけでもあるまい。

祭がもう一日続くのであろうか（今井優氏の『古今風の起原と本質』和泉書院、一九八五、特にその「中篇　古今和歌集恋歌の作風」の第一・二章「『万葉集』婚姻歌の基底」は、生産と祭祀および令制と、結婚の関係について詳しい。異論は多々あるにせよ、興味深い論考である）。

一夫一婦制はキリスト教のドグマだと言った人がいるが、確かに地球上の人類すべてに普遍的な生活形態ではない。しかしこの頃、かなりゆるやかなものではあったにせよ、基本的には一夫一婦制の婚姻形態が人々の生活の基盤になっていると見てよかろう。原始共産社会的な群婚、共婚の時代ならいざ知らず、一旦一対一の結婚が社会構成の基盤として成立してしまっている社会で、神事という非日常性の名の力で、乱婚のあとの心理的、社会的後始末が容易になされうるものであろうか。神の威力、部落共同体のきずなは、各個の家、あるいは夫婦をはるかに超越するものを有していたのであろうか。強烈な力を持つカリスマ的司祭に率いられた信者団体の短期的な現象としてならば、それはいつの時代にも、またいずこの地でもありえないわけではない。しかし、神事の一環としての性的解放が、長期にわたって広範囲に行われていたとは信じがたい。近世、春先（特に節分）の社頭の雑魚寝の習俗があちこちに見られるが、果たしてその実態は、浮世草子、歌舞伎、川柳などが描く通りのものであったか。大衆向けのマス・メディアが発達しだしたころ、事態は大衆の興味に迎合するような形で描かれることはなかっただろうか。

逆に、古代における性のタブーは、はるかに厳しかったということは考えられないだろうか。

四

同じ常陸風土記の、これは香島郡の条に、うなゐ松原の伝説が載る。

いにしへ、年少き僮子ありき。男を那賀の寒田の郎子と称ひ、女を海上の安是の嬢子と号く。竝に形容端正しく、郷里に光華けり。名声を相聞きて、望念を同じくし、つつしむ心滅ぬ。月を経、日を累ねて、嬥歌の会に邂逅に相遇へり。

そこで、歌の唱和があって、

すなはち、相語らまく欲ひ、人の知らむことを恐りて遊の場より避け、松の下に蔭りて、手携はり膝をつらね、懐を陳べ憤を吐く。既に故き恋の積れる疹を釈き、また新しき歓びの頻なる咲ひを起こす。

そこまではよかったのだが、

偏へに語らひの甘き味に沈れ、頓に夜の開けむことを忘る。俄かにして、鶏鳴き狗吠えて、天暁け日明かなり。ここに僮子等、為むすべを知らず、遂に人の見むことを愧ぢて、松の樹と化成れり。

という。なぜ、この二人は松にならなければならなかったのだろうか。松になるということは、即ち人間としての生命をそこで終息させなければならないことを意味する。そのような重大な結果を招く罪とはいったい何であったのか。後の人は何とでも言え、古代の当事者たちにとって、永遠の愛に生きるなどというロマンティシズムはない。死は、必ずタブーを犯した罰として訪れる。それが、たとえ彼らの無知・無意識による罪科であったとしても。

古代の人々の生活状態、その基礎となる社会的信条を知るのは容易ではない。現代の生活状況の観察を出発点とする民俗学は、いかに精緻な成果を挙げたところで、絶対年代を比定しえない。文献は日常的なことがらをそもそも記すものではないし、観察記録から遡れるのはせいぜい中世ころまでであろう。あとは、縄文・弥生の考古学の知見に頼ることになりかねない。それらと、断片的な記録を重ね合わせていった時、次の様な状況を推定することは、恣意に過ぎるであろうか。

今でこそ田植えから稲刈りまで、機械の力を駆使するために、一人か二人で日曜日に片づけてしまうことができる。が、ほんの数十年前まで、農・漁業も狩猟も集団の力を借りなければそもそもの経営が成り立たなかった。生産には少なくとも部落単位の集団社会の存在が不可欠だった時代が長く続いていた。その部落を構成する単位は、これも長い間、家であった。家は住居としての家屋でもあり、その同一家屋に居住する一つの家族でもあった。この家族とは、夫婦を横糸とし、親子を縦糸とする血縁の集りである。その規模の大きさ、縦と横とのバランスのあり方、内部におけるヒエラルキーの問題などは、時代と地域によってそれぞれの差があるものの、おおむね次の様に考えられるだろう。一家族の内部には、横糸としての夫婦は原則として一組、またはこれと親子関係にあるもう一組。そして、その親子、兄弟姉妹が、時にはその子や配偶者とともに同居する。古代でも、いや古代の方が現代以上に家屋やそれに付随する財産を形成することが困難であっただろう。生産性が現代とは比較にならないほど低かった時代である。一つの新しい家を創設する経済能力を身に付けるのは容易ではなかったはずだ。生産性が低ければ、それは労働の量、つまり人数と時間で補わなければならない。家の零細化は避けなければならなかった。奈良時代、先進地帯での単婚家族による房戸が分離独立する動きが現れてきているとはいえ、新婚の核家族による家の創設は困難も多いはずで、大家族であれば当然、家長ないし家刀自の権力は大きくならざるをえない。

人々は日の出とともに（あるいはそれ以前に）起きて働かなければならなかった。その生産活動は、家が存在する以上、家のためのものが主体ではあったろうが、部落ないし村としての共同作業の量も相当に多かったはずである。その中で子が生まれ育っていく。労働力として期待されるようになったからといって、すぐに結婚別家が可能なわけではない。家屋は所によってはまだ半地下式の一室構造のものも多かっただろう。そのような生活構造の中にあって、後の世に広く分布する若衆宿・娘宿的なものの存在を想像することは、かなり理にかなっていると思われる。

家単位にせよ部落共同のものにせよ、一日の労働が終わり、夕食が済むと、未婚の若者たちは、男女別々の一定の宿に集って来る。そこで夜なべ仕事をし、共に寝泊まりをして、朝になればまたそれぞれの昼の仕事に戻って行く。相似た年齢層の、それでいて先輩後輩のある集団の中で、彼らは仕事の技術と社会への適応のしかたを学んでいく。それはほぼ同質の人々を構成要員とする小集団がおのずから有する、集団としての自己教育の発現として、当時としては有効度のかなり高いものであったろう。むろん学習は組織化されたものでも、系統立ったものでもなく、仕事と雑談を通して経験的に摑み取るものであった。

その小集団の雑談的会話の中で、最大の興味と関心が持たれたものは、彼らが結婚適齢期にして未婚の若者たちであれば、当然異性の話題である。情報の流通範囲は狭い。たとえ隣国・隣村の事情についての情報があったとしても、それは現実の生活からは遊離した異境のものに過ぎない。やはり、同じ村の娘たち男たちの品定めから出発せざるをえない。それは大統領やテレビタレントの裏話ではない。現実の身の回りに生活していて、ごく近い将来に現実に仲間の誰かと結婚し、家を創っていくであろう相手が話題となっているのである。従って、あの娘に相応しいのは誰、この人の婿たるべき人は彼、というはなはだ具体的な品定めとなり、それが集団内の多くの構成員の賛同を集めていく。その情報は、例えばまだ若衆宿に参加していない年若い弟妹などを通じて相手集団にも流れ、多少の葛藤はあっても、やがて男女両集団の意見の一致を見ることが多かろう。これが仲間による集団的認知ということになるのである。ともに、話題にされた当人自身、その渦中にあることによって、みずからもその気になっていくであろうことも、十分予測できる。筑波風土記香島郡の話の発端部分は、まさにこのような状況の下にあって、理解ができる質のものである。

数十年前の田植えの主役は、小学唱歌にも描かれるがごとく、青壮年の婦人であった。男は苗取り、苗運び、時には田のふちの畦にあって田植え歌の拍子取り、伴奏。老婦人は食事の用意や幼子の世話。仕事の分担は性と年齢によって厳しく分けられていた。その集団が集団としての体制を維持したまま、部落内の各家の田を廻って順に仕事を片づけて行く。農閑期、郊外に草刈に行く折も、男女の仕事場は例えば尾根筋を隔てて分離されていたし、行きも帰りも男女が入り乱れてそぞろ歩きなどする近時の合同ハイキング的余地はなかった。僅かに弁当をつかう時だけが、全員の会食となった。とはいえ、やはり、男は男同士、女は女の集団を崩してよいわけではなかった。男女間の交歓はあっても、それもやはり、集団としての交歓であった。集団の規制はあくまで厳重なものであった。古代にも、このような規制は厳として存在していたと推定すべきであろう。戦時中までの我々の生活と同様、幼年期を過ぎれば男女の生活は、いわば別の次元で行われていて、日常個別に語り合うことはもちろん、直接異性に関する個別の情報を入手することも少なかったであろう。むろん、そのままの姿を古代への想像として直ちに適応するものではない。娘宿を若衆の誰かが訪問する習俗のあることも、各地から報告されている。しかし、訪れたからといって、娘宿に床をとった別室が用意されているわけではもちろんないし、特定の個人を外に誘い出すことも不可能であったろう。訪れてきた若者に応対するのは、やはり娘集団なのである。

以上の状況を推定しても、これは、当時における婚姻の律令的側面や祭祀的タブーとの関わりを認めないことを意味するのではない。人間関係としての在地的社会性の面に重きを置いて考えてみたことであり、その社会性としても当時の家父長権の強さを否定することを意図したものでもない。それらの制約とともに、若者には若者で構成する社会が、まず基底に存在したであろうことをいうのである。そして、その若者社会自体も、乱婚を招来するような要素は持ち合わせていなかったのである。

五

歌垣の集団性というのも、かかる意味合いを有していたと考えるべきであろう。集団を脱出して個別の行動に走る。これは集団に対する反逆であり、裏切り行為である。生産にも生活にも、非常に強い集団性が要求されていた時代、このような反逆は、集団として見逃すわけにはいかない。寒田の郎子と安是の嬢子が松に化さなければならなかったのは、ひとえに「遊の場より避け、松の下に蔭」れたことによる。彼らは、その日以前にはほとんど互いに相見る機会もなく過ごしてきた。しかし、彼らが似合いのカップルであることは、双方の集団の衆目が一致するところ。彼らの将来の仲は、仲間たちの等しく承認するところであった。その噂話に煽られて、彼ら自身もまだ見ぬ相手に恋情を抱いた。二人は歌垣の場で相手を認め合い、歌を唱和した。当然仲間たちの見守る中でである。そこまでは祝福されこそすれ、なにも咎められる筋合いのものではなかった。そのまま歌垣の場に留まり、彼らの仲間とともにそれぞれの村へ戻ればよかったのだ。そうすれば、やがて彼らの仲間が骨折って彼らを望むような状況に持っていってくれただろう。にもかかわらず、彼らの恋情の早急さは、集団の掟を破らせ、個人的行動に暴走させた。集団の持つ自立性は彼らを罰せざるをえないことを、彼ら自身も知るが故に、自ら松に化さなければならなかったのである。さりながら、彼らを取り持ったのが集団自身であることのいささかの後めたさと、集団性の厳しさを熟知しているはずの彼らをしてここまでの暴走的行為に走らせた、彼らのその心情に同情して、その松に名を付け、長く語り伝えることとなったのである。

この常陸風土記に載る伝承が、当時の実情にふさわしいものである。筑波山の嬥歌の会に娉の財を受ける、すなわち婚約が整うのは事実であろう。しかし、それは人目に隠れてこっそり渡されるものではあるまい。男たちの集団と女の仲間が向き合った形で対峙している中で（なにも軍隊のように整列している必要性はまったくないが）、いわば皆の拍手を浴びながら、男はかねて噂の、ろくに口をきいたこともなく、顔も定かには知らぬ相手に、これと目星を付けて、贈り物を手渡す。むろん、仲間や相手集団に好感をもって迎えられているような男なら、二人の結合が皆の大いなる祝福を与えられているものなら、仲間たちがひそやかな援助としての情報をその場でも贈ってくれるだろうし、当の相手の様子も一目で見分けがつく。もし、双方、あるいは個人の意図などにいささかなりと無理や食い違いがあったなら、徹底した妨害工作を受けるだろう。そして万一相手を取り違えようものなら、全員の冷笑を浴びて少なくとも当分結婚問題はお預けになってしまうはずだ。魔法使の娘を誤認した「白鳥の湖」の王子の悲劇と同様に。

「娉の財」とは、かかる性質の物品で、ひそかに野合して得たプレゼントだとしたら、それは売春同然である。しかも、同じ夜、既婚者・未婚者入りまじっての乱交が、神の許しの名の下に同時進行的に行われていたとしたら、その一夜限りの放埒と娉とを、どこで区別できるのであろうか。

早く、柳田国男は、その『民謡覚書』の中で次のようなことを指摘している。

大昔の歌垣の名残かと言はれて居るものはそちこちに有るが、さういふ中でも殊に著名なのは、三河額田郡の或山村の行事であった。春の末の一日、村の未婚者が全部山に登って、歌をうたって終日遊ぶ。それには年長者が関与しない。私も二人三人から此話を聴いて居るのだから、つい近頃までも残って居た風習だらうと思ふが、土地ではこの山行きを単にオヤマと呼んで居た。村の縁組はこの御山の際にきまり、却って叨りがましいことは少しも無かったさうである。此日の約束は父兄が認める慣習であって、大抵はその年の秋、収穫が終ってから式を挙げさせることになって居たといふ。

所詮、虫麻呂は、実際に自ら筑波山の嬥歌の会に参加したのではなかった。そればかりでなく、そこに描かれた嬥歌の実相も、虫麻呂の歌ったようなものではなかった。彼は、ちょうど旅人が松浦川に遊ぶ序をものしたように、筑波山に遊ぶ歌を作って見せたのである。旅人が松浦川に出掛けたのは事実であったろう。そこで漁師の娘たちに出会ったこともあったかもしれない。としても、その娘たちはけっして仙女たちではなく、そのあたりにいくらもいるイモ娘たちであったろうし、大宰帥大伴卿がそのような娘達に実際直接に声を掛けたかどうかは疑わしい。にもかかわらず、中国的教養をそなえた旅人は、そこに虚実皮膜の情景を描いて見せた。彼はそれが文学であり、歌であることを確実に意識していた。時代はそこまで来ている。ひとり旅人だけがそれをなしえたのではない。

六

すなわち、乱婚も性的解放も、虫麻呂の文学的創作であり、幻想である。そしてさらにいえば、虫麻呂の歌をそのように解してきた人々の幻想であるにすぎない。何がそのような幻想を生み出したのだろう。中西氏は、虫麻呂歌の対極に律令制を置く。根幹に律令を置くのは、誤りではないし、それを包み込むごとくに貴族性、都会性を置くこともよい。ただ、実際の嬥歌における乱婚そのものが否定されるならば、その作者虫麻呂は、逆にその歌の内容の対極にある側の方に、身を移さざるをえない。

虫麻呂は、一七五九番歌を作った折には筑波山の嬥歌の会に参加していないし、それまでに参加した経験もなかった。その点で、まず虫麻呂が少なくともその嬥歌に参加しうる範囲の地域に生まれ育ったのではあるまいという推定の方が有利になるだろう。もし、筑波嬥歌の実態を知らなかったとすれば、これはもはや東国出身を考える余地はない。たとえ彼自身参加する機会に恵まれなかったとしても、参加者の具体的な実見談は、よしんば多少の誇張と歪曲は入り込むにせよ、必ず耳にする折はあったであろうから。それが土着的な風俗であれば、よそ者、まして都の偉い（むろん、土着の人々の目から見て）官人様にどれほどの正確さをもって伝わるだろうか。筑波山の嬥歌の折、まったくの自由奔放な性的解放の一夜があると虫麻呂が信じていたとすれば、彼がよそ者であった証拠ともなる。

だが、虫麻呂はそこまで無知ではなかったろう。彼は、筑波山の国見と歌垣の伝統と習俗を承知していた。にもかかわらず、その国見の方を省略して、歌垣の方を自由奔放な夢によって拡大し、引き伸ばして歌い上げた。もし彼が東国に生まれ育ち、現在の生活も感性も筑波の神の管轄の中に息づいている者だとしたら、かく歌うことは、その神、ひいては自らの在地性への反逆・謀叛となる。いま、虫麻呂の全作品を対象に虫麻呂論を展開する余裕はないが、私には、虫麻呂の作品にかかる反逆性があるとは思えない。

万葉集巻九に載る三組の筑波山に関する歌に限定してみても、高橋虫麻呂の目は、検税使大伴卿と、実はまったく一致していて、都会的、貴族的、男性的好奇心に満ち満ちている。彼は在地、在俗的風習にそのままこうべを垂れて膝まづくような敬虔さを持ち合わせていない。それは、末の珠名や浦島子と同じく、彼の歌心をそそる素材に過ぎない。歌とは、その場に発した個人的心情をあるがままに訴えかけるものばかりでもなく、集団の代弁者としてその真摯な意志を朗々と歌い上げるものばかりでもない。それは、虚実皮膜の間に計算づくで構築されるべきもの、それが歌の新しい姿であり、滔々と流れる新時代の波に適合したスタイルだ、と直感的に熟知していた一人が虫麻呂であったのだろう。天皇以下の高級貴族の名に作品の上で気軽に接している我々の目が、虫麻呂を血脈も定かでない、地方廻りの小役人だと、つまりは、むしろ大衆の側に属するはずの人物だと誤認してしまいはしなかったろうか。よしんば最下位の役人であったにせよ、それは権力の側に属する人であり、それ故にその人物が都会的、貴族的なものを志向したとしても、土俗的、伝統的なものを嫌悪・冷笑したとしても、むしろその方が普通であるのかもしれない。すぐれた歌を作るだけの才能を持ち合わせた男が、その出自や身分の低さ（といっても、それはトップの位置から見降ろした場合の評価であって、一般民衆から見れば高貴な方々の一人である）とは無関係に、それだけの自負を持って生きた記録として、そして、時代の流れと文学意識に目醒めた証拠として、これらの歌が残されているのである。

ルーブル美術館が所蔵するジャン・オーギュスト・ドミニク・アングルの描く「トルコ風呂」、官能美に充ち満ちた美女達の群像が画面一杯に描かれている。だが、作者アングルは一度もトルコに出掛けたことはなく、当然トルコの浴場も見てはいない。彼の画材となったのは、イギリスの駐トルコ大使の夫人メアリー・ウォートリー・モンタギューの故国の友人宛の書簡だという。アングルは画材となりそうな文章をメモとして残しておく習慣があった。しかし彼のメモは、当時八種類もフランス語訳され出版されていた夫人の書簡集のどれとも異なり、誰かに口頭で翻訳して貰ったもののメモではないかという。そして、夫人の描くトルコの浴場には、二百人ばかりの婦人が全員丸裸でおり、コーヒーを飲んだりシャーベットを食べたりしているが、皆礼儀正しく上品な人達で下卑た笑いや淫らな仕草はまったく無いと記述されている。

このことに関連して、高階秀爾氏は次のような文章を書いている。

『アタラ』や『ルネ』などの小説で知られるロマン派の作家シャトーブリアンは、十九世紀の初頭、コンスタンティノープルを訪れた時の印象をこう書いている。

「ここには、喜びのしるしも幸福の影も見られない。民衆は、人間というよりも、司祭に導かれ、兵士たちに虐殺される家畜の群れのようだ。放蕩以外に快楽はなく、死以外に刑罰はない」

この観察が、民衆の生活の正しい実情を伝えているとは思われない。というよりも、むしろ大きな誤解がある。だがその誤解は、シャトーブリアンだけのものではなく、東方世界に対する当時の西欧人たちのイメージのなかに深く根づいているものであった。つまり、「放蕩」と「死」、官能性と残虐性、ハーレムの逸楽と血の香りに満ちた世界というイメージである。十九世紀に西欧世界に広まったオリエンタリスム（東方趣味）とは、このイメージをふくらませ、飾り立て、洗練させたものにほかならない。

もちろん、すべてが嘘だというわけではない。だが、人は、あるイメージを抱いている時には、たとえ現地を訪れても、そのイメージによってしか世界を見ないものである。フロベールのエジプト旅行記など、その典型的な例であろう。ナポレオンのエジプト戦役以後、ギリシャ独立戦争、フランスのアルジェリア併合などによって東方世界との関係が深まるにつれて、官能的で血なまぐさい異国趣味がいっそう強調されたのは、そのためである。

朝日文庫『世界名画の旅』7、一九八九

高橋虫麻呂の歌にこれと同じ血の流れを見ることは誤った想像であろうか。

歌われぬ動植物

一

古来、人々は、農業にしろ、狩猟にしろ、採集にしろ、生きながらえていく手段としての食料を入手するためには、自然に左右されることがいかに大きいかを熟知していた。少なくとも温帯地域では、自然は定期的に循環した様相を見せる。大きなサイクルとして見れば、その流れはほぼ規則的である。だが、日々の自然の変化は、なかなか人々の予測通りには運んではくれない。多分昔から人生最大の問題であったろう死についても、死は人々の上に必ず訪れることだけが確かで、おおむね高齢者から死んでいくのがおよその傾向であっても、老少不定、陽の目も見ずにはかない生を終える者もあれば、弱い弱いと言われながらも存外長生きをする者もある。されば、古代、これらの推移をすべて神の摂理に帰していたことも故なしとはしないであろう。人生・生活の一切の基盤を神の力に負っている時代があった。

とはいえ、かかる神々の時代を奈良朝期まで延長して考えることはいかがなものであろうか。西洋美術の長い歴史を顧みても、神と人の像を作り、その物語を描く長い時代があった。自然を、あるいは花や鳥を、神や人の背景・前景として描き添えることは古くからあったものの、自然そのものを描く風景画が現れてくるのは、ブリューゲルあたりをその先駆けとして、バロックの時代を待たなければならない。人々が、良い景色だなぁと小手をかざして辺りを見回すようになったのはいつ頃からだろうか。文学の世界では、ワーズワースやホイットマンは、その時代、むしろ異端であった。日本画の世界でも、花鳥画・山水画が登場してくるのは、大陸の影響を受けての中世である。であるのに、叙景歌の成立が、万葉第三期あたりで問題になるのは、なぜか。それは日本の古代文学の根幹に関わる問題として、今は措くほかはないが、古代の歌謡は意外に早く神々の呪縛から逃れて、自然を人の目で眺め、その美を享受するようになっているようだ。

自然は、少なくとも日本の場合、四季の移り変わりによって人々の意識に上がる。むろん、季節の変移は、古い時代にあっては、生産との関わりで意識されたであろう。もっぱら、食料を採集に頼っていた時代があったとしても、植物も動物も人の目の前に姿を見せる時期は限定されている。狩猟・漁撈に頼る生活の中でも同様である。そして、食料生産のほとんどを栽培農業に頼るようになった時代以降も、自然の制約は相当にきびしかったはずである。日本列島の置かれた位置は、寒暑の差がかなり激しく、夏は裸でも暑いし、冬は何枚も重ね着をしなければならない。京都の月別平均気温の最高は八月で二十七・八度、最低は一月で四・六度（一九七一年から二〇〇〇年までの平均）。その差は二十三・二度、現在の世界の首都のうちでは十指に入る。およそ一週間に一度ずつ気温が上り下がりしていく勘定になるのである。しかもほぼ規則的に季節は変化していく。現在でも桜の開花時期は地域的におよそ定まっていて、それが一週間もずれたりするとその年の十大ニュースにでもなりかねない。ということは、稲の種蒔き、植え付けなどについても、その最適の時間の余裕は非常に狭い、ということになる。日本で生活していると、衣替えのことだけでも季節に追われる忙しさがある。そして、雨の多い温帯気候は、豊富にして多彩な動植物の姿を人々の前に展開してくれる。人々はいやでも季節の転移に目を向けざるをえない。

最初の勅撰和歌集である古今集が、全二十巻という構成の、前半十巻のうちの六割を四季の歌とし、後半十巻のうちの五割を恋の歌とした、その構成がいわば王朝和歌のあり方を決定してしまったが、単に四季と恋が和歌の代表的な素材となったというだけにとどまらず、実は、恋の歌でも季節感に裏打ちされた詠み方をする場合が多いのである。この傾向はすでに万葉集でもかなり顕著に認められること、かつて触れたことがある。その季節の変化は、具体的には、自然の様相や動植物の名という、いわば歌の素材で象徴的に表現される。この手法は、現在の俳句でも、「季語」として、全体が十七音であることとともに、俳句たることの必須の条件として残されている。

この際選択される、後世風に「季語」の概念を仮に用いるならば、その季語に相当するような、自然や季節を象徴するような事物・動植物は、その場その場で作者によってふと選択され切り取られたものであったにせよ、それらが人々の季節感を支え、表現するのにまことにふさわしい素材だという社会的な意識は、それがたとえ限定された小さなサークルの中に過ぎなかったにせよ、存在していたはずである。それがどのようなものであったかの一端を垣間見てみよう。

二

人々の、花（や）蝶やとめづるこそはかなくあやしけれ。人はまことあり。本地尋ねたるこそ心ばへをかしけれ。

堤中納言物語「虫めづる姫君」での、その姫君の言葉である。枕草子二百三十九段（岩波日本古典文学大系本）「三条の宮におはしますころ」には、御匣殿の歌に

みな人の花や蝶やといそぐ日もわが心をば君ぞ知りける

とある。源氏物語「夕霧」にも

ことごとの筋に花や蝶やとかけばこそあらめ、わが心にあはれと思ひ、もの嘆かしきかたざまのことをいかに
　と問ふ人は、むつまじうあはれにこそ覚ゆれ

とあり、同じ「胡蝶」にも、「花蝶につけたるたより」という語句が見える。三宝絵の序にも「花や蝶やといへれば」という。花と蝶とは一対のものとして、当時かなりもてはやされていただろうことをうかがわせる。

花に遊びむつれる蝶、まことに春の穏やかな、色彩豊かな情景である。

蝶、ましてはかなきさまに飛び立ちて山吹のませのもとに咲きこぼれたる花の蔭に舞ひいづる

とあるのはその一例と見えるが、これは源氏物語「胡蝶」の巻の文で、蝶に装った子供たちの舞姿なのである。現実の蝶の姿は、万葉集にはひとつも見当たらない。万葉に限ったことではなく、平安朝の和歌にもめったに姿を見せないのである。物語、日記、随筆の中にも花にたわむれる蝶が描かれることはほとんどなく、まして蝶の姿に豊かな季節感を情緒的に盛り込むこともないのである。これはどうしたことなのだろうか。

文選にも蝶は二度くらいしか姿を見せないが、唐代になればかなり増えてはくる。その影響関係もさることながら、季節感を現す景物はその地の気候風土に密着したものが選ばれることも事実であるから、当面問題を日本内部に限ろう。上代では、万葉集だけでなく、現存する他の文献の中にも蝶は現れてこない。だからといって、この時期、日本に蝶が生息していなかったわけでもあるまい。いつごろどのような蝶がいたか、あるいは、モンシロ、キチョウ、アゲハなどという、色鮮やかな大型の蝶はその頃、あたりに見かけることがなかったのだろうか、蝶と蛾は当時の日本人には区別されることもなく花鳥風月的情緒の対象にはならなかったのか、というような知識を与えてくれるような書物は管見に入らなかった。昆虫学専門の方に尋ねたところでは、種というものはそう簡単には絶滅・発生をするものではないから、現実の姿は現在と大差ないと考えた方がよいらしい。もうひとつ、吉川幸次郎先生がおっしゃっていたことだが、西洋では花というと草花を思うが、東洋では木の花が多い、ということは、蝶に関

しても言えるようだ。

例えば、宇津保物語「吹上上」

宮よりたねまつが女君、合はせたき物を山の型に作りて金の枝に白金の桜咲かせて立て並べ、花に蝶どもあまた据ゑて、そのひとつに書き付く。

桜花春は来れども雨露に知られぬ枝と《ママ》　ぞ悲しき

また、同「春日詣」

花咲かぬ枝にも蝶はむつれけり　柳の糸もむすぼほるらし

増鏡「秋のみ山」にも、これは衣装の模様のことだが、

桜萌黄の二重織物の御下襲、桜に蝶を色々に織る

とある。どうも蝶は桜と関わりが深いらしい。遍昭集の

散りぬれば後は芥になる花を思ひも知らずまどふ蝶かな

という場合も、草花よりは木の花、それも桜あたりを思い浮かべる方がよさそうである。源氏物語では、「胡蝶」の巻において、むろん舞のさまとしてだが、

鳥蝶にさうぞき分けたる童べ八人、形などことに整へさせ給ひて、鳥には白銀の花瓶に桜をさし、蝶は黄金の瓶に山吹を、同じ花の房もいかめしう世になき匂ひを尽くさせ給へり

とあって、桜とは対になっているものの、直接蝶に関わるのは山吹とされている。また、これも同じ源氏物語で、こちらは衣装の模様だが、「玉鬘」に

梅の折り枝、蝶鳥飛びちがひ、唐めいたる小袿に

として、梅の枝との関わりを見せる。先の宇津保物語は柳であった。

その蝶は、枕草子四十三段「虫は」のところで、

虫は鈴虫、ひぐらし、蝶、松虫、きりぎりす、はたおり、われから、ひをむし、蛍

と上位に挙げられている。とはいえ、枕草子の記述をそのまま往時の女房たち、ひいては貴族一般の嗜好と受けとめるわけにはいくまい。清少納言の、少なくともこの書で挙げつらわれた事物には、例えば、「うつくしきもの」として、雀だとか、雛の調度とか、葵とか、人以外のものを列挙したように、後世風、あるいは俳諧趣味に通ずるものが多く、当時一般の雅的感覚とはいささかかけ離れている場合があるからである。だが、宇津保物語「楼上上」に

ただ稚児にかづらをうち掛けたるやうにて、なに心もなくて、蝶にやありつらむ、物の飛びつるを扇捧げてうち仰ぎ給へるこそ

とか、

蝶の御簾のもとに飛び侍りつるを、この幼き人々の、我も取らむ我も取らむと騒ぎ侍りつるを御覧じつるならん

などあれば、少なくとも子供たちには人気のあったものだろう。そして、堤中納言物語、虫めづる姫君の隣に蝶めづる姫君が居たということ自体、そして、侍女たちが

いかなる人、蝶めづる姫君につかまつらむ

と羨ましがるのに対して、この虫めづる姫君は

蝶めで給ふなる人もはらめでたうも覚えず

と公言する、それが蝶をめでることを、やはり世上では優雅な趣味と見ていたことになるであろう。紫式部日記に少将の君は、秋の草むら、蝶鳥などを白銀して作り輝かしたり

などあるのをはじめ、衣装・装身具などには蝶を図案化したものがかなり紹介されており、紋所に多用されていることも周知の事実である。

にもかかわらず、蝶の舞う姿の美しさ、色彩の鮮やかさなどを、咲く花の色香とともに捉えて春ののどやかな情景として描き出したものは、王朝文学の中にはほとんど存在しない。それは中世以降の世界なのである。先の宇津保物語「吹上上」の例でも、飾り物の蝶に和歌を書き付けていた。これを見て、君達が蝶ごとに歌を書き付けたとして八首の和歌が並べられているが、そのいずれにも「蝶」という語は現れない。蝶は、王朝文学、特に和歌の世界では春の景物ではないのである。

衣装・装身具類の模様としては、蝶は美しい姿をめでられている。が、模様としての蝶はほかに紋所として使われるぐらいであろう。和歌・物語の中では、「蝶鳥」として空を自由に飛び、人の行き通えぬ所に現れ得るものの例となり、「胡蝶」として舞を意味し、「胡蝶の夢」の話に基づくものなどが使用されているにすぎない。そして、平家物語巻八「猫間」などでは、

木曾、車のうちにてのけに倒れぬ。蝶の羽を広げたるように左右の袖を広げて起きん起きんとすれども

などのように、むしろみっともない格好の形容に使われたりしている。

蝶が現れないと言ったが、「てふ」という語形が字音に基づくもので、本来和歌には馴染まない類の語であるから、というのはこの場合、必ずしも適切な理由とはなりえない。ことは蝶ばかりではないのである。後に触れるが、これらの惣名である「虫」にしても、歌の中では多いとは言えないのである。

谷川健一氏は、「仮面と人形」（講談社学術文庫『魔の系譜』〈一九八四〉所載）において

新潟地方では不慮の死をとげた人の魂は、蝶となって飛び立つという伝承があると聞いている。平将門が反逆を企てたとき、京都におびただしい蝶の群れがあらわれて人々をおどろかした。これは戦争の直前に死の予兆

を感じて、心に動揺をおぼえた幾千の人たちの魂だとおもわれたというのが、その一例である。と述べている。氏はその出典について何も触れていないが、恐らくは書中に時折その名の見える小泉八雲の著作から引用したものであろう。ラフカディオ・ハーンの「虫の研究」（岩波文庫『怪談』〈一九四〇〉の中）には

平将門が、例の有名な反逆をひそかに企てていたおり、京都におびただしい蝶の群れがあらわれたので、時の人々は、これを凶兆だと考えて、大いに驚いた。おそらく、そのときの蝶は、戦場に死ぬ運命をにないながら、戦争の直前に、ある不思議な死の予感を感じて、心に動揺をおぼえた幾千の人々の魂だと思われたのだろう。

とある。人間、あるいは死を予感した人の魂というのは、ヨーロッパ文化の中で育ってきたハーンの解釈であるらしい。が、京に蝶が乱舞したという伝えは、将門関係の文献には古くは見いだすことができない。扶桑略記などには調伏祈禱の間に数万の蜂の大群が現れ、東に向かって飛び去ったのを将門誅害の瑞だと人々が喜んだという記述はある。吾妻鏡に至って、宝治元年（一二四七）三月十七日の記事に、

黄蝶群飛、凡充満鎌倉中、是兵革兆也

とあり、将門貞任の乱の時にこの怪があったと記す。が、まだ死者の魂という把握は見られない。ハーンの記述についても、吾妻鏡が引く過去の例についても、その典拠を明らかにすることはできない（ハーンは日本語の文献が読めたわけではないからそれほど重視しなくてもよいかもしれないが、そのまま引用されたりするので）が、蝶を不吉なものと眺める気分が、ある時期存在したことは事実である。土橋寛氏の『日本語に探る古代信仰』（中公新書〈一九九〇〉）においても、鳥やヒヒル（蛾・蝶）が生命霊から死者の遊離魂に拡大していったさまが説かれている。ハーンが解釈したように、西洋にも蝶類を死者の魂と見る同様な理解はある。確かに同じ種類の蝶が何百何千と無く蝟集し、同一の樹木、時には水溜り、あるいは動物の死骸などに群れる状景は世界のあちこちではよく目にする光景であるが、日本ではなぜかほとんど見られない。いま、詳しく触れることはしないが、それをもって王朝文学に蝶が

姿を見せない理由とするわけにはいかない。蝶を不吉なものとする言立てが表面化するのは時期がややずれるのであって、平安期に僅かに見られる蝶の描写には、その気分の片鱗も見られない。堤中納言物語「虫めづる姫君」にとか、

蝶は捕らふれば手にきりつきていとむつかしきものぞかし

また、蝶は捕らふればわらは病せさすなり

とかいう言葉が見られるが、蝶を手に捕ることをいうのであって、その飛ぶ姿にまで忌避が及んでいるわけではない。蝶自体の属性として、忌み嫌われる要素が平安期に強かったとは認められないのである。

蝶以上に死者の魂と見られることが顕著だった白鳥も、平安期の勅撰集には「しらとり」の形は見られないものの、白い大型の鳥である「たづ・さぎ・しぎ」などを詠み込むことに違和感はないようだ。万葉でも枕詞としての「しらとり」を含めて同じ傾向がある。よしんば蝶に死者の遊離魂を感じる面があったにせよ、それが直ちに花に舞う蝶を詠み込まなかった理由に直結するものではない。

三

次には広く動植物の名が文学作品、特に和歌の中にどのように登場してくるかを眺めてみよう。先ず蝶が属する類の物名としての「むし」。万葉には、「虫麿」という個人名が、安倍氏、占部氏、刑部氏、川原氏、高橋氏など各氏に見られるのに、歌中に使われた語としての「虫」は、「夏虫」とともに合わせて二回だけである。もっとも、「虫」は平安に入ると、八代集で金葉の四回から千載の十四回まで、洩れなく歌い込まれているし、散文の物語類にもよく姿を見せる。虫の存在自体、現代でもその種類によって、また、人によって好悪の差の甚だしいものではあるが、

「虫」という語形そのものに、この頃特に忌避される傾向があったとは思われない。だが、詩文中の使用状況はこのようなものである。

次に、その虫の種類としての名であるが、虫の名や種類といっても、問題がないわけではない。語形の変わったもの、別称、細分された名、名称の変化してしまったものなどの扱い方は微妙である。おおむねそれらを統合した形で概観してみると、文学作品に出現する虫の名は、やはりごく少ないというべきであろう。万葉集・八代集はその総索引、平安期の散文作品は一般的には『古典対照語い表』で、個別的には各作品の総索引を使用して調査し、これに岩波日本古典文学大系の『中世近世歌謡集』と『川柳狂歌集』を対比させながら、およその傾向を眺めて見れば、おおむね次のような状況である。ここに見える虫の名は、併せて三十五種類ほどである。もっとも多く虫の名を記しているのが枕草子で十九種、次が中世近世歌謡を一纏めにすると十八種、川柳狂歌が十五種、八代集が全部で十四種と続く。万葉がその次で十一種である。日常の生活の中で出会う虫に比して、やはりかれらが文学に登場する機会は非常に少ないといえよう。

現代では蝶とともに季節感をそそる昆虫として併称されるトンボ、むろん万葉時代にはアキヅであるが、このアキヅ、アキヅ羽、アキヅ領巾やアキヅ島などの用例しかない。つまり、飛んでいるトンボの姿は一切歌われていないのである。そして、平安期にもトンボはその姿をまるきり見せようとしない。

八代集では、十四種の虫が、百三十五回詠み込まれている。平均十回足らずだが、むろん、差は大きい。もっとも登場する機会の多いのが「蟬、ひぐらし、松虫」でともに二十三回ずつ、「蛍」が二十二回で、「きりぎりす」が十八回、以下は一桁の使用例である。歌の中の虫というのは、この五種類にほぼ限られているのが和歌の世界における一般的な現象だとさえいえるであろう。万葉集の場合は、「ひぐらし」九回、「こほろぎ」七回が多いだけで、十一種全体の平均使用度数は三回に満たない。万葉の歌は素朴だの生活に密着しているだのいわれながら、平安期和歌以上に虫には興味を示していないというべきであるが、その中で、「ひぐらし」と、「こほろぎ」を受け継いだ「きりぎりす」とは、万葉以来の景物として王朝和歌に引き継がれたものであることが解る。ちなみに、万葉で「ひぐらし」が登場するのは巻十で四回、巻十五に三回、これは遣新羅使人の歌中にある。ほかに巻八と巻十七。「こほろぎ」の方は巻十に集中して六回、巻八に一回である。万葉では、秋の夜の虫の鳴き声もあまり聞こえてこない。コホロギだけが、巻十秋の部に六首、巻八秋に一首鳴いているだけで、万葉集のあちこちに姿を見せるわけではない。もし四季分類のこの両巻がなかったら、コホロギの鳴き声は万葉集からは聞こえてこないのである。他の鈴虫・松虫・くつわ虫・きりぎりすなどの名は出てきていない。

夏と秋にまたがるものとしてのヒグラシは、これは万葉集中の九首に詠まれていて、巻八・十以外にもあり、平安期の勅撰集のどれよりも多数の用例を見る。だが、このコホロギとヒグラシ以外の虫は、セミという形をも含めて、一、二例が散見するだけである。それも、スガル、ハヘ、ヒムシ、ホタル、カ、クハコなど、種類もごく限られたものでしかない。従って、万葉以来の景物とはいっても、その万葉は非常に限定された万葉なのである。四季分類をほどこした巻八・巻十が、歌の内容として、詠み込まれた素材として、王朝のそれと強い共通性を有することとは、従来も何度か触れたことがある。

この「ひぐらし」と「きりぎりす」に、八代集では夏の夜の闇に光る「蛍」と、秋の夜に鳴く虫の声を加えたことになる。「鈴虫」も比較的よく現れる。もちろん、これらは同時代の作品の中にも顔を出す、あるいは声を響かせていることが多い虫である。散文では虫はほとんど見当たらない。源氏物語に「蛍」が十回、「ひぐらし」が八回見えるほか、宇津保物語に「蛍」十回、「松虫」八回が使われているが、あの物語の分量を考えると、決して多いとはいえない。和歌の情緒を筋の展開に盛り込むことは、物語・日記を問わず、さほどの関心を示していないようである。

八代集の中にも変動があることは十分予測される。実際、「蛍」や「きりぎりす」は、八代集の前期四集と後期四集での使用例が十一対十一と九対九で、相拮抗した姿を見せるのだが、「蟬」は十六対七、「ひぐらし」は十五対八、「松虫」は十九対四で、「鈴虫」も六対一である。これもかつて指摘したように、いかにもその季節の象徴たるにふさわしいような、特定の季節にしか出現しないような自然現象、あるいは動植物の姿態などは、前期四集ではその季節の景物として多用されるが、後期四集ではその使用がいちじるしく減少していた。これと同様の傾向と考えてよかろう。そして、これらが伝統的な景物として中世までの作品を支配するのである。散文の作品でも傾向としては同様であると称してよかろうし、中近世の歌謡でも、そこに多く見られる虫の名というのは、「蛍」と「きりぎりす」なのである。

さすがに川柳狂歌の世界では、もっとも多用されたのが「蚊」、次が「蠅」、その次には「蛍」が来るが、次が「毛虫」である。身近な俗の世界が見えてくる。そういう意味で注目されるべきは、枕草子であろう。平安期で虫の名をもっとも多く記しているものは枕草子である。もっとも、これには「虫は」の段があり、その中に十四種類の虫の名が挙げられている（そのうち九種類は名称だけ）ためでもある。しかし、ここに挙げられたものも含めて他の箇所にも十一種の虫が現れ、ほかの作品を圧倒している。虫の名としてはもっとも多彩であって、源氏物語の倍である。他の作品がいかに少種類に限定されているかということを、逆に教えてくれる数値である。ただ、枕草子は使用度数は全部で三十回、平均一・五回ということになる。そして、その中でもっとも多く使われているのが「蟻」で、六回。やはりこの草子は虫を見る目も、取り上げ方も、他の作品とはかなり異質であるというべきであろう。「蟻」などという虫は、大鏡や徒然草に一度ずつ顔を見せるほかは川柳にも一度現れるくらいである。枕草子に見えない虫で他の作品に名の残るものは、スガルとかカヒコとかクツクツホフシとかガウナとか、限られたものが孤立的に使われているに過ぎない。枕草子の一つの、あるいは本質的な特徴であろう。ここでは詳しく触れるつもりはないが、蝶をはじめ、多くの虫たちは中世の文献になると盛んに活躍を始める。いわば、歌の、雅の世界ではなくて、俳諧の世界なのである。枕草子の「をかし」は、俳諧に連なる「をかし」と考えることができるのではなかろうか。

蠅や蚊、蚤、虱などが和歌の世界から排除されたであろうことは、常識的に理解できる。蚊という語形は三代集や新古今に見えるが、これは「蚊遣火」から抽出されたものであって、蚊遣火は夏の風物詩になり得ても、蚊は「にくきもの」でしかない。だが、現在よりもはるかに虫たちとの密接な生活を送っていたはずの昔、季節の風物の移り変わりに敏感な反応を示していた彼らが、なぜ虫たちとの接触にあまり関心を示していないのだろう。花に舞う蝶、暑さを焦燥感にまで高める蟬の合唱、澄み切った空を背景に滑るトンボに季節を見いださなかったのだろうか。闇にほのめく蛍の光にしても、涼しさを誘うかのようなヒグラシの声にしても、秋の夜長を鳴き通す虫の音にしても、花や紅葉、風や月よりも魅力がはるかに劣っているものなのか。

蝶や蜻蛉や蛍などの虫は、その昔も変わらずに身近に飛び回っていたであろうし、季節感を現出する華麗な存在であり、愛らしい小さな生き物であったはずなのに、そして、近代では、それゆえに童謡・唱歌の格好な題材になっているにもかかわらず、季節感を表現する文学上の主役として登場してこない。なぜ、蝶は、蛍は、その飛び交う姿を見せようとしないのか。一応の答を出してはみても、まだわだかまりは続く。この問題の基層をもう少し追及してみたい。

四

「花鳥風月」という語があるように、歌に詠み込まれることの多い動物としては、鳥をその代表として挙げるべきであろう。そして、これらこそが古代においては文学的情緒を具現する景物であり、同時にそれは季節感を十二分に盛り込んだものであったのである。次には、その鳥について、どのような名が現れてくるかを眺めてみることとする。

万葉集の中に詠み込まれている鳥の名は、もっとも多いのが「時鳥」、次いで、「雁、鶯、鶴」の順である。これらは、いずれも渡りをする鳥で、その姿や鳴き声に接することの出来るのは限られた季節でしかない。だから、これらの鳥が詠み込まれた時は季節感を伴ってその鳥の名が採り上げられたに違いない。

むろん、早くから注目され、詳細に調査されているように、これらの鳥が万葉集中に均等に詠まれているわけではない。「時鳥」ならば、巻八、十、十七、十八、十九の五巻で万葉集中の全用例百五十二例のうちの百三十三例、すなわち、八十七・五％を占めてしまう。「雁」は巻八、巻十で六十六例中の六十三・六％、「鶯」は巻十だけで全用例五十の中の三十八％、それに巻五と巻十七を加えると六十六％に達する。ただし、「鶴」は巻八、巻十や巻十七以降にはむしろ用例は少なく、これより使用度数が上位に位置する鳥とは違って、歌が季節感を大事にし始めた時に好まれるようになった、そのいわば新しい〝季節の鳥〟ではない。

もう一つ注目されるのは、その「鶴」という鳥の名は、平安期の歌言葉では「たづ」と「つる」に分裂するが、その両者を併せれば、八代集における鳥の名の多用される順位は、上位の方では、万葉集とまったく変わりがないことである。「鶴」に続くのは、万葉集では「鴨、千鳥、あぢ」であるが、八代集では、「千鳥、鴛鴦、鴨」の順となる程度である。歌に詠み込まれる好みの鳥は、基本的には万葉後期にはほぼ定着して、そのままの姿が王朝和歌に引き継がれているのである。

万葉には詠まれながら、八代集に姿を見せない鳥は、次のようなものである。カッコ内は万葉の用例数である。

あぢ（十五）、かけ（八）、ぬえ・みさご（六）、かほどり（五）、ひめ・たかべ（二）、あきさ・あとり・つばめ

（二）

逆に、万葉集には見えずに八代集で現れてくる鳥は、その名称を基準にすれば次のものである。

つる（十九）、はしたか（十）、かささぎ（八）、ゆふつけどり（六）、くひな（五）、きじ（四）、いなおほせどり・はと（二）、しでのたをさ・しとど（一）

先にも触れたように、「つる」は「たづ」の形で、そして「きじ」は「きぎし・きぎす」で、「はしたか」は「たか」に含めればその形で、「しでのたをさ」はむろん「ほととぎす」で、いずれも万葉・八代集に共通して見える鳥である。とすれば、日本には飛来しない「かささぎ」が七夕に関係して使われるようになることと、「ゆふつけどり、いなおほせどり、しでのたをさ」のような、その名称の方に懸詞的興味を持った名が見えること程度の変貌であろう。

両者の共通性を数値的に眺めてみると、鳥の名称としての名の種類は、どちらも三十五種である。ただし、先に挙げた「つる」の類を「たづ」と同一の鳥と見なす類の処置をすれば、鳥の種類としては、八代集は三十一種となる。そこに含まれる歌の数を考慮に入れるならば、歌に詠み込まれる鳥は、ますます限定されてくる、といえよう。

八代集の鳥で、万葉には現れなかった鳥の種類は六種、十九％程度だが、その鳥が八代集に現れてくる回数は非常に少なく、鳥の全用例の三％に過ぎない。これは万葉集の方から見ても、万葉集には見えて八代集に現れない鳥は、種類でこそ鳥の名の二十三・五％になるが、使用度数からは七・八％である。この面からも、歌に詠まれる鳥の種類の固定化が万葉集から定着していて、そのまま八代集にも引き継がれていることが知られる。

万葉集の内部で眺めてみると、いろいろな鳥の名が現れるのは、巻三・十一・二十の三巻であって、そこには十二種類ずつの鳥の名が見えるが、その使用度数はいずれの巻でも低く、併せて平均二回程度である。これに次ぐ巻十七・十九は、鳥の種類は十一種ずつが見えるが、使用度数は四十四と五十で、かなり高い。巻十は十種類の鳥が九十八回現れてくるし、巻八は九種類の鳥で五十七回の使用例を見る。巻十八には「ほととぎす・たづ・にほどり」

の三種しか現れないものの、その「ほととぎす」が二十一回も使われている。平均使用度数が四回を上回るのは以上の巻八・十・十七・十八・十九だけである。これらの巻々はいずれも「時鳥」の用例が二十回以上で、これが全体の使用例を引き上げているのだが、その「時鳥」のほかに、巻八では「雁」が、巻十では「雁」と「鶯」が多用されている。やはり、これらの鳥が四季分類をほどこされた巻において季節と深い関わりを持ち、また、巻十七以降の家持周辺での好みで万葉に取り込まれたことが如実に見られるのである。

八代集の方では、鳥の名称は、小さな歌集である金葉集の二十四種を筆頭に後撰集の十四種まで、平均十八・七五種類、使用度数の総計は先にも挙げた七百九十五回だが、歌集別では、大きな歌集の新古今集の百五十四回を最高に、小さな詞花集の二十八回まで、平均九十九回余りを数える。むろん、「時鳥、雁、鶯、鶴」の四鳥が圧倒的に好まれているのだが、八代集で「千鳥」が上位に進出してくるのは、特に千載・新古今に多く歌われているからである。

これを中世・近世の歌謡と比較してみたいのだが、確かに問題点はかなりある。これら後世の集が大抵は小さな集であって、ここに取り上げた勅撰歌集には匹敵できないこと、中で松の葉が比較的大きくて、全体としてはその数値の影響を受けてしまうこと、などである。その制約を頭に入れながら眺めてみると、実はここにも伝統的な和歌の影響が大きい、ということが見えてくる。もっともよく詠み込まれている鳥は、やはり「時鳥」、続いて「鶯、千鳥、鶴」である。

しかし一方、それに続いて「烏」が登場してくるのが目に立つ。しかも宴曲集を除いて、ここに取り上げた中・近世歌謡としての資料のすべてに顔を出すのであるから、時代なり編者なりの特殊な好みではなかろう。むろん、万葉集にも、八代集にも「烏」は居た。が、それほど目立つ鳥ではなかったのである。

万葉集の「烏」は、一方において

　　烏とふおほをそ鳥のまさでにも来まさぬ君をころくとそ鳴く　十四・三五二一
　　波羅門の作れる小田を喫む烏瞼腫れて幡幢に居り　十六・三八五六

のように戯画化された姿を見せ、一方において

　　暁と夜烏鳴けどこの森の木末が上はいまだ静けし　七・一二六三
　　朝烏はやくな鳴きそ　我夫子が朝開の姿見れば悲しも　十二・三〇九五

のごとく、夜深くまたは朝早く鳴く声を歌う。前者はともかく、後朝の別れのつらさを歌う後者は勅撰集にも引き継がれてよさそうなものだが、そのような歌は八代集には採られていない。後拾遺や金葉・千載に僅かに見える「烏」は、「烏羽之表疏」や史記の燕丹と秦王に関する話に出てくる頭の白い烏の故事を踏まえたものだけである。

　平安から中世にかけての散文の世界では、この故事を踏まえて登場してくる場合もいくつか見かけられる。保元、平家、今昔、十訓抄など。そのほかでは、屋根材とか（竹取）残飯とか（枕、宇治拾遺）雀とか（源氏、宇治拾遺）死骸とか（今昔、保元）蛙とか（徒然）をついばみ食う習性を描くことが多い。栄花には、喪服の様子をたとえた箇所が二つある。夜明けを告げるものとしての鳴き声が語られるのは、枕と栄花ぐらいである。総じて用例は散発的であって、今昔や宇治拾遺に見られる仏教説話や天草本伊曾保に見られる西欧の説話のように、動物社会を擬人化して、その一方の主人公として登場させてくるような鳥獣戯画的な例は皆無である。それは奈良絵本やお伽草子の世界を待たねばならず、それ以前の文学の世界では、すべての動物はあるがままに人間との関わりにおいて眺められている。

　このような状況の中では、枕草子が

　　夕日のさして山の端いと近うなりたるに、烏の寝所へ行くとて三つ四つ二つ三つなど飛び急ぐさへあはれなり。

と描き出したのは、かなり異質である。むろん、この文章も「まいて雁などの列ねたるが」と続くのであって、「烏」

の姿を至高のものとしているわけではない。そして、「鳥は」の段で

　鳶烏などの上は見入れ聞き入れなどする人、世になしかし。

と断言し、「烏の集りて飛びちがひさめき鳴きたる」を「にくきもの」に挙げるのを初め、「騒がしきもの」「あさましきもの」に登場する「烏」は平安期一般の「烏」の生態に対する認識からくる嫌悪感（これは奈良時代も似たようなものであったろう）に支えられた姿と見てよかろう。しかし、「たとしへなきもの」の段

　夜烏どものゐて夜半ばかりにいね騒ぐ。落ちまどひ木伝ひて寝起きたる声に鳴きたるこそ、昼の目にたがひてをかしけれ。

は、精緻な観察と想像の上に立って、一般の人の想いもかけないような「烏」の生態に好意的な目を向けている。平安期の和歌、物語、日記などの類にめったに姿を見せない「烏」が、七回も取り上げられていること自体、枕草子の異質性を示すものであろうし、これを「あはれ、をかし」の対象として真正面から賛美した態度は、時代を遥かに超えたものというべきであろうか。

　中近世の歌謡では、恋情を歌うことが多いだけに、

　音もせいでおよれおよれ　月に烏が鳴き候ぞ　閑吟集
　此処は山陰森の下　月夜烏はいつも鳴く　しめておよれよ　夜は夜半の現つなやなふ　狂言歌謡
　月夜の烏は呆れて鳴く　我も烏か　そなたに惚れて泣く　隆達小歌
　あやにくのやもめ烏に朝ざめて誰を待乳のやよや麓川　松の葉

などと多用されるようになってくる。なお、芭蕉は「烏之賦」（『折つつじ』）などを書いて「烏」には好感を示さない世間一般と同じような筆致で烏を論じたりしているものの、彼自身の名句

　枯れ枝に烏のとまりたるや秋の暮

を初め、「鳥」を詠み込むことが多かった。その傾向は芭蕉個人に留まることなく、彼の周辺でも、後の蕪村でも同様であった。「烏」を文芸の主役の位置に引き上げたのは、蕉風俳諧の力であろうかと思われる。

「烏」とよく似た目で眺められるであろう「鳶」も同じような状況で、万葉集にも八代集にもまったく姿を見せず、物語、説話などの中にしばしば「烏」と組になってむしろ唾棄または嫌悪すべきものとして引かれるほか、化鳥、特に天狗の化身と見られることが多く、また、近世の歌謡などには稀に歌い込まれる。もはや詳しく検討するまでもあるまいが、近世に至っても「烏」とは違って、親しみをもって文芸作品に登場させてもらえるようにはならなかった。

五

その「烏」や「鳶」とともに常に人々の身近で生活している「雀」については、枕草子が「鳥は」の段で、「鶯」に関係して

それもただ雀などのやうに常にある鳥ならばさもおぼゆまじ

といみじくも言うように、注目を浴びることは「烏」以上に少ない。「雀」も「鳶」と同様に、万葉集にも八代集にも一羽も現れない。物語では源氏「若紫」の巻で幼い若紫が雀の子を飼っている場面で二つの用例を見る。枕草子の「うつくしきもの」の段に「雀の子のねず鳴きするに踊り来る」ともあり、「心ときめきするもの」の段には「雀の子飼」と記される。そして、宇治拾遺の「雀報恩事」にも見られるように、なかなか人には馴れない「雀」ではあっても、その子を飼う習慣もなかったわけではなさそうである。にもかかわらず、その宇治拾遺のその段に二十九例の集中した姿を見せる以外には、物語類にも「雀」はほとんど見当たらない。むろん、「鳶」や「烏」の

ような嫌悪の情を見せる記述もないし、それはそのような存在ではないことを理解出来るのだが、要するに文学的情緒的関心の外に置かれたままなのである。

枕草子も以上に挙げた例のみであるし、宇治拾遺は他に二例、今昔には「青き雀」の例のみ。十訓抄に実方が蔵人頭に成れなかった恨みで「雀」になったという話を伝える外は、説話類にもほとんど登場してこない点、「烏」とも様相は異なる。唐物語には「黄なる雀」が宮中を飛び遊んだ話が紹介されてはいるが。中で、

この頃、空の気色直り立ちてうらうらとのどかなり。暖かにもあらず、寒くもあらぬ風、梅にたぐひて鶯を誘ふ。鶏の声などさまざま和う聞こえたり。屋の上を眺むれば、巣くふ雀ども瓦の下を出で入りさへづる。庭の草氷に許され顔なり。　蜻蛉日記・下・天禄三年二月

の記事は、作者の落ち着いた心境もあってか、のどかな庭前の風景に季節の充足を感じさせる珍しい記述である。この感性が古代中世を通じて他にまったく見られないことの方がむしろ異様にさえ思われる。だが、実際はやはり近世を待たなければ文芸の主題にはなりえなかったのである。その頃になると、「うかれ雀」や「ふくら雀」などという語形も現れてきて、親しみの中に細かい情感を含めるようにもなるのである。

「烏」や「雀」とともに、人々の日常の生活のごく身近に生息する、しかも大量に見かける鳥に、「燕」がいる。

此の家に巣を作りて子を生める燕あり。　今昔・三十・一三

などのほか、竹取物語には大炊寮の飯炊く屋の棟に巣くう「燕」が語られるし、宴曲集には、これは上陽白髪人の引用ではあるが、

宮の鶯は百囀りすれども聞く事を厭ひ、梁の燕は並び栖めども物妬む事を休てけり　宴曲集・四・楽府

と歌い、

蜘蛛網を結びて諸仏を繫ぎ、燕子の糞護摩の牀を埋み　雨月・青頭巾

などと描写されるように、昔もその生態は変わらなかったはずである。そして、「鳥」や「雀」と違うのは、「燕」が渡り鳥である点である。当然、日本に姿を表すときも、飛び去っていくときも、いわば季節の変わり目である。遠い地域への渡りは集団で行われる。飛び立つ前には、燕の大集合が見られる。一昔前なら、電線にずらりと並んだ燕の姿が実際にも注目され、童謡にもうたわれていたものだった。人に近付きはしないが、人目を恐れる鳥ではないのである。

おのおのの是におはしつる程こそ春はつばくらめ秋は田の面の雁の音づるるやうに自ら故郷の事をも伝へ問いつれ。　平家・三・足摺

が、季節との関わりで捉えた「燕」のごく珍しい例である。万葉集には

燕来る時になりぬと雁がねはくに偲ひつつ雲隠り鳴く　十九・四一四四

とある。この大伴家持の作は、中国の詩文に数多く現れる、「燕」と「雁」の交替を季節の変わり目として捉える手法を学んだものにほぼ間違いなかろうが、万葉の中に類例を見ない。そして、この家持の目は後世にまったく引き継がれていないのである。もっとも、家持も主眼は「雁」であって、「燕」が季節の主役ではなかったのだが。せいぜい浜松中納言物語に「つばくらめのあらん別れのやうにて」とか、閑吟集に「燕子が実相を談じ顔なる」とか田植草紙に「つばくらに羽が生え揃はば遠く立てや」などあるほかは、竹取物語の子安貝の話に集中的に十四例ある以外、天草本伊曾保に八例の用例を見る程度である。先進文化国中国の詩文が日本の書記文学の開花と発展に大きな影響を与えたこと自体は疑いようもないが、しかし一方、そこになんらかの選択の意識も働いたようである。

夏の到来を予告するが如く、身を翻しては優雅に飛び回る姿や、軒先の巣で大きな口を開けて親の帰りを待つ雛の様子、長い渡海に備えるかのように群がり集まるさまは、「時鳥」や「雁」などよりは身近に実見出来たはずで、姿、鳴き声、習性いずれも嫌悪感を抱かせるようなものはないと思われるし、なによりも季節を反映している鳥で

あるのに、しかも、中国の詩文で愛好されていた鳥であるにも関わらず、わが古代文学の世界では顧みられないままに過ぎている。中国と日本の差は、例えば文選とか芸文類聚の題材になった鳥と万葉の鳥との間の差のように、各所に見ることが出来はするが、今はそれを主題としては扱わない。たまたま家持の歌に燕が現れたので、それにのみ言及するにとどめる。

「燕」ほどではないが、「雲雀」も注目を浴びることは少ない。周知のように、大伴家持は

うらうらに照れる春日に雲雀上り心悲しも　ひとりし思へば　十九・四二九二

と詠んだ。安倍沙美麻呂の歌は必ずしも季節感が濃いとは言えないにしても、それに答えた家持の「雲雀」はまさに春の景物にほかならない。

朝なさな上がる雲雀になりてしか　都に行きてはや帰り来む　二十・四四三三

雲雀上がる春へとさやになりぬれば　都も見えず　霞たなびく　二十・四四三四

この感覚も八代集には「燕」同様引き継がれない。僅かに

久木生ふる沢辺の茅原冬来れば雲雀の床ぞあらはれにける　詞花・一四一

なる歌が見受けられるだけである。中近世の歌謡にも取り上げられていない。王朝の貴族の生活は田園からは遠いたではあろうが、まだ「雲雀」のさえずりを耳にする機会はかなりあったであろうし、さして里遠い鳥でもなし、観念的に熟知していただろうと思われるのに、である。平家物語巻十海道下の段の道行文に「雲雀上がれる野路の里」という語句が現れる以上、類似の表現がもっとあってもよさそうなものである。ところが同じ平家でも「鷹どもあまた据ゑさせ、鶉雲雀を追っ立て追っ立て終日に狩り暮らし」（巻一・殿下乗合）と、狩猟の対象としか見ていない。謡曲「絵馬」には「雲雀落ち来る粟津野の草の茂みを分け越えて瀬田の長橋打ち渡り、野路篠原の草枕」という文言があり、「雲雀山」という曲も知られているが、やはり「雲雀」を歌うことは少ない。

何故に文学の世界で珍重される鳥が、「雁、鷲、鶴、鴨、千鳥」などで、「烏」や「鳶、雀、燕、雲雀」の類が嫌われているのか、説明は難しい。だが、この現象は王朝貴族の美意識によるのみではなく、万葉集全般に、すでに顕著に見られたものであった。それは奈良朝貴族層の、王朝貴族との貴族としての共通性の問題のみには帰し難く、初期万葉を含めての歌、あるいは文学意識の問題であったとすべきであろう。先にも指摘した、虫の類、蝶や蜻蛉や蛍が現れないことも、まったく同じことであった。むろん、和歌の世界と物語・日記などの散文文学の世界は異なる。和歌はなによりも三十一音以内で一つの完結した世界を創り出さなければならなかった。奈良時代からその徴候はあったのだが、平安期に入れば、歌は作者とも作歌事情とも切り離された、それだけで完結する一つの小世界の構築を目指した。その三十一音という小さな場を補うものが、あるいは歌枕とか縁語・懸詞とか、引き歌・本歌取りのような、そのジャンルでの常識に拠り掛って二重三重のイメージを重ねあわせることによる場の拡大であったろう。景物の固定化もその線で考えられるかもしれない。すなわち、歌に登場する動植物が固定化するということは、その動植物が多くの先行作品に多用されることで、その動植物に対するイメージがかなりの程度固定化することでもある。そのイメージに拠り掛りながら新しい世界を創出しようとするのではなかろうか。和歌がハレの文学としての位置を獲得すれば、散文の意識もこれに追従しがちであったろう。

「烏」などの類がしばしば文学に登場するようになるのが近世に入ってからということも、やはり虫の場合とも共通性がある。ただ、近世の場合は、「鶴」といっても蠟燭立のことであったり、「椋鳥」が田舎者を意味したり、「雁がね」が瘡であったり、あるいは複合語の一部としての動物名が出てきても、「烏猫」「雀形」「夜鷹」などのように、鳥の属性の一部を利用した比喩的な表現というだけで、実際には鳥とは無関係の物であったりする場合が相当に多く見られる。それだけ日常的には表現としても親しまれた結果とは言えよう。そして貴族的文学のワクがある程度破壊された結果とも。

六

その他の動物についても、一応目を通しておこう。『分類語彙表』で「一・五六一」項に属する獣などの仲間では、歌集に現れるのは、馬・鹿・猪などである。馬は、むろん、万葉では「うま」の形が多いが、平安時代には歌言葉としては「こま」の形になったと言われるように、八代集では「こま」が圧倒的になる。両形を併せると、万葉では百例以上、もっとも多い獣類で、実際に乗用にすることを前提にした表現が多い。八代集では七十例余りで鹿の百二十例以上よりは少なくなってくる。自らこれに乗るケースが実際に少なくなったとも言い切れない。貴族層に属する人数も増えたことだし、馬の対収入の価格も相対的に下落したであろう。個人的には馬を御するよりも牛車に乗ることが多くはなっても、社会的に馬の存在が減ったのでもあるまい。八代集での使われ方には前期が多いものの、極端な差があるわけではない。物語や日記などの散文では、乗馬の習慣が描かれる場面がかなりあるため、「むま」の形で宇津保に百八十例ほどの用例があるほか、源氏でも七十例ほど、蜻蛉・枕・栄花などにもかなりの用例がある。平仲などの比較的小さな作品にも使用例は多く、平安後期から中世にかけては、平家の三百例以上などの軍記物語は別格としても、大鏡や徒然などの作品にも数多くの用例を見る。

鹿は万葉では六十一例。うち巻八と巻十で三十九例、六十四%がこの二巻に集中する。ということは、この動物が昔の狩猟の対象から離れて、鹿の鳴く声に秋を感じるようになったことを意味する。すなわち、この傾向も万葉時代に確立して、八代集に引き継がれたということになる。鹿は八代集の中でも千載・新古今の二集でほぼ半数を占めるから、むしろ後期になってより強く好まれた景物といえよう。散文でも宇津保や源氏に十例以上の用例を見る。そして平家には二十例近くも。

万葉に二十例以上の用例を見る「しし」は、猪や鹿も含む可能性があるが、狩猟の対象としての獣である。これは王朝の文学には、和歌散文を問わず、現れてこない。「ゐ」あるいは「ゐのしし」の形では、拾遺・後拾遺・蜻蛉・源氏に一例ずつあるが、和歌では「いかりゐ」とか「ふすゐのとこ」など特殊な歌語となっている。平家には二例、今昔には多数の用例を見る。これも生活形態の変貌に応ずるものであろうが、枕に見えることは面白い。万葉に纏まって見えるのは、これら三種くらいで、あとは牛・虎・犬が三例ずつで続く程度である。

その牛、農耕にも使用された可能性はあるし、平安以降は車を引かせる動力として、貴族たちには日常欠くべからざる存在であったはずである。「こま」が多用されるのに反して、牛の方は歌にはほとんど詠み込まれていない。散文でも用例は偏在して、枕草子が例によって二十回と多用し、同様に二十回以上の用例を持つのは宇津保・徒然草・平家であって、あとは栄花の十二例や大鏡の八例、落窪の七例が続く。犬の場合もまったく同様で、八代集にはほとんど見えず、宇津保に三十例、枕に十九例、徒然草に十一例、栄花に九例などである。猫はいささか様相が異なる。万葉・八代集にはまったく姿を見せず、源氏の二十回、更級の十二回、枕の五回、狭衣の四回と続く。

これらの動物は鹿のように季節を感じさせるものではない。しかし、日常いつも身近にいたものである。現代の車社会においてフードを開けてエンジンルームを覗く習慣がなくなってきたのと同じように、平安貴族も車を引く牛には目もくれなかったのかもしれないが、犬は古くから人々の愛玩動物となっていたはずである。犬が人間と共に生活するようになってから五千年が経つともいわれる。猫は大陸から輸入されて家畜となったもので、奈良時代には持ち込まれていた可能性があるが、文献に明確に現れるのは平安期からである。ただし、源氏物語若菜上で柏木が女三宮の飼う唐猫の縁で結ばれる例とか、枕草子の「うへにさぶらふ御猫」などのように、初めから愛玩用として女性たちの手許に飼われたものだから、鼠などのような存在とは基本的に異なる。だが、これらのペットたちも和歌の世界の仲間には入れてもらえなかったらしい。むろん、鼠とて同様で、彼ら鳥獣戯画の主人公たる小動物が一応文学的な舞台を与えられるのは、奈良絵本・お伽草子という時代をまたなければならなかったようである。牛も馬や駒に比べて扱いは不当だともいえよう。が、実態はそのようなものであったのである。

魚は万葉で鮎が十七例も使われているが、他の魚の名は少なく、王朝の作品にはほとんど魚が見えない。これは枕草子でも同じで、徒然草などで四種類ほどの名が出てくるのが多い方である。その他の生き物でも、「かはづ」のほか、「くも」と「ささがに」が、これは俗信と結び付いてあちこちで多用されるのが目に付く程度である。所詮は限られた少数の動物しか登場してこないのである。

七

植物の方に目を移すこととする。

万葉集の中に歌い込まれている植物の名は、百五十二種類を数え、その総使用度数は千六百回余りである。もっとも使用回数が多いのは萩、ついで梅、栲で、ともに百回以上の使用例を持つ。八代集の方では、松、桜、梅の順である。それぞれの上位二十種の使用度数を表示してみよう。次のようになる。

万葉集における多使用語彙―八代集との対比

	万葉	八代
萩	140	102
梅	117	147
栲	116	0
松	80	423
藻	80	70
橘	77	35
菅	67	23
葦	56	110
梓	52	42
桜	41	308
柳	41	46
茅	28	58
撫子	28	21
藤	27	83
卯	24	50
薦	24	22
竹	20	61
葛	20	25
麻	20	11
尾花	19	14

八代集における多使用語彙―万葉集との対比

	八代	万葉
松	423	80
桜	308	41
梅	147	117
葦	110	56
萩	102	140
藤	83	27
女郎花	79	15
菊	76	0
藻	70	80
竹	61	20
菖蒲	59	12
茅	58	28
荻	57	3
杉	53	13
卯	50	24
薄	47	6
柳	46	41
山吹	44	18
梓	42	52
海松	41	4

上位二十種のうち、十二種が共通する。内部における順位変動はそれほど大きくはない、というべきであろうか。むろん、万葉で三位と多用された「栲」が八代集には一例も見えぬこと、その逆に古今集以降好んで用いられ続けた「菊」が万葉にはまだ一例も見当たらぬことは、古くから指摘されていることではあるが、興味を引く。なお、八代集で詠み込まれた植物の名は、万葉より少なく百十六種。その総使用度数は万葉よりは多い二千七百回余であるから、平均使用度数は倍以上になる。

万葉集での使われ方を個別の語について眺めて見ると、これも出現箇所に相当な片寄りがあることがうかがえる。万葉集で最多の用例を見るのは「萩」であるが、この植物は八代集でも五位、百例以上の用例を見る。古今から後拾遺までの前期四集の方が用例が多く、六十六％程度が前期の集にある。王朝の散文ではそれほど用例が多いわけではない。源氏の八例、枕の七例以外は散発的である。むろん、秋の野の景物である。その万葉における用例は、実に七十八％が巻八と巻十の二巻に集中する。まさに万葉の四季歌の中で育成され、王朝前期までの歌言葉として受け継がれた代表的な景物である。ここで「秋萩」という語が歌でのみ用いられているという事実は、和歌と散文との差として注目するに足りよう。この、いわゆる「歌語」の問題も今回は取り扱わない。

万葉の第二位は「梅」。これがその頃の渡来植物で、貴族たちの庭園に植えられて珍重されていたことは周知のことである。その伝統は長く尾を引いて、安倍宗任や物くさ太郎のような田舎者を嘲笑しようとした逸話となって鎌倉室町の頃まで伝えられる。万葉でも、梅花宴の記録の載る巻五に最大の三十五例の用例を見る。とはいえ、貴紳の庭前の梅としてのみ留まっていたのではなく、これも巻八・十に多くの使用があるように、ある程度は一般化していたものであろう。この三巻の用例の占める割合は「梅」全用例の七十五％であるから、偏在は甚だしい。万葉集二十巻のうち、半数の巻一、二、七、十一から十六の諸巻には「梅」が歌われていない。これは三位の「栲」が二十巻中の一つの巻、四位の「松」が二つの巻にのみ見えないとは異質の存在だというべきであろう。「梅」は平安期以降も、歌でも散文でも大いに好まれて、それぞれの作品のなかで多数使用されている植物である。

第三位の「栲」は、この「梅」とともまた異質の植物である。植物そのものとしてよりは、製品化した布・衣の名として、また比喩として用いられることが多い。もちろん、当時はそのような使われ方をしても、植物としての「栲」のイメージは温存していたであろう。そして、それが日常的存在であったことは、この語を見出せないのが、僅かに巻十九の一巻だけであること、十例以上の使用例がある巻が、巻二、三、四、十一、十二という、貴族的な季節感に満ちた情緒で飾られた歌を載せるような巻とは異質な巻であることからも窺い知ることができる。しかし、平安期には植物としての「栲」を連想させるような用例はない。枕詞「しろたへの」には、布のイメージさへあるまい。当然、花などには注目されない、季節とは関係の薄い植物であった。

第四位の「松」も季節感とはあまり関わりがない。花も目立たず、紅葉も落葉もしない松に季節の移り変わりを見出して歌とするのは、千載・新古今の頃まで待たなければならない。だが、常磐の松は常に文学の世界でも好まれた存在であった。第五位の「藻」も奈良・平安を通じて、似たような使われ方をしている。第六位の「橘」は、巻八、巻十に十三の使用例を見せて、この花が夏という季節を象徴する景物としてこの頃持てはやされたことを示しはするものの、巻十八の十二の用例は、大伴氏と橘氏との関わりから、多少は割り引いて考えなくてはなるまい。

万葉集の中で、植物名がもっとも多種類使われているのは巻十である。五十二種の名称が現れる。この巻は歌の数も多いが、その植物名の使用回数も圧倒的に多い。全体で二百五十回を越える。次位が巻十一の百三十五回、巻八の百三十三回と続くのであるから、この巻に現れる植物名の多さが理解できる。植物名一語あたりの平均使用度数は四・八七回、これに次ぐのが巻八の四・七五回である。この場合も、四季分類を施した両巻の植物に関する関心が非常に高いのが注目される。

巻十一は、植物名の使用度数が非常に多かったが、ここに出現する植物の種類もかなり多くて、その平均使用度数は、万葉集中では中位の二・七回である。植物の種類が多いのに巻全体での使用度数が低いのは、巻十六の平均一・二回である。この巻の植物の種類は三十九種で、これが四十七回使われている。巻十六の中で三回の使用例を見るのが「蓮」で、あとの植物名はみな一回もしくは二回しか使われていない。歌材としての植物は豊富・多彩であっても、実は植物には、殊に季節感と結び付いての植物などにはあまり関心を示していないという実態の一端を示すといえよう。この巻十六にしか現れない植物名も八種あり、二十巻中もっとも多い。一つの巻にしか見えぬ植物名を有する巻は、万葉集では十四の巻に及ぶが、巻十六に次いで多いのは巻十四の七例である。この両巻が語彙の面では万葉集の中でも特異な巻であることは、かつて指摘したことがある。植物の取り扱い方でも、その傾向は顕著である。

平均使用度数の低いのは、この巻十四も同様で、一・七三回。この巻も植物の種類としての名は四十六種であって、巻ごとの平均三十・七種を大幅に上回る。やはり多彩な植物が登場してくるのである。が、巻十六同様、少なくとも植物に関しては類似の表現を有していないということになる。ほかに巻九も平均使用度数は同じ数値、続いて巻四の一・九六回である。この両巻などは、植物の名も多くはない傾向にある。使用度数の最低は巻十五の三十回、これに巻一の三十六回、巻九の四十回と続く。歌数の少ない巻一はともかくとして、植物をあまり詠み込もうとしていない、ということは季節の移り変わりにもそれほど関心を示していない歌の多く集められている巻だと言うこともできるだろう。

平均使用度数が巻十・巻八に続いて高いのは、巻五の四・五八回である。先にも触れた梅花宴の歌の故であって、五十五回の総使用例のうち「梅」の使用例が三十六回を数え、あとは「栲」と「柳」の五回を頭とする十九回が残るだけである。その残りの部分の平均使用度数は巻十四並みとなる。つまり、梅花宴だけが特異なのであった。歌に植物が詠み込まれることの機縁が奈辺にあるかは、以上の状況から明らかであろう。

この際も、ある植物が、あるいは季節の変移に深く関わって、あるいは季節とはむしろ無関係な自然の一姿態として、あるいは日常生活に不可欠な道具の材料として、それぞれ歌の世界に取り込まれてくる様相はむしろ理解がたやすい。だが、ある種の植物が、なぜこの世界から拒否されているのかは、動物の場合も同様、解りにくい部分がある。平安に入って「栲」が消えていったのは、理解できるだろう。もともと「栲」は木そのものとして歌われていたわけではなかったのである。しかし、「梅」が局所的にもせよ大量に歌い込まれているのに、「菊」がなぜ平安期を待たなければ登場してこないのか、に解答を与えることは容易ではないだろう。「萩」や「薄」も八代集と万葉とでは差がありすぎる。

万葉でもっとも多く詠まれた「萩」は、八代集では五位に落ちる。これは八代集の後期四集での使用が落ちてくることもその一因となっている。八代集の中で後期に使用の激減するのは、「女郎花」であることもかつて述べたことがある。万葉集での用例は多くはないが、巻十に四例、巻八と巻十七に三例で、新撰万葉から古今・後撰・拾遺の多用の時代への先駆けを感じさせる。その後、この花に対する興味は急速に消えていく。似た傾向にあるのは、ほかに「薄」であろう。

逆に八代集の後期になって好まれるようになるのは、「荻」である。この語の万葉における使用はごく少ない。「菖蒲」も似た性格をもって使われている。万葉には比較的用例が多く、三代集では少なくなり、その後、特に後拾遺と新古今での用例が増えるのが「茅」である。これに似た傾向を示すものもいくらかはあり、例えば「橘」などもそこに数えることができる。

散文では、源氏や枕に百種以上の植物名が現れるが、和歌に比して多いと言えないであろう。平均使用度数も源氏以外では高くはない。詳細は別途検討してみたいが、虫や鳥の場合とも同じく、和歌と散文では描き出そうとするものが異なるのである。当然描写・表現の手法も変わってくる。そのあたりの問題も含めて後に譲るしかない。

だが、当面、歌の中では動植物のうち何が詠み込まれないかの確認はできたと思う。そして、少なくとも万葉後期、奈良時代の歌では何を取り込み、何を排除すべきかの大方の合意は出来上がっていたと認めるべきであろう。ことに、季節を主題にした場合には、今回は触れなかった自然現象と、動植物の姿にその推移を窺おうとする態度がほぼ完成されていた。それがそのまま平安の和歌の世界に流れ込んでいったのだ、といってよい。そして、かなりの差はあるものの、平安以降の散文の世界も基本的にはこの流れを認め、それに添って展開していくのだ、とも。なぜ、の問題はさて措いて、本稿はそのあたりまでの確認に留めておく。

「巻八巻十の語彙―語彙論的な試み」（『境田教授喜寿記念・上代の文学と言語』）境田教授喜寿記念論文集刊行会、一九七四年十月
「四季分類と語彙―万葉の巻ごとの特異語に関して」（『岐阜大学国語国文学』一〇号）一九七四年三月
「万葉集の語彙―巻々ごとに」（『岐阜大学教育学部研究報告』一六号）一九六八年三月

なお、この節に関連した内容を有する私の既発表論考は、次のようなものがある。

「巻十六の特異性―語彙構造の上から」（『関西大学・国文学』五二号）一九七五年九月
「万葉集の語彙構造」（『国語と国文学』五五巻五号）一九七八年五月
「表現の類型化―季節との関わりにおいて」（『万葉』一二〇号）一九八四年十二月
「四季分類・ふたつの間」（『岐阜大学国語国文学』一七号）一九八五年三月
「八代集における季節」（『国語語彙史の研究』七）和泉書院、一九八六年十二月
「語彙から見た八代集」（『国語と国文学』六五巻一〇号）一九八八年十月
「八代集の語彙構造」（『鶴久教授退官記念・国語学論集』）桜楓社、一九九三年五月

伎倍の林に汝を立てて

阿良多麻能　伎倍乃波也之尓　奈乎多弖天　由吉可都麻思自　移乎佐伎太多尼　十四・三三五三

一

巻十四東歌の相聞の部の最初にある、遠江国歌と左注がある二首のうちの一首である。特に難解の語があるわけではない。「伎倍」が地名か否か、「波也之」を「林」と見てよいかどうか、多少論点がずれることもあったが、次第に収束してきたと見てよかろう。だが、諸注釈とも、多分に注釈者ご自身、納得がいかないものが残るらしく、歯切れはよくない。つまり、末句「移乎佐伎太多尼」は、「共寝を先にしよう」の意、とすることにこれも落ち着いてきたようではあるが、それがどういう状況での発言であるのか、戸惑いを惹起するようである。

麁玉の伎倍の林に、お前を立たせたままで行くことはできそうもない。まず一緒に寝ておくれ。水島『全注』

麁玉の寸戸の林でおまえに見送られて行けそうにない。それよりもまず一緒に寝よう。『新編日本古典文学全集』

麁玉のこの伎倍の林にお前さんを立たせたままで行ってしまうなんてことは、とてもできそうもない。何はさておいても、寝ること、そいつを先立てよう。

伊藤『釈注』

最近の注釈書の口語訳部分を掲出してみた。特にこれらのどれか、あるいはそのすべてに問題有りとして採り上げたものではない。いずれ、限られたスペースに素人衆にも理解ができるようにと現代語訳を添えるならば、このような形にならざるをえないだろう。三書、多少の差は見られるものの、ほぼ同一の方向を目指していると見なしてよかろう。だが、このような形で口語訳を載せれば、読者には著者の思いが伝わるのであろうか。幸か不幸か、現代では使われなくなったような語や言い回しは、この歌にはあまり含まれていない。つまり、現代語訳を添える重要性は、この歌には少ない。とはいえ、これでこの歌が理解できるものでもない。

窪田『評釈』は、「男が旅立つ時、妻である女が送って伎倍の林まで来、いよいよ別れようとする時に男の歌ったもの」とするが、これはかなり無理な状況設定であろう。この歌いかけた男が歌の対象となった女性と同居していた夫婦であるならば、ほんの数時間前まで一緒に居たのであろうから、「寝を先立たね」というような歌が有ろうはずはないし、同居に至っていない夫婦であっても、昨夜、あるいは出立の前にどちらかが相手を訪ねることが不可能であったとは言い切れない。せいぜい、送って来たのではなくて、この林で待ち合わせたとでもしなければ、辻褄が合わなくなる。そのような状況が考えにくいとなると、「客観的な事情があって行けないといふのではなくて、作者の気持ちが行くに堪へないと見るべきでなからうか」として、沢瀉『注釈』が支持した「オマヘハワタシガ来ルダラウト思ッテ、麁玉ノ柵戸ノ林ニ立ッテ待ッテヰルダラウガ、オマヘヲ其処ニ立タセテオイテモ私ハ都合ガ悪クテ、今夜ハ行クコトハ出来マイ。待タナイデ早ク寝テヰナサイ」という、やや古い鴻巣『全釈』の理解に戻ってしまう。

旅立ちに固執するなら、別居している夫妻が予め打ち合わせて（打ち合わせはどのような方法でいつ行ったのだろう）、夫とは別の道を辿って、妻は伎倍の林に先に来て待っていたとしなければなるまい。つまり、先と同様の待ち合わせである。しかし、この時代、旅立つ夫をこのような形で見送るという状況が想定されるような記述は絶えて無いとすべきだろうし、恐らく考えられないだろう。世間にまったく知られてはならない隠し夫であったとしても。いや、そうであったら尚のこと、このような見送りや別れの方法は採らなかったであろう。よしんばそのような形で旅立ちの途中で落ち合ったとしても、見送りに来て待っている妻を「立てて」と言表するであろうか。そして別れに先立って共寝することを「先立つ」と言うのか。「先立つ」とは二人（とは限らず何人か）が共同でこれから同一の作業にでも従事しようという、その前に先ずは、ということであろう。別れという行為は二人あるいは何人かで行う同じ行為という範疇には入るであろうが、それは旅行く者と家に戻る者が別々の道を行くというような、方向性の違いと、それぞれが旅と帰宅という別個の行為をなすのだという差がある。逆に、旅から久しぶりに帰ってきた夫を途中の林に出迎え、これから家に帰ろうという場面であるならば、その家が同一の家屋であっても、別居する二人の別々の家であっても、帰り着いてからの煩瑣な儀礼や他の家族との生活その他を考えて「寝を先立たね」と言うことは十分に考えられる。「行きかつましじ」は一人行くこととは限らない。とはいえ、このような状況で歌われたとするには、やはり「汝を立てて」という表現が障害となるであろう。

　所詮、見送りにせよ、出迎えにせよ、旅と関わらせての解釈に無理があるということになろう。「行く」は「旅行く」に限定される要はない。大久保『東歌論攷』を敷衍して、伊藤『釈注』は「立てて」が歌垣に参加させたこと、と言う。確かに歌垣に加わることを「立つ」と表現することは、かなりの実例がある。だが、「立つ」がことごとく歌垣を指向するのではない。同じ東歌で

にほ鳥の葛飾早稲をにへすとも　そのかなしきを外に立てめやも　三三八六

梓弓よらの山辺のしげかくに　妹ろを立ててさ寝処払ふも　三四八九

など、歌垣への参加を想定していない例もまた多い。歌垣を想定した時には、それと林との関わりが必ずしも分明

でない。市や野・岡での歌垣はふつうでも、林が場所として選ばれるのはどのような歌垣、どのような林であろうか。そこで歌垣が行われたとしても、この催しに参加している妹を「林に汝を立てて」と歌うであろうか。

「寝を先立たね」が「私を待たないで先にお休み」という伝言であるとしたら、そのこと自体は何者を媒介としての伝言であるかは問題であるとしても、いかにもありそうなことである。だが、そのような伝言であったなら、「伎倍の林に汝を立てて」というような状況の描写は必要あるまい。相手はその林に立ちつくしているのである。そのようなことを今更のように表現するよりは、なぜ行けないのか、その事情を一言なりと弁明すべきであろうし、またその必要性を歌い手・聞き手共に感じるはずである。とすれば、折角のこの歌としての状況理解も表現内容の理解には届いていないというべきであろう。実際ここには、立っていること、立たせていることについての説明も釈明も、一言もない。ということは、この歌を後世風に理解するならば、汝が立っていること、我が汝を立たせている事情は、両者にとって自明のことで、説明も釈明も不要、ということであろう。

「先にお休み」という伝言ではなくて、現今の多くの理解である「共寝をしよう」という意志の表現であるとしたら、水島『全注』は、「何はともあれ一緒に寝たいと男は思い、それを女に言った。ずいぶん荒い言い方をしたが」と表現する。つまり、この歌はある男が林に立つ女を見かけてその女に歌いかけたもの、とこの歌の状況を理解しようとするのである。「伎倍の林に女がいた」と簡単にいうけれど、女は林で何をしていたのか、何のために林にいたのか、分明でない。林は耕地ではない。柴刈りか茸狩りででもない限り、通常人は林には入らない。老人でもない、若い女性が一人で林に居ることがあったのか。日本の林や森は低木や雑草が茂って人目を遮る。一寸道を避ければ隠れるには都合はよいだろう。妹は、また我は、今は林の中ではなくて林に沿った所に居るという状況だろう。やはりたまたま若い女を見かけたのではなくて、女は林に立つ所以があった。とはいえ、伊藤『釈注』が想定するような、男が村の好きな女を歌垣に伴って来たことも考えがたい。今時の若い男女ではあるまいし、手を繋ぎ合ってお祭り見物に出掛けることはなかったはずだ。男は男同士、女は女だけで集団を組んで歌垣の場に出掛けたのである。

二

その問題をしばらく措くとして、女を誘うときに、このような「荒い」歌い方をするものであろうか。水島『全注』は、その概説の箇所で次のように言う。少々長いが、そのまま引用する。

その殆どが相聞歌である東歌の大きな特色は、表現が直截的・具体的でかつ率直・大胆であるということである。これは明るくてラフで多分にエネルギッシュな古代東国庶民の心情と生活の、おのずからなる発現であると考えられる。とにかくに底ぬけにおおらかで、あけっぴろげな歌が多いのである。何のためらいも恥じらいもなく、

ま愛しみさ寝に我は行く鎌倉の水無の瀬川に潮満つなむか（三三六六）
伊香保ろの八尺の堰塞に立つ虹の顕はろまでもさ寝をさ寝てば（三四一四）
川上の根白高萱あやにあやにさ寝さ寝てこそ言に出にしか（三四九七）

と歌い、

上毛野安蘇の真麻群かき抱き寝れど飽かぬを何どか吾がせむ（三四〇四）
高麗錦紐解き放けて寝るが上に何ど為ろとかもあやに愛しき（三四六五）

と言ってけろっとしている。よくもまあぬけぬけと、と言いたいくらいである。

足柄の彼面此面に刺す罠のかなる間しづみ児ろ吾紐解く（三三六一）

昼解けば解けなへ紐の我が背なに相寄るとかも夜解けやすけ（三四八三）

子持山若鶏冠木の黄葉つまで寝もと我は思ふ汝は何どか思ふ（三四九四）

率直・露骨に過ぎ、肉感的・官能的ですらある。しかし、それでいて不思議に低劣なエロチシズムや微塵のエピキュリアニズムを感じさせないのである。

この『全注』の表現自体はともかく、発想法は他の諸注釈にもほぼ共通していると見なすことができるだろう。すなわち、中央文化圏の歌には見られぬ生臭さを、いわば辺境の地東国の文化的低さというか、洗練されない発想とすることである。確かに、生産性の低さ、低所得が人々の非文化的な生活や意識を規定していくことは、現代でも否めぬ実情であろう。現に私の育った土地、私の通った小学校の校区は長屋の連なる漁師町、職人の住処を大量に抱える所であった。その住人達は、夏ともなれば、それこそ男は褌一丁、女は腰巻きに下半身を隠しただけであたりをのし歩いていたものだった。我々子供は、勤め人の子でも商人の子でも、友達を訪ねることでその辺りを徘徊できたが、それとて、常にではなく、辺りと顔馴染みになる必要もあった。むろん、その地域にややお上品なスーツ姿、ドレス姿のよそ者の大人が立ち入ることは稀であったろうし、そこの住人も裸姿で他の地域に入っては来なかった。ただし、地域的差別や社会的差別がきつかったわけではなく、それなりの服装を身に着ければそれぞれ差し障りなく出入りしていたようであるし、遊びに行った他地域の子供たちが白い目を向けられることもなかった。だが、もっと後年でも、田舎の人々の生活の中で、集団的会合の中で交わされる猥談のすさまじさにはかなり辟易したものだったし、そこに混じれば女性達も平然と猥談を楽しんでいる姿はむしろ感心するほどであった。ただそれは話の内容ではなくて、その遣り取りが興をそそっていたようであるが。

やはり、問題は『全注』が例示したような歌の遣り取りが行われるのはどのような場であったか、そしてそれが文字化されて万葉集という歌集に残るのはどういうことか、を考えねばなるまい。一人の男が気に入った一人の女を誘うときに、「寝を先立たね」と口にすることが、たとえ文化的洗練に欠けた社会で、人々がおおらかに、あけっぴろげに日常の生活を送っていたとしても、現実にありうるものであろうか。やはり、現代でも、知り合いでもない女を誘うときには、その意図は見え透いていても、「お茶でも飲まないか」と遠回しな表現を採るだろう。直截さを古代・東国というベールで覆い隠し、都周辺という地域、または貴族・官僚という階級との文化的・階層的差の問題に帰することは適切ではなかろう。

先にも述べたことがあるように、万葉集に残る歌が、そのほとんどすべてが五音句・七音句を基礎としたリズムによって統括されており、短歌がいわゆるみそひと文字になりきっているという事実は、これらの歌がもはや口誦の世界で実際に行われていた歌謡を聴き取って記録したようなものではなく、初めから文字によって創り出された類の作品だ、ということを意味しよう（「和歌の定律化をめぐって」〈『文林』三七号〉）。東歌も、万葉集の巻十四という一巻として載るかぎり、東国の族長の屋敷や庭に集まっての宴で歌われたものを都から来ていた国司や文字を知る官人が興の赴くままに書き留めたなどいうものではないと見なす方がよい。

むろん、その基盤には東国の農民たちの生活体験があった。だが、それは歌を創り、記録を留める習慣を身に付けた上層の人達の目を通して見た東国であったとしなければならない。歌垣も嬥歌も万葉集に載るものは都の官人の脳裏に創り出された観念で織りなされた姿であった。嬥歌も歌垣も、今や都の周辺では、その風習も廃れ、官人の儀礼的・懐旧的行事として時たま催行されるのが実態だったのではあるまいか。続日本紀が載せる天平六年（七三四）の朱雀門前の歌垣はその典型であるが、古事記の伝える袁祁命と志毘臣との遣り取りのあった歌垣も祭儀に伴うものではなかったという点で、古い姿を残すものではない。歌垣の風習の基盤になる農業・狩猟・漁業等の生産的共同作業やこれに伴う祭儀、神威に対する畏れ、そして村落共同体としての緊密な社会構造自体も緩んできていたであろう。祭（これに現代的なものとして追加するならば、スポーツ）は参加し、共に行動することに意味があるのであって、傍観者として他人のやっていることを観覧するものではない。共同体の成員は、等しくこれに参加することが義務であり、参加することによって、成員であることそのものが認められるのである。観覧者・傍観者は共同体の一員ではありえない。現代の日本でも、このような共同体的生産様式、生活様式は、地方でさえも急速に崩壊してきたものの、なお一部にはその残滓を留めている部分もある。その風習は、これを捨て去って都会化した人々にとっても、ある種の懐かしさと賛美を感じさせる対象であり、近代的娯楽の観光の対象として持て囃される事業ともなる。基本的にこの風潮は、場所と時代の差を問わずに存在する。現代の人々が地方の祭り、風習を眺めるために旅行社の編んだツアーに乗って見物に行くような、そのような社会的情緒は古代の都人、上層階級の人々にも基本的には共通するものであったろう。

ここに表題として挙げた歌や水島『全注』が例示した歌などは、みな、歌垣の歌である。後世の人々がふと錯覚するような、一人の男が特定の思い人に歌いかけたものではない。歌い手は一人の男であった場合もありうるだろうが、その時も、その男の同列に、あるいは背後に、共同体の若者集団が控えている。そして、歌い掛けられる相手も同じ年頃の同じ共同体に属する娘たちの集団である。「汝」は、その集団構成員の誰かであってもよいし、その中の一人を仮想するものであってもよい。また、単数でなくてもよかろう。歌われた段階では、「汝」は娘たち全員であり、いわば不定称である。でなければ、このような直接行動を促すような表現は表出されえない。「花いちもんめ」の古い姿である。一対一の閉鎖された、また隔絶された空間での直接の出会いであるならば、歌うことが要求される必然性はない。手を出すなり、抱きすくめるなりの身体的動作の方がその場にふさわしいであろう。路上で思う相手の数メートル前で朗々と恋歌を歌い上げる状況などまったく想像できないナンセンスな想定だろう。路上と二階の小部屋などと隔てられていて直接会うことができないからセレナータが歌われるのであって、とはいえ、これもオペラの舞台だからであろう。そして、日本の古代の文学作品も、性行為を直接表現したような描写をほとんど残していないのである。
やはり、都会人の目を通して表現された、田舎に残る（と思われた）歌垣での、多くの参加者たちの前で披露された歌、という設定とすべきである。

この章は、次の諸論考を基にしている。
「言にしありけり―言霊のゆくえ」（『文林』二八号）一九九四年三月
「筑波山の嬥歌」（『岐阜大学国語国文学』一八号）一九八七年三月
「歌われぬ動植物」（『万葉集研究』一九集）塙書房、一九九二年十一月
「蝶と髪―歌に詠まれぬもの」（吉井巌編『記紀万葉論叢』）塙書房、一九九二年五月
「歌われる状況―東歌を材料として」（『文林』四〇号）二〇〇六年三月

上代の東国俚言

万葉集全二十巻に収録されている歌のうち、東歌と題された巻十四の一群と、巻二十のうち防人歌と称される一群とは、その歌を構成する言語の面において、互いにある程度の共通性を保持しつつ、他の巻々の歌とは異質の面を含んでいる。その部分をこの時代の東国方言の反映だと捉えるのが常である。だが、万葉集は歌集であって、方言採集簿でもなければ方言研究書でもない。この書から方言的要素が抽出できるのか、従来、方言だと処置されてきた事象はいかなるものかを反省してみたい。

東歌・防人歌の解釈の方法

一

現在我々が直接知りうるのは、「万葉集」と呼称される、その母体を同じうすると認められる一種類の文献であり、それ以外のなにものでもない。もちろん、実際には内容のよく似た何十種類もの写本、刊本が存在するだけだが、それらを校合した結果、ほぼ推定される祖本としての文献を「万葉集」と認めておくのである。その万葉集という文献に包含された内容を「文献的事実」と呼んでおこう。これのみが、事実として我々の前に存在する。この文献的事実に対して、古来、種々の解釈が施されている。結論的には、奈良時代と呼ばれる時代の後期、なにびとかの手によって何回かの編集作業の末に纏められたものが、現存する諸本の母体であると見做されている。この歌集は、その後千年余の伝承の期間を通して、一部を除いては、大した変改を蒙ることなく現在に至ったといわれる。従って、万葉集の歌を構成する言語も、奈良時代、あるいはこれを遡ること遠くない時期のものであり、この文献的事実の解釈いかんによっては、この時代の言語をある程度再現・構成しうるものと類推される。

ところが、万葉集に限らず、この時代に成立した、あるいは、この時代の言語で構成されていると証明される文献の表記には、ことごとく漢字のみが使用されている。漢字は、本来中国語の表記に使用される文字体系を成しており、その中国語は、推定される当時の日本語とは、音韻・語法・語彙のすべての体系の異なった外国語である。しかも、文字自体は、山田俊雄氏が言われるように、元来、言語とは別物であった（「文字と表記法」〈『講座現代国語学　二』筑摩書房、一九五七〉）。そこで、これら奈良時代ならびにそれ以前の文献的事実の解釈から、記号としての言語の、外形である音声と、内容として包蔵する意味とを過不足なく帰納する作業には、相当の困難があることが予想される。

これらの文献は、中には口頭言語としての当時の日本語の再現を十分期待できるようなものもありはするが、多くは、文字体系もさりながら、表記体系も当時の中国語、つまり漢文をそのまま使用していたり、あるいはそれを基調として日本語的に変形した文章となっている状態である。万葉集も、一つの文献として見れば、これを構成する文章は、正統な漢文である。ただ、万葉集は、当時の歌を集めたものであると認められている。

そして、これらの文献、および後世の資料から、当時の歌は、おおむね五音および七音をもって一応の意味の纏りをなす音数律を持ち、短歌ならば、ほぼ三十一音をもって完結した思想を表現するのが常であるとの結論が承認されている。この歌の部分は、特に巻十七以下などを眺めた場合、中国語の表記体系に則ったものではなく、漢字の含む意味の面を捨象して、音だけを借りた表記を主体としていることが推測される。ところで、歌は、ある時期には必ず音声を伴って歌われたであろう。そして万葉集の最末期の時代においても、実際に歌われたか否かは別として、日本語のある音韻に対応するものとして把握されていたはずである。歌という形式は、この頃ようやく固定化してきたが、歌そのものの口承時代の長い伝統は、表記された文字から直ちに音韻を捨象して概念化されるケースを、歌自体があまりにも日本的なものであったがためと、文字使用の習慣に対する未熟さとから、拒否していたことが推定される。少なくとも、その仮説を不合理とする反証は、この時代に対しては表面化されない（参考、池上禎造「万葉集はなぜ訓めるか」〈『万葉』四号〉。ただし、いわゆる難訓歌の中には、ことによると、この原則を破るものがあるかもしれない。しかしながら、これとて、対応すべき日本語が、歌の形式で存在していたはずだ、という前提の下に訓法・解釈が暗中模索されている現状である)。

そこで、漢文的文脈も混在し、漢字の内包する意味・概念を汲み取るべく要求される表記体系を持つ万葉集の他の巻々の文献的事実の裏にも、やはり、当時の日本語によって構成され、五音七音の意味的纏りを基調とする歌の存在を類推する可能性が強くなる。古来万葉集の解釈は、認識すると否とにかかわらず、この仮説を前提として進められて来たし、それでおおむね矛盾を来たすことはなかった。

二

この仮説に立って検討を加えた結果、巻十四東歌・巻二十防人歌の字面から帰納される言語は、他の部分から帰納される言語と、かなり相違した面が露呈されることがある。この事実は、万葉集ならびに当時の言語が保存されていると推測される他の文献から帰納される言語体系と、東歌・防人歌から帰納される言語体系との連携の問題にも発展する。

一般的には、万葉集ならびに他の文献から帰納される言語は、それぞれの文献の成立した時代、および一部はそれよりもやや古い時期の大和盆地を中心とした地方で、政権に携っていた貴族階層の言語の反映であると考えられる。もちろん、そこには、歌として、祭祀として、等々、文献そのものの傾斜がある故に、当時の彼らの言語生活一般の全円的反映ではないことにも注意を払わねばならない。が、作者が確実に推定される万葉集の歌や、書き手の輪郭がほぼ描ける正倉院文書、場面や製作者が限定できそうな宣命・祝詞などは、それぞれの言語主体のものとして、貴族ならびにそれにつらなる者たちの言語の反映であろうし、口承伝説に属するものとて、採録された限り、これを隔たること遠いものではあるまい。ほぼ、大和地方の貴族の言語を中軸とするものと概括することが許されるだろう。

そのような一般的な言語に対して、万葉集の東歌・防人歌中、これら中央上層人士の言語との異相の部分は、ここに採録された歌を実際に作り、歌い、伝えたであろう人々を想定し、これと中央上層人士との差が反映したもの、つまり、当時の東国方言、あるいは東国の非貴族階層の言語とする見解が一般的である。

実際、東歌・防人歌という文献的事実における言語的特徴は、その特徴面を捉えて、多少のニュアンスの相違はあっても、東国における方言的事実の反映だ、という考え方が、古来のすべての解釈の裏に流れている。この解釈を立証するために採られる方法としては、次のようなものがある。

①当時の東国方言の確実な資料が他には乏しいため、東国方言を記載したと認められる後代の文献の中に見える語形、あるいは遠く現代の東国方言の中に存在する語形と関連づけて、これとの一致ないし類似により、当時の東国方言と推定する。

②大和・奈良・京都と多少の地域差や支配層の変遷は、言語体系に対してはなにほども影響を与えなかったという認識、あるいは、日本語という体系自身は、これら外的変遷からは本質的な影響を受けなかったという認識に基いて、中央貴族層の残した豊富な資料から帰納した後代の言語と比較して、言語変遷の一般的趨勢を推測し、これとの比較によって、当時の東国でも、空間的な差が時間的差と相似た作用をなすであろうという推測を織り込んで、方言であることの可能性を高めようとする。

③当時、または後代の各地の方言と、同時代の中央語とを比較して方言一般の性格を眺め、これとの類推によって当時の東国方言と推測する。例えば、古語が方言に残る、という一般的傾向から、当時の中央語の中にあっても、古語的用法の残存と見られる事実を立証し、これとの類似ないし一致から、その語形を東国方言と見な

す。

④当時の東国方言が、他系の言語（殊にアイヌ語）との接触によって蒙った変形を推測し、他系の言語との関連において眺める。すなわち、当時の東国方言の構造の推定を出発点とする。

おおむね以上のような方法によって、東歌・防人歌の文献的事実に解明が加えられて来ていると認めてよかろう。そして、先にも述べたように、他の部分とは違った言語的特徴は、東国の方言的事実の反映としての俚言であると捉えられているのである。なお、「方言」とは地域的な言語体系であり、「俚言」とは特徴的な語形をいうものであることは、言うまでもないことであろう。

巻十四の東歌、巻二十の防人歌における、これら「俚言的」（と一括して称しておく）特徴が、これらの部分において均質的に現れているのであれば、これを東国方言の反映とする仮説の証明は、技術的な困難さだけに限定されるであろう。ところが、東歌・防人歌から帰納される言語が、東国方言として一つに体系化されそうもないところに問題が残る。すなわち、東歌・防人歌を構成している言語は、他の文献や万葉集の他の巻々から帰納される言語と、音韻・語法・語彙の面で差が見られないことが多く、一方また、他の言語体系には組み入れることの不可能な面が、東歌・防人歌の中で相互の共通性を保有しつつ存在する部分もあるのである。

東歌・防人歌の中で、「俚言」と「中央語」がいかなる比率で現れているのかを数量化することは無意味であろう。音節ないしモーラを単位とするにせよ、語を単位とするにせよ、はたまた句あるいは歌一首を単位とするにせよ、単位の採り方自体が困難であるばかりでなく、ある部分を「俚言」と判断するか、「中央語」と同じと認めるかについての基礎的な決定も、たとえば清濁に関する場合、未だ十分になし得るまでに固まっていない。しかし、「俚言的」特徴は、全体に比して大きな割合を占めてはいないし、何よりも俚言的特徴が現れる部分と現れない部分が、現存する万葉集から推察する限り、質的同一体として一括編輯された部分と見なさねばならぬ巻十四の東歌、および巻二十の一部である防人歌の中に存在するのである。

この様な、同質であるべきはずと予測される中に、異質な言語の諸相が混在している文献的事実に対する適切な解釈がなされない限り、そこから帰納される言語体系そのものに対する信憑度、ないしは、その言語的特徴の解釈として提出される仮説の確実性も稀薄なものとならざるを得ない。

古来、この文献内部の異質性に対していかなる解釈がなされてきたか、をここで一瞥する要を感ぜざるをえない。しかしながら、この問題を正面から採り上げたものは少なく、多くは、その特徴面だけを捉えて、その東国俚言性の証明に腐心している状態である。

中に、亀井孝氏が「東歌における文字の上の事実が、果して、その儘東国方言における音韻の事実として受け取られていいものかどうかは、よほど慎重を要する問題であらう」とか、「かやうな訛りも、また高い度合において趣味的なものではなからうか」とか疑っておられるにしても、やはり、全般的には、文献上の事実が東国地方の音韻状態のなんらかの反映と見る立場を崩してはおられない。つまり、音韻が変化する場合においても、その一つないし同種の音韻が同時に変化し始めるのではなく、語形としての変化が先行して、やがては音韻全般の変化となっていく、という一般的傾向を指摘され、一律に東国地方のある音韻の当時の音価は、という早急な判断に対する危険性について注意を喚起しておられるのである（亀井孝「方言文学としての東歌・その言語的背景」〈『文学』二八巻九号〉）。この指摘は正しいし、これによって、当時の東国方言の実態がより正確に把握されるようになったわけである。これは、当然なされるべき反省であった。

ところで、文献内部の異質性を根本的に解明することは、万葉集自体の成立事情を問題とすることにもなる。局限して、東歌・防人歌の場合だけに留めても、これらが、いかにして中央貴族の編纂になる万葉集に採り入れられたか、という事情を考えなければならない。しかるに、この時代のものとして残存する文献の数はごく限定されており、その中には、これらの事情の解明に役立ちそうな記事はない。かつ新資料の発見も期待できないから、いきおい、万葉集自体の内部徴証によらざるをえない。

内部徴証からする、本格的・体系的な研究が始まったのは、万葉研究史上からいえば、古いことではない。その対象は集中の用字法に向けられ、用字法の緻密な比較研究は上代特殊仮名遣の再発見となり、これがまた用字法の研究に拍車をかけ、一方でこの時代の音韻・語法の解明に著しい進捗を見せ、一方に原万葉集のよった雑多な資料の腑分けから、成立過程や伝承上の種々の問題が明確にされてきた。問題を局限して、結論的にいえば、防人歌は、それぞれの国別に、一貫した用字傾向が認められ、かつ、他の国のものとは異質であることが、集中に防人歌を献上した者の氏名・官位・時・歌数等が明記されている実情と照し合わせて、防人部領使、もしくは防人自身の記載したままの資料迄、現在我々の目にする文献的事実から遡りうる、と考えられている。他方、東歌は、東国人の手になるものではなく、なんらかの意味で、京人の手で整理された結果だとされている。理由として、次のような事情が考えられている。すなわち、この巻では、大伴家持の手記的色彩の存在しないこと。未勘国の歌が多く、ある国名の下に整理されていても、単に現れる地名のみによった様子の窺われるものも存在すること。つまり、蒐集に実際に携わった者とか蒐集事情に詳しい者の慎重な整理を経ているのではない。従ってまた、蒐集・整理の過程も明らかでない。東歌という名称は、東国人の製作・伝承にかかる歌という意味だけでなく、東国旅行の際の歌、東国が題材にされた歌なども混入しているかも知れないことも、そこから推測される。ともかく、用字法に、防人歌ほど顕著な特徴が見られないこと。のみならず、巻十四自体、統一的傾向があり、かつ、一字一音表記にもかかわらず、相当な技巧的用字であること。他の巻々の用字傾向との開きも大きくないこと。俚言的特徴が防人歌より少ないこと。などである。

これらの事情から、方言的特徴が各歌の中に等しくない理由の説明が、ある程度可能である。特に東歌の成立事情が、東歌の非均質性を説明する際には有力である。その原資料の雑多性もさることながら、遠藤嘉基博士の左のような立言は重視しなければならない。

東歌の場合は、京人である蒐集者が（中略）東方の歌を輯めたのである。従ってこの場合、蒐集者は常に京言を下に把持していた事を忘れてはならない。何か不審の言葉があった際にそれを京言葉に翻転する可能性のある事は見逃せない事ではないかと思ふ。これが東歌に於て比較的仮名遣の混乱が少い理由ではあるまいか。

「東歌防人歌仮名遣考」『国語国文』一二巻一〇号

その後、東歌蒐集状況については詳しい論考も多く出ているが、その非均質性を説明する飛躍的な着眼はない。

一方、防人歌の場合は、作者が明記されているにもかかわらず、そして作者が等しく東国出身の兵士たちだと推定されるにもかかわらず、方言的特徴は等質ではないし、一国、時には同一人の二首の歌の中においてさえ、等質ではない。この間の事情については、防人らの身分や氏の検討から、その出自や生育環境の推定をし、もって彼らの言語への考察に及ぼそうという努力が試みられている（福田良輔「奈良朝時代東国方言の成立について」〈『文学研究』三七、三八、四〇輯〉）。あるいは、防人歌の実際に歌われた場面の考察（吉野裕『防人歌の基礎構造』お茶の水書房、一九五六、相磯貞二「防人歌の採集」〈『国学院雑誌』一九五七年六月〉、角川洋一「万葉集防人歌の構成」〈『国語研究』一二号〉）から、何らかの推論が導き出される可能性もあるだろう。

三

ここに、在来上代語考察の際の問題として、一般的には留意されながら、個々の具体的事例にはなかなか適用されなかったことであるが、ぜひ考慮に入れておかなければならない問題がある。

それは、これら東国方言の資料が、すべて歌という言語の一つの特殊な様式の中に存在しているという事実である。すなわち、これらは五音七音の音数律に拘束される特殊な文体の言語なのである。とともに、警戒すべきは、我々の歌に対する偏見である。

万葉集などの歌、特に東歌などを「古代歌謡」と一括する際、「民謡」と称することがしばしばある。またそれらの発生論的本質観から「労働歌」といい、「戦闘歌」などともいう。それらの題目に「古代」という言葉が絡まった際、我々は、記紀・万葉集中の歌、特に地方的・集団的色彩の濃い歌を、必要以上に、素朴なもの・生活に直結したもの、民衆の生命の直の息吹、というような観念を抱きがちではなかろうか。歌の発生の契機自体の秘密がそこに包蔵されることは事実であるにせよ、歌うという行為自体、いわば書く行為と似て、格調正しかるべきもの、晴れのものという意識が、民謡といわず、労働歌といわず、歌それ自身が秘めている性格ではなかろうか。なによりも、東歌といわず防人歌といわず、これらは五七五七七の音数律をきちんと保っているのである。歌の定型が確立していて微塵も狂いがない、しかもそれは中央貴族層の歌の定型とまったく同じである、ということは、これらの歌に対して労働の場、酒宴の場などで即興的に創作され、集団的に歌い継がれてきた姿そのものという幻想を抱くには齟齬が大きいのではなかろうか。

また、万葉集中に歌語なるものの発生を見ていることは、タヅ・カハヅの例によって夙に有名である。資料の量と質にもよるが、この時代の文献では万葉集にしか見えぬ語は、むろん数多くあり、それも歌なるがためではないか、と疑われる節のあるものも、決して少なくはない。一方逆に、万葉集が歌集なるがために、ツルやカヘルが現れなかったと同じく、現れる機会の与えられなかった語も、かなりの範囲に上るであろうと想像される。万葉集の内部においていみじくも証明されえた二例の外は、資料の質と量が限られたこの時代では、その全貌を窺うにはかなりの困難さが予想される。然し、現代にまで連なる後世の例や、諸外国の例から推して、更に多数の同義語・類義語のバラエティを露呈してよさそうな概念が、語形としては、案外簡単な姿しか見せていない場合もある。たとえば、「父」という概念に対しては〝チチ〟系統の語、「母」に対しては〝オモ〟〝ハハ〟系の語形しか見えず、男女が互いに呼ぶ時も〝イモ・セ・キミ〟などの限られた語が使用される。自称・対称の代名詞も種類が多いとはいえない。〝マコ〟（四四一四など）や〝ワケ〟（三四三〇など）の類は、さらに豊富な姿を見せてもよさそうである。隠語めいたもの、二人の相聞の場にしか了解できぬような語や指示詞なども、敢えてこじつけるなら別であるが、実際は少ない。

これらを推察の段階に留めて置くにしても、問題は、何故に歌語なるものの発生・存在をみたか、ということにしぼりうる。漢語の現れることの少ないのも、単に外来語として身辺に摂り入れられることが少なかったというだけではあるまい。中古以降の歌が強固に俗語を斥けていた背後には、もはや階級としての勢力の下降を感じつつあった貴族たちの、既往の伝統に夢を托す牢乎たる選民意識が強かったとして、万葉集の場合とは異質なものと見なして比較を拒否するにせよ、なおかつ、その際にも通じて看取される底流は、先にも述べたごとく、歌を作ること自体、改まった言表なのだという意識である。中古以降の歌・俳諧などともなれば、それらが歌・俳諧などの文芸ジャンルを確立しているだけに、その内部において、いかなる素材・用語を採用・導入し、どのような素材や用語を排除していたかはかなり明瞭に推察できる。万葉集の歌語の問題も、本質的にはこれに連なるものであろう。

しかりとすれば、東歌・防人歌の際にも、これは当然考えねばならぬことである。まして、言語自体の呪的・霊的威力を信ずることが古代に遡るほど大きかったとすれば、これを平面に引き伸ばすことによって、公的な場の規範も小さく、書記行為にも遠かったはずと見られる地方人には、呪的効果はより大きかったはずである。五七五七七に整え上げられた短歌形式の枠を踏み外さない東歌・防人歌の実態は、もはや、実際に謡い物として即興的に闘争や労働の合間に集団的に作られてゆくものからは一歩遠ざかった、と考えねばならぬのではなかろうか。すれば、これらの歌を製作した際に、東人自身にかかる晴れの意識が働いて、共通語的な歌を、ともすると作らせる結果となった、と考えることも可能である。

むろん、民謡として集団によって作られ、伝承されてゆくその過程において、個人的なものは淘汰され、その用語においても共通的なものに変化していった、という事情も否定は出来ない。

四

さりながら、このような事情を色々と考慮に入れて篩に掛けていっても、なお、俚言的特徴の片寄りのすべてを解明しつくすとは思われない。

そこで、ここに一つの仮説を提出する。

東歌・防人歌中に見える、中央語と異なった語形のあるものは、収集から万葉集編纂の過程において、中央貴族の何者（一人とは限らない）かによって、無意識的に、あるいは恣意的に創り出された「観念的俚言」ではあるまいか。

次に、この仮説の成立根拠の可能性を確めることとする。

四の１

その一つの眼目は、これら東歌・防人歌が、万葉集の中に収められるに当たって、中央人士の介入が考えられることである。

先にも眺めてきたように、東歌が巻十四に纏め上げられるについては、沢瀉博士のように、巻十一、十二のような表記から改められたという考え方（「巻々の解説」〈『万葉集新釈』星野書店、一九三二〉）や、原資料の字音表記の残っている部分があるという福田良輔教授の立場（「仮名字母より見たる万葉集巻十四の成立過程について」〈『万葉』五号〉）など、かなりの差はあるものの、東国人の歌そのままの姿でなく、なんらかの形で統一的に整理が加えられていることは、内部徴証からして明らかである。

この整理を何人が行ったか、また遡れば、収集に当たったのは何者か、収集の範囲と方法は、となれば、これは推測の域を出るものではない。然し、これらが巻十四東歌として一括してあるという事実は、現万葉集二十巻本が編纂される際（あるいはその前段階としての十六巻本の際でもよいし、それ以前でも構わない）にも、何らかの整理が行われたことを考えさせる。現万葉集が、その拠った資料をそのままに繋ぎ合わせたものでないことは、集中に散見する原資料・古歌集類の配置を見れば明らかである。用字や記載事項等、原資料の記載面を尊重し保存していることも明らかながら、何らかの手が加えられなかったともいえない。すなわち、東歌の原資料が万葉集の一環となるには、何段階かの収集・整理が考えられるのである。

防人歌は、防人たちの詠んだ歌を、防人部領使から兵部少輔大伴家持に届けたものである。実際に声を出して歌った場面があったとして、その歌った場面が公的・私的、いかようなものでもあれ、歌った当人は作者として名が記されている者であろうし、彼らが地方で歌い継がれてきた民謡の内容をそのまま歌い上げたものではなく、何らかの創作がなされていることは、改めて証明するまでもあるまい。ところで、この歌を筆録した者は誰か。これも推定の域を出るものではなく、作者自身からその場の監督者、あるいは部領使ないしそれに準ずる者に至るまで、かなりの幅がある。しかし、都へ届けられる際には、恐らく清書を経ているであろうし、その書写者は、何らかの形で官に連らなる者、すなわち、都的教養を身につけた者を考えて不当ではあるまい。この清書、あるいはそれ以前の段階において、各国それぞれ使用字母その他書式が統一的に整理され、家持は、歌の取捨選択は行ったが表記面はこれをそのまま万葉集ないしその資料となった手記に繰り入れたであろうことが現存万葉集の内部徴証から窺い知ることができる。

防人歌が、防人部領使から兵部少輔へ、すなわち朝廷へ進上された公的なものであったか、坂本人上らが大伴家持に贈った個人的なものか、史書等にも見えず、確認はできない。が、ともかく、現存万葉集に見える防人歌が、大伴家持の手に集められたものであることは間違いない。この家持は、万葉集全二十巻の最終的整理を行ったのではないとみても、早く山柿の門に志して自ら歌を作ることに腐心し、少なくとも万葉集巻十七以降に当たる程度のものは集めていたし、古歌中の語を自らの歌に摂り込みもしていた。あるいは、東国関係の歌の中の特殊な語も、自らの歌に使用していたと思われる節もある。家持が、自らの歌の中に「東風、越俗語東風謂之安由乃可是也」（四〇一七）と注して歌い込んでいるのは明瞭な例であるが、たとえば「行」の意を〝イク〟という語形で現したものは、東歌・防人歌の用例の外には遣新羅使人等の中に一つ見える（三七二二）以外、「見ツツユカムヲ置キテイカバ惜シ」という形の二例（三九九〇、四〇〇六）、家持のものである。〝ヲテモコノモ〟も東歌の中の語を家持が真似した例（四〇一一、四〇一三）と考えられる。丹念に探せば、まだ拾い出すこともできよう。

日を接して各国の防人歌が逐次集まって来ていることは、この仕事が部領使たちの個人的な発意でないことを側面から物語ろう。これらが一字一音の仮名表記を主としたのは、時代の趨勢であったとしても、同質ではないにせよ、各国の歌のほとんどが俚言を含んでいる事実も、部領使たちの俚言温存の意図が偶然一致したのではなく、家持、あるいはこれに替わる者の意志を推戴してのものであったろうと推察される。この防人歌の、実際集められた歌の中のいくらかが拙劣を理由に捨てられていること、そして、これらが万葉集に残らなかったのは、この家持の取捨撰択に因ってであるという事実は、かなり注目してよい。

かくして、東歌・防人歌は、東人や防人たちが歌い、記したままの姿ではなく、何回かにわたる中央人士の、そして多分、歌を作り集めることに非常に興味を持っていた大伴家持という中央貴族の手をも経て整理されたものである、という過程がかなり容易に推察される。しかして、家持ないし編輯者は、東国俚言に相当の興味を持ち、これを保存する意図が強かったことも考えられた。その際、俚言保存の意図を生ぜしめた誘因は、もちろん、東国俚言自体の記述や東国人との交流等の目的ではなく、歌人としての、歌作上の興味が主であったとも推測されるのである。

そもそも、これら東歌・防人歌が採集された際、東国地方出身者で文字表現にかなり習熟した者、または中央出身者でも長く東国人と交際があって東国語に深く染まった者の採集になる歌がかなりあるとしても、編纂過程で、東国語を「鳥が鳴く東の国」の言語という程度にしか認識しない者の手が加えられたことも想像されたわけである。まして、東国語に十分習熟していない、あるいはこれを使いこなせない都の者によって採集ないし編纂が行われたとすれば、俚言の把握そのものに、かなりの危惧を抱かざるをえない。一体、方言を、忠実に採集・記録する訓練を受けていない他地方の者が正確に把握することは、技術的にみて簡単なことではない。

四の2

次に、文献的事実から帰納される東国俚言の実態はいかなるものであったか。これは、「観念的俚言」なる仮説の下にどこまで解釈できるか試みてみなければならないから、詳しくは後に譲るが、一言にしていえば、まず、非常に「語的」である。さらにその語も、中央語とまったく形の異なるものは僅少で、多くは中央語の音相のごく一部の変化したものである。この事実は、東歌・防人歌に現れる東国俚言は、東国語に耳馴れぬ一般の中央人士にとっても、一読もしくは一聞にして語意および歌意を推定することが比較的容易であったろうことを推察させる。とともに、彼ら中央人士に、これらの語が俚言、というよりは、訛りという意識で迎えられたろうことを想起しても、誤りとはいえない。

中央人士の意識に反映するこの効果を想う時、もし「観念的俚言」を創作する意図があったとすれば、かく音相の一部を変えることがもっとも簡単で、それだけに能率のよい作業だった、ということが許されるだろう。

さらには、東国俚言の混乱と統一性の問題がある。詳細は後に譲るとして、たとえば、東歌と防人歌の間の俚言の差異と、それぞれの内部における統一ぶりは、ほぼ同時代の同じ地域の方言の実態の反映とは考えられない。また、同一国内、夫妻の唱和の間、同一人の歌、一首の歌の内部などの各面において、相似た問題が数多く提出される。これらの文献的事実は、「観念的俚言」の仮説に十分な助けとなるものでは必ずしもないが、一方、これら東国の実態の忠実な反映と見る立場にとっては、重要な障害とならざるを得ない。

四の3

意図して「観念的俚言」を創り上げないまでも、先述のごとく、方言の把握・記述はかなり困難である。方言を記述した文献と実際の方言とのズレも確認して置くことが望ましいだろう。ことに文学作品の場合は、現代においても地方を題材とした各作品ごとに「あの言葉は、実は……」という各方面の批判を聞くことが珍しくない。近世に各地の俚言を記述した書が数多く出されたが、これらを付き合わせてみることも無意味ではない。外国人の採集した日本語や、日本の文献に残された外国語と、それぞれの実態との間にも、相当の問題があろう。特に、一方が文字を持たない場合、魏志を始めとする古代中国文献上の日本語がどこまで当時の日本語として還元しうるか、長崎通辞や近代初期の耳学問的ヨーロッパ語の実態も、かなり興味深い話題を提供してくれる。日葡辞書を作り、文典類のいくつかをも編纂したキリシタンの日本語さえかなり規範的なものであり、捷解新語などに写された日本語も、一部には相当のズレを露呈している事実なども想起してみれば、古代中央貴族が万葉集に東歌・防人歌を採録した過程において、恣意的に創作まではせぬにしても、方言把握の困難さが、無意識的に東言葉らしき「観念的俚言」を創り上げた、という懸念は皆無ではない。

四の4

一体、ことばには価値意識が伴いがちである。特に、ある言語体系に属する者が異種の言語に接する時、それが言語学的には同系のものであっても、我が属する体系との比較において、なんらかの価値判断をなす。その際の価値基準は、言語体系自身に置かれることはなく、その体系を保持する集団の経済的・文化的・武力的優越性に与えられるのが常である。弱小民族の言語が征服民族のそれにとって替わられ、征服民族の言語が文化水準の高い被征服民族の言語に同化するのも、言語に伴いがちな価値意識なくしては考えられない。

氏族制国家から、国内の完全統一を成し遂げながら、天皇家を中心とする勢力によって律令制国家へと脱皮してきた八世紀の日本は絶対王権の基礎が揺らいで新興貴族に実権が移りつつあるものの、彼らの集う都・朝廷は、その強大な権力と、ようやく集中してきた経済力を独占しており、内部抗争に明け暮れしていたとはいえ、貴族階層自身としては安定した時代を迎えていた。だからこそ、東国十ケ国以上もの地から農民を徴用して、遠く大宰府の鎮護に駆り立てることも出来たのである。ここに、「鳥が鳴く東の国」という言葉の解釈をまつまでもなく、中央貴族たち——もちろん、家持の君臨する大伴家も頽勢覆うべくもないとはいえ、名家であった——の、東国方言一般に対する価値意識の程は明瞭に看取できよう。

これら訛った言語による歌を積極的に採輯しようとした意図は、一方において、万葉集という和歌集（もしくはこれの基となった歌集）を編纂した意図と連繫を持つであろうし、他方、各地の俚言や古語を自らの創作歌に摂り込んだ気持ちと通ずるであろう。部領使によって差し出された防人歌の中で捨てられた歌は、俚言が多かったためのものもあろうという見解は、否定し去ることも不可能であるが、積極的に支持はできない。ともあれ、東歌・防人歌の採録には、東国らしさ、というよりは、非中央的、非貴族的な、辺鄙な田舎らしさや俗なものを敢えて求めた、中央人士たちの好事家的好みがあったと推断される。

この趣向を過不足なく満足させるものが、俚言、というより、中央語の訛りを散りばめた歌であったと考えられる。翻って、「観念的俚言」的な事態を想起してみよう。現代の小説や戯曲あるいは演芸等の場合でも、実際にはいかなる共時的世界にも存在しない言語を、ローカル性の名の下に創り上げることがないでもない。中央語にある種の傾向を付加することによって、それはいわゆるローカル的色彩を容易に偽装することが可能である。時代物の武士言葉なども、観念的所産であるとの誇りを免れえまい。また、日本語に不馴れな外国人が話すであろう片言の日本語を真似することは、強弱アクセントとか、音節の非等時性とか、清濁音の別とか、膠着性接辞の用法とか、あるいはまた屈折語尾の変化とか、二三の特徴に配慮することによって、その外国人を、中国・朝鮮・欧米系に見立てて真似し分けることも困難ではない。それらが、いかなる効果を受け手に与えるかは、ことごとしく論ずるまでもない。

四の5

むろん、東歌・防人歌の俚言的特徴のすべてを、「観念的」として律し去ろうというのではない。現在までの諸先学による詳緻な研究の成果は、それとして貴重なものである。

俚言のあるものは、体言の被覆形などに関連し、あるいは用言の活用の種類に関し、または用言が接尾辞に続く際の音韻転化の面などについて、すでに中央語では古語化していたものもあろう。この際、その語形を、中央人はもはや実際の言語場において使用することはないが、その語形がなお記憶の中に留っている場合もあっただろう。

その語形が現に東国地方で使用されていたとすれば、これも鄙びた訛りとして印象づけられたであろう。かかる古語的用法の残存は、既にいくつか証明済みのことであり、これをしも、すべて否定するものではない。

さらにまた、特殊仮名遣の面においても、日本語の歴史全体の中から見れば、文献から帰納しうるのは、一地方の、ごく短い期間のみであるが故に、東国地方では、その後の歴史的趨勢からみて、すでに崩壊の過程にあったとも、ないしは特殊仮名遣の体系そのものの適用外の地域とか、別の体系があったとかいう見解も成立する余地は十分あり、そこから帰納された方言地図、また、各地の推定音価も、顧慮する価値がないというのではない。

はたまた、特徴的な特殊な語で後世の東国語に関連づけられるものも皆無ではない。実際、他地方の特有の語をその地方の方言の象徴として受け取り、その語がかなり適確に、かつ広範囲の人々に熟知されている、という事態の存在も否定できない。〝オオキニ〟とか〝オイデヤス〟とか〝シンドイ〟とかいう京都的な語に、京都の方言・俚言の特徴を見ることはできるし、その語自身は、現に京都地方で使われていることも間違いない。だからといって、これらの語を散りばめた文章が、京都方言を忠実に写している、同じ文章中の他の語形も京都の俚言だ、とすべての場合に断言はできない。

つまり、これらを根拠に、東歌・防人歌の俚言のすべてを、東国方言の実態の反映として受け取ることが許容されてはならないのである。

在来の諸先学の研究成果を否定する意図は毛頭ないが、万葉集巻十四東歌・巻二十防人歌の文献的事実の複雑性は、もう一度疑いと反省の目をもって見直す必要がある。

五

前節までは、「観念的俚言」が創作されうる可能性があった、という面を、万葉集編纂の過程、並びに編纂者および読者に対する心理的面などから考えてみた。これからは、「観念的俚言」という観方をした場合、文献的事実のどこまでが、その観点から説明できるか、を試みようとする。

最初に断っておかなければならないが、ここに採り上げる例は、ごく一部であるに過ぎない。しかし、たとえすべての例を採り上げてみたところで、この時代のこのような性質の資料はごく一部しか残されていないのだ、という認識に立てば、断定的なことは言い得べくもない。もちろん、この仮説の完全さを隈なく立証することは思いもよらない。これは、一つにはこの時代の現象を取り扱う上での宿命でもある。

さらに、ここに採り上げて説明を加える事例に対して、従来下されているような、たとえばある国の俚言の実態だというような観方を、あながちに否定しさる意図も持ち合わせていない。事実は事実として我々の眼前に置かれ、どのような解釈をも許容する可能性を含んでいるのである。かつ、いま述べたように、ある種の仮説を決定的ならしめることがかなり困難であるとすれば、それぞれの立場に従って、その仮説をもってどこまで解釈しきれるか、剰余は確実にはどれだけなのか、を見究めなければならない。そのためにも、ここに採り上げた仮説は、従来の解釈と必ずしも対立するものではなく、どこまで文献的事実を説明しうるか、の試みと努力は、今後もそれぞれ続けられなければならないのはいうまでもない。

五の1

東歌・防人歌においての、文献的事実としての俚言の現れ方の実態を眺めるために、上代特殊仮名遣をまず例に挙げてみよう。

この仮名遣が認識されはじめた当初から、東歌・防人歌におけるその混乱ぶりが注目され、現在までに詳細な調査が数多く行われてきている。そして、記紀の時代にはまず異例のない特殊仮名遣甲乙の区別が、万葉の後期から除々に混乱しはじめ、仏足石歌・歌経標式・新撰字鏡などを経て平安時代に到れば、まったく崩壊しさっているという事実と照らし合わせた結果、この東歌・防人歌の混乱は、東国の音韻状態の反映として見られてきている。

確かに、諸氏が必ずといってよい程例に採り挙げられる

都久之閉爾　敝牟加流布禰乃　伊都之加毛　都加敝麻耶里弖　久爾爾閉牟加毛　四三五九

のような例を見ると、後世は同一音となってしまう二種の〈へ〉の音を表すべき四箇所の文字の中、三例までが異例であり、同じ語でさえ両用されているのであるから、東国地方の甲類〈へ〉乙類〈へ〉の音価の問題と結びつけて考えられるのも無理はない。時あたかも、エ段の仮名は中央においても乱れそめている。

しかし、ここにも、東歌と防人歌の差が露呈される。すなわち、東歌ではイ段に混乱が見られず、エ段は混乱し、オ段の一部にも混乱がある。それに対して、防人歌ではイ段・エ段が混乱し、オ段の混乱は少ないと認められている（亀井孝「方言文学としての東歌・その言語的背景」〈『文学』二八巻九号〉）。

ところで、防人歌中〝神〟の用例は、「昔年防人歌」中の一例を除外すれば、すべて〝カミ〟と甲類であり、〝恋〟が上総の一例以外〝コヒ〟と甲類であって、これらは中央語はもとより東歌の例も、すべて乙類の文字で表記されていてまったく異例を見ないという事実（遠藤嘉基「万葉集防人歌雑考」〈『国語国文』二巻一号〉、亀井孝前掲論文）を

いかに考えるべきであろうか。防人歌は、その国々によって使用字母にも特色が見られ、かなり原型を保持していると見られる（遠藤嘉基「東歌防人歌仮名遣考」〈『国語国文』二巻一〇号〉、大野晋「万葉集訓詁断片」〈『万葉』二号〉など）から、防人歌こそは東国俚言を忠実に写しているものだ、という立場から東国におけるイ段の混乱ないし一元化を考えるにしては、一方では見事に統一され過ぎており、一方では余りにもバラバラではないだろうか。つまり、亀井氏も注意しておられるように、語によっていちじるしい偏りがあるのである。

　駿河国の防人歌では、中央語のオ段音に相当すべき箇所がエ段音に転換している例がかなり見られる。具体的な例を、福田氏の指摘されたもの（福田良輔「奈良朝時代東国方言の成立に就いて（中）」〈『文学研究』三八号〉）から借りると、

　オ段甲類がエ段乙類に変わっている例

　　タタミケメ（四三二八）　オメ（四三四二）　オメホト（四三四三）

　　コメチ（四三四三）　クフシクメ（四三四五）　ワギメコ（四三四五）

　オ段乙類→エ段甲類

　　チチハハエ（四三四〇）　ワスラムテ（四三四四）　サクアレテ（四三四六）

　　ウチエスル（四三四五）　ケトバセ（四三四六）

　オ段乙類→エ段乙類

　　ケトバ（四三四六）　タタミケメ（四三二八）

の諸例である。この、オ段音がエ段音に変る例は、訛音の多い東歌・防人歌の中でも、他には遠江国防人歌に「トヘタホミ」（四三四二）があるくらいのもので、この駿河国のいちじるしい音韻特徴とされている。しかし、これらの例は、あるいは駿河国における方言的実相ではなく、これを採集・記録した者——部領使布勢朝臣人主であ

ろう――の方言把握の態度の問題ではないか、と疑えないこともない。右の例を眺めてみれば、いかなるオ段音が変化しているかについては、それぞれの項においてかなり類型的であることが一目瞭然である。類型がある、ということは、逆の見方をすれば、同じオ段音でも変化していない場合の方が遥かに多い、ということを意味する。駿河国防人歌の場合と直接関係するのではないが、福田氏の他の一つの調査（福田良輔「奈良時代東国方言とその基層語」〈『国語国文』二四巻一一号〉）はかなり興味を引く。詳しくは引用しないが、そこには特殊仮名遣に該当する音節の中、どの程度がどのような音に転化しているかが明示してある。

ともかく、このように国によって非常に顕著な偏りのある事実を、駿河国の音韻状態の実態と直ちに結論づけるのは、かなり危険である。要するに、駿河国防人歌は、当時の駿河国方言を忠実に写したものであろうという推測を、前提として完全に容認した場合に限ってそのような結論が生ずるだけであって、その仮説を裏附ける資料、推測させる傍証となるような事実さえも、外部徴証としてはまったく摑むことはできないからである。

しかりとすれば、このような文献上の事実は、単に文献上の問題だけであって言語生活における実際の状態とは無関係なのだ、という推測も、同程度の価値で並ぶはずである。この際、他国の防人歌にも、同じ駿河からも採録したかもしれぬ東歌にも、ほとんど例の見えないオ段→エ段の転換という文献的事実が、どちらの仮説に対してより有力かということである。足柄の坂を一つの境とした方言差も、文献上の偶然の結果だと言い得る可能性も、決してゼロだとは断言できないだろう。

すでに明らかにされているように、防人歌の採集された各国の俚言的特徴が等質でない以上、中央における編纂の際に各国別に「観念的俚言」を創作するほど細かい細工が施されたとは考えられない。さりとて、各国別々の採録者が「観念的俚言」の創作を命ぜられたという事情も想定できないし、期せずして「観念的俚言」を目指したとも考えられない。がまた、これら各歌が大なり小なり俚言的特徴を含んでいることは、あるいは俚言をなるべくそのままに、くらいの意向は指示されていたかもしれない。俚言採集に細心の注意を払うべく要請されていたとしたら、かえってそれが「観念的俚言」を、無作為にでも創り出す契機になったということも、十分考えられる。各国別に俚言的特徴を眺めた場合、その「観念的俚言」の可能性をもっとも濃厚に含むものが、オ段→エ段転換の孤立例を大量に、しかも類型的に含むことによって象徴される、この駿河国防人歌だということになろう。

五の2

また、特殊仮名遣から離れてみると、東国俚言としては顕著な存在である打消の助動詞〝ナフ〟は、陸奥・常陸・上野・下野・武蔵の各国および未勘国にばかり存在し、足柄坂以西には絶えて見えない。しかし、それだけでなく、この〝ナフ〟〝ナハ〟〝ナヘ〟〝ノヘ〟の形を含んだ十九例、下野国の一例（四三七八）を除けば、他はすべて巻十四にある。俚言をむしろ忠実に保存しているはずの防人歌にほとんどその例を見ずに、東歌にばかり用例が集中しているのはいかがなものであろう。ちなみに、防人歌に打消の表現がないわけではなく、数え方にもよろうが、助動詞〝ズ〟二十二例、形容詞〝ナシ〟六例の外、〝ガヌ〟〝ガテ〟〝ジ〟などの用例もある。

同様に、〝アド〟〝アゼ〟も、巻十五・三六三九に一例の〝アド〟を見る以外、残余の十五例は上野の二例、相模・武蔵・常陸の各一例を含めて巻十四に集中し、巻二十にはまったく見えない語形である。この語とても、現代関東俚言に見られる形に関連づけては考えられるものの（東條操「関東地方の方言分布」〈『垣内先生還暦記念・日本文学論攷』文学社、一九三八〉）、なおそれですべてが解決されるとは思われないものに属する。

あるいはまた、相模国防人歌の次の例、

八十国は難波に集ひ船かざり吾がせ武日ろを見毛人もがも　四三二九

において、〝ム〟が〈モ〉と発音されていたと考えられる足柄坂以東の一般の習慣に従った〝見モ人〟の形であるならば、第四句の〝セム〟も当然〝セモ〟となってしかるべきであるのに、そこは中央語と同じ形を採っている。
巻二十の四三六三番から四三七二番までの十首は、二月十四日に届けられた常陸国の十七首の中のものである。その中に、前例とは逆に〈モ〉が〈ム〉に転じた〝イム〟の形がある（四三六四）が、外に中央語と同じ〝イモ〟が五例あり、しかもその中の一例は、四三六四と同一の作者若舎人部広足のものと明記してある四三六三番歌にある。その四三六三番歌には〝漕ぐ〟という動詞を〝許伎奴〟と表記してあり、これは第二音節を清音として訓みたくなる文字である。しかし四三六五番歌には〝許芸奴〟と明らかに濁音文字で表記してある。同じ歌で〝妹ニ都気コソ〟（四三六三）〝妹ニ都岐コソ〟（四三六五）の対立は、動詞〝告ぐ〟の連用形で後者が中央語とは異なった姿を見せている。

志良多麻乎　弖爾刀里母之弖　美流乃須毛　伊弊奈流伊母乎　麻多美弖毛母也　四四一五
右一首主帳荏原郡物部歳徳
久佐麻久良　多比由久世奈我　麻流禰世婆　伊波奈流和礼波　比毛等加受禰牟　四四一六
右一首妻椋椅部刀自売

右の二首は、武蔵国の防人夫妻の唱和として巻二十に載せられているものであるが、この二首の間においても、俚言形〝見テモモヤ〟が夫の歌に、中央語と同じ語形の〝寝ム〟が妻の歌にと対立が見え、一方逆に、妻の方が被覆形とは見られぬ〝家〟の意に俚言〝イハ〟を使用し、同じことを夫は〝イヘ〟の形で述べているという矛盾がある。また、妻の歌の〝背ナ〟は、武蔵国防人歌の他の例では〝背ロ〟の形を採っているものがある（四四一三）し、〝旅〟は同じく武蔵国防人歌で〝多妣〟と濁音に使われることの多い文字で記されている例がある（四四二〇）のに、ここでは〝比〟で表記されている。さらに、夫の歌〝手ニ取リ持シテ〟は、〈チ〉が〈シ〉になる東国の一般的傾向に従っているが、同じ武蔵国防人歌中にも〝都知〟と中央語と同じ形もある。〝土〟が〝ツシ〟になる例は、下総国防人歌〈四四二六〉にも見える例であるのに。

かように、他と一致しない例が数多く出てくると、たとえばこの武蔵国防人夫妻の唱和歌などにおいて、夫妻の氏などからその生国や異民族の血の繋りを推定し、夫妻の間に彼らの生育した言語環境の差を求めて、不一致の原因を追求する解釈も、その蓋然性はゼロでないにしても、かなり苦しいといわなければなるまい。

ここに挙げてきたような例は、東国地方の音価自体の動揺や、二形併存、あるいは作者たちの生活環境の差を考えることができると同じ程度に、中央人の恣意と考えうる面も含まれていると思われるのである。

五の3

ここで、前節に触れ残したこととして、清濁の問題を眺めておこう。契沖は、代匠記で「凡そ東歌は五音相通・同韻相通をもて心得るを要とす。また濁音多し。」と言っているが、実際にはそれ程濁音が多いとは考えられない。もちろん、橋本四郎氏が言われるように、清濁にはかなりの注意を払わなければならない〈橋本四郎「ことばと字音仮名」〈『万葉』三〇号〉〉が、俚言保存を意図した東歌・防人歌の場合、表記態度が他の巻よりは厳密であったろうと考えられるし、西宮一民氏、鶴久氏が一端を指摘されたように、万葉集でも清濁の区別がかなり守られている面がある〈西宮一民「見所久思考」〈『万葉』三二号〉〉。ただし、この例は、あるいは古典大系本が示したように「見可久思」の誤りかもしれない。西宮一民「上代語の清濁」、鶴久「万葉集における借訓仮名の清濁表記」〈『万葉』三六号〉〉。

巻十四については、安田厚子氏が清濁の問題をも扱っておられる〈安田厚子「万葉集巻十四巻十五の仮名について」〈『香椎潟』四号〉。ただし、文字の清濁の別、用例の選択などの基準に明確さを欠く恨みがある。たとえば「可」の四例は、すべて清音表記に使用された例としなければならない〉。ここには、清音仮名が濁音に使われたものとして、

低七例　弖十五例　都十八例　波十九例　可四例

が挙げられ、「敝」も一応この例に入れて七例が数えられている。一方、濁音仮名が清音に使われている場合は、

提四例　賀四例　我三例　婆四例

となっている。また、水島義治氏の調査によれば（水島義治「東歌及び防人歌の用字に就いて」万葉学会研究発表会一九五九年）、東歌・防人歌の中で清濁両用に使われている文字は、カ（河・加・可）キ甲（伎・枳・岐）キ乙（木）ク（久）ケ乙（気）コ甲（故・胡）コ乙（許・己）以下、多くの例が見られる。これらを基にして考えてみると、清濁の両用がかなり多量に上るのである。この事実を、巻十四や二十の表記態度の問題、すなわち、文字の清濁についての無関心の証左として直ちに採り上げるわけにはいかない。清濁両用というのは、中央語の語形を基調とした視点であって、実は、東国俚言が中央語と清濁を異にしているのを書き別けようと意図したという解釈が可能だからである。

しかし、従来の研究は、清濁の面には意外に興味を示してこなかった。特殊仮名遣の混乱、五音相通、同韻相通がその俚言的特徴として採り上げられるならば、当然、清濁の問題も、東国の方言としての音声事実として見なければならないはずである。朝鮮語の環境に育った人の日本語が何かおかしいのは、その清濁の差に一つの原因が求められるし、本来濁音が訛りとして意識されやすいことはもちろん、濁音の清音化もまた、舌足らずの感を覆うことはできない。

清濁が問題にされがたかったのは、東歌・防人歌の場合、ひいては万葉集ないし漢字表記の日本語文献全般について、清濁の書き分けがどの程度なされているか、が摑めなかったためもある。もちろん、これについては現状でも安易な断定はさし控えなければならないが、しかし、一応書き分けられている部分があるとすれば、地方によって清濁を異にする場合があり得たはずだから、その差を表記し分けようとした例がこれら俚言の場合皆無であるはずがない。前提がこのような状況だからどの例がそうだと確実に指摘するまでには到らないが、中央語とは違う清

濁を表記したつもりのものもあっただろう、ということは、これを可能性としてみる限り、誤謬のない推定だろう。

この問題については、なお論ずべきことが多々あると思われるので、この後に節を改めて追記することとしよう。

五の4

次に、東国の俚言的特徴が語的である点について。

東国俚言といわれるものは、契沖のいう五音相通・同韻相通の点で解決することが多いのが実際である。

東国語の語の、中央語との母音や子音の相違については、福田良輔氏の詳細な調査がある（福田良輔「奈良朝時代東国方言の成立について」〈『文学研究』三七、三八、四〇輯〉、「奈良時代東国方言とその基層語」〈『国語国文』二四巻一一号〉など）。その実例に当たってみた場合、

同行の音への転換（ツキ→ツク、ナス→ノス、など）
同段の音への転換（ラム→ナモ、ナド→アド、など）
母音の脱落（オモテ→モテ、イマシ→マシ、など）

の例を除外すれば、〝ヘダシ〟が中央語では〝ヘダテ〟であって、〈テ〉→〈シ〉の差が見られたり、〝オユ〟がもし中央語〝オモ〟に該当するならばその〈モ〉→〈ユ〉の例など、ごく少数のものが残るに過ぎない。それら以外の顕著な俚言としては、

　篠原の弟媛の子をさひとゆも率寝てむ志太や家に下さむ　　肥前風土記・松浦郡
　必志里、昔者此村之中在海之洲因曰必志里〈海中洲者隼人俗語云必志〉　　逸文大隅風土記

のように、他地方また他の資料にも用例の見える〝シダ〟とか〝ヒシ〟とか、あるいは接尾語の〝ロ〟だとか助動詞の〝ナフ〟だとかがある。

語義不明のものを除いた、これらの東国俚言特有の語形とされている語の実例は、意外に少数である。

五の5

特殊仮名遣の混乱も同韻相通の一種だが、東歌の場合、遠藤博士の御指摘（遠藤嘉基「東歌防人歌仮名遣考」〈『国語国文』二巻一〇号〉）のごとく、たとえば、〈ケ〉では〝笥〟と〝下野〟〝上野〟を除けば動詞の活用語尾の場合に限られており、〈ヘ〉も同様、ほとんどが動詞の活用形、〈メ〉は助動詞の場合である、というように固定している。このような用言や助動詞の活用に関する問題は、語法的な方言差とも考えられる一方、その規則性の薄弱さをもって、単に音の転換によって俚言らしさを出したものに過ぎない、と考えてしまうことも可能である。

助動詞〝メリ〟が万葉集中東歌に唯一の例を見るだけで、

乎久佐男と乎具佐助丁と汐舟の並べて見れば乎具佐可知馬利　三四五〇

のようにそれが連用形から続いているとか、助動詞〝マシ〟に助詞〝ニ〟の付いた例も

愛し妹を弓束なべ巻きもころ男の事とし言はばいや可太麻斯爾　三四八六

と東歌に一つあるだけとか、代名詞〝カノ〟などの珍しい例

可能子ろと寝ずやなりなむはだ薄浦野の山に月片寄るも　三五六五

も語的なものといえよう。また、用言の已然形を受けて反語の意味を示すために、中央語ならば〝ヤ〟が用いられてしかるべきところ、〝カ〟が現れている（林大「万葉集の助詞」〈『万葉集大成六　言語篇』〉）

大舟を舳ゆも艫ゆも堅めてしこその里人阿良波左米可母　三五五九

橘の下吹く風の香ぐはしき筑波の山を恋ひず安良米可毛　四三七一

という例も、語形の問題と捉えることができる。既に前節で指摘したように防人歌の仮名遣の混乱も語的なもので

あった。すると、福田氏が指摘された（福田良輔「東歌の語法」〈『万葉集大成六　言語篇』〉）ような、代名詞〃ア〃〃ワ〃が中央語に較べて比較的自由に助詞を従ええたとか、亀井氏が指摘された（亀井孝「方言文学としての東歌・その言語的背景」〈『文学』二八巻九号〉）〃アガ面ノ忘レム時〃（三五一五）の〃ノ〃の使い方とかの外には、俚言的語法としての顕著な点は見出しがたい。

ニヒグハマヨ（新桑繭）　三三五〇
ヨソリヅマ（依そり妻）　三五一二
アヒダヨ（間夜）　三三九五
ニヒハダ（新膚）　三五三七或本
ヲテモコノモ（彼面此面）　三三六一、三三九三

などの複合した語形の場合、それぞれの構成要素がこういう形で結合する例が中央語では発見されないことや、あるいは

カクススゾ寝ナナ為リニシ、アドススカ　三四八七、三五六四
奥ヲカヌカヌ　三四八七
引カバヌルヌル　三三七八
など、かような動詞の終止形をもってする畳語が珍しくとも、また
霞ヰル　三三五七、三三八八
寝ヲ先立ツ　三三五三
息ニ我ガスル　三五三九
ウラモトナシ　三四九五

などの中央語には見えない表現も、東歌的特徴だとはいえても、東言葉的特徴だということはできない。

語意不詳の例も、多分に語的で

伊可保世欲奈可中次下於毛比度呂久麻こそしつと忘れせなふも　三四一九

など、意味不明の箇所が二句以上にわたることはむしろ例外的存在である。多くは一語、それも二、三音節の処置のしかたによってはおおむね了解できるような質のものばかりである。

言語の地域差は、音相の上にも、語的な面としても現れるのは当然であるが、ある事態に対する表現のしかた、言い廻しの面にもかなりの特徴が出てくるはずである。東歌・防人歌に見られる音や語の中央語との開きが、もし東国方言の実態の反映だとするならば語法の面にも顕著な特徴が出てしかるべきもののように思われる。

六

以上の点を総合すると、いわゆる東国俚言は、文献的事実に基くかぎり、一つに体系化され得ない偏在性を示すばかりでなく、俚言としての実態も、記号としての言語の外形の一部である音韻、すなわち、一語中の一つの子音（清濁を含めて）、または一つの母音（八母音として）だけが中央語と異なっているものが、かなりの割合にのぼるといえよう。この事実は、中央語からの訛りという意識で迎えられるだけに「観念的俚言」である可能性をかなり高めるだろう。

以下その立場に立って、具体的に用例の一端を一々検討してみることとするが、紙幅の関係もあって、ここでは母音相通の一部を採り上げてみることとする。

六の1

中央語の、ア段音の音節を含む語のうち、これに該当する語と推定されながら東歌・防人歌に見える形では、そのア段音の母音が他に変化していると認められる語として、次のような例をまず挙げることができる。

①アシガリ∧アシガラ（三三六八・三三六九・三三七〇・三四三一・三四三二　以上相模国）
②コヤデ∧コエダ（三四九三　国名未詳）
③カヅサネモ∧ナモ（三四三一　相模）
④ナユム∧ナヤム（三五三三　国名未詳）
⑤ノ（ヌ）ガナヘユケバ∧ナガラヘ（三四七六・三四七六或本歌　国名未詳）
⑥ネロトヘナカモ∧イハヌカモ（三四九九　国名未詳）
⑦ノヘ∧ナヘ（三四七六或本歌・三四七八　以上国名未詳）
⑧ノス∧ナス（三四一三　上野、三四二四　下野、三五一四・三五二五・三五四一・三五五二・三五六一　以上国名未詳、四四一五　武蔵）
⑨カエ∧カヤ（四三二一　遠江）
⑩マセル∧マサル（四四三一　昔年防人歌）
⑪ウノハラ∧ウナハラ（四三二八　相模）

後の方に防人歌関係がまとまったので、順序を逆にして、後の例から検討を加える。

⑪相模国の防人歌はわずか三首に過ぎず（採用率八分の三）、これをもって云々することの危険はかねて注意されているが、助動詞〝ム〟が、〝ム〟の形のままと〝モ〟の形のものと二種同じ歌の中に共存している例（四三二九）

はすでに指摘した。その場合も、この〃ウノハラ〃の例も、諸本文字の伝来上の問題はない。ところで、ア段音がオ段乙類に転化したと見られる例は、東歌・防人歌を通じて〃ノス〃〃ノヘ〃が他にあるだけゆえ、この〃ウノハラ〃の例を、同じ〈ノ〉の理由をもって、単に音相の一部の転訛と見るのは適切でない。むしろ、連体助詞〃ナ〃が同じ〃ノ〃になっている例と考えられる。さりながら、助詞〃ナ〃が〃ノ〃に転じたと推定される例は、〃海原〃の場合はむろん、他には絶えて見えない唯一例となる。さらに〃ナ〃はすでに一定の語形の中に固定化しつつある古い助詞であるゆえに、「方言の中には古語が残る」という、一般に漠然と容認されている傾向と合致しない。すなわち、この解釈もかなりに無理があるが、その処置を放任しても、〃ウナハラ〃ないし〃ウナバラ〃が一般的である世界にあっては、〃ウノハラ〃という語形が訛音として迎えられたであろうことは確実である。

⑩〃マセル〃の現れる歌は次のごとくである。

笹が葉のさやぐ霜夜に七重加流衣に麻世流子ろが肌はも　四四三一

例の磐余伊美吉諸君が写して家持に贈った八首中の一である。この〃マセル〃について問題になる本文の異同はない。しかし、これが〃マサル〃の転訛だと諸説一致しているわけではない。〃マサレル〃の縮約形とする近世の説を顧る要はなかろう。〃マサル〃なる語は仮名書き例も多く、存在したことは事実としても、本来〃マス〃に〃ル〃が付いてできた二次的な語と考えられる。従って、その元の形である〃マス（増・益などの意）〃のエ段甲類相当の語尾の次に、いわゆる完了の助動詞〃リ〃の付いた形の存在を推定することが可能である。すなわちこの例も、頻用される〃マサル〃の音転化ではなく、形としては珍しくとも、中央語でも使用されうる語と見てよかろう。もっとも、その使用量からいっても古語めいた意識は伴ったことと思われる。

⑨〃カエ〃については、特にいうことはない。〃マセル〃の例が除外されれば、ア段音がエ段に転じたと見られるのは、防人歌ではこの遠江の例一つになる。

⑧〝ノス〟は防人歌には一例しかないが、東歌には顕著な存在である。東歌以外の他の箇所では〝ナス〟の形で多用され、枕詞や序詞を被修飾要素と結ぶ際に使われることが多い。防人歌にはないが、東歌では駿河・相模・国名未詳歌を含めて五例の〝ナス〟も見える。してみると、防人歌ではすべて、東歌で過半数が〝ノス〟であり、その〈ノ〉も乙類に統一されているから、東国では〈ナ〉が〈ノ乙〉に発音されていたと表現されがちである。しかし、防人歌・東歌を通じて、難波、花、無し、かなし、撫づ等々、多くの〈ナ〉音は現れても、それが〈ノ〉乙類に変わったと見られるのは、〝ウノハラ〟を含めても〝ノヘ〟とともに三種類でしかない。すれば、〈ナ〉〈ノ乙〉両音が近い、あるいは〈ナ〉が〈ノ乙〉のごとく発音されたという一般的傾向はなかったといわねばならない。すると、〝ノス〟という語形が、東国あるいは武蔵から上野・下野へかけての関東内陸一帯で使われていた可能性がある。〝ナス〟の形を含む東歌は、三五四八番歌を除けば俚言的特徴の乏しいものであるし、東歌採集事情からみて、この可能性は否定できない。しからば、これがなにゆえ〝ノス〟であったかは説明不可能だし、〝ナス〟が〝ノス〟になりうる可能性も、その逆の可能性も音相の上では少ない。これは他に例がほとんどないことでも考えられる。とすれば、関東では〝ノス〟であったとも確言はできぬわけである。

⑦同じことが〝ノヘ〟についても言いうる。〝ノヘ〟〝ナヘ〟については、すでに前節で触れたので、いま詳細を省く。

⑥〝ネロトヘナカモ〟について思い出されるのは、巻二十防人歌の

水鳥の立ちのいそきに父母に毛能波受来にて今ぞ悔しき　　駿河　四三三七

旅等弊等ま旅になりぬ　家の妹が着せし衣に垢着きにかり　　下総　四三八八

の例である。語頭の母音が脱落することは、ここの妹〈モ〉の例をはじめ防人歌にもかなりあり、日本語の歴史の中でも珍しいものではない。しかし、防人歌では単に語頭の〈イ〉音がないだけだが、東歌のこの例は、その上に

〈ハ〉が〈ヘ〉に転じているとみられる。この際、下二段活用を考えたり、命令形相当と考えるのは、音転とみるより困難である。〈i〉〈a〉の母音が熟合して〈e〉となることは常でも、この場合には適用しがたい。

⑤〝ノガナヘ〟または〝ヌガナヘ〟の場合は、或本歌との差を〝努〟〝奴〟、あるいはその逆に書き分けている本もあり、ともに〝努〟を伝える本もある。さらに、〝努〟ははたして〈ノ〉甲類を表すのか〈ヌ〉なのか、という問題も絡む。それを別にしても、この語句が中央の〝ナガラヘ〟に当るとすれば、ア段音からの変化という事実は残る。ただし

　うべ子なは我に恋ふなも　立と月の奴賀奈敝行けば恋ふしかるなも　努我奈敝行けど我行かのへば

なる歌で、〝月〟が〝タツ〟場合は、まずmoonの意であるから〝年タツ〟という表現はあるにしても、はたして〝永ラヘ〟ないし〝流ラヘ〟でよいか、疑問も残る。これらの前提が解決された時、ア段音が転じたと認められるのだが、そこでもし〝努〟〝奴〟が〈ノ〉〈ヌ〉を書き分ける意図で使用されていたとし、しかも東国語の実態の反映だとすれば、この語が、個人や地域によってどちらにも発音されたものであったか、東国の発音が一般にウ段ともつかぬ音であったか、のいずれかである、後者の採用できないことは、問題になる例がここ一箇所である点から明らかである。

④〝ナヤム〟という語は万葉集中仮名書きがあり、巻十四・三五五七番歌（国名未詳）に〝ナヤマシケ〟という形容詞連体形がある。もちろん〝ナユム〟とウ段になっているのは唯一例である。〝足悩ム〟という語構成は、〝足掻ク〟〝足速ヤ〟などの例から推して無理ではない。従って、〝アナヤム〟なる語形は存在しえたはずである。そこで、諸伝本異同のない〝由〟の文字は、東国俚言として、ア段がウ段に転じた、確実な唯一の孤立例となる。

③足柄のわをかけ山のかづの木の我をかづさ禰毛かづさかずとも　三四三二

この歌に見える〝ネモ〟は、希求の意の〝ナモ〟と等しいといわれる。これは

上毛野をどのたどりがかはぢにも子らは逢は奈毛　一人のみして　上野　三四〇五

の例や〝ナム〟の形も存在し、次代との連繫の上からも、希求の意として差し支えあるまい。しからば、〝ナモ〟の音転と考えることも許容されるはずである。しかしまた、同じく動詞の未然形に接して希求の意を表すとして〝ネ〟という形が数多く使われている。この〝ネ〟は時に母音が転じて〝ニ〟としても現れるといわれる。特に

紀の国に止まず通はむ　妻の森妻依し来せ尼　妻と云ひながら　一云　妻給は爾毛　妻と云ひながら　九・一六七九

の歌からしても、その〝ニ〟に〝モ〟の接することもあり、巻十九の四一七八番歌などもその例と見られる。すれば、〝ナモ〟〝ネ〟〝ニ〟〝ニモ〟、また願望の〝ナ〟などを対比することによって、〝ネモ〟で希求の意を表す可能性は十分ある。従って、この〝ネモ〟を〝ナモ〟の音転と考える必要性は薄い。それが他には例を見ないだけに、珍しい訛りと受け取られたかもしれぬが。

②〝コヤデ〟が〝小枝〟の意とすれば、〝エダ〟という語の全音節の母音が変化しており、しかも、それがe→a、a→eと交替した形となる珍しい例である。ある語の連続した二音節以上が変化していると実証されている例は、非常に少ない。〝青雲の等能妣久山〟（四四〇三　信濃）が、元暦本のような字面で、かつ他本の〝多奈妣久〟なる字面に相当する語とすれば、二音節連続してア段音がオ段乙類に変化したことになるが、他に例の多い〝トノグモリ〟の〝トノ〟だとも考えられる。助動詞〝ナモ〟の意が中央語の〝ラム〟に当たるとしても、〝ラム〟の音転とは直ちに結び付けがたくも思われる。その外、〝クニメグルアトリカマケリ〟（四三三九　駿河）の〝マケリ〟が〝モコロ〟からきたとすれば（ただし、ここはアトリ、カマ、ケリと鳥の名と解するのが現状である）、オ段乙類が〈a〉〈e〉〈i〉と変化したことになるし、〝児ノ手柏ノホホマレド〟（四三八七　下総）が〝フフム〟に当たるならば、ウ段、エ段音がオ段音やア段音となった例といえる。然し、かような例が珍しいだけに、これらを

上述のごとき解釈で断定することは困難をきわめる。つまり、二音節以上連結して変化している例はきわめて稀だということになるし、ともかく、〈e〉↓〈a〉となる一方、次のア段音節がエ段に転じているのは、母音の転倒とするか、〈エ〉と〈ア〉の区別が定かでなかったと推定する以外、矛盾となる。しかし、後者の推定が確固たるものとはならないことは前にも述べてきた。

①〝アシガリ〟の例は、相模国の東歌にのみ見える特徴的な現象である。〝アシガラ〟の仮名書き例は、防人歌では武蔵国（四四二一、四四二三）上総国（郡司妻女　四四四〇）常陸国（四三七二）で相模国防人歌には両形とも存在しない。東歌の〝アシガラ〟の例は相模国にのみ五例（三三六一、三三六三、三三六四、三三六七、三三七一）ある。〝足柄〟の文字は、巻三・七・九にあるが、この〝柄〟の文字が助詞〝カラ〟の表記などにも使用されることをみれば、〝アシガラ〟であること疑いない。この文献的事実を方言的実態の反映と受け取れば、〝アシガリ〟の形は相模国の一部で使用されていたことになる。あるいは、地元では〝アシガリ〟であったが、他地方では〝アシガラ〟と呼び慣わされていたために、東歌でも、相模の東部を含めての他地方人の歌は、相模東歌に編入されているものも〝アシガラ〟の形であり、あるいは文字に定着するまでの間に、地元の歌さえも一般的呼称に改められたものも出て来た、ということになる。この際、イ段とア段、〈リ〉と〈ラ〉の混乱を想定することは、孤立例なるゆえに不可能である。次には、〝足柄〟なる地名が、本来〝アシガラ〟であるのか、〝アシガリ〟の可能性がないか、の問題である。ところが、この語源については信ずるに足るものがなく、〝アシガリ〟の可能性についても、不明だといわざるをえない。

以上、ア段音節の母音の転化した例について眺めてきたが、その可能性のあるものとしては、ア段↓イ段、相模国東歌の〝アシガリ〟だけ、ア段↓ウ段、〝ナユム〟〝ヌガナヘ〟だけ、ア段↓エ段〝コヤデ〟〝カエ〟〝ヘナカモ〟くらい、ア段↓オ段乙類〝ノガナヘ〟〝ノス〟〝ノヘ〟程度、ということになる。

ここから、東国においては、ア段の母音が云々ということは、一切許されない。〈ラ〉なり、〈ノ〉なりの音節についても、その音節すべてが何かに替る傾向がある、ともいえない。従って、これら中央語のア段音に関する例を東国の音韻状態の推定資料とすることは不可能だ、といわなければならない。ある音節について、転化した例が二種以上の語に見えるのは、ア段がオ段乙類となったナ行の例だけであることからも、これらの孤立した例の価値が判定されるだろう。これらは、すべて語的な問題として扱うべきものである。

その語の問題にしても、集団的に見えるのは、〝ノス〟〝ノヘ〟〝アシガリ〟くらいである。その中でも、各国別や東歌・防人歌双方に見えるのは〝ノス〟のみである。故に、想像を逞しうすれば、実際にその形で用いられていた可能性を含むのは〝ノス〟だけだ、と強弁することも可能である。特に、相模国東歌にだけ集団的に見える〝アシガリ〟が、地元で実際にそういわれていたか、はなはだ疑わしい。

もっとも、逆に、もし中央人が恣意的に〝アシガリ〟と改めて訛音的な感じを出すことを狙った「観念的俚言」ならば、何故同じ相模の東歌に〝アシガラ〟の形の残存を許したか、という点から、現万葉集編纂の際の統一的な作意を否定することができる。確かに、中央人の恣意の働いたのを、現存万葉集編纂の際とする考え方は、このまばらな状態からは肯定できない。しかし、このことを、足柄地方の俚言〝アシガリ〟の実在推定の根拠に転用することもできない。とすれば、いずれにせよ、二次ないし三次以上の編纂過程を考えなければならなくなるし、そこに中央人の作意の可能性の余地も生じてくるであろう。

六の2

次に、前項とは逆に、俚言としての語形の中ではア段の音節であるが、それが中央語の他段の音節に対応するような例を眺めてみよう。

○イ段乙類がア段になったと思われるもの

ウラミ＞ウラマ（三三四九　下総）

○ウ段がア段になっているもの

サヌラクハ＞サナラクハ（三三五八或本歌　駿河）

ツル＞ツラ（三四二七　陸奥）

カヨフトリ＞カヨハトリ（三五二六　国名未詳）

アヤフケドモ＞アヤハドモ（三五四一　国名未詳）

○エ段甲類がア段になっている例

〝リ〟に上接する活用語尾

ムカル（四三五九　上総）　タタリ（四三七五　下野）　ホホマレ（四三八七　下総）　オカレ（三五五六）

オハル（三五〇一）　モハリ（三五二六）　ネラハリ（三五二九　以上国名未詳）　フラル（三三五一）

ホサル（三三五一　以上常陸）　ノラロ（三四六九）　ハラロ（三五四六　以上国名未詳）

形容詞の未然形・已然形

イキツクシカバ（四四二一　武蔵）　トホカバ（三三八三　上総）　ヨカバ（三四一〇　上野）

トホカドモ（三四七二）　シゲカク（三四八九）　アヤホカド（三五三九　以上国名未詳）

イヘ＞イハ（四三七五　下野、四四〇六　上野、四四一六・四四一九・四四二三　以上武蔵、四四二七　昔年防人歌）

助詞へ＞ツクシハ（四四二八　昔年防人歌）

ケリ＞カリ（四三八八　下総）

メコ∨マコ（四四一四　武蔵）

○エ段乙類相当かと思われるものがア段になっている例

ワスレムト∨ワスラムテ（四三四四　駿河）

○オ段がア段になっている例

オモ∨アモ（四三七六・四三七七・四三七八・四三八三　以上下野）

○オ段乙類がア段になっている例

接尾語ロ∨ラ

嶺ラ（四三四五　駿河）　妹ノラ（三五二八　国名未詳）

ヒノクモリ∨ヒナクモリ（四四〇七　上野）

モコロ∨アトリカマケリ（四三三九　駿河）

トホツアフミ∨タヘタホミ（四三二四　遠江）

○その他の例

トホツアフミ∨タヘタホミ（四三二四　遠江）

キルまたはケル∨カル（四四三一　昔年防人歌）

以上、かなり例が多いので煩を避けて一々の検討は省略する。しかしここに一応挙げてみたものの中、次の諸例は、それぞれ解釈のいかんによっては除外出来よう。

ウラマ（接尾語マ）　サナラク（鳴ル）　ワスラムテ（四段動詞忘ル）　マコ（真子）　ヒナクモリ（助詞ナ）

アトリカマケリ（意義不明）　タヘタホミ（-tua-でウ音の脱）

など。これらは音相の変化以外の点で説明可能である。

それ以外の諸例の中、形容詞の未然、已然形の場合と、動詞が〝リ〟に続く場合の二つは、語法的なものとして一括関連させて考えられよう。また〝イハ〟と〝アモ〟は、その用例の豊富さの点において、語的に特徴づけられるだろう。その他の孤立例は、今まで眺めてきたことから、俚言としての実在性はかなり疑わしい、と最初から一応考えておいてもよいくらいのものである。ここでは、その語的な〝アモ〟と〝イハ〟を採り上げてみよう。

〝アモ〟について。

甲乙の別のないオ段音がア段に転じている例は、防人歌・東歌を通じて、この下野国の〝アモ〟四例だけ、という点、まず特徴的である。もちろん、他には〝アモ〟の例はない。そして、東歌でも防人歌でも、下野国の歌では、母を指すには〝アモ〟以外の語は使われていないという事実もある。なお、〝オモ〟という語が仮名書きで存在するのは、巻二十防人歌中に四三八六（下総国）、四四〇一・四四〇二（信濃国）があり、その外、巻十二の仮名書き例をはじめ、巻十二・十三に〝オモ〟と訓み得べきものが相当数散在する。一方、下総国防人歌にも〝ハハ〟という語形が存在し（四三九二、四三九三）、遠江・駿河・相模・上総の例はすべて〝ハハ〟である。このことから、〝オモ〟系の語がより古く、家族制度の変遷を反映して東海道・関東の平原地帯の〝ハハ〟系と、東山道の山地地帯の〝オモ〟系との間に一線が画されよう、とする福田氏の説（福田良輔「奈良朝時代東国方言の成立について」〈『文学研究』三七、三八、四〇輯〉）は、十分説得力を持つものであろう。

〝ハハ〟――〝オモ〟の対立はそれでよいとして、下野国では、それがさらに訛って実際に〝アモ〟と発音されていたのか、といえば、それは直ちには首肯できない。他に〈オ〉が〈ア〉に転ずるような傾向がまったく見られず、この語だけが孤立していることは、〈ア〉と訛ったことを否定するまでには到らなくとも、弱める傍証とはなるだろう。オ段音がエ段音に転ずる例が駿河国だけに集中的に見られ、甲乙の別のないオ段音がア段になるのが下野国の〝アモ〟だけで、しかもこの際その語のことごとくが統一されて〝アモ〟に変化しており、〈オ〉音が〈ア〉

音に転じたり、〈オ〉音と〈ア〉音が混同されたりすることが、実際の発音の上からも、また、文献的事実の解釈の上からも積極的に主張できないとすれば、それは、下野国防人歌を進歌した防人部領使正六位上田口朝臣大戸、もしくはそれに準ずる者の恣意と考えうる可能性が、万葉集中でももっとも濃い例だといわねばならない。

〝イハ〟について。

〝家〟のことを〝イハ〟という例は、武蔵に多く、下野・上野にも及んでいるが、前にも触れたように、〝イヘ〟の形と混在している。具体的にいえば、〈ヘ〉が甲類の文字で書かれている例は、四三六四（常陸）四三八八（下総）四四一五（武蔵）三四二三（上野）三四八一・三五三一・三五三四・三五四二（以上国名未詳）、〈ヘ〉が乙類のもの、四三四七・四三五三・四三五三（以上上総）の諸例である。東歌には〝イハ〟の形はない。これを見れば、東国において は、〝イヘ〟の第二音節が動揺している事実を顕著に読み取れそうである。特に防人歌で動揺が激しいことが、これを物語りそうである。しかし、東歌より防人歌の方が俚言記載の点では信頼するに足るとはすべての点について言明出来るものでもないこと、先に見てきたとおりである。

なお、この場合、これまで扱った例とは、次の点で異なる。第一に、防人歌の中で、同国の、しかも夫妻の間で異なる語形が使用されている点、これは収集が同時に同一人によって行われたものと考えられるケースの中に両用されていることを意味する。またそれに絡んで、方言地理の区画線を引きがたいこと。上総は乙類で北関東はア段で、などとは簡単に割りきれない。さらに、エ段甲類の音節がア段に変化している例は、遠江・駿河・相模・信濃を除いた東国各地全般に拡がっていること。

ただし、このエ段甲類↓ア段の例については、各種の問題が付随して生ずる。各地に散在する例は、音節の種類としては豊富だが、その大部分は用言の活用語尾であって、語法的な問題としても処理できるものである。それを除外すれば、東歌にはかような例は無くなるし、また、先に他の解決方法ありとしてはずしたものを除くと、〝カリ〟

（助動詞四三八八　下総）〝ハ〟（助詞四四二八　昔年防人歌）の二つだけが残る。この段階においても、本来二次的発生である助動詞〝ケリ〟の語源に関連して、その第一音節の音価は問題になる。というわけで、エ段甲類→ア段は、決して東国の一般的特徴とはいえないものになってしまうのである。

また、〝イハ〟自身においても、中央語の用例にもまったく見当らないが、古くその被覆形〝イハ〟が存在した、と推定することが必ずしも不可能ではない。もっとも、〝イハ〟の防人歌における用例は、体言または接尾語が下接するものと、単独用法とが半々である。

以上の点を総合すると、中央語のエ段甲類にあたる東国方言としての音価が、ア段と間違えられやすい状態だったとも、これがア段に転ずる傾向があるとも、速断はできない。しかし、〝イハ〟なる語形は被覆形の大勢から、中央人に対しては、古形にして訛りという感覚を、類推的に喚起しやすい可能性を含んでいる、ということを一つの結論として採用できる。その結果の前に、中央人の恣意が働いたか、忠実な採集だったのか、の過程を推断することは控えるにしても。

かくして、ア段に変化しているとみられる東国俚言の語形も、語的な面に関してその一環を見るかぎり、それらが東国諸国の俚言の実態だ、とは必ずしもいえぬことが明らかになってきたように思われる。

七　付説　清濁表記について

こと清濁に関する問題を扱うにあたっては、まず心しておかねばならない点が二つほどあるだろう。

その第一は、音韻としての清音・濁音の問題である。つまり、日本語の音韻体系の中に占める、清・濁音の価値の問題である。第二には、その表記、清濁書き分けの問題である。むろん、我々が古代の音韻体系を知るには、まず表記された文献に頼らなければならないのだから、この二つの問題が常に交錯する面があるのは、やむをえない。

平安時代に行われるようになったひらかな・かたかなが、そもそも清濁を書き分ける文字を作り出さなかったという事実は、日本語における清濁音の価値をある程度物語ることになる。古事記・日本書紀の清濁はほぼ明らかになったとはいえ、平安朝では、真仮名表記の場合も原則として清濁を書き分けようとはしていないと見てよい。そのような事態を招く契機に連濁の問題がある、という考えは、恐らく正当であろう。

連濁という現象は、語の統一を明らかにするという役割を果たすとはいえ、意味の判別には　係わりのない、いわば音声的な現象であって、そこに現れる清音・濁音の対立は、その出発点にあっては音韻的な対立とはなしがたいものであった。それだけに、〝ウムの下濁る〟というような法則性ないし傾向がある程度存在するにしても、それは和語・漢語を問わずというものでも、時代や地域を通じてのものでもなかったのである。従って、連濁の現象には、当然、時代差、地方差、個人差などがありうるはずなのである。

これは、連濁というそもそもは音声的な現象が、清音と濁音を音韻的に対立的なものと意識し、これを同一文字で代用させうるという認識を導入したことを意味するわけであるが、その認識が確立する以前の、真仮名による清濁書き分けの時代には、清音・濁音がまったく別箇の音韻として認識されていたか、ということになると、それも確かなものとは言い切れない面がやはり残るのである。連濁をおこしたことによって語としての統一は示されるにしても、後項の濁音化した語は、独立した用法の場合と概念上の差異が生じたわけではない。ただ前項の概念との関係が特殊に限定されるにすぎない。つまり、連濁という現象は示差機能を持つものではない。かようなところにも濁音化、すなわち清音と濁音の対立が現れるということや、さらに、語頭には立ちえない濁音の性格とか、全音節に対する濁音節の出現の頻度のすくなさとか、あるいはまだ、想像をたくましうすれば隣接諸言語の中における濁音の位置とかが相俟って、日本語の音韻体系中における濁音の比重が考えられるだろう。

事実、相互に対立する音節間にあって、濁音と清音の対立は、示差機能に関するかぎり、他の音節相互の対立よりは遥かに弱いものと考えられる。古事記・日本書紀の清濁の書き分けが、今日ほぼ明らかとなり、万葉におけるある語、ある文字の清濁の推定を可能ならしめた研究成果を基として、万葉集中でも清濁の書き分けがかなり普遍的な現象であったという研究成果を尊重して、この時代の音韻体系の中に占める清濁対立の様相を今日と大差ないものと考えても、なおかつ、〈注〉ソソク――ソソグのような時代差、〈難〉ムツカシイ――ムズカシイのような地方差、あるいは〈全国〉ゼンコク――ゼンゴクのような連濁、〈地面〉チメン――ジメンのような漢字音の問題などが絡みあう複雑な様相は、奈良時代の音韻体系と一括される、その内部においても存在するはずである。それらは、時に、個人によってさえ揺れのある現象であるのだから。

また、仮に清濁が音韻としてははっきり認識し分けられており、今日以上に揺ぎのないものであったとしても、文献という制約に頼らざるをえない古代語の姿は、その実態を捉えるのは容易ではない。

そもそも、この時代の文字は漢字以外には考えられない状態であった。その漢字とは、中国語の文字、すなわち、音韻体系のまったく異なる中国語を写すために発生し発達したものであった。しかも、それが表語文字といわれるように、一字一字が概念を表示しうる機能をも併せ持っているのである。そこで漢字のみに頼ったわが奈良時代の表記は、時に中国語としての表記体系をそのまま借用し、あるいはそれをなぞらい、または個々の文字の概念表示の機能に縋り、時にはその表音性だけを役立たせるといった方法が採られ、かつ、その方法が相互に絡み合っているのである。さらに表記されるべき内容から眺めれば、それが歌であれば、歌全体を表現しようとする文字の用法、語を表記しようという立場、音を書きとめようとする場合があって、またそれが一首の表記の中に混在、また重複することもありうるわけである。

いわゆる正訓文字を主体とした表記の場合、その最右翼には純粋な漢文、つまりは中国語による表現が位置するわけだが、その表現の蔭に日本語に基づく思考・表現が隠されているとしても、それらの表現方法では、日本語としては概念の伝達は意図できても、日本語の音相面の表現は、原則的に捨てられているのは当然である。従って、これらの表記から清濁の書き分けを期待することは困難である。しかし一方、字音仮名を主体とした一字一音表記の場合も、各文字が厳密に各音節の音価を反映しているとは断ぜられないこと、すでに指摘されているとおりである。たとえば万葉集末期、互いに交流の深かった大伴家持と大伴池主は、同じ「賀」の文字を、家持は清音として、池主は濁音として用いていたというようなこと（木下正俊「二つの「賀」から」〈『万葉』四六号〉）は、単に個人の好みの問題に帰せられるべきではなく、清濁音の音価、これに対する日本語としての意識、表記の体系、時代の好尚等々、種々の問題を浮かび上がらせる。

それにしても、一字一音式表記を採る東国の歌が、その俚言の音相を保持しようと意図したものならば、かならずや清濁の差にも注意を向けたであろうし、その表記も他の巻々よりは清濁書き分けに厳密であろうと考えたかもしれない。すれば、それらの中には中央語と清濁の異なる形を表記し留めようとした場合もありうるだろうから、できうればそれを確かめたいし、確かめられない部分はそれはそれとして確定させておきたい。そのためには、表記上なんらかの整理が行われた疑いのある東歌よりも、収集事情がより明らかで、文字の面でも特徴の残る防人歌を当面の目標とすべきであろう。これは清濁に関する前記の複雑な条件をなるべく切り捨てるためのものであって、その点では、家持というような個人を選んでも、巻五というような巻を選んでもよいわけである。目標は、東国俚言の音相的実態の把握ではなくて、文献内部の不統一をいかに処理すべきか、という点にかかる。

七の1

表音仮名としての「我」という文字は、防人歌中に五十二の用例を有する。うち、格助詞といわれる〈ガ〉に相当すると判断される例が三十九例であり、願望の助詞〈モガ、モガモ〉の〈ガ〉を表記したと考えられる例が五例ある。

　厩なる縄絶つ駒の後る我弁妹が言ひしを置きてかなしも　昔年　四四二九

における〈ガヘ〉が、〈ガウヘ〉のつまった形とするならば、東歌の「和我倍」（三四二一）に「寝る我倍に」（三四六五）「会はす賀倍」（三四七九）を見較べるまでもなく、「我」は濁音相当と考えてしかるべきだし、反語の〈カハ〉の俚言形と考えても、同じく東歌に「親は避くれど我は避る賀倍」（三四二〇）「年さへこごと我は避る我倍」（三五〇二）を参看すれば、〈ガヘ〉と訓むのが適当と考えられよう。すなわち、後にもいうごとく、「我」の用法からいえば、反語表現に使われる助詞「かは」は、東国の俚言といわれる形では、単に母音〈ア〉がエ段乙類に転じるだけでなく（ただし、この防人歌の「弁」はかならずしも甲乙の所属が明瞭ではない）、〈カ〉も一般にそう訓み慣わされているように、濁音化しているとみるべきであろう。

「我」が助詞以外の場で使われた例は、〈アシガラ〉二例、〈スガタ、カガフリ〉であるが、これらが濁音節の表記に使われたと考えるのは自然であるし、〈ナニハガタ、クジガハ〉の例が連濁をおこしたものであろうことも、推定の可能性は大きい。しからば、「我」が清音相当かと思われる箇所の表記に使われた例は防人歌中には存在せず、ただ〈フタホ我ミ〉（下野　四三八二）の例だけが、清濁を決定する根拠に欠ける例となろう。この、他に例を見出せない語の意味は明らかになっているとはいえないが、それを伊呂波字類抄の「小腹　ホカミ」に結びつけるにせよ、「神」あるいは「上」に擬定するにせよ、濁音〈ガ〉である可能性は残っていよう。

　そこで、ひるがえって万葉集中における「我」字の使い方を眺めてみると、音仮名としては、そのことごとくが濁音表記に当てられているものと推定することができる。巻五・九〇四番歌の「表者奈佐我利」の句を「放れる」の意の〈サカリ〉とみれば例外となるが、この句、「下がり」でも解しうる。となれば、「天佐我留」（四・五〇九）

が、「安麻射可流」「阿麻社迦留」などの多くの例に支えられて、〈アマザカル〉とありたいところ、唯一の例外となる（ついでにいえば、「佐」が濁音とみるべきところに使われるのも、ほかには、巻十・二一八八番歌「手折可佐寒」〈タヲリカザサム〉くらいであろうか）。従って、万葉集中では「我」はすべて濁音表記に用いられていて、〈フタホガミ〉も、先の反語の〈ガヘ〉も、〈ガ〉濁音として考えるべきであろう。

ところが、そのほかにもう一つ、

東路の手児の呼坂越え我祢弖山にか寝むも宿りはなしに　十四・三四四二

以下、動詞連用形に接して、「〜しかねる」の意をあらわす語が、三四八五、三五三八とともに三つ、巻十四の中で「我」をもって表記されている。この語は、現在伝えられる形でも清音であり、集中、「可称、加称、迦称、兼、金」などの文字をもって表記される数多くの用例があって、通例、それらは清音であると推定されている。むろん、同じ巻十四にも、四例ほどの「可祢」も存在する。とすれば、この巻十四の「我祢」の三例は、「我」を清音表記に通用させたとか、あるいは清濁書き分けに無関心であったとかの結果使用された字母ではなく、まさしく濁音〈ガ〉を、すなわち、〈ガネ〉と訓ませるつもりで表記したものと受け取るのが素直であろう。他の巻々にほとんど例外なく用いられた文字が、俚言を温存することを意図した巻に限って使い方が不明確であると疑うよりは、これらも厳密な意図のもとに表記されているのであって、〈ガヘ・ガネ〉ともに、その濁音化したところに、東国俚言としての特徴を認めるべきであろう。

七の２

次に、同じような方法で「波」を採り上げてみよう。まず、防人歌中、清音表記とみられる「波」を確かめておく。

語頭の「波」が清音であろうことは、容易に推察がつく。この例は、「母・葉・花・肌・針・浜・放り磯・離る・放《ハガ》す・別《ハカ》る・佩く・這ふ・はばかる」の各語、三十一例ある。これに、「海の原」の例一つを加えてよかろう。さらに、「取り佩く・峯這ふ」の各一例も、連濁を起こしているとはいえまい。次に、ハ行四段活用の未然形語尾が、「思ふ・言ふ・偲ふ・祝ふ・問ふ・通ふ・賜ふ」に関して十三例存在する。他の語中語尾の音節表記に使われた例が、「母・川・庭・柏・縄・家《イハ》・難波・筑波・しるはの磯・祝ふ・変る・ちはやふる・かぐはし・にはし・彼は誰時」にみられる四十七例である。さらに、係助詞「は」の例が四十六追加される。「あすはの神」（上総　四三五〇）「恋しけめはも」（武蔵　四四一九）「筑紫はやりて」（昔年　四四二八）の三例は、確証はないが、清音の可能性が強いであろう。以上百四十三例は、清音表記に使われた「波」と考えてよい。

そこで、万葉集中、濁音相当かと思われる箇所に「波」が使われた例をことごとく挙げてみよう。本文としては塙書房版による。

○名詞の語中語尾の場合

たなばた　十七・三九〇〇。　仮名書き例なし。　記歌謡タナバタ。

ぬば玉　十五・三五九八、三六五一。　ヌバの例多し。

柴　二十・上総四三五〇。　シバ巻五、六。

○複合名詞の後項の頭音

桜花　二十・四三九五。　濁音例巻十七、十八。

橘　十四・三五七四、十八*・四一一一、二十・駿河四三四一、常陸四三七一。　濁音例巻十五、十七、十八。

千葉　二十・下総四三八七。　他の例は「千葉」のみ。　記紀歌謡チバ。

小林　十四・三五三八。　紀歌謡ヲバヤシ。

○複合動詞の後項の場合

下延ふ　十四・三三八一、十八*・四一一五、二十・四四五七。　後記参照。

手挟む　二十・昔年四四三〇。　タバサム巻十六、二十。

○副詞など

ここば　十四・三四三一、十五・三六八四。　ココバ巻十四、ココバク巻十七、コキバク巻二十、ソコバ巻十七。

しば鳴く　十九・四二八六。　「元」シキナクの形、シバナク巻十七。

はろばろに　五・八六六、十五・三五八八、二十・四四〇八。　濁音例巻二十。

つばらつばらに　十八・四〇六五。　「西」は二音ともに「波」、ツバラカニ巻十九。

以上の例のうち、国名注記をした巻二十の例は防人歌の例である。巻十八の例のうち、＊印を付したものは、大野晋博士がかつて巻十八のうち平安時代になって補修された部分があると断ぜられた五つの群に属する歌で、そこに特殊仮名遣および清濁の異例が多いことも特徴となっている。

右の例のうち、シタハフの例は、

なつそびくうなひをさして飛ぶ鳥の至らむとそよ我がした波へし　十四・三三八一
さゆり花ゆりも相はむとした波ふる心し無くは今日も経めやも　十九・四一一五
住吉の浜松が根のした波へて我が見る小野の草な苅りそね　二十・四四五七、「元・類」等「婆」
足柄のみ坂恐み曇夜の我がした婆へを言出つるかも　十四・三三七一

のごとく、仮名書き例は四つ。うち「波」の表記の方が多くて「婆」が東歌となれば、連濁をおこした方が異例という考え方の方が、むしろ当をえているともいえる。また、その濁音形だけが体言化しているので、訛言と見なさずに四例を均質として扱えば、体言に転成した時に熟合度が強くて連濁をおこしたともいえよう。ともあれ、東歌の例が「波・婆」両形に別れ、巻十八の例が平安の補修で、巻二十の例で有力な古写本が二形を存するとあっては、これらの間で決定するには別の見方が必要となるだろう。

また、〈ハロバロニ〉の例は、繰り返しによる語構成で、しかも下位する音が濁音化するのであるから、かかる場合表音文字を使うにしても濁音字の現れがたいこと、すでに指摘されている。これらの例を考慮の外に置くか否かは別としても、巻十五における異例の数もさることながら、防人歌の異例の多さがやはり目に立つこととなる。

これを、さらに助詞の例について眺めてみよう。

係助詞〈ハ〉が格助詞〈ヲ〉に下接して濁音化する場合、これを「波」で表記した例は、巻四・五五二番歌と巻十四・三五七〇番歌、巻十六・三八六五番歌の三例だけである。接続助詞〈バ〉の場合は次の通り。

○防人歌　下野四三七五、下総四三九二、四三九三。　三例。

○東歌　三三五五、三三七六、同或本歌、三三九七、三四一六、三四四三、三四五二、三四五九、三四六六、三四七六、三四八三、三四九一、三五二四、三五四五、三五六八。　十五例。

○巻十八の補修部分　四〇四四、四〇八一、四〇八二、四一〇六、四一〇六、四一一三、四一一六、四一一七、四一一八。　九例。

○右以外の例　巻一・三六、巻三・二八五、四六八、巻四・六〇三、巻八・一四四二、一四四三、一四九七、一五二五、一六五八、巻十・一九一〇、二一四八、巻十一・二六七七、巻十三・三二九七、巻十五・三五七九、三五八四、三六一六、三六八七、三七四五、巻十七・三八九六、巻十八・四〇三三、四〇三四、四一二五、四一二五、四一二六、四一二九、巻十九・四一八五、巻二十・四三九六、四三九七、四四三四、四四四〇。　三十例。

右のうち、巻二十・四四四〇番歌は上総国の郡司妻女等の作った歌で、場合によっては防人歌に含めてよいし、四三九六、四三九七番歌などの例も、古写本の考え方によっては消える例である。

「婆」という字形は、伝承の過程において「波」に変化しやすい形である。それにしては、むろん諸本校合の結果ではあっても、「波」を濁音と訓まねばならないような例はすくないといえる。そのすくない異例が、正訓字を主とした巻々に現れないのは当然としても、やはり防人歌に、そして特に東歌と巻十八の補修部分に集中的に現れるのは偶然とはいえない。助詞〈バ〉の場合に端的にうかがわれるように、右の部分以外の最大異例数が巻十八の六例であることを思えば、巻十四の十五例は、比較的多い、では済まされない。巻十八の一部に清濁書き分けの慣習の消えた平安期の跡を見ることによって、その異例の多さが解釈されたとならば、巻十四の、そして防人歌における異例は、そのことごとくをではないにしても、その中には中央語と清濁の異なる俚言形を表記しようと意図した結果のものが残存するという解釈によって支えねばなるまい。

七の3

音	ハ		バ
文字	波	破	婆
下野	①　10		3
上野	4		
信濃	3		
常陸	①　26	1	1
下総	③　15		
上総	①　22		2
武蔵	15		7
相模	8		
駿河	①　21		2
遠江	14		1
昔年	①　13		3
計	⑧　151	1	19

丸数字の数は異例数。「破」は地名「不破」の例のみ。

さて、右のような異例が、防人歌中でどのように分布しているかをみるために、〈ハ・バ〉両音の表記に使用された字母の国別の用例数を眺めると上の表のようになる。

この表で注意を引くことは、「波」の異例が、下総国の三例を除いて、各地に一例ずつ分れていることである。この事実は、なお、いくつかの解釈の糸口になるであろう。

もし、中央語と異なる清濁――この場合では、中央では濁音

〈バ〉であるものが東国では清音〈ハ〉に発音されているということ――を書き表したものだとすれば、これを書き分けようと意図した筆記者は、特定個人の好みだけではなくて、かなり広範囲にわたっており、採集・筆記者の多くが同じ意図をもっていたと考えなければならない。そして、その書き分けが東国俚言の実態の反映であるとするならば、そのような現象が内陸部とか、足柄坂以東とかの特殊な地帯の現象にとどまらないともしなければならない。

また、下総国防人歌には、濁音を表記するに適した文字が使われず、すべて「波」だけを使っているのだから、下総国の場合は、清濁を書き分けようとする意図を、はじめから持っていなかったとも考えられる。一方逆に、それ故にこそ、また三例という数を持つ故にこそ、下総国では中央語濁音相当音節を清音で表記しようと意図したとも考えられ、万葉集中各所に散在する異例と同じく、他国の一例だけの異例は信を置きがたい、ともいえる。そして、何よりも、かかる表を作製すること自体、各国の歌が、現在考えうる祖本に反映した姿としては、統一した表記意図――特に清濁書き分けに関して――を持った人によって、それぞれの国ごとに一括筆写されたままの姿が残っているという前提を置かなければならない。

そこで、この前提について考えてみよう。この前提が許されるためには、各国別の防人歌の表記字母が、他国と異なる特徴を有すること、その特徴がその国の歌の内部では均質的に保たれていることがうかがわれる要があるだろう。その前者については、古来しばしば指摘されてきていることであるが、清濁に関する字母についても、改めて眺めて置く要がある。

その、下総国の例を採って検討してみると、概括的な特徴は次のようである。〈カ〉に関しては、他にいずれも使用例の多い濁音字「我」の例がなく、「加」と「可」を較べると、駿河十一対三、遠江六対二の比の外は両字の使用数は接近しているか、「可」の方が多い。しかるに、下総では、二十一対一である。〈キ〉では、他に信濃の一例しか例のない「枳」が十五例で、他国の主要字母「伎」は三例である。〈サ〉でも他国に例のない「作」の四例があって、他国での主要字母「佐」の二倍の例となっている。〈シ〉で「志」「之」の使用例において後者が大きいのは、下総（五対十五）武蔵（八対十五）昔年（二対十四）である。〈ソ〉で「蘇・曽」などの例がみえず「祖」が使われていること。〈タ〉では「他」と「多」が五例と六例あるが、「他」は他国に例がない。〈ヘ〉で「弊」の例が五つもあること。

以上の特徴をざっと数え上げることができる。むろん、厳密には各国別使用字母用例表を掲げればよいのだが、紙幅の関係で割愛せざるをえない。ほかにも他国で特徴を数え上げられる点のあることは当然だが、一々列挙するまでもなく、各国別に用字法上の傾向の差があることはうかがい知られるだろう。

念の為、右の下総国の特徴的字母の使用状態を表の形に纏め上げてみよう。

歌番号	加	可	枳	伎	作	佐	之	志	祖	弊
四三八四	○		○	△			○			
四三八五			○		○			△		
四三八六	○		○				○			
四三八七	○		○				○			
四三八八	○		○				○			○
四三八九	○							△	○	○
四三九〇	○		○		○		○			
四三九一	○				○	△	○	△		
四三九二	○	△					○			
四三九三			○	△	○		○			○
四三九四	○			△		△	○			

上の表は、右欄の文字の使用例のある歌に記号をつけたものである。うち、○印を付した文字は、他国の防人歌に比して、下総国で特徴的と思われる字母であり、△印は、むしろ他国の防人歌で一般的な傾向と考えられる字母である。とすると、両字母は時に一首のうちに共存し、また、全般的に使用例が及んでいて、下総国防人歌中に、特にどの歌が著しい用字上の特徴を持つといって抽出することの困難さを読み取らせよう。ということは、すくなくとも、下総国防人歌が使用字母の上で、共通した特徴を持つ、という仮定に対して、有力な反証となる事実は見出しがたいということを示すだろう。す

なわち、想像をたくましうすれば、下総国防人歌は同一人によって筆写された可能性も考えられるのである。

下総国防人歌が、その内部徴証から一括して眺めうる可能性を強くしても、その前提は直ちに他国の場合にも当てはめられるものではない。下総の防人歌は、右の前提が許されるにしても、こと清濁書き分けに関しては、発展性の少ない面もあるのである。

七の4

下総国防人歌で、濁音表記にもっぱら使われたと推定される文字は、「賀・具・妣」の三種だけなのである。そして、〈ガ〉には、先にも触れたように、他でさかんに使われる「我」がまったくみえない。「具・妣」は他国の防人歌中でも濁音相当と考えられて異例はない。しかし、「賀」の場合は、万葉集中でも清音表記と認められる例が多く、また後世、たとえば和名抄で〈カ〉表記の主要字母の一つに数えられるように、問題が多い。下総では「賀」は濁音と考えられても、この場合「加」に中央語濁音相当の例を六例含む。「具・妣」の濁音専用文字を持つ場合には清・濁ともに異例がない。ところが、濁音文字を使っていない場合に限って――ここで、〈カ〉の場合も、濁音字「我」がないという見方も立つのであるが――、〈キ・ツ・テ・ト・ハ・ヘ〉の各音節に問題が残るわけである。〈ハ〉の「波」の場合に触れたように、これらは、濁音文字を持っていないだけに、清濁書き分けの意図がなかった、あるいは、それに無関心だったというようにも受けとれるのである。従って、下総国防人歌を例とするかぎり、中央語と清濁の異なる語形を書き留めようとした例を、積極的に立証することは、困難であるといわなければなるまい。

同様な困難さは、ある種の音節の場合にも存在する。たとえば、〈ケ〉の場合。

〈ケ〉に関して、清音表記に使われたとみられる「家・価・祁」の甲類の三字八例に問題はない。乙類の「気」

字母二十四例のうち、「アトリカマケリ」（駿河　四三三九）はまず清音と考えてよいだろうが、「告げ」という語形が「気」で表記されている例が二つ、常陸四三六三番歌と上野四四〇六番歌にある。この二例という数は、〈ケ〉の全用例三十余りの中では小さな比率でしかない。しかしながら、〈ケ〉の場合には濁音表記に適した文字の使用例が防人歌中に一つもないことを考慮に入れなければならない。簡単に清音化した訛言とはいえないのである。さらに、たとえば、同じ「告げ」の形を、ここと同じく「都気」の文字であらわした例が、巻十五に二例、十七に五例、二十にも四例あること、そして、この上野防人歌に続いて、武蔵国防人歌との間に記載されている家持の一連の作品、「陳防人悲別之情歌」と題された四四〇八～四四一二番歌でも、〈ケ〉には清濁の別なく「気」文字だけを使っていること、などに端的に証拠立てられるように、このあたり、〈ケ〉の清濁の別を書き分ける意図がなかったと考える方が可能性が強い。一般に、万葉集中でもっとも清濁書き分けの判然としないものの中に「気」が入れられていて、まず清濁の区別なしに使われている文字の最右翼に挙げられるものである。

七の5

さて、防人歌のうち、四四二五番歌から四四三二番歌の一連の歌の次には、次のような注が付せられている。

右八首昔年防人歌矣、主典刑部少録正七位上磐余伊美吉諸君抄写、贈兵部少輔大伴宿祢家持

従って、右の八首は、諸君の手によって写されたもので、あるいは、諸君個人の用字法が反映しているかもしれないのである。むろん、諸君がいかにして昔年防人歌を保存していたかが不明である以上、八首の歌の筆録者は、諸君の手に入った段階においてどのようなものであったかもわからない。とすれば、逆に、各国別の防人歌以上に筆録者の数は不明という推定もなしうるわけであるが、一応、諸君という個人の名のもとに一括されている点を重視することとして、この八首の清濁を検討してみよう。

この八首の、清濁に関する字母は次の通りである。

カ加可——我賀　キ伎岐　ク久　コ古・許去　サ左佐　シ志之　ス須——受　セ世　タ多——太　チ知

ツ都

テ弖——涅　ト刀・登　ハ波婆　ヒ比　フ布　ヘ倍弁

——の下は濁音、・で甲乙を区別した。弁の甲乙は岩波古典文学大系本に従って不明とする。ケソホは用例がない。

右のうち、異例と考えられるものの、その文字の用例教に対する比率は次の通りである。

太1／2　都1／7　波1／12　比3／9　「出でて登あが来る」の例は不詳1／6

ところで、右八首のうち、俚言形はどのように現れてくるかといえば、むろん解釈にもよるが、

トフ（甲類）四四二五　アメツシ四四二六　イハ、シノフ（乙類）、イモロ四四二七　ツクシハ、エヒ、ナ

ナ四四二八　イデテト四四三〇　カル四四三一　ナヘ四四三二

あるいはこれに「ガヘ」（四四二九）なども追加できよう。一応、全歌に現れてはくる。しかし、清濁の異例は、

まゆす比にゆす比し紐（四四二七）

叡比（四四二八）

太波さみ、し都み、出でて登（四四三〇）

の三首に集中している。しこうして、むろんのことながら、この三首は俚言形を温存している。

従って、やはり、俚言形と清濁異例とは無縁のものではあるまい。そして、異例が三首に集中しているだけに、一方では、その三首の表記に疑問が持たれるものの、同時に、逆にその表記を信用したくもなるのである。もっとも、「いをさだはさみ」などの形は、タもハも清濁双方の文字があって、その書き分けの事実を想定する可能性が特に強いとはいえ、中央語形に対する訛言としての「だばさみ」は、二者連続して清濁が異なることになって、あ

まりにも異様という感も起こらぬでもない。

七の6

このようにみてくると、たとえ国別の防人歌の表記意識を同一のものとする前提を揺がないものとしてみても、用例の統一性の上から清濁書き分けを推定するには、実例が少数でかつ不整合な散在を示す以上、確定できるものは少ないといわなければならない。まして、前提としての国別統一表記意識に疑いを入れるならば、実際に推定できる部分は、さらに小さなものとなろう。

各国、各字母ごとに用例の解釈をしてみせることは、いたずらに紙数を費やすことになるので、もはや省略しなければならない。ただ、一首の歌のなかにおける表記は、清濁書き分けを意図したにせよ、せぬにせよ、一応個人の統一した表記意識のもとに考えられることは否定できない。むろん、伝承上の錯誤が入り込むことはあり、また、変字法などの意識もうかがわれる面もありうる。としても、最小の単位としての一首の歌の存在は、やはり動かないであろう。

しかしたとえば、

等き騰きの花は咲け登もなにすれそ母登ふ花の咲き出来ずけむ　遠江　四三二三

の場合において、「登」が二箇所見えるからとて、その二つの「登」が同じ音を表しているとは断言できないのである。ただし、この遠江の歌に関しては、その中に濁音字「騰」の例があること（「騰」は武蔵国でも濁音表記である）、「登」は遠江の他の一例も含めて十一例のうち他に濁音と考えられるものがないこと、などを含めて二字ともに清音と訓む可能性は相当に強いといえよう。が、一般論としてこれを他に及ぼして、

豆くしなる水豆く白玉取りて来までに　駿河　四三四〇

の二つの「豆」が同一音であると推定する根拠にはならない。特にこの場合は、駿河国防人歌が、他国とまったく違って「都」という字母を使っていない点も考慮に入れねばならない。

一方、二種の字母が使われている場合、

たたみけめむらじ加磯の離り磯の母を放れて行く我加なしさ　駿河　四三三八

国々の社の加みに幣まつりあ加こひすなむ妹賀加なしさ　下総　四三九一

前者は「加」と「我」、後者は「加」と「賀」の対立がみられ、特に「加」は二例以上の用例をもつところから、

むらじ加磯・加なしさ――行く我

加み・あ加こひ・加なしさ――妹賀

の対立と、「加」相互間の同一性を推定するのが順当である。従って、清濁の疑問視される「むらじか磯」「あかこひ」は、ともに清音〈カ〉として取り扱うべきであろう。

右の二首の場合には、濁音かと疑われる「加」の例に、明らかに清音である例を見出すので、推定の度合いも強いのであるが、同一例を見出せない対立の場合も、

葦可き――我妹子我　（上総　四三五七）

つ岐こそ――こ芸ぬ　（常陸　四三六五）

母父可――す我た　（下野　四三七八）

あ加駒――は賀し　（武蔵　四四一七）

などは、清――濁の対立を表記したものとしての可能性の方が、変字法とみる可能性よりも強いと考えられる。

八

文献的事実としての東歌・防人歌を構成する言語に対する解釈は在来、これを東国方言の反映と仮定して進められてきた。その間、文献の示す矛盾面を解決しながら、その多様性・異質性を地域差、階層差、採集・編纂過程の問題、言語の変化過程の方向から捉え、その、それぞれの面の実相が明確にされてきた。さりながら、なお、解決されえない面も多い。その大きな部分は、やはり、俚言の偏在性である。

これらの解決のために、従来見逃されている解釈の方法も、まだ求めることができるのではあるまいか。

その一つは、『万葉集』という文献の伝承の問題である。かつて、大野晋氏が巻十八において見事に示されたと同じような問題がありはしないだろうか。氏は、巻十八の一部に、他と異なる文字遣が見られ、その文字が平安時代の古い平仮名文献の字母と共通性を持つことから、平安時代の要素の混入と断ぜられた（大野晋「万葉集巻第十八の本文に就いて」〈『国語と国文学』二二巻三号〉）。ところが、巻二十防人歌の使用字母も他の巻とはかなり差があり、かつ、新撰万葉集などとの共通性もあるから、あるいは同じような問題が発生しないともかぎらない、と木下正俊氏が話しておられたことがあるが、このような問題。そして、他の一つが、今ここに取り上げたような問題である。

このような解釈も、多くの人が一度は気付いた問題であろう。しかしこれをもって、どこまで文献的事実が解釈できるか、試みることも無意味ではない。その解釈は、他の解釈と排斥し合う段階ではない。実際、イへがある地方ではイハとなっており、同じような地方でイへの形のままの例もある、という事実は、「観念的俚言」だという解釈にも役立つであろうし、方言の地域差や階層差をみることもできよう。それぞれの仮説に立って、文献的事実のどこまでが割り切れるかの努力は、繰り返していうが、試みられなければならない。

ここで採り上げた問題は、そのような試みとしては、ごく一部のものでしかない。しかし、在来、東国方言の、なんらかの形での反映という仮説の下に進められて来た研究に対して、自らへの反省をも含めて、「観念的俚言」の疑いの眼を、東歌・防人歌の一角に当ててみた次第である。

この章は次の論考を基とする。

「上代の東国俚言—東歌・防人歌の解釈方法に関する問題—」(『万葉』四〇号)一九六一年七月

「東国俚言における清濁」(『沢瀉博士喜寿記念・万葉学論叢』)沢瀉博士喜寿記念論文集刊行会、一九六六年七月

万葉歌索引

あとがき

人の心は変りやすいものである。

先輩や出版社の方々から、論文集を纏めたら、業績を御本に、など何度もお勧めを頂いていた。その度に、そんな気はありませんとお断りするのが常だった。

さるお口の悪い先輩が、以前「えゝか、前にしゃぶった煎餅をだぞ、これ旨いぞ、食ってみろと言われたって誰が食うか」と宣うたことが頭の隅にこびり付いているのと、片々たる雑誌だって公開したことには違いないという気と、なに、何よりも面倒くさいことは御免だという怠け心であったろう。

正直なところ、顔を合わせるごとにお勧め下さる和泉書院の社長の前にバリアを張るつもりで、昔書いた新書が絶版になっているので、これ、出せないだろうかと申し出たのは、当分出ないだろうし、その間は催促もあるまい、と踏んだからだったのだが。その本が出てしまったのと、そちらの手直しを少しばかりしているうちに、嫌な作業でもないと思うようにもなった。退職して暇が出来たことにもよるだろう。

十二月も半ばを過ぎると、昔風に、また一つ年をとるか、と思い、幾つになるのだろうと数えたら、ありゃ喜寿か、それでは少し甘えても良いか、と思う次第。

もとより、高遠な目標を掲げて孜々として研鑽に励むという資質はなく、その折その時の興の赴くままに書き散らしてきたことも、そこは一個人のなせる業、こうしてみると自らある種の方向性が見えてくるかなとは思います。

二〇〇六年一二月

■著者紹介
浅見　徹（あさみ　とおる）
一九三一年　神奈川県小田原市生。
京都大学、同大学院博士課程修了。
岐阜大学、神戸松蔭女子学院大学教授を歴任。

研究叢書 365

万葉集の表現と受容
二〇〇七年九月二五日初版第一刷発行
（検印省略）

著　者　浅見　徹
発行者　廣橋研三
印刷所　太洋社
製本所　大光製本所
発行所　有限会社　和泉書院
大阪市天王寺区上汐五－三－八
〒五四三－〇〇〇二
電話　〇六－六七七一－一四六七
振替　〇〇九七〇－八－一五〇四三

ISBN978-4-7576-0425-4　C3395